Zu diesem Buch

«Also Brandstiftung?»

«Ohne Zweifel.»

«Warum haben Sie dann nach Kugeln gesucht?»

«Erfahrung. Bei einer Obduktion nach einem Feuer zieht man immer die Möglichkeit in Betracht, daß ein Versuch vorgelegen hat, die Beweise zu vernichten. Ich fand drei Kugeln in der weiblichen, zwei in der männlichen Leiche und drei im Kopfteil des Bettes.»

Bernhard ‹Bernie› Gunther war früher bei der Kriminalpolizei in Berlin, und er hatte einen guten Ruf als Greifer übler Subjekte. Aber dann begann sich das allgemeine Klima zu verändern, und er verließ die Polizei. Nach einer Zwischenstation als Hausdetektiv im Hotel *Adlon* eröffnete Gunther eine Privatdetektei.

Das Geschäft floriert. Es mangelt nicht an Kunden. Hauptsächlich geht es um verschwundene Personen. Auch daran mangelt es nicht. Schließlich schreibt man das Jahr 1936. Da tauchen von heute auf morgen Personen unter. Oder sie tauchen nur noch im Landwehrkanal auf. Manche halten sich gleich versteckt oder versuchen, eine Ausreisegenehmigung zu erhalten. Die Schlangen vor dem Paßamt sind länger als die vor dem Bäcker, und die Schlangen vor den Juwelieren sind noch länger...

Gunther hat von dem reichen Industriellen Hermann Six den Auftrag bekommen, nach ein paar besonderes wertvollen Pretiosen zu fahnden, die aus dem Safe seiner Tochter verschwunden sind. Das Feuer war es nicht, das die Juwelen vernichtet hat. Allerdings Tochter und Schwiegersohn. Six grämt sich um erstere, nicht aber um letzteren. Man verstand sich nicht. Privat und politisch.

Ilse Rudel jedoch, Six' zweite Frau, ist eine Ufa-Schönheit und ganz nach Six' Geschmack. Macht und Reichtum von Six entsprechen genau Ilses Vorstellung von Besitz und Einfluß. Auch ein paar andere Leute wissen genau diese Dinge zu schätzen, denn 1936 gibt es viele Wege, daran zu kommen. Informationen sind dabei nur ein Weg. Oft ein tödlicher Weg. Bernhard Gunther braucht Informationen, lebt von Informationen – und dabei steht er einigen Personen im Weg. Mit Macht und Einfluß.

Dies ist der erste Kriminalroman von Philip Kerr und der erste einer Trilogie, die im Berlin der dreißiger und vierziger Jahre spielt. Philip Kerr wurde 1956 in Edinburgh geboren und hat gleich mit «Feuer in Berlin» in England Furore gemacht. Sein Roman «Das Wittgensteinprogramm» (Wunderlich Verlag) wurde mit dem Deutschen Kritikerpreis für den besten ausländischen Thriller des Jahres ausgezeichnet. In der rororo thriller-Reihe erschien bereits «Gesetze der Gier» (Nr. 3133). Der zweite Berlin-Roman erscheint im September 1995.

Philip Kerr

Feuer in Berlin

Deutsch von
Hans J. Schütz

rororo
Rowohlt

rororo thriller
Herausgegeben von Bernd Jost

Deutsche Erstausgabe
Veröffentlicht im Rowohlt Taschenbuch Verlag GmbH,
Reinbek bei Hamburg, April 1995

Die Originalausgabe erschien bei Viking 1989 und
bei Penguin Books Ltd., London 1990
unter dem Titel «March Violets»

Redaktion Jutta Schwarz
Umschlagfoto Regine Relang / Ullstein Bilderdienst
Umschlagtypographie Peter Wippermann / Susanne Müller
Satz Bembo (Linotronic 500)
Gesamtherstellung Clausen & Bosse, Leck
Printed in Germany
1290-ISBN 3 499 43164 5

Die Hauptpersonen

Bernhard Gunther	kennt als Ex-Kripomann Gewalt in jeder Form. Erst recht als Detektiv.
Hermann Six	kennt Macht vor allem durch Geld.
Grete Pfarr	hat in jeder Hinsicht Schwierigkeiten.
Paul Pfarr	hat vor allem Schwierigkeiten mit seinem Schwiegervater Six.
Ilse Rudel	kann sich als Ufa-Star und Six' Frau sehr viel leisten.
Hjalmar Haupthändler	kennt als Privatsekretär so manches Geheimnis.
Inge Lorenz	ist genau so, wie die Mitarbeiterin eines Detektivs sein muß: clever und hübsch.
Gerhard von Greis	erledigt einen Auftrag und wird erledigt.
Gert Jeschonnek	handelt nicht nur mit Edelsteinen.
Dr. Illmann	rümpft schon lange nicht mehr die Nase, wenn es stinkt.
Reichskriminaldirektor Arthur Nebe	sitzt auf einem gefährlichen Schleudersessel.
Inspektor Bruno Stahlecker	ist immer noch ein Freund von Gunther.
Wolf Rienacker	gehört zum Konkurrenzunternehmen Gestapo.
Dieter Helfferich	ist als Chef des «Ringvereins» bekannt und gefürchtet.
Kurt Mutschmann	ist ein As seines Fachs.

Für meine Mutter

Berlin 1936

Erster Mann: Ist dir aufgefallen, wie die Märzgefallenen es geschafft haben, alte Parteigenossen wie dich und mich hinter sich zu lassen?

Zweiter Mann: Du hast recht. Hätte Hitler auch noch ein bißchen gewartet, ehe er zu den Nationalsozialisten ging, wäre er vielleicht schneller Führer geworden.

Das Schwarze Korps, November 1935

1

Merkwürdige Dinge ereignen sich in den dunklen Träumen des Großen Verführers...

Heute morgen sah ich an der Ecke Friedrichstraße und Jägerstraße zwei SA-Männer, die einen roten Schaukasten des *Stürmers* von der Mauer eines Gebäudes abschraubten. Der optische Eindruck dieser Schaukästen mit ihren halb-pornographischen Strichzeichnungen von arischen Mädchen in den lüsternen Umarmungen langnasiger Monster zielt darauf, den schwachköpfigen Leser anzuziehen und ihm einen flüchtigen Kitzel zu verschaffen. Anständige Leute wollen damit nichts zu tun haben. Die beiden SA-Männer luden die Kästen jedenfalls auf die Ladefläche ihres Lastwagens, wo bereits viele andere lagen. Sie machten ihre Arbeit nicht gerade sorgfältig, da bei ein paar Kästen die Glasscheiben ohnehin schon zerbrochen waren.

Eine Stunde später sah ich dieselben Männer vor dem Rathaus wieder, wo sie einen Kasten von einer Straßenbahnhaltestelle entfernten. Diesmal ging ich zu ihnen und fragte sie, was sie da trieben.

«Es ist wegen der Olympiade», sagte einer von ihnen. «Wir haben Befehl, sie alle wegzuräumen, damit die ausländischen Besucher, die nach Berlin kommen, um sich die Wettkämpfe anzusehen, keinen Schock kriegen.»

Meines Wissens ist eine solche Rücksichtnahme seitens der Behörden einmalig.

Ich fuhr mit meinem Wagen nach Hause – es ist ein alter schwarzer Hanomag – und zog meinen letzten guten Anzug an: Er ist aus hellgrauem Flanell und hat mich, als ich ihn vor drei Jahren kaufte, hundertzwanzig Mark gekostet. Der Stoff ist von einer Qualität, die in diesem Land immer seltener zu finden ist: wie Butter, Kaffee und Seife. Die heutigen Wollstoffe sind meistens Ersatz. Gewiß, sie sind einigermaßen brauchbar, nur nicht sehr strapazierfähig und ziemlich unwirksam, wenn es darum geht, im Winter die Kälte abzuhalten. Oder im Sommer die Hitze.

Ich überprüfte mein Aussehen im Schlafzimmerspiegel, und dann griff ich nach meinem besten Hut. Es ist ein breitkrempiger dunkelgrauer Filzhut mit einem schwarzen Baratheaband. Nichts Besonderes. Aber wie die Männer von der Gestapo trage ich meinen Hut anders als üblich, nämlich tief in die Stirn gezogen. Dadurch werden natürlich meine Augen verdeckt, und das erschwert es den Leuten, mich zu erkennen. Es ist eine Marotte, die bei der Kripo aufgekommen ist und die ich mir dort zu eigen gemacht habe.

Ich steckte ein Päckchen Muratti in meine Jackentasche, klemmte mir vorsichtig ein in Geschenkpapier verpacktes Stück Rosenthal-Porzellan unter den Arm und machte mich auf den Weg.

Die Hochzeit fand in der Luther-Kirche am Dennewitzplatz statt, genau südlich vom Potsdamer Bahnhof und einen Steinwurf von der Wohnung der Brauteltern entfernt. Der Vater, Herr Lehmann, war Lokführer am Lehrter Bahnhof und fuhr viermal in der Woche den D-Zug nach Hamburg hin und zurück. Die Braut, Dagmar, war meine Sekretärin, und ich hatte keinen Schimmer, was ich ohne sie anfangen würde. Es war auch nicht so, daß mir ihre Heirat nichts ausmachte: Ich hatte oft selbst daran gedacht, Dagmar zu heiraten. Sie war hübsch und wußte mich richtig zu nehmen, und ich schätze, daß ich sie auf meine komische Art liebte; aber mit achtunddreißig war ich vermutlich zu alt für sie und vielleicht eine Spur zu schwerfällig. Ich habe keine große Neigung zur Ausgelassenheit, und Dagmar war die Art von Frau, die ein bißchen Spaß verdiente.

Da stand sie also nun und heiratete ihren Flieger. Und auf den ersten Blick besaß er alles, was eine junge Frau sich nur wünschen konnte: Er war jung, stattlich, und in der grau-blauen Uniform des nationalsozialistischen Fliegerkorps wirkte er wie der Inbegriff des strahlend jungen, arischen Mannes. Doch als ich ihm beim Hochzeitsempfang begegnete, war ich enttäuscht. Wie die meisten Parteimitglieder hatte Johannes Buerckel das Aussehen und Gehabe eines Mannes, der sich überaus wichtig nahm.

Dagmar machte uns miteinander bekannt. Johannes schlug, wie

bei seinem Typ nicht anders zu erwarten, mit lautem Krachen die Hacken zusammen und bedachte mich mit einem kurzen Kopfnikken, ehe er mir die Hand schüttelte.

«Glückwunsch», sagte ich zu ihm. «Sie sind ein echter Glückspilz. Ich habe Dagmar gebeten, mich zu heiraten. Ich glaube nur nicht, daß ich in Uniform so gut aussehe wie Sie.»

Ich sah mir seine Uniform genauer an: Auf der linken Brusttasche trug er das silberne SA-Sportabzeichen und das Pilotenabzeichen; über diesen beiden Schmuckstücken prangte das allgegenwärtige Parteiabzeichen; und an seinem linken Arm trug er die Hakenkreuzbinde. «Dagmar hat mir erzählt, Sie wären ein Lufthansa-Pilot und vorübergehend dem Luftfahrtministerium zugeteilt, aber ich hatte keine Ahnung... Sagten Sie nicht, Dagmar, er wäre ein...»

«Sportflieger.»

«Ja, richtig. Ein Sportflieger. Nun, ich wußte gar nicht, daß ihr Burschen Uniform tragt.»

Natürlich brauchte man kein Detektiv zu sein, um darauf zu kommen, daß «Sportflieger» eine dieser phantasievollen Umschreibungen der Nazis war und sich auf die geheime Ausbildung von Kampffliegern bezog.

«Er sieht prächtig aus, nicht wahr?» sagte Dagmar.

«Und du siehst wunderschön aus, mein Schatz», flötete der Bräutigam pflichtbewußt.

«Entschuldigen Sie meine Frage, Johannes, aber ist die deutsche Luftwaffe inzwischen offiziell anerkannt?»

«Fliegerkorps», sagte Buerckel. «Es ist ein Fliegerkorps.» Aber das war seine ganze Antwort. «Und Sie, Herr Gunther – Privatdetektiv, wie? Das muß interessant sein.»

«Ich führe private Ermittlungen durch», verbesserte ich ihn. «Manchmal ist es spannend.»

«Welcher Art sind Ihre Ermittlungen?»

«Ich mache fast alles, ausgenommen Scheidungsfälle. Die Leute verhalten sich merkwüdig, wenn sie von ihren Frauen oder ihren Ehemännern betrogen werden. Einmal beauftragte mich eine Frau, ihrem Mann zu sagen, sie plane, ihn zu verlassen. Sie hatte Angst, er würde sie abknallen. Also sagte ich's ihm, und, wissen Sie was, der

Hundesohn versuchte, mich abzuknallen. Ich lag drei Wochen mit geschientem Hals im Gertrauden-Krankenhaus. Danach war für mich auf Dauer Schluß mit Ehesachen. Im Augenblick mache ich alles. Ich arbeite für Versicherungen, bewache Hochzeitsgeschenke und suche vermißte Personen – solche, von deren Verschwinden die Polizei noch nichts weiß, aber auch andere, deren Verschwinden gemeldet ist. Ja, das ist ein Bereich meines Geschäfts, der seit der Machtübernahme richtig aufgeblüht ist.» Ich lächelte so freundlich, wie ich konnte, und zwinkerte ihm vielsagend zu. «Ich denke, wir haben alle ganz hübsch vom Nationalsozialismus profitiert, nicht wahr? Richtige kleine Märzgefallene.»

«Du mußt Bernhard nicht ernst nehmen», sagte Dagmar. «Er hat einen komischen Sinn für Humor.» Ich hätte weitergesprochen, doch die Kapelle hatte zu spielen begonnen, und Dagmar war so klug, Buerckel auf die Tanzfläche zu führen, wo sie mit herzlichem Beifall empfangen wurden.

Da der Sekt, der angeboten wurde, mich anödete, ging ich auf der Suche nach einem richtigen Schluck in die Bar. Ich bestellte ein Bock und einen Klaren zum Nachspülen, einen farblosen Kartoffelschnaps, für den ich eine Schwäche habe. Ich kippte Bier und Schnaps ziemlich schnell runter und bestellte dasselbe noch mal.

«Durstige Angelegenheit, so eine Hochzeit», sagte der kleine Mann neben mir: Es war Dagmars Vater. Er lehnte sich mit dem Rücken an die Theke und beobachtete voller Stolz seine Tochter. «Sieht zum Anbeißen aus, nicht wahr, Herr Gunther?»

«Ich weiß nicht, was ich ohne sie machen werde», sagte ich. «Vielleicht können Sie sie dazu überreden, ihre Meinung zu ändern und weiter bei mir zu bleiben. Ich bin sicher, daß sie das Geld gebrauchen können. Junge Paare brauchen immer Geld, wenn sie heiraten.»

Lehmann schüttelte den Kopf. «Ich fürchte, es gibt nur eine Art von Arbeit, für die eine Frau geeignet ist, wenn es nach Johannes und seiner Naziregierung geht, und die muß sie leisten, wenn neun Monate vorbei sind.» Er zündete seine Pfeife an und paffte nachdenklich vor sich hin. «Ich schätze, daß sie eines dieser Ehedarlehen beantragen werden, und das wird sie vom Arbeiten abhalten, oder?»

«Ja, ich denke, Sie haben recht», sagte ich und goß den Klaren hinunter. Ich sah seinem Gesicht an, daß er überrascht war, mich trinken zu sehen, und darum sagte ich:

«Lassen Sie sich durch dieses Zeug nicht täuschen, Herr Lehmann. Ich benutze es nur als Mundwasser und bin bloß zu faul, die Brühe auszuspucken.» Er grinste, schlug mir auf die Schulter und bestellte uns zwei Doppelte. Wir tranken, und ich fragte ihn, wo das glückliche Paar seine Flitterwochen verbringen werde.

«Am Rhein», sagte er. «Wiesbaden. Meine Frau und ich sind damals in Königstein gewesen. Wunderschöne Gegend. Er hat nicht lange Urlaub, dann muß er schon wieder weg. Irgendeine dieser Kraft-durch-Freude-Reisen vom Reichsarbeitsdienst.»

«Ja? Wohin?»

«Mittelmeer.»

«Glauben Sie das?»

Der alte Mann runzelte die Stirn. «Nein», sagte er grimmig. «Hab's Dagmar gegenüber nicht erwähnt, aber ich schätze, er fährt nach Spanien ...»

«... und in den Krieg.»

«Und in den Krieg, ja. Mussolini hat Franco geholfen, also wird auch Hitler sich den Spaß nicht entgehen lassen, oder? Er wird erst zufrieden sein, wenn er uns in einen neuen verdammten Krieg verwickelt hat.»

Danach tranken wir noch ein paar Lagen, und dann tanzte ich mit einer hübschen, kleinen Strumpfverkäuferin aus dem Kaufhaus Grünfeld. Ihr Name war Carola, und ich überredete sie, mit mir zu verschwinden, und wir gingen hinüber zu Dagmar und Buerckel, um ihnen Glück zu wünschen. Es kam mir sonderbar vor, daß Buerckel sich gerade diesen Augenblick aussuchte, um auf meine Kriegsteilnahme zu sprechen zu kommen.

«Dagmar erzählt mir, daß Sie an der türkischen Front waren.» Macht es ihm etwa ein wenig zu schaffen, dachte ich, daß er nach Spanien ging? «Und daß Sie das Eiserne Kreuz bekamen.»

Ich zuckte die Achseln. «Bloß zweiter Klasse.» So war das also, grinste ich; der Flieger war scharf auf Ruhm.

«Trotzdem», sagte er. «Immerhin ein Eisernes Kreuz. Das Eiserne Kreuz des Führers war auch zweiter Klasse.»

«Na ja, ich kann nicht für ihn sprechen, aber soweit ich mich erinnere, war es für einen Soldaten – vorausgesetzt, er tat seine Pflicht und war relativ ehrlich –, der an der Front diente, wirklich ziemlich leicht, gegen Ende des Krieges an ein Eisernes Kreuz zu kommen. Sie wissen ja, die meisten Orden erster Klasse wurden Männern verliehen, die im Grab liegen. Ich kriegte mein Eisernes Kreuz dafür, daß ich mich aus dem Schlamassel raushielt.» Das Thema brachte mich in Schwung. «Wer weiß», sagte ich. «Wenn alles gutgeht, kriegen Sie vielleicht selber eins. Würde sich auf so einer piekfeinen Uniform gut machen.» Die Muskeln in Buerckels schmalem Jungengesicht strafften sich. Er beugte sich vor und roch meinen Atem. «Sie sind betrunken», sagte er. *«Si»*, sagte ich. Unsicher auf den Füßen, wandte ich mich zum Gehen. *«Adios, hombre.»*

2

Es war spät, ein Uhr vorbei, als ich schließlich zu meiner Wohnung in der Trautenaustraße fuhr. Sie liegt in Wilmersdorf, einer bescheidenen Gegend, aber immer noch um vieles besser als der Wedding, wo ich aufgewachsen bin. Die Straße verläuft in nordöstlicher Richtung von der Güntzelstraße, am Nikolsburger Platz vorbei, in dessen Mitte eine Art von künstlichem Springbrunnen sprudelt. Ich wohnte recht angenehm am Ende des Prager Platzes.

Ich schämte mich ein bißchen, daß ich Buerckel in Gegenwart Dagmars gehänselt und wegen der Dinge, die ich mit Carola im Tiergarten beim Goldfischteich getrieben hatte. Ich saß in meinem Wagen und rauchte nachdenklich eine Zigarette. Ich mußte mir selber eingestehen, daß mir Dagmars Hochzeit mehr zugesetzt hatte, als ich es vorher für möglich gehalten hatte. Es wurde mir klar, daß nichts dabei herauskam, wenn ich weiter darüber nachgrübelte. Ich glaubte nicht, daß ich sie würde vergessen können, doch todsicher würde ich jede Menge Möglichkeiten finden, nicht an sie zu denken.

Erst als ich aus dem Wagen stieg, bemerkte ich das große, dunkle

Mercedes-Kabriolett, das etwa zwanzig Meter hinter mir parkte, und die beiden Männer, die daran lehnten und auf jemanden warteten. Ich straffte mich, als einer der beiden seine Zigarette wegwarf und rasch auf mich zu ging. Als er näher kam, erkannte ich, daß er für einen Gestapo-Mann zu gepflegt war und daß der andere eine Chauffeur-Uniform trug, obwohl er, gebaut wie ein Varieté-Gewichtheber, in einem Trikot aus Leopardenfell erheblich mehr hergemacht hätte. Seine alles andere als diskrete Anwesenheit gab dem gutgekleideten jüngeren Mann unverkennbar Selbstvertrauen.

«Herr Gunther? Sind Sie Bernhard Gunther?» Er blieb vor mir stehen, und ich warf ihm einen Blick zu, der den stärksten Bären gefällt hätte: Ich kann Leute nicht leiden, die mich um ein Uhr morgens vor meinem Haus ansprechen.

«Ich bin sein Bruder. Bernhard ist im Augenblick nicht in der Stadt.» Der Mann grinste breit. Das kaufte er mir nicht ab.

«Bernhard Gunther, der Privatdetektiv? Mein Chef würde sich gern mit Ihnen unterhalten.» Er deutete auf den großen Mercedes. «Er wartet im Wagen. Ich sprach mit der Frau des Hausmeisters, und sie sagte mir, daß Sie am Abend zurück sein würden. Das war vor drei Stunden. Sie sehen also, daß wir ziemlich lange gewartet haben. Es ist wirklich sehr dringend.

Ich hob das Handgelenk und warf einen Blick auf meine Uhr.

«Freundchen, es ist zwanzig vor zwei. Also, was immer Sie mir verkaufen wollen, ich bin nicht interessiert. Ich bin müde, und ich bin betrunken, und ich will ins Bett. Ich habe ein Büro am Alexanderplatz, also tun Sie mir den Gefallen und warten Sie bis morgen.»

Der junge Mann, ein freundlicher Bursche mit einem Frischlingsgesicht und einer Blume im Knopfloch, stellte sich mir in den Weg. «Die Sache kann nicht bis morgen warten», sagte er, und dann lächelte er gewinnend. «Bitte, sprechen Sie mit ihm, es dauert bloß eine Minute, ich bitte Sie.»

«Mit wem soll ich sprechen?» knurrte ich und warf einen Blick zum Wagen hinüber.

«Hier ist seine Karte.» Er reichte sie mir, und ich starrte sie blöde an, als wäre sie das Gewinnlos einer Tombola. Er beugte sich vor und las laut, ohne hinzusehen: «Dr. Fritz Schemm, Deutscher Rechtsanwalt, Schemm & Schellenberg, Unter den Linden 67. Das ist eine gute Adresse.»

«Das stimmt», sagte ich. «Aber ein Rechtsanwalt von einer so gediegenen Firma, der sich nachts draußen rumtreibt? Denken Sie, ich glaube an Märchen?» Aber ich folgte ihm trotzdem zum Wagen. Der Chauffeur öffnete die Tür. Einen Fuß auf dem Trittbrett, lugte ich ins Innere. Ein nach Kölnischwasser riechender Mann beugte sich vor, das Gesicht im Schatten verborgen, und als er sprach, war seine Stimme kalt und unfreundlich, als quäle er sich auf einer Kloschüssel. «Sie sind Gunther, der Detektiv?»

«Richtig», sagte ich, «und Sie sind...» Ich tat so, als läse ich von seiner Visitenkarte ab – «Dr. Fritz Schemm, Deutscher Rechtsanwalt.» Ich sprach das Wort «deutscher» mit einer bewußt sarkastischen Betonung aus. Ich habe es auf Visitenkarten und Ladenschildern wegen seiner Betonung der rassischen Anständigkeit immer gehaßt; und das um so mehr, weil dies mittlerweile – zumindest was Rechtsanwälte betrifft – ganz und gar überflüssig ist, weil man jüdischen Anwälten ohnehin verboten hat zu praktizieren. Ich würde nie auf die Idee kommen, mich als «Deutscher Privatdetektiv», als «Evangelischer Privatdetektiv», «Asozialer Privatdetektiv» oder als «Verwitweter Privatdetektiv» zu bezeichnen, obwohl ich alles das eine Zeitlang war oder noch bin (heutzutage lasse ich mich in der Kirche selten blicken). Es ist wahr, daß viele meiner Kunden Juden sind. Es lohnt sich, für sie zu arbeiten (sie zahlen bar), und immer wieder geht es um dieselbe Sache – um verschwundene Personen. Auch die Ergebnisse meiner Nachforschungen sind fast immer dieselben: eine Leiche, mit freundlicher Hilfe der Gestapo oder SA in den Landwehrkanal gekippt; ein einsamer Selbstmord in einem Ruderboot auf dem Wannsee oder ein Name auf einer Polizeiliste von Verurteilten, die man ins KZ geschickt hatte. Ich mochte ihn deshalb auf Anhieb nicht, diesen Anwalt, diesen Deutschen Anwalt.

Ich sagte: «Hören Sie, Herr Doktor, wie ich Ihrem Laufburschen soeben gesagt habe, bin ich müde und betrunken genug, um zu vergessen, daß ich einen Bankdirektor habe, der sich um mein Wohlergehen sorgt.» Schemm faßte in seine Jackentasche, und ich zuckte nicht einmal, was zeigt, wie blau ich war. Doch er zog lediglich seine Brieftasche heraus.

«Ich habe Erkundigungen über Sie eingezogen, und ich weiß, daß man sich auf Sie verlassen kann. Ich brauche Sie im Augenblick für zwei Stunden. Dafür zahle ich Ihnen 200 Mark: Das ist im Grunde genug für eine Woche.» Er legte seine Brieftasche aufs Knie und schob mit dem Daumen zwei Blaue auf sein Hosenbein. Das war für ihn gar nicht so einfach, denn er hatte nur einen Arm. «Und anschließend wird Ulrich Sie nach Hause fahren.»

Ich nahm die Scheine. «Zum Teufel», sagte ich, «ich wollte ja bloß zu Bett gehen und schlafen. Das kann ich immer noch.» Ich zog den Kopf ein und stieg in den Wagen. «Fahren wir, Ulrich.»

Die Wagentür knallte zu, Ulrich klemmte sich hinter das Steuer, und der elegante Frischling nahm neben ihm Platz. Wir fuhren nach Westen.

«Wohin fahren wir?» fragte ich.

«Alles zu seiner Zeit, Gunther», sagte er. «Bedienen Sie sich. Was zu trinken oder eine Zigarette?» Er ließ die Türen eines Cocktailschränkchens aufspringen, das aussah, als habe man es aus der *Titanic* geborgen, und zog eine Packung Zigaretten heraus. «Amerikanische.»

Ich nahm eine Zigarette, aber keinen Drink: Wenn Leute sich so bereitwillig von 200 Mark trennten wie Dr. Schemm, zahlte es sich aus, wenn man einen klaren Kopf behielt.

«Würden Sie mir bitte Feuer geben?» sagte Schemm und schob sich eine Zigarette zwischen die Lippen. «Streichhölzer sind das einzige, womit ich nicht fertig werde. Ich habe meinen Arm unter Ludendorff bei der Einnahme der Festung Liège verloren. Waren Sie im Feld?» Die Stimme war verbindlich, beinahe ölig, mit einem winzigen Unterton von Grausamkeit. Eine Art von Stimme, die einen dazu verleiten konnte, sich unversehens selber zu beschuldigen, und dafür dankte ich bestens. Eine Art von Stimme, die ihm, hätte er für die Gestapo gearbeitet, gute Dienste geleistet hätte. Ich zündete unsere Zigaretten an und lehnte mich in die Polster zurück.

«Ja, ich war in der Türkei.» Du liebe Güte, mit einem Mal waren so viele Leute an meiner Militärzeit interessiert, daß ich mich fragte, ob ich mich nicht besser um ein Veteranenabzeichen beworben hätte. Ich blickte aus dem Fenster und stellte fest, daß wir in Richtung Grunewald fuhren.

«Rang?»

«Feldwebel.» Ich spürte, daß er lächelte.

«Ich war Major», sagte er, und das wies mich deutlich in die Schranken. «Und nach dem Krieg wurden Sie Polizist?»

«Nein, nicht sofort. Eine Weile war ich Beamter, aber ich konnte das ewige Einerlei nicht ertragen. Ich kam erst 1922 zur Polizei.»

«Und wann schieden Sie wieder aus?»

«Hören Sie, Herr Doktor, ich kann mich nicht erinnern, daß Sie mich unter Eid genommen hätten, als ich in den Wagen stieg.»

«Tut mir leid», sagte er. «Ich war bloß scharf darauf, rauszubekommen, ob Sie aus eigenem Entschluß gingen oder ob man Sie...»

«Rausgeschmissen hat? Sie sind ganz schön dreist, mich das zu fragen, Schemm.»

«Wirklich?» sagte er mit Unschuldsmiene.

«Aber ich werde Ihre Frage beantworten. Ich ging von selber. Allerdings glaube ich, man hätte mich, wie all die anderen, ausgesiebt, hätte ich lange genug gewartet. Ich bin kein Nazi, aber ein verdammter Roter bin ich auch nicht; ich habe eine Abneigung gegen den Bolschewismus, genauso wie die Partei; wenigstens läßt sie mich das glauben. Aber das reicht nicht für die heutige Kripo oder Sipo oder wie immer man das jetzt nennt. Wenn man nicht für sie ist, folgt für sie daraus, daß man gegen sie sein muß.»

«Und so verließen Sie, immerhin Inspektor, die Kripo», sagte er, hielt inne und setzte mit gespielter Überraschung hinzu, «um Hausdetektiv im Hotel *Adlon* zu werden.»

«Sie sind ziemlich ausgeschlafen», feixte ich, «mir alle diese Fragen zu stellen, wenn Sie die Antworten bereits kennen.»

«Mein Klient weiß gern über die Leute Bescheid, die für ihn arbeiten», sagte er blasiert.

«Ich habe den Fall noch nicht übernommen. Vielleicht werde ich ihn hinschmeißen, bloß um Ihr Gesicht zu sehen.»

«Vielleicht. Aber dann wären Sie ein Narr. In Berlin gibt es ein Dutzend von Ihrer Sorte – Privatschnüffler.» Er nannte meinen Beruf ziemlich angewidert beim Namen.

«Warum also ich?»

«Sie haben schon einmal für meinen Klienten gearbeitet, indirekt. Vor ein paar Jahren bearbeiteten Sie einen Versicherungsfall für die *Germania-Lebensversicherung*, und das ist eine Gesellschaft, bei der mein Klient Hauptaktionär ist. Während die Kripo immer noch im dunkeln tappte, gelang es Ihnen, ein paar gestohlene Aktien wiederzubeschaffen.»

«Ich erinnere mich.» Und ich hatte Grund dazu. Es war einer meiner ersten Fälle gewesen, nachdem ich das *Adlon* verlassen und mich als Privatdetektiv niedergelassen hatte. «Ich hatte Glück», sagte ich.

«Glück soll man nie unterschätzen», sagte er würdevoll. Wie recht er hat, dachte ich, man braucht sich bloß den Führer anzusehen.

Inzwischen waren wir am Rand des Grunewalds, in Dahlem, angekommen, wo ein paar der reichsten und einflußreichsten Leute des Landes, zum Beispiel die Ribbentrops, wohnten. Wir näherten uns einem riesigen schmiedeeisernen Tor, das sich zwischen dicken Mauern spannte, und der Frischling mußte aus dem Auto springen, um es aufzudrücken. Ulrich fuhr durch.

«Fahren Sie weiter», befahl Schemm. «Warten Sie nicht. Wir sind sowieso schon spät dran.» Wir fuhren etwa fünf Minuten eine Allee entlang, bevor wir einen ausgedehnten, mit Kies bestreuten Hof erreichten, an dessen einer Seite das Hauptgebäude stand, an das sich zwei Seitenflügel anschlossen. Ulrich hielt vor einem kleinen Springbrunnen und sprang heraus, um die Wagentüren aufzureißen. Wir stiegen aus.

Um den Hof zogen sich Arkaden mit einem von dicken Streben und hölzernen Säulen getragenen Dach, unter denen ein Mann mit einem Paar bösartig aussehender Dobermänner auf und ab ging. Von der Laterne an der Eingangstür abgesehen, gab es nicht viel Licht im Hof, doch ich konnte erkennen, daß das Haus Mauern mit weißem Rauhputz und ein tiefes Mansardendach hatte. Es war so groß wie ein dezentes Hotel der Kategorie, die ich mir nicht leisten konnte. Irgendwo in den Bäumen hinter dem Haus schrie aus Leibeskräften ein Pfau.

Als wir uns der Tür näherten, konnte ich den Doktor zum ersten

Mal genauer betrachten. Ich würde sagen, daß er ein ziemlich stattlicher Mann war. Da er wenigstens fünfzig war, würde man ihn wohl eine distinguierte Erscheinung nennen. Er war größer, als er mir im Rücksitz des Wagens vorgekommen war, und anspruchsvoll gekleidet, freilich ohne jede Rücksicht auf die heutige Mode. Er trug einen steifen Kragen, mit dem man Brot hätte schneiden können, einen hellgrauen Nadelstreifenanzug, eine cremefarbene Weste und Gamaschen; dazu kam ein grauer Glacéhandschuh, und auf seinem sauber geschorenen, kantigen, grauen Kopf trug er einen großen grauen Hut mit einer Krempe, welche die hohe, sauber geknifffte Krone wie ein Burggraben umschloß. Er sah aus wie eine alte Rüstung.

Er schob mich zu einer großen Mahagonitür, die sich öffnete. Wir erblickten das aschfahle Gesicht eines Butlers, der zur Seite trat, als wir die Schwelle überquerten und in die ausladende Empfangshalle traten. Es war eine jener Hallen, die ein Glücksgefühl vermitteln, bloß weil man heil durch die Tür gekommen ist. Doppeltreppen mit schimmernden weißen Geländern führten ins Obergeschoß, und an der Decke hing ein Kronleuchter, der größer als eine Kirchenglocke und protziger war als die Ohrringe einer Nackttänzerin. Ich durfte nicht vergessen, mein Honorar anzuheben.

Der Butler, ein Araber, verbeugte sich gemessen und bat mich um meinen Hut.

«Ich behalte ihn bei mir, wenn Sie nichts dagegen haben», sagte ich und ließ die Krempe durch meine Finger gleiten. «Das wird mir helfen, meine Hände vom Silber zu lassen.»

«Wie Sie wünschen, mein Herr.»

Schemm händigte dem Butler seinen Hut aus, als ob er in dieser Welt zu Hause sei. Vielleicht war er das, doch Anwälten unterstelle ich immer, daß sie ihren Wohlstand und ihre Stellung durch Habsucht und mit gemeinen Methoden erlangt haben: Ich bin noch nie einem begegnet, dem ich trauen konnte. Er entledigte sich seines Handschuhs mit nahezu artistischer Geschicklichkeit und ließ ihn in den Hut fallen. Dann sagte er dem Butler, er solle uns melden.

Wir warteten in der Bibliothek. Nach den Maßstäben eines Bismarck oder Hindenburg war sie nicht groß, und man hätte zwischen dem Schreibtisch, so groß wie der Reichstag, und der Tür nicht mehr als sechs Autos parken können. Der Raum war auf frühes Mittelalter getrimmt, hatte große Balken, einen Kamin aus Granit, in dem leise ein Scheit knisterte, und allerlei Waffen an den Wänden. Es gab jede Menge Bücher, der Art, die man meterweise kauft: deutsche Dichter und Philosophen und Juristen, die mir jedoch nur als Namen von Straßen, Cafés und Bars vertraut waren.

Ich machte einen Erkundungsmarsch durch den Raum. «Wenn ich in fünf Minuten nicht zurück bin, schicken Sie einen Suchtrupp los.»

Schemm seufzte und setzte sich auf eines der beiden Ledersofas, die rechtwinklig zum Kamin angeordnet waren. Er nahm eine Zeitschrift aus dem Ständer und tat so, als lese er. «Kriegen Sie in diesen kleinen Hütten nicht auch Platzangst?» Schemm seufzte gereizt, wie eine altjüngferliche Tante, die im Atem des Pfarrers den Geruch von Gin schnuppert.

«Setzen Sie sich, Gunther», sagte er. Ich nahm keine Notiz von seiner Bemerkung. Ich befingerte die zwei Hunderter in meiner Hosentasche, und das half mir, wach zu bleiben. Ich schlenderte zum Schreibtisch hinüber und warf einen Blick auf seine grüne Lederplatte. Eine Nummer des *Berliner Tagblatts*, die aussah wie sorgfältig gelesen; eine Lesebrille; ein Füllfederhalter; ein schwerer Messingaschenbecher mit dem Stumpen einer zerkauten Zigarre und daneben das Kästchen mit schwarzen Havannas, dem sie entnommen war; ein Stapel Briefe und ein paar Fotos in silbernen Rahmen. Ich warf einen Blick auf Schemm, der mit seiner Zeitschrift und seinen Augenlidern seine liebe Not hatte, und nahm dann eines der Fotos in die Hand. Sie war dunkel und hübsch, mit einer üppigen Figur, genau so, wie ich sie an Frauen liebe, wenngleich ich mir an den Fingern abzählen konnte, daß sie mein Geplauder nach Tisch kaum unwiderstehlich finden würde: Das verriet mir der Doktorhut, den sie trug.

«Sie ist schön, meinen Sie nicht auch?» sagte eine Stimme, die von der Tür kam und Schemm veranlaßte, vom Sofa aufzuspringen. Es war eine monotone Stimme mit einem leichten Berliner Akzent. Während Schemm sich eilfertig verbeugte, murmelte ich etwas Schmeichelhaftes über das Mädchen auf dem Foto.

«Herr Six», sagte Schemm, unterwürfiger als eine Haremsdame, «darf ich Ihnen Bernhard Gunther vorstellen.» Er wandte sich mir zu und sagte mit einer Stimme, die zu meinem bedrückenden Kontostand paßte: «Dies ist Doktor Hermann Six.»

Ist doch komisch, dachte ich, in diesen gehobenen Kreisen hat jeder einen verdammten Doktortitel. Ich schüttelte ihm die Hand. Mein neuer Klient hielt sie unangenehm lange fest, während er mir ins Gesicht blickte. Das machen viele Klienten: Sie glauben von sich, den Charakter eines Mannes beurteilen zu können, denn schließlich wollen sie ihre peinlichen kleinen Probleme nicht einem Mann anvertrauen, der verschlagen und unehrlich aussieht. Es ist mein Glück, daß ich wie jemand aussehe, der aufrecht und verläßlich ist. Übrigens, die Augen meines neuen Klienten waren blau, groß und vorstehend und wiesen eine Art wäßriger Helligkeit auf, als sei er gerade aus einer Senfgaswolke gekommen. Ich zuckte ein wenig zusammen, als mir dämmerte, daß der Mann geweint hatte.

Six ließ meine Hand los und griff nach dem Foto, das ich gerade betrachtet hatte. Er starrte es ein paar Sekunden an, dann stieß er einen tiefen Seufzer aus.

«Sie war meine Tochter», sagte er mit gepreßter Stimme. Ich nickte geduldig. Er legte das Foto mit der Vorderseite nach unten auf den Tisch und strich sich das graue, nach Art einer Tonsur geschnittene Haar aus der Stirn. «Sie war es, denn sie ist tot.»

«Das tut mir leid», sagte ich würdevoll.

«Das sollte es nicht», erwiderte er, «denn wenn sie noch am Leben wäre, stünden Sie nicht hier und hätten nicht die Chance, eine Menge Geld zu verdienen.» Ich spitzte die Ohren: Er sprach meine Sprache. «Sie wurde ermordet, wissen Sie.» Um des dramatischen Effekts willen machte er eine Pause: Klienten gefallen sich oft darin, doch ihm gelang er gut. «Ermordet», wiederholte ich dumpf.

«Ermordet.» Er zupfte an einem seiner flappigen, riesenhaften Ohren, bevor er die knotigen Hände in die Taschen seines sackartigen, marineblauen Anzugs schob. Mir stach sofort ins Auge, daß die Manschetten seines Hemdes ausgefranst und schmutzig waren. Ich war noch nie einem Stahlmagnaten begegnet (ich hatte von Hermann Six gehört; er war einer der wichtigsten Ruhrindustriellen), aber das kam mir doch höchst sonderbar vor. Als er mit den Füßen wippte, warf ich einen Blick auf seine Schuhe. Die Schuhe der Klienten können einem eine Menge verraten. Das ist das einzige, was ich von Sherlock Holmes gelernt habe. Six' Schuhe waren reif für das Winterhilfswerk. Andererseits sind Schuhe in Deutschland heutzutage von schlechter Qualität. Das Ersatzleder ist wie Pappe; genauso wie das Fleisch, der Kaffee, die Butter und die Kleidung. Um aber auf Herrn Six zurückzukommen, so schloß ich aus seinem Äußeren nicht, daß er vor lauter Kummer in seinen Kleidern schlief. Nein, ich kam zu dem Schluß, daß er einer dieser exzentrischen Millionäre sei, von denen man gelegentlich in der Zeitung liest: Sie gönnen sich nichts, und in erster Linie dadurch kommen sie zu ihrem Geld.

«Sie wurde kaltblütig erschossen», sagte er bitter. Ich sah voraus, daß es eine lange Nacht werden würde. Ich holte meine Zigaretten aus der Tasche.

«Was dagegen, wenn ich rauche?» fragte ich. Bei diesen Worten schien er zu sich zu kommen.

«Entschuldigen Sie, Herr Gunther», seufzte er. «Ich vergesse meine gute Kinderstube. Möchten Sie einen Drink oder etwas Ähnliches?» Das «oder etwas Ähnliches» hörte sich nicht übel an. Ich dachte an ein Himmelbett, zum Beispiel, bat aber lieber um einen Mokka. «Fritz?»

Schemm rührte sich auf dem großen Sofa. «Danke, bloß ein Glas Wasser», sagte er bescheiden. Six zog am Klingelzug und wählte dann aus dem Kästchen auf dem Tisch eine dicke, schwarze Zigarre. Er bedeutete mir, Platz zu nehmen, und ich ließ mich, Schemm gegenüber, in das andere Sofa sinken. Six entzündete eine dünne Wachskerze, brannte sich seine Zigarre an und nahm neben dem Mann in Grau Platz. Hinter ihm öffnete sich die Tür der Bibliothek, und ein junger Mann um die Fünfunddreißig betrat den Raum. Eine randlose Brille, sorgsam auf die Spitze seiner breiten, beinahe negroiden Nase gesetzt, bildete einen Kontrast zu seiner athletischen Figur. Er nahm die Brille ab und starrte verlegen erst mich, dann seinen Arbeitgeber an.

«Wünschen Sie, daß ich an dieser Sitzung teilnehme, Herr Six?» Seine Stimme hatte einen unmerklichen Frankfurter Akzent.

«Nein, alles in Ordnung, Hjalmar», sagte Six. «Legen Sie sich schlafen, seien Sie ein guter Junge. Vielleicht könnten Sie Farraj bitten, uns einen Mokka und ein Glas Wasser zu bringen, und für mich das Übliche.»

«Hm, sehr wohl, Herr Six.» Abermals blickte er mich an, und ich kam nicht dahinter, ob es meine Anwesenheit war, die ihn beunruhigte, oder etwas anderes. Also nahm ich mir vor, mit ihm zu sprechen, sobald sich die Gelegenheit bot.

«Da wäre noch etwas», sagte Six und drehte sich auf dem Sofa herum. «Bitte, erinnern Sie mich daran, daß ich morgen als erstes die Vorkehrungen für die Beerdigung mit Ihnen durchgehe. Ich möchte, daß Sie sich um alles kümmern, während ich fort bin.»

«Sehr wohl, Herr Six.» Und er wünschte uns gute Nacht und verschwand.

«Also, Herr Gunther», sagte Six, nachdem sich die Tür geschlossen hatte. Während er sprach, behielt er die schwarze Zigarre im Mundwinkel, so daß er wie ein Marktschreier aussah und seine Stimme sich anhörte wie die eines Kindes mit einem Bonbon im Mund. «Ich muß mich dafür entschuldigen, daß ich Sie zu dieser unchristlichen Zeit herbringen ließ; aber ich bin ein vielbeschäftigter Mann. Was jedoch am wichtigsten ist, das müssen Sie verstehen: Ich bin auch ein Mann, der keine Öffentlichkeit wünscht.»

«Trotzdem, Herr Six», sagte ich, «muß ich von Ihnen gehört haben.»

«Das ist sehr wahrscheinlich. In meiner Position muß ich bei vielen Anlässen den Schirmherrn spielen und viele wohltätige Einrichtungen fördern – Sie wissen, wovon ich spreche. Reichtum hat seine Verpflichtungen.»

Ein Plumpsklosett auch, dachte ich. Ich sah voraus, was kommen würde, und gähnte innerlich. Aber ich sagte: «Das will ich gern glauben», mit derart übertriebenem Mitgefühl, daß er sich veranlaßt sah, einen kurzen Augenblick innezuhalten, ehe er mit den abgedroschenen Phrasen fortfuhr, die ich schon so oft gehört hatte. «Notwendige Diskretion» und «keine offizielle Untersuchung meiner Privatangelegenheiten» und «Bewahrung absoluter Vertraulichkeit» etc., etc. Das bringt mein Beruf mit sich. Die Leute erzählen dir immer, wie du ihren Fall zu behandeln hast, beinahe so, als ob sie dir nicht ganz trauten, fast so, als müßtest du dir andere Maßstäbe zulegen, um für sie zu arbeiten.

«Wenn ich mit weniger Diskretion mehr herausschlagen könnte, hätte ich's schon vor langer Zeit versucht», sagte ich ihm. «Aber in meinem Gewerbe ist Redseligkeit schlecht fürs Geschäft. So etwas spricht sich herum, und eine oder zwei gutbetuchte Versicherungsgesellschaften und Anwaltsbüros, die ich zu meinen ständigen Klienten zählen kann, würden sich jemand anderen suchen. Hören Sie, ich weiß, daß Sie mich haben überprüfen lassen, kommen wir also jetzt zum Geschäft.» Das Interessante an den Reichen ist, daß sie es mögen, wenn man ihnen sagt, wo es langgeht. Sie verwechseln das mit Ehrlichkeit. Six nickte zustimmend.

In diesem Augenblick glitt der Butler, geräuschlos wie auf Gummirädern, ins Zimmer, und schwach nach Schweiß und irgendeinem Deo duftend, servierte er mir den Mokka, Schemm das Wasser und seinem Herrn den Cognac, mit dem ausdruckslosen Gesicht eines Mannes, der sechsmal am Tag die Wattepfröpfchen in seinen Ohren wechselt. Ich schlürfte meinen Kaffee und sinnierte darüber, daß der Butler, hätte ich Six erzählt, meine neunzigjährige Großmutter sei mit dem Führer durchgebrannt, weiterserviert hätte, ohne daß ihm auch nur ein einziges Haar zu Berge gestanden hätte. Ich schwöre, daß ich kaum bemerkte, wie er den Raum verließ.

«Das Foto, das Sie gesehen haben, wurde erst vor ein paar Jahren gemacht, anläßlich der Promotion meiner Tochter. Später wurde sie Lehrerin am Arndt-Gymnasium in Dahlem.» Ich kramte einen Bleistift hervor und schickte mich an, auf der Rückseite von Dagmars Hochzeitseinladung Notizen zu machen. «Nein», sagte er, «machen Sie sich keine Notizen, hören Sie bloß zu. Herr Schemm wird Ihnen im Anschluß an unser Gespräch ein vollständiges Dossier aushändigen. Eigentlich war sie eine ziemlich gute Lehrerin, doch ich will ehrlich sein und Ihnen sagen, daß ich mir gewünscht hätte, sie hätte etwas anderes aus ihrem Leben gemacht. Grete – ja, ich vergaß, Ihnen ihren Namen zu sagen –, Grete hatte die schönste Singstimme, und ich wollte, daß sie sich zur Sängerin ausbilden ließ. Doch 1930 heiratete sie einen jungen Juristen vom Berliner Landgericht. Sein Name war Paul Pfarr.»

«War?» fragte ich. Mein Einwurf entlockte ihm abermals einen tiefen Seufzer.

«Ja. Ich hätte es erwähnen sollen. Leider ist er ebenfalls tot.»

«Also zwei Morde», sagte ich.

«Ja», sagte er verlegen. «Zwei Morde.» Er nahm seine Brieftasche heraus und gab mir ein Foto. «Es wurde bei ihrer Hochzeit aufgenommen.»

Dem Foto war nicht viel zu entnehmen, höchstens, daß der Empfang, wie bei den meisten Hochzeiten der Gesellschaft, im *Adlon* stattgefunden hatte. Ich erkannte die elegante Pagode des Flüster-Springbrunnens mit ihren geschnitzten Elefanten. Ich unterdrückte ein echtes Gähnen. Es war kein besonders gutes Foto, und von Hochzeiten hatte ich allmählich die Nase voll. Ich gab das Foto zurück.

«Ein schönes Paar», sagte ich und steckte mir eine neue Muratti an. Six' schwarze Zigarre lag rauchlos im runden Messingaschenbecher.

«Grete unterrichtete bis 1934, als sie, wie viele andere Frauen, ihre Stellung verlor – eine Begleiterscheinung der Benachteiligung arbeitender Frauen auf dem Arbeitsmarkt. Währenddessen ergatterte Paul einen Posten im Innenministerium. Nur wenig später starb meine erste Frau, Lisa, und Grete wurde sehr depressiv. Sie fing an, zu trinken und spät nach Hause zu kommen. Aber gerade vor ein paar Wochen schien sie wieder zu sich selber gefunden zu haben.» Six betrachtete grämlich seinen Cognac und stürzte ihn darauf in einem Zug hinunter. «Doch vor drei Tagen starben Paul und Grete bei einem Feuer in ihrem Haus in Lichterfelde-Ost. Aber bevor das Haus in Flammen aufging, wurden beide mit mehreren Schüssen umgebracht und der Safe ausgeraubt.»

«Haben Sie eine Ahnung, was im Safe war?»

«Den Burschen von der Kripo habe ich erzählt, ich hätte keine Ahnung.»

Ich dachte mir mein Teil und sagte: «Was nicht ganz der Wahrheit entsprach. Richtig?»

«Was den größten Teil des Inhalts angeht, habe ich keine Ahnung. Doch im Safe war eine Kleinigkeit, von der ich wußte, ihnen aber nichts sagte.»

«Warum taten Sie das, Herr Six?»

«Weil es mir lieber war, daß sie nichts davon wußten.»

«Und ich?»

«Die betreffende Sache bietet Ihnen eine ausgezeichnete Möglichkeit, den Mörder vor der Polizei aufzuspüren.»

«Und was dann?» Ich hoffte, daß er nicht eine kleine, private Hinrichtung plante, denn ich war nicht in der Stimmung, mich mit meinem Gewissen herumzuschlagen, und das schon gar nicht, wenn eine Menge Geld im Spiel war.

«Bevor Sie den Mörder der Polizei übergeben, werden Sie mir mein Eigentum wiederbeschaffen. Die Behörden dürfen es auf keinen Fall in die Hände bekommen.»

«Über welche ‹Kleinigkeit› reden wir eigentlich?»

Six faltete nachdenklich die Hände, entfaltete sie wieder, und dann hüllte er sich in seine Arme wie ein Revuegirl in seinen Schal. Er blickte mich sonderbar an.

«Vertraulich, natürlich», knurrte ich.

«Es geht um Juwelen», sagte er. «Sehen Sie, Herr Gunther, meine Tochter starb ohne Hinterlassung eines Testaments, und in diesem Fall geht ihr gesamter Besitz in den ihres Ehemanns über. Paul hat ein Testament hinterlassen, in dem er alles dem Reich vermacht.» Er schüttelte den Kopf. «Können Sie sich eine solche Dummheit vorstellen, Herr Gunther? Er hinterließ dem Reich alles. Alles. Man kann es kaum glauben.»

«Er war eben ein Patriot.»

Six entging die Ironie meiner Bemerkung. Er schnaubte verächtlich «Mein lieber Herr Gunther, er war Nationalsozialist. Diese Leute glauben, daß sie die ersten wären, die das Vaterland lieben.» Er lächelte grimmig. «Ich liebe mein Land. Und niemand spendet mehr als ich. Aber ich kann den Gedanken einfach nicht ertragen, daß das Reich sich auf meine Kosten noch mehr bereichert. Verstehen Sie mich?»

«Ich denke schon.»

«Nicht nur das, sondern es kommt hinzu, daß die Juwelen ihrer Mutter gehörten, so daß sie, abgesehen von ihrem wirklichen Wert, der beträchtlich ist, wie ich Ihnen sagen kann, auch einen gewissen gefühlsmäßigen Wert für mich darstellen.

«Wieviel sind sie wert?»

Schemm regte sich, um ein paar Fakten und Zahlen zu nennen. «Ich denke, hier kann ich behilflich sein, Herr Six», sagte er, wühlte in einer Aktentasche, die zu seinen Füßen lag, zog einen lederfarbenen Aktendeckel heraus und plazierte ihn auf dem Läufer zwischen den beiden Sofas. «Ich habe hier sowohl die letzte Taxierung der Versicherung als auch ein paar Fotografien.» Er hob ein Blatt in die Höhe und las mit einem Gesichtsausdruck, als handle es sich um seine monatliche Zeitungsrechnung, die Zahl am Schluß der Seite ab: «Siebenhundertundfünfzigtausend Reichsmark.» Ich stieß unwillkürlich einen Pfiff aus. Schemm zuckte zusammen und reichte mir ein paar Fotos. Ich hatte schon größere Steine gesehen, aber bloß auf Fotos der Pyramiden. Six begann die Geschichte der Juwelen zu erzählen.

«1925 wurde der Edelsteinmarkt der Welt von Edelsteinen überflutet, die von russischen Exilanten veräußert oder von den Bolschewiken zum Verkauf angeboten wurden, die im Palast des Fürsten Jussupoff, dem Gatten der Nichte des Zaren, eine eingemauerte Schatzkammer entdeckt hatten. Im selben Jahr erwarb ich einige Stücke in der Schweiz: eine Brosche, ein Armband und, als kostbarstes Stück, ein in Diamanten gefaßtes Halsband, das aus zwanzig Brillanten bestand. Cartier hatte es angefertigt, und es wiegt über hundert Karat. Es versteht sich von selbst, Herr Gunther, daß es nicht einfach sein wird, ein solches Stück abzusetzen.»

«Nein, wirklich nicht.» Es mag zynisch klingen, aber der gefühlsmäßige Wert der Steine erschien mir jetzt ziemlich unbedeutend gegenüber ihrem Verkaufswert. «Erzählen Sie mir etwas über den Safe.»

«Ich habe ihn bezahlt», sagte Six. «Genauso wie das Haus. Paul hatte nicht viel Geld. Als Gretes Mutter starb, gab ich ihr die Juwelen, und zur selben Zeit ließ ich den Safe einbauen, damit sie sie aufbewahren konnte, wenn sie nicht im Tresor der Bank waren.»

«Sie hat sie also noch vor kurzem getragen?»

«Ja. Sie begleitete mich und meine Frau zu einem Ball, bloß ein paar Abende vor ihrem Tod.»

«Was war das für ein Safe?»

«Ein Stockinger-Wandsafe. Kombinationsschloß.»

«Und wer kannte die Kombination?»

«Meine Tochter und Paul natürlich. Sie hatten keine Geheimnisse voreinander, und ich glaube, daß er dort gewisse Papiere aufbewahrte, die mit seiner Arbeit zu tun hatten.»

«Sonst niemand?»

«Nein. Nicht einmal ich.»

«Wissen Sie, wie der Safe geöffnet wurde? Wurde Sprengstoff benutzt?»

«Ich glaube, es wurde kein Sprengstoff benutzt.»

«Also ein Schränker.»

«Was ist das?»

«Ein professioneller Safeknacker. Und ich sage Ihnen, es muß ein sehr guter Mann gewesen sein, der das ausgeknobelt hat.» Six beugte sich vor.

«Vielleicht», sagte er, «zwang der Dieb Paul und Grete, den Safe zu öffnen, und schickte sie dann wieder ins Bett, wo er beide erschoß. Und anschließend steckte er das Haus in Brand, um seine Spuren zu verwischen und die Polizei auf eine falsche Spur zu locken.»

«Ja, das ist möglich», stimmte ich zu. Ich rieb einen vollkommen runden Fleck glatter Haut in meinem ansonsten stoppligen Gesicht: Dort hatte mich in der Türkei ein Moskito gestochen, und seitdem brauchte ich mich dort nie mehr zu rasieren. Doch ich stelle fest, daß ich diesen Fleck sehr oft reibe, wenn ich mich unbehaglich fühle. Und wenn es etwas gibt, das mir garantiert Unbehagen einflößt, dann ein Klient, der Detektiv spielt. Ich schloß nicht aus, daß sich vielleicht alles so abgespielt hatte, wie er sagte, aber jetzt war ich an der Reihe, den Fachmann zu spielen: «Möglich, aber schlampig», sagte ich. «Ich kann mir keine bessere Methode vorstellen, Alarm zu schlagen, als den Reichstagsbrand zu imitieren. Van der Lubbe zu spielen und das Gebäude in Brand zu setzen, das sieht nicht nach der Arbeit eines professionellen Diebes aus, und ein Mord paßt auch nicht dazu.» Natürlich blieb dabei vieles offen: Ich wußte ja nicht einmal, ob es ein Profi gewesen war, aber nach meiner Erfahrung kommt es selten vor, daß ein Profi eine Arbeit übernimmt, die Mord einschließt. Ich wollte bloß dem Gespräch eine andere Wendung geben.

«Wer könnte gewußt haben, daß sie Juwelen im Safe hatte?» fragte ich.

«Ich», sagte Six. «Grete hätte das niemandem erzählt. Ich weiß nicht, ob Paul es jemandem erzählt hat.»

«Und hatten die beiden Feinde?»

«Von Paul weiß ich das nicht», erwiderte er, «aber ich bin sicher, daß Grete in der ganzen Welt keinen Feind hatte.» Während ich es für durchaus denkbar hielt, daß Papas kleines Mädchen sich immer die Zähne putzte und ihre Nachtgebete hersagte, konnte ich schwer übersehen, wie unbestimmt sich Herr Six über seinen Schwiegersohn äußerte. Dies war das zweite Mal, daß er unsicher war, was Paul gewußt oder getan haben könnte.

«Wie steht es mit Ihnen?» sagte ich. «Ein reicher und mächtiger Mann wie Sie muß eine gehörige Anzahl von Feinden haben.» Er nickte. «Gibt es jemanden, der Sie so sehr haßt, daß er Ihre Tochter benutzt hat, um sich an Ihnen zu rächen?»

Er setzte seine Zigarre wieder in Brand, zog daran und hielt sie dann in den Fingerspitzen von sich weg. «Feinde sind unvermeidlich die logische Folge großen Reichtums, Herr Gunther», sagte er. «Aber ich spreche von geschäftlichen Gegnern, nicht von Gangstern. Ich glaube nicht, daß einer von ihnen zu einer so kaltblütigen Tat imstande wäre.» Er stand auf und ging zum Kamin hinüber. Mit einem großen Schürhaken aus Messing beförderte er energisch das Scheit zurück, das vom Rost zu fallen drohte. Während er nichts Böses ahnte, versetzte ich ihm einen Tiefschlag: «Kamen Sie und der Gatte Ihrer Tochter gut miteinander aus?»

Er fuhr herum, um mich anzublicken, den Schürhaken noch in der Hand, das Gesicht leicht gerötet. Das war die Antwort, die ich brauchte, aber gleichwohl versuchte er, mir Sand in die Augen zu streuen. «Wie kommen Sie dazu, eine solche Frage zu stellen?» wollte er wissen.

«Wirklich, Herr Gunther!» sagte Schemm, indem er so tat, als sei er über meine gefühllose Frage schockiert.

«Wir hatten unsere Meinungsverschiedenheiten», sagte Six, «aber zeigen Sie mir den Mann, der nicht zuweilen anderer Meinung ist als sein Schwiegersohn.» Er legte den Schürhaken hin. Ich schwieg eine Minute. Schließlich sagte er: «Also, im Hinblick auf die Durchführung Ihrer Ermittlungen würde ich es vorziehen, wenn Sie Ihre Aktivitäten speziell auf die Suche nach den Juwelen beschränken würden. Ich hätte es nicht gern, wenn Sie in meinen Familienangelegenheiten herumschnüffeln würden. Ich werde Ihr Honorar bezahlen, wie hoch auch immer es sein mag...»

«Siebzig Mark pro Tag, plus Spesen», log ich und hoffte, daß Schemm es nicht nachgeprüft hatte.

«Mehr noch: Die Germania-Lebensversicherung und die Germania-Versicherungsgesellschaft werden Ihnen eine Wiederbeschaffungsprämie in Höhe von fünf Prozent zahlen. Sind Sie damit einverstanden, Herr Gunther?» Das würde, wie ich rasch im Kopf errechnete, 37500 Mark ergeben. Mit dieser Summe war ich saniert. Ich nickte, wenngleich mir die Spielregeln, die er festlegte, nicht gefielen. Andererseits ging es um fast 40000 Mark, da konnte ich ihn schon gewähren lassen.

«Aber ich warne Sie, ich bin kein geduldiger Mann», sagte er. «Ich will Ergebnisse, und ich will sie rasch. Ich habe einen Scheck für Ihre unmittelbaren Bedürfnisse ausgestellt.» Er nickte seinem Handlanger zu, und dieser reichte mir einen Scheck. Es war ein Barscheck über tausend Mark, einzulösen bei der Commerzbank. Schemm kramte wieder in seiner Aktentasche und übergab mir einen Brief, auf dem Briefpapier der Germania geschrieben.

«Hiermit wird bestätigt, daß Sie von unserer Gesellschaft verpflichtet worden sind, den Brand zu untersuchen, bevor ein Anspruch auf Schadenersatz an uns ergeht. Das Haus war bei uns versichert. Wenn Sie irgendwelche Probleme haben, sollten Sie mit mir Verbindung aufnehmen. Unter keinen Umständen dürfen Sie Herrn Six behelligen oder auch nur seinen Namen erwähnen. Hier ist ein Dossier, das alle Hintergrundinformationen enthält, die Ihnen nützlich sein könnten.»

«Sie scheinen an alles gedacht zu haben», sagte ich spitz.

Six erhob sich, ihm folgte Schemm, und ein wenig mühsam stand ich ebenfalls auf.

«Wann werden Sie mit Ihren Ermittlungen anfangen?»

«Sofort am Morgen.»

«Ausgezeichnet.» Er klopfte mir auf die Schulter. «Ulrich wird Sie nach Hause fahren.» Darauf ging er zu seinem Schreibtisch, setzte sich in seinen Sessel und machte sich daran, ein paar Papiere durchzusehen. Er nahm von mir keine Notiz mehr.

Als ich wieder in der bescheidenen Halle stand und darauf wartete, daß der Butler mit Ulrich erschien, hörte ich, daß draußen ein weiteres Auto vorfuhr. Für eine Limousine war das Motorengeräusch zu laut, und ich schätzte, daß es sich um einen Sportwagen handelte. Eine Tür knallte zu, ich hörte Schritte auf dem Kies, und dann drehte sich knirschend ein Schlüssel im Schloß der Eingangstür. Eine Frau trat ein, in der ich auf Anhieb den Ufa-Star Ilse Rudel erkannte. Sie trug einen schwarzen Zobelmantel und ein Abendkleid aus blauem Satin. Sie blickte mich verblüfft an, während ich sie einfach nur anglotzte. Sie war es wert. Sie hatte genau den Körper, von dem ich immer nur geträumt hatte, in jenen Träumen, von denen man sich wünscht, daß sie sich wiederholen. Es gab nicht viel, was ich mir in diesen Träumen nicht ausmalen konnte, ausgenommen die gewöhnlichen Dinge wie Arbeit und Allerweltsmänner.

«Guten Morgen», sagte ich, doch der Butler war wie auf Samtpfoten zur Stelle, um sie von mir abzulenken und ihr aus dem Pelz zu helfen.

«Farraj, wo ist mein Mann?»

«Herr Six ist in der Bibliothek, Madame.» Meine blauen Augen traten ein wenig aus den Höhlen, und mir fiel das Kinn herunter. Daß diese Göttin mit dem Gnom im Arbeitszimmer verheiratet war, gehörte zu den Dingen, die mich in der Überzeugung bestärkten, daß Geld alles war. Ich sah ihr zu, wie sie zur Bibliothekstür hinter mir schritt. Frau Six – es wollte mir nicht in den Kopf – war großgewachsen, blond und sah so blühend aus wie das Schweizer Bankkonto ihres Gatten. Es war ein Zug um ihren Mund, der schlechte Laune verriet, und meine Fähigkeit, in Gesichtern zu lesen, sagte mir, daß sie gewohnt war, ihren Willen durchzusetzen: in bar. An ihren vollendeten Ohren blitzten Brillantclips, und als sie näher kam, roch ich den Duft von Eau de Cologne. Als ich gerade dachte, sie werde mich nicht beachten, warf sie einen Blick in meine Richtung und sagte kühl: «Gute Nacht, wer Sie auch sind.» Dann verschwand sie in der Bibliothek, bevor ich etwas erwidern konnte. Ich verschluckte meine Zunge und klappte den Mund zu. Ich blickte auf meine Uhr. Es war halb vier. Ulrich erschien wieder.

«Kein Wunder, daß er lange aufbleibt», sagte ich und folgte Ulrich durch die Tür.

3

Der folgende Morgen war grau und feucht. Ich erwachte mit einem ekelhaften Geschmack im Mund, trank eine Tasse Kaffee und überflog die *Berliner Börsenzeitung*, die ungenießbarer war als gewöhnlich, denn die Sätze waren so lang und so unverständlich wie eine Rede von Rudolf Heß.

Ich rasierte mich, zog mich an, klemmte meinen Wäschesack unter den Arm und war weniger als eine Stunde später am Alexanderplatz. Nähert man sich ihm von der Neuen Königsstraße, wird der Platz von zwei großen Bürohäusern flankiert: dem Berolina-Haus rechts und dem Alexander-Haus links, wo ich im vierten Stock mein Büro hatte. Bevor ich ins Büro ging, lieferte ich meinen Wäschesack im Erdgeschoß bei der Adler-Wäscherei ab.

Beim Warten auf den Lift war eine kleine Anschlagtafel kaum zu übersehen, an der eine Aufforderung klebte, die Sammlung für Mutter und Kind zu unterstützen, sowie die Anordnung der Partei, einen antisemitischen Film zu besuchen, und dazu kam noch ein prachtvolles Führerbild. Für diese Anschlagtafel war der Hausmeister Gruber verantwortlich, ein verschlagener kleiner Mann, der aussah wie ein Leichenbestatter. Er ist nicht nur der Blockwart mit Polizeibefugnis (die ihm die Orpo, die reguläre uniformierte Polizei, übertragen hat), sondern auch ein Spitzel der Gestapo. Vor langer Zeit war ich zu dem Schluß gekommen, daß es schlecht für das Geschäft war, wenn man sich mit Gruber anlegt; also gab ich ihm, wie alle anderen Bewohner des Hauses, wöchentlich drei Mark, in der Annahme, damit alle meine Beiträge zu den immer neuen Geldbeschaffungsmaßnahmen abgedeckt zu haben, welche die Deutsche Arbeitsfront sich einfallen ließ.

Ich verfluchte die Langsamkeit des Lifts, als Grubers Tür sich gerade so weit öffnete, daß sein Haifischgesicht den Flur entlangspähen konnte.

«Ah, Herr Gunther, Sie sind's», sagte er, aus seinem Büro kommend. Er watschelte auf mich zu wie ein Krebs, der unter Hühneraugen leidet.

«Guten Morgen, Herr Gruber», sagte ich und vermied es, ihm ins Gesicht zu sehen. Sein Gesicht hatte etwas von Nosferatu, wie ihn Max Schreck im Film verkörpert hatte, ein Eindruck, der durch die manischen Waschbewegungen seiner skelettartigen Hände verstärkt wurde.

«Da war eine junge Dame, die Sie sprechen wollte», sagte er. «Ich habe sie raufgeschickt. Ich hoffe, das war richtig so, Herr Gunther.»

«Ja...»

«Das heißt, falls sie noch da ist», sagte er. «Das war vor mindestens einer halben Stunde. Da ich wußte, daß Fräulein Lehmann nicht mehr für Sie arbeitet, mußte ich ihr mitteilen, daß ich nicht sagen könne, wann Sie aufkreuzen würden, weil Sie immer zu so ungewöhnlichen Zeiten kämen.» Zu meiner Erleichterung kam der Lift, ich zog die Tür auf und trat hinein.

«Danke, Herr Gruber», sagte ich und schloß die Tür.

«Heil Hitler», sagte er. Der Lift begann im Schacht nach oben zu schweben. Ich rief: «Heil Hitler.» Bei jemandem wie Gruber sollte man den Hitlergruß nicht vergessen. Es lohnt den Ärger nicht. Aber eines Tages werde ich diesem Wiesel die Zähne einschlagen, bloß aus reinem Vergnügen.

Ich teile die vierte Etage mit einem «Deutschen» Zahnarzt, einem «Deutschen» Versicherungsagenten und einer «Deutschen» Arbeitsvermittlung; das letztgenannte Büro hat mir die vorläufige Sekretärin besorgt. Sie war vermutlich die Frau, die jetzt in meinem Vorzimmer wartete. Als ich aus dem Lift trat, hoffte ich, daß sie nicht abgrundhäßlich war. Natürlich nahm ich nicht an, daß ich ein knackiges Mädchen kriegen würde, andererseits war ich auch nicht scharf genug darauf, mich auf eine Brillenschlange einzustellen. Ich öffnete die Tür.

«Herr Gunther?» Sie stand auf, und ich schätzte sie mit einem Blick ab: Nun, sie war nicht so jung, wie ich nach Grubers Worten angenommen hatte (ich schätzte sie auf etwa fünfundvierzig), aber nicht übel, wie mir schien. Vielleicht ein bißchen bieder und schnukkelig (sie hatte einen gediegenen Hintern), aber zufällig mag ich das. Ihr Haar war rot, mit einer Spur Grau an Schläfen und Wirbel, und zu einem Knoten zurückgebunden. Sie trug ein Kostüm aus schlichtem grauem Tuch, eine weiße, hochgeschlossene Bluse und einen schwarzen Hut mit umlaufendem, hochstehendem Rand.

«Guten Morgen», sagte ich so liebenswürdig, wie ich es angesichts meines ausgewachsenen Katers vermochte. «Sie müssen meine vorläufige Sekretärin sein.» Ich war froh, daß ich überhaupt eine Frau bekommen hatte, und diese sah halbwegs annehmbar aus.

«Frau Protze», erklärte sie und reichte mir die Hand. «Ich bin verwitwet.»

«Tut mir leid», sagte ich und schloß die Tür zu meinem Büro auf. «Aus welcher Gegend in Bayern kommen Sie?» Der Akzent war unüberhörbar.

«Regensburg.»

«Das ist eine hübsche Stadt.»

«Sie müssen dort einen verborgenen Schatz entdeckt haben.» Witzig war sie auch noch, dachte ich; das war gut: Wenn sie für mich arbeitete, brauchte sie eine Portion Humor.

Ich erzählte ihr alles über meine Tätigkeit. Sie sagte, das höre sich sehr aufregend an. Ich führte sie in das angrenzende kleine Zimmer, in dem sie ihr Hinterteil plazieren sollte.

«Vermutlich ist es nicht schlecht, wenn Sie die Tür im Vorzimmer offen lassen», erklärte ich ihr. Dann zeigte ich ihr den Waschraum auf dem Flur und entschuldigte mich wegen der Seifenreste und der schmutzigen Handtücher. «Ich zahle pro Monat 75 Mark und muß mir so was bieten lassen», sagte ich. «Verdammt, ich werde mich bei diesem Halunken von Hauswirt beschweren.» Aber bereits als ich das sagte, wußte ich, daß ich's nie tun würde.

Zurück im Büro, schlug ich meinen Terminkalender auf und sah, daß die Verabredung um elf Uhr mit Frau Heine heute die einzige war.

«Ich habe in zwanzig Minuten einen Termin», sagte ich. «Eine Frau, die wissen will, ob's mir gelungen ist, ihren verschwundenen Sohn ausfindig zu machen. Er ist ein jüdisches U-Boot.»

«Ein was?»

«Ein Jude, der sich versteckt hält.»

«Sie meinen, abgesehen davon, daß er Jude ist?» Ich sah schon, daß sie ein recht abgeschottetes Leben geführt hatte, selbst in Regensburg, und es erschien mir beschämend, der armen Frau den möglicherweise abstoßenden Anblick des übelriechenden Hinterteils ihres Landes zu enthüllen. Trotzdem, immerhin war sie erwachsen, und ich hatte keine Zeit, mir groß Gedanken darüber zu machen.

«Er hat bloß einem alten Mann geholfen, der von ein paar Schlägern verprügelt wurde. Er brachte einen davon um.»

«Aber wenn er dem alten Mann doch helfen wollte...»

«Ja, aber der alte Mann war Jude», erklärte ich. «Und die zwei Schläger waren von der SA. Komisch, wie das die Sachlage verändert, nicht wahr? Seine Mutter bat mich, herauszufinden, ob er noch am Leben und in Freiheit ist. Wissen Sie, wenn jemand verhaftet und hingerichtet oder ins KZ geschickt wird, machen sich die Behörden nicht immer die Mühe, seine Angehörigen zu informieren. Es gibt in diesen Zeiten viele Personen aus jüdischen Familien, die als vermißt gemeldet werden. Ein großer Teil meiner Arbeit besteht darin, sie zu finden.» Frau Protze sah besorgt aus.

«Sie helfen Juden?»

«Machen Sie sich keine Sorgen», sagte ich. «Das ist absolut legal. Und ihr Geld ist so gut wie das jedes anderen.»

«Ich denke schon.»

«Hören Sie, Frau Protze», sagte ich. «Juden, Zigeuner, Rothäute, das ist mir ganz egal. Ich habe keinen Grund, sie zu mögen, aber ich habe auch keinen Grund, sie zu hassen. Wenn er durch die Tür kommt, wird ein Jude genauso behandelt wie jeder andere. Genauso, als wäre er der Vetter des Kaisers. Aber das heißt nicht, daß ich mich als Wohlfahrtsinstitut verstehe. Geschäft ist Geschäft.»

«Gewiß», sagte Frau Protze, ein wenig errötend. «Ich hoffe, Sie glauben nicht, daß ich etwas gegen die Juden habe.»

«Natürlich nicht», antwortete ich. Aber das sagte schließlich jeder. Sogar Hitler.

«Du lieber Gott», sagte ich, als die Mutter des U-Boots mein Büro verlassen hatte. «So sieht ein zufriedener Klient aus.» Die Vorstellung deprimierte mich so, daß ich beschloß, für eine Weile an die frische Luft zu gehen.

Bei Loeser & Wolff kaufte ich eine Schachtel Muratti, und danach löste ich Six' Scheck ein. Die Hälfte der Summe zahlte ich auf mein Konto ein; und ich leistete mir bei Wertheim einen teuren seidenen Morgenmantel, bloß um mir die Freude zu machen, mal so problemlos einzukaufen wie Six.

Dann ging ich, vorbei am Bahnhof, den gerade rumpelnd ein Zug Richtung Jannowitzbrücke verließ, zur Ecke Königstraße, wo ich meinen Wagen geparkt hatte.

Lichterfelde-Ost ist eine aufblühende Wohngegend, die besonders von höheren Beamten und Wehrmachtsangehörigen bevorzugt wird. Normalerweise kann sich's ein junges Ehepaar nicht leisten, hier zu wohnen, doch die meisten haben ja auch keinen Multimillionär wie Hermann Six zum Vater.

Die Ferdinandstraße verlief südlich der Eisenbahnlinie. Ein junger Polizeianwärter stand Wache vor dem Haus Nummer 16, dem der größte Teil des Daches und alle Fenster fehlten. Das geschwärzte Balken- und Mauerwerk der Villa sprach eine deutliche Sprache. Ich parkte den Hanomag und ging zum Gartentor hinauf, wo ich dem jungen Polizisten, einem pickligen jungen Burschen um die Zwanzig, meinen Ausweis unter die Nase hielt. Er studierte ihn sorgsam und ein wenig einfältig und sagte überflüssigerweise: «Privatdetektiv, wie?»

«Stimmt. Ich untersuche den Brand im Auftrag der Versicherungsgesellschaft.» Ich zündete mir eine Zigarette an und blickte vielsagend auf das Streichholz, als es bis auf meine Fingerspitzen niederbrannte. Er nickte, doch sein Gesichtsausdruck blieb besorgt, ehe er sich plötzlich aufhellte, als er mich erkannte.

«He, waren Sie nicht bei der Kripo am Alex?» Ich nickte, und meinen Nasenlöchern entströmte Rauch wie einem Fabrikschornstein. «Ja, ich glaube, ich erinnere mich an den Namen – Bernhard Gunther. Sie haben Gormann, den Würger, geschnappt. Habe in der Zeitung davon gelesen. Sie waren berühmt.» Ich zuckte bescheiden die Achseln. Aber er hatte recht. Als ich Gormann schnappte, war ich eine Zeitlang berühmt. Damals war ich ein guter Bulle.

Der junge Polizeianwärter nahm seinen Tschako ab und kratzte sich seinen Quadratschädel. «Ja, ja», sagte er; und dann: «Ich werde zur Kripo gehen. Das heißt, wenn sie mich haben wollen.»

«Sie scheinen ein helles Köpfchen zu sein. Sie sollten es einfach tun.»

«Danke», sagte er. «He, wie wär's mit einem Tip?»

Ich zuckte die Achseln. «Versuchen Sie's mit Scharhorn um drei in Hoppegarten. Verdammt, ich weiß es nicht. Wie ist Ihr Name, junger Mann?»

«Eckhart», sagte er. «Wilhelm Eckhart.»

«Also, Wilhelm, erzählen Sie mir mal was über den Brand. Zuerst: Wer ist der Pathologe bei diesem Fall?»

«Irgendein Bursche vom Alex. Ich glaube, er hieß Upmann oder Illmann.»

«Ein alter Mann mit einem kleinen Kinnbart und randloser Brille?» Er nickte. «Das ist Illmann. Wann war er hier?»

«Vorgestern. Er und Kommissar Jost.»

«Jost? Gar nicht seine Art, sich die Flossen schmutzig zu machen. Ich hätte gedacht, es wäre mehr nötig als bloß der Mord an einer Millionärstochter, daß er seinen fetten Arsch hochkriegt.» Ich warf meine Zigarette weg, aber nicht in Richtung auf das ausgebrannte Haus: Man mußte das Schicksal ja nicht herausfordern.

«Ich hörte, es soll Brandstiftung gewesen sein», sagte ich. «Stimmt das, Wilhelm?»

«Riechen Sie doch mal», sagte er.

Ich atmete tief ein und schüttelte den Kopf.

«Riechen Sie das Benzin nicht?»

«Nein. In Berlin stinkt es immer so.»

«Vielleicht weil ich hier schon so lange stehe. Nun, man hat im Garten einen Benzinkanister gefunden, also denke ich, daß alles dafür spricht.»

«Hören Sie, Wilhelm, hätten Sie etwas dagegen, wenn ich mich bloß mal schnell umsehe? Das würde mir ersparen, viele Formulare auszufüllen. Früher oder später werden Sie mich sowieso einen Blick ins Haus werfen lassen.»

«Gehen Sie nur rein, Herr Gunther», sagte er und öffnete das Haupttor. «Gibt ohnehin nicht viel zu sehen. Sie haben säckeweise Zeug mitgenommen. Ich zweifle, daß es etwas gibt, das für Sie interessant sein könnte. Ich weiß beim besten Willen nicht, warum ich noch hier bin.»

«Ich schätze, für den Fall, daß der Mörder an den Schauplatz des Verbrechens zurückkehrt», sagte ich aufreizend.

«Mein Gott, halten Sie das für möglich?» keuchte der Junge. Ich schürzte die Lippen. «Wer weiß?» sagte ich, obwohl ich persönlich von einem solchen Fall nie gehört hatte. «Ich werde mich jedenfalls mal umsehen. Vielen Dank, ich weiß das zu schätzen.»

«Keine Ursache.»

Er hatte recht. Es gab nicht viel zu sehen. Der Mann mit den Streichhölzern hatte gute Arbeit geleistet. Ich sah an der Vordertür nach, doch dort lag so viel Schutt, daß ich nicht wußte, wo ich hintreten sollte. Seitlich fand ich ein Fenster, das zu einem anderen Zimmer gehörte, das besser begehbar zu sein schien. Ich kletterte hinein, weil ich hoffte, wenigstens den Safe zu finden. Es war nicht so, daß meine Anwesenheit hier nötig war. Ich wollte mir bloß eine Vorstellung vom Tatort machen. Ich kann so besser arbeiten: Ich brauche ein Bilderbuch im Kopf. Darum war ich nicht allzu enttäuscht, als ich feststellte, daß die Polizei den Safe bereits weggeschafft hatte. Nur noch eine gähnende Öffnung in der Mauer war zurückgeblieben. Ich habe ja immer noch Illmann, sagte ich mir.

Als ich zum Tor zurückkam, stieß ich auf Wilhelm, der eine alte, etwa sechzigjährige Frau tröstete, deren Gesicht tränenüberströmt war.

«Die Putzfrau», erklärte er. «Sie ist gerade eben aufgetaucht. Offenbar ist sie in Urlaub gewesen und hat nichts von dem Feuer erfahren. Die arme alte Seele hat einen Schock.» Er fragte sie, wo sie wohne.

«Neuenburger Straße», schniefte sie. «Mir geht's wieder gut, danke Ihnen, junger Mann.» Sie zog ein kleines Spitzentaschentuch aus ihrer Manteltasche, das in ihren großen, bäuerlichen Händen so fehl am Platze schien wie ein Häkeldeckchen in denen von Max Schmeling und für den Zweck, zu dem es bestimmt war, ganz ungeeignet: Sie schneuzte sich die schrumpelige Nase mit derartiger

Heftigkeit und Lautstärke, daß ich versucht war, den Hut auf meinem Kopf festzuhalten. Dann wischte sie sich ihr großes, vierschrötiges Gesicht mit dem durchweichten Tuch ab. Da ich mir von ihr ein paar Informationen über den Pfarrschen Haushalt erhoffte, bot ich der alten Schachtel an, sie mit meinem Wagen nach Hause zu fahren.

«Es liegt auf meinem Weg», sagte ich.

«Ich möchte Ihnen keine Umstände machen.»

«Es macht mir überhaupt nichts aus», versicherte ich.

«Nun, wenn Sie meinen. Das wäre sehr freundlich von Ihnen. Ich war ein bißchen durcheinander.» Sie nahm die Schachtel auf, die zu ihren Füßen lag, von denen jeder, wie ein Metzgerdaumen aus einem Fingerhut, über den Rand des glänzend polierten schwarzen Halbstiefels quoll. Sie hieß Schmidt.

«Sie haben ein gutes Herz, Herr Gunther», sagte Wilhelm.

«Unsinn», erwiderte ich, und das stimmte. Es ließ sich nicht sagen, welche Information über ihre früheren Arbeitgeber ich aus der alten Frau würde herauskitzeln können. Ich nahm ihr die Schachtel ab. «Lassen Sie mich die nehmen», sagte ich. Es war eine Schachtel von Stechbarth, dem offiziellen Ausstatter der Wehrmacht, und ich hatte so eine Idee, daß sie vielleicht für die Pfarrs bestimmt war. Ich nickte Wilhelm wortlos zu und ging voran zum Wagen.

«Neuenburger Straße», wiederholte ich, als wir abfuhren. «Die biegt von der Lindenstraße ab, nicht wahr?» Sie nickte, sagte mir, welche Richtung ich einschlagen mußte, und war für eine Weile still. Dann fing sie wieder an zu weinen.

«Was für eine schreckliche Tragödie», schluchzte sie.

«Ja, ja, es ist ein Unglück.»

Ich fragte mich, wieviel Wilhelm ihr erzählt hatte. Je weniger, desto besser, dachte ich, denn, so folgerte ich, je weniger geschockt sie war, zumindest in diesem Stadium, desto mehr würde ich aus ihr rauskriegen.

«Sind Sie Polizist?» fragte sie.

«Ich untersuche den Brand», sagte ich ausweichend.

«Ich bin sicher, daß Sie viel zu beschäftigt sind, um eine alte Frau wie mich durch Berlin zu kutschieren. Warum setzen Sie mich nicht auf der anderen Seite der Brücke ab, und ich gehe das letzte Stück zu Fuß? Es geht mir wieder gut, wirklich.»

«Es macht mir nichts aus. Ich wollte sowieso mit Ihnen über die Pfarrs sprechen – das heißt, wenn es Sie nicht zu sehr aufregt.» Wir überquerten den Landwehrkanal und kamen zum Belle-Alliance-Platz mit der großen Friedenssäule. «Sehen Sie, es wird eine Untersuchung stattfinden, und es würde mir helfen, wenn ich soviel wie möglich über sie wüßte »

«Ja, also ich habe nichts dagegen, wenn Sie glauben, daß ich von Nutzen sein kann», sagte sie.

Als wir die Neuenburger Straße erreichten, parkte ich den Wagen und folgte der alten Frau in die zweite Etage eines mehrere Stockwerke hohen Mietshauses.

Frau Schmidts Wohnung war typisch für die ältere Generation in Berlin. Die Möbel waren gediegen und sorgfältig gearbeitet – Berliner geben für ihre Tische und Stühle eine Menge Geld aus –, und im Wohnzimmer war ein großer Kachelofen. Der vergilbte Druck einer Dürer-Zeichnung, die in Berliner Wohnungen so häufig anzutreffen ist wie ein Aquarium im Wartezimmer von Ärzten, hing über einer dunkelroten Biedermeierkredenz, auf der verschiedene Fotos standen (darunter auch ein Bild unseres geliebten Führers) sowie ein kleines silbernes Hakenkreuz in einem großen Bronzerahmen. Auch ein Tablett mit Flaschen war da, von dem ich eine Flasche Schnaps nahm und ihr ein kleines Glas einschenkte.

«Es wird Ihnen bessergehen, wenn Sie das getrunken haben», sagte ich, reichte ihr das Glas und überlegte, ob ich es wagen konnte, mir, ohne zu fragen, ebenfalls ein Glas einzuschenken. Neidisch sah ich zu, wie sie den Schnaps in einem Zug hinunterkippte. Sie leckte sich die dicken Lippen und nahm am Fenster in einem mit Brokat bezogenen Sessel Platz.

«Fühlen Sie sich dazu in der Lage, ein paar Fragen zu beantworten?»

Sie nickte. «Was wollen Sie wissen?»

«Nun, fangen wir damit an, wie lange Sie Herrn und Frau Pfarr kannten.»

«Hm, da muß ich nachdenken.» Auf dem Gesicht der Frau malte sich Unsicherheit, als spiele sie in einem Stummfilm. Die Stimme floß langsam aus dem Boris-Karloff-Mund mit seinen ein wenig vorstehenden Zähnen wie Sand aus einem Eimer. «Es muß ein Jahr sein, schätze ich.» Sie stand wieder auf und zog ihren Mantel aus, unter dem ein schmuddeliger Kittel mit Blumenmuster zum Vorschein kam. Darauf hustete sie ein paarmal und schlug sich dabei auf die Brust.

Die ganze Zeit stand ich unbeweglich in der Mitte des Zimmers, den Hut im Genick, die Hände in den Taschen. Ich fragte sie, was für ein Ehepaar die Pfarrs gewesen seien.

«Ich meine, waren sie glücklich? Streitlustig?» Sie nickte zustimmend. Beides treffe zu.

«In der ersten Zeit, als ich dort arbeitete, waren sie sehr verliebt», sagte sie. «Aber bald darauf verlor sie ihre Arbeit als Lehrerin. Das machte sie ganz fertig. Und es dauerte nicht lange, und sie stritten sich. Nicht, daß er oft dagewesen wäre, wenn ich im Haus war. Aber wenn er da war, stritten sie sich meistens, und damit meine ich keine Kabbeleien, wie bei den meisten Ehepaaren. Nein, sie hatten laute, zornige Auseinandersetzungen, beinahe so, als haßten sie sich, und ein paarmal fand ich sie danach weinend in ihrem Zimmer. Also, ich weiß wirklich nicht, worüber sie hätten unglücklich sein sollen. Sie hatten ein hübsches Heim – es war ein Vergnügen, dort zu putzen, ehrlich. Denken Sie nicht, daß sie protzig waren. Ich habe nie gesehen, daß sie Geld für überflüssiges Zeug ausgab. Sie hatte 'ne Menge hübscher Kleider, aber nichts Ausgefallenes.»

«Und Schmuck?»

«Ich glaube, sie hatte ein bißchen Schmuck, aber ich kann mich nicht erinnern, daß sie ihn getragen hätte; aber ich war ja auch nur tagsüber dort. Andererseits passierte es mal, daß ich seine Jacke weghängte und ein Paar Ohrringe auf den Boden fielen, und die gehörten nicht zu der Art von Ohrringen, die sie getragen haben würde.»

«Wie meinen Sie das?»

«Diese waren für durchstochene Ohren, und Frau Pfarr trug nur Clips. Also dachte ich mir meinen Teil, aber ich sagte nichts. Es ging mich nichts an, was er trieb. Doch ich schätze, daß sie einen Verdacht hatte. Sie war nicht auf den Kopf gefallen. Im Gegenteil. Ich glaube, das war der Grund, warum sie soviel trank.»

«Trank sie?»

«Wie ein Loch.»

«Was war mit ihm? Er arbeitete im Innenministerium, nicht wahr?»

Sie zuckte die Achseln. «Es war irgendein Amt bei der Regierung, aber ich könnte nicht sagen, wie es hieß. Er hatte was mit der Justiz zu tun – in seinem Arbeitszimmer hatte er eine Urkunde an der Wand. Egal, über seine Arbeit verlor er kaum ein Wort. Und er achtete sehr darauf, keine Papiere rumliegen zu lassen, die ich vielleicht sehen konnte. Nicht, daß ich sie gelesen hätte, bewahre. Aber er ließ es nicht drauf ankommen.»

«Arbeitete er viel zu Hause?»

«Manchmal. Und ich weiß, er verbrachte viel Zeit in dem großen Bürogebäude am Bülowplatz – Sie wissen, früher war es das Hauptquartier der Bolschewiken.»

«Sie meinen das Haus der Deutschen Arbeitsfront? Aus dem sie die Roten rausgeschmissen haben?»

«Richtig. Hin und wieder nahm mich Herr Pfarr im Wagen mit. Meine Schwester wohnt in der Brunnenstraße, und normalerweise steige ich nach der Arbeit in die Linie 99 am Rosenthaler Platz. Ab und zu war Herr Pfarr so freundlich, mich bis zum Bülowplatz mitzunehmen, wo ich ihn in das Arbeitsfront-Gebäude gehen sah.»

«Wann haben Sie sie zuletzt gesehen?»

«Gestern vor zwei Wochen. Ich hatte Ferien, wissen Sie. Eine Kraft-durch-Freude-Reise nach Rügen. Ich sah sie, aber ihn nicht.»

«Was machte sie für einen Eindruck?»

«Sie schien glücklich über eine Abwechslung. Nicht nur das, außerdem hatte sie kein Glas in der Hand, als sie mit mir sprach. Sie erzählte mir, sie wolle eine kleine Kur machen. Das tat sie oft. Ich denke, sie machte eine Entziehung.»

«Verstehe. Und als Sie an diesem Morgen in die Ferdinandstraße gingen, schauten Sie beim Schneider vorbei, ist das richtig, Frau Schmidt?»

«Ja, das ist richtig. Ich machte für Herrn Pfarr öfter kleine Besorgungen. Er war gewöhnlich zu beschäftigt, in die Geschäfte zu gehen, also ließ er mich gegen Bezahlung Sachen für ihn abholen. Bevor ich in Urlaub ging, fand ich eine Nachricht. Er bat mich, seinen Anzug beim Schneider abzugeben. Man wüßte dort schon Bescheid.

«Seinen Anzug, sagen Sie.»

«Nun, ja, glaube ich.» Ich hob die Schachtel auf.

«Was dagegen, wenn ich mal nachsehe?»

«Warum nicht? Er ist ja schließlich tot, oder?»

Kurz bevor ich den Deckel hochhob, hatte ich eine ziemlich sichere Vorahnung, was ich finden würde. Ich lag nicht falsch. Das war unverkennbar das Mitternachtsschwarz, das von den alten Elite-Kavallerieregimentern der Kaiserlichen Armee herstammte, der wagnerianische Doppelblitz auf dem rechten Kragenspiegel und der römische Adler und das Hakenkreuz auf dem linken Ärmel. Die drei Sterne auf dem linken Kragenspiegel wiesen den Träger der Uniform als Hauptmann oder als Inhaber des Phantasieranges aus, den ein Hauptmann in der SS bekleidete. An den rechten Ärmel war ein Stück Papier geheftet. Es war eine Rechnung über 25 Mark, adressiert an Hauptsturmführer Pfarr. Ich stieß einen Pfiff aus.

«Paul Pfarr war also ein schwarzer Engel.»

«Das hätte ich nie geglaubt», sagte Frau Schmidt.

«Sie meinen, Sie haben ihn diese Uniform nie tragen sehen?»

Sie schüttelte den Kopf. «Ich habe sie noch nicht mal in seinem Kleiderschrank hängen sehen.»

«Sei's drum.» Ich war nicht sicher, ob ich ihr das glauben sollte oder nicht, doch ich konnte mir keinen Grund denken, warum sie in diesem Punkt lügen sollte. Es war für Anwälte – «Deutsche» Anwälte, die für das Reich arbeiteten – nicht ungewöhnlich, Mitglied der SS zu sein: Man konnte sich vorstellen, daß er seine Uniform nur bei offiziellen Anlässen trug.

Jetzt sah Frau Schmidt verwirrt aus. «Ich wollte Sie noch fragen, wie das Feuer ausbrach.»

Ich dachte kurz nach und beschloß, ihr ohne Schmus die reine Wahrheit zu sagen, in der Hoffnung, daß der Schock sie davon abhalten würde, unangenehme Fragen zu stellen, die ich nicht beantworten konnte.

«Es war Brandstiftung», sagte ich ruhig. «Sie wurden beide ermordet.» Ihr Kinn fiel herunter wie eine Katzenklappe, und ihre Augen wurden abermals feucht, als habe sie Zug bekommen.

«Gütiger Gott», keuchte sie. «Wie schrecklich! Wer könnte so etwas tun?»

«Das ist eine gute Frage», erwiderte ich. «Wissen Sie, ob einer der beiden Feinde hatte?» Sie seufzte tief und schüttelte dann den Kopf. «Haben Sie je mit angehört, daß einer der beiden mit einer dritten Person stritt? Am Telefon vielleicht? Jemand an der Haustür? Etwas in der Art.» Sie schüttelte abermals den Kopf.

«Augenblick», sagte sie leise. «Ja, da war einmal etwas, vor ein paar Monaten. Ich hörte, wie sich Herr Pfarr in seinem Arbeitszimmer mit jemandem stritt. Es ging ziemlich hitzig zu, und ich kann Ihnen sagen, einige der Ausdrücke, die sie benutzten, waren nichts für die Ohren anständiger Leute. Sie stritten über Politik. Herr Six sagte ein paar schreckliche Sachen über den Führer, die...»

«Sagten Sie, Herr Six?»

«Ja», erwiderte sie. «Er war der andere Mann. Nach einer Weile kam er, krebsrot im Gesicht, aus dem Arbeitszimmer gestürmt und verschwand durch die Tür. Rannte mich dabei beinahe über den Haufen.»

«Können Sie sich daran erinnern, worüber sonst noch gesprochen wurde?»

«Bloß daran, daß einer dem anderen die Schuld gab, er versuche ihn zu ruinieren.»

«Wo war Frau Pfarr, als das passierte?»

«Sie war fort, zu einer ihrer Kuren, denke ich.»

«Ich danke Ihnen», sagte ich. «Sie sind eine große Hilfe gewesen. Und jetzt muß ich zurück zum Alexanderplatz.» Ich wandte mich zur Tür.

«Entschuldigung», sagte Frau Schmidt. Sie zeigte auf die Schachtel des Schneiders. «Was soll ich mit Herrn Pfarrs Uniform machen?»

«Schicken Sie sie», sagte ich, ein paar Markstücke auf den Tisch legend, «an Reichsführer-SS Himmler, Prinz-Albrecht-Straße 9.»

4

Die Simeonstraße ist bloß ein paar Straßen von der Neuenburger Straße entfernt, doch wenn den Fenstern in der Neuenburger ein neuer Anstrich fehlt, so fehlen ihnen hier die Scheiben. Diese Gegend ein armes Viertel zu nennen hieße etwa soviel, als würde man von Joseph Goebbels sagen, er hätte Schwierigkeiten, Schuhe in seiner Größe zu finden.

Fünf oder sechs Stockwerke hohe Mietskasernen umschlossen den schmalen Krokodilsrücken des Kopfsteinpflasters wie zwei Granatklippen, die nur durch die zwischen ihnen gespannten Wäscheleinen miteinander verbunden waren. Mürrische junge Burschen, jeder eine Selbstgedrehte im Mund, die heruntergebrannt von den dünnen Lippen hing wie die Kotspur eines gelangweilten Goldfisches, belagerten die schartigen Ecken düsterer Gassen und blickten gleichgültig auf die Meute rotznasiger Kinder, die über das Pflaster sprangen und hüpften. Die Kinder spielten lärmend, ohne auf die Anwesenheit dieser Älteren zu achten, und sie nahmen weder von den grob hingeschmierten Hakenkreuzen, Hämmern und Sicheln, den Dogmen, welche die Älteren trennten, noch von den üblichen Schweinereien Notiz, welche die Hausmauern bedeckten. Unter dem Niveau der unratbedeckten Straßen und im Schatten der Häuser, welche die Sonne verfinsterten, lagen die Kellerräume, wo sich die kleinen Läden und Büros befanden, die das Viertel versorgten.

Nicht, daß es da viel zu versorgen gab. In einer Gegend wie dieser gibt es kein Geld, und für die meisten dieser Firmen ist das Geschäft beinahe so lebhaft wie die eichenen Sargbretter in einer Leichenhalle.

Es war einer dieser kleinen Läden, der eines Pfandleihers, den ich betrat, ohne von dem großen Davidstern Notiz zu nehmen, der auf die hölzernen Rolläden geschmiert war, die das Ladenfenster davor schützten, zertrümmert zu werden. Eine Glocke läutete, als ich die Tür öffnete und schloß. Zweifach des Tageslichtes beraubt, war der Raum bloß von einer Petroleumlampe erhellt, die von der niedrigen Decke hing, so daß man sich vorkam wie im Rumpf eines alten

Segelschiffes. Ich stöberte herum und wartete darauf, daß Weizmann, der Besitzer, aus dem Hintergrund auftauchen würde.

Da gab es eine alte Pickelhaube, ein ausgestopftes Murmeltier in einem Glaskasten, das aussah, als sei es an Milzbrand verreckt, und einen alten Siemens-Staubsauger; da waren zahlreiche Kästen voller militärischer Orden – meistens Eiserne Kreuze zweiter Klasse, wie das meine –, mehr als zwanzig Nummern von Köhlers *Flotten-Kalender*, in denen Schiffe verzeichnet waren, die längst gesunken oder abgewrackt waren, ein Blaupunkt-Radio, eine angestoßene Büste von Bismarck und eine alte Leica. Ich betrachtete die Orden, als der Geruch von Tabak und Weizmanns vertrautes Husten mir zeigten, daß er gleich erscheinen würde.

«Sie sollten auf sich achtgeben, Weizmann.»

«Und was finge ich mit meinem langen Leben an?» Wenn Weizmann sprach, war die Drohung seines asthmatischen Hustens immer gegenwärtig. Der Husten lag auf der Lauer, um ihn plötzlich zu überfallen. Manchmal gelang es ihm, ihn zu unterdrücken; aber diesmal überkam ihn ein Hustenkrampf, der sich kaum noch menschlich anhörte, mehr wie ein Versuch, ein Auto mit einer fast leeren Batterie zu starten, und wie üblich schien ihm der Husten keinerlei Erleichterung zu verschaffen. Er machte es auch nicht erforderlich, daß Weizmann die Pfeife aus dem Mund nahm, der wie ein Tabaksbeutel aussah.

«Sie sollten versuchen, hin und wieder ein bißchen Luft in Ihre Lungen zu lassen», sagte ich zu ihm, «oder zumindest etwas, das Sie nicht vorher in Brand gesetzt haben.»

«Luft», sagte er. «Die steigt mir gleich in den Kopf. Ich übe mich jedenfalls darin, ohne Luft auszukommen: Wer kann sagen, wann sie den Juden verbieten werden, Sauerstoff einzuatmen.» Er hob die Klappe des Tresens an. «Kommen Sie ins Hinterzimmer, mein Freund, und sagen Sie mir, welchen Dienst ich Ihnen erweisen kann.» Ich folgte ihm hinter den Tresen, vorbei an einem leeren Bücherregal.

«Gehen die Geschäfte besser?» fragte ich. Er drehte sich um. «Was soll ich mit all den Büchern?» Weizmann schüttelte traurig den Kopf.

«Unglücklicherweise mußte ich sie wegräumen. Die Nürnberger Gesetze» – sagte er mit einem spöttischen Lächeln – «verbieten einem Juden, Bücher zu verkaufen. Sogar antiquarische.» Er drehte sich um und ging weiter ins Hinterzimmer. «In diesen Zeiten glaube ich an Recht und Gesetz, wie ich daran glaube, daß Horst Wessel ein Held war.»

«Horst Wessel?» fragte ich. «Nie von ihm gehört.»

Weizmann lächelte und deutete mit dem Stiel seiner stinkenden Pfeife auf ein altes Jacquardsofa. «Setzen Sie sich, Bernie. Ich werde uns einen einschenken.»

«Nun, was wollen Sie? Sie lassen Juden immer noch Fusel trinken. Sie taten mir vorhin fast leid, als Sie mir da hinten von den Büchern erzählten. Die Dinge sind nie so schlecht, wie sie scheinen, solange noch ein Schluck in Reichweite ist.»

«Das ist die Wahrheit, mein Freund.» Er öffnete ein Eckschränkchen, nahm die Schnapsflasche und füllte die Gläser sorgfältig, aber großzügig. Als er mir das Glas reichte, sagte er: «Ich werde Ihnen was sagen. Wenn's nicht so viele Leute geben würde, die trinken, wäre dieses Land wirklich in einem höllischen Zustand.» Er hob sein Glas. «Trinken wir auf mehr Trunkenbolde und die Enttäuschung über ein perfekt organisiertes Nazi-Deutschland.»

«Auf mehr Trunkenbolde», sagte ich und sah zu, wie er, beinahe zu dankbar, trank. Er hatte ein pfiffiges Gesicht, um den Mund mit dem Pfeifenstiel ein sarkastisches Lächeln. Eine große, fleischige Nase trennte Augen, die ein wenig zu dicht zusammenstanden, und er trug eine dicke, randlose Brille. Das noch immer dunkle Haar war aus der hohen Stirn akkurat nach rechts gekämmt. In seinem tadellos gebügelten blauen Nadelstreifenanzug sah Weizmann beinahe so aus wie Ernst Lubitsch. Er setzte sich auf ein altes Rollpult und drehte sich zur Seite, um mich anzublicken.

«Also, was kann ich für Sie tun?»

Ich zeigte ihm das Foto von Six' Halsband. Er schnaufte ein wenig, als er es betrachtete, und setzte dann zu einer gehusteten Bemerkung an: «Wenn's echt ist –» Er lächelte und wiegte den Kopf. «Ist es echt? Natürlich ist es echt, warum würden Sie mir sonst eine so hübsche Fotografie zeigen. Also, es sieht wirklich wie ein sehr hübsches Stück aus.»

«Es wurde gestohlen», sagte ich.

«Bernie, wenn Sie hier sitzen, denke ich nicht, daß es an einen Baum genagelt war und auf die Feuerwehr wartete.»

Er zuckte die Achseln. «Aber so ein hübsches Halsband – was kann ich Ihnen darüber sagen, was Sie nicht schon wüßten.»

«Kommen Sie, Weizmann. Bis man Sie beim Klauen erwischte, waren Sie einer von Friedländers besten Juwelieren.»

«Oh, das haben Sie zartfühlend ausgedrückt.»

«Nach zwanzig Jahren im Geschäft kennen Sie sich doch mit Klunkern genausogut aus wie in Ihrer Westentasche.»

«Zweiundzwanzig Jahre», sagte er ruhig und goß uns noch einmal ein. «Nun gut. Stellen Sie Ihre Fragen, Bernie, und wir werden weitersehen.»

«Wie würde es jemand anstellen, um die Steine loszuwerden?»

«Sie meinen, auf andere Weise, als sie einfach in den Landwehrkanal zu werfen? Für Geld? Das hängt davon ab.»

«Wovon?» sagte ich geduldig.

«Ob die Person, die im Besitz der Steine ist, ein Jude ist oder ein Goi.»

«Kommen Sie, Weizmann, mir zuliebe brauchen Sie die Jarmulke nicht zu zerknüllen.»

«Nein, ich meine es ernst, Bernie. Gerade im Augenblick ist der Markt für Steine auf dem Tiefpunkt. Es gibt jede Menge Juden, die Deutschland verlassen und, um ihre Ausreise zu finanzieren, den Familienschmuck verkaufen müssen. Und sie kriegen, wie Sie sich denken können, die niedrigsten Preise. Ein Goi könnte es sich leisten, zu warten, bis der Markt sich erholt hat. Ein Jude könnte das nicht.» In kleinen, sprunghaften Ausbrüchen hustend, warf er noch einmal einen längeren Blick auf das Foto und zuckte dann ein wenig hochmütig die Achseln.

«Soviel kann ich Ihnen sagen: Das ist mehrere Nummern zu groß für mich. Sicher, ich kaufe ein paar kleine Sachen. Aber nichts, was groß genug ist, um die Jungens vom Alex zu interessieren. Sie wissen über mich Bescheid. Genau wie Sie, Bernie. Immerhin war ich im Kittchen. Sollte ich übel auffallen, würden sie mich schneller ins KZ stecken, als ein Revuegirl sich entblättern kann.» Weizmann keuchte wie ein undichtes altes Harmonium, grinste und gab mir das Foto zurück.

«Amsterdam wäre der beste Platz, um das Zeug zu verkaufen», sagte er. «Das heißt, wenn man's aus Deutschland rausschaffen kann. Die deutschen Zollbeamten sind ein Alptraum für einen Schmuggler. Natürlich gibt es auch in Berlin eine Menge Leute, die so was kaufen würden.»

«Wer könnte das sein, zum Beispiel?»

«Die Burschen mit den zwei Schaukästchen – eines auf dem Tresen und eins darunter –, sie könnten interessiert sein. Wie Peter Neumaier. Er hat einen hübschen kleinen Laden in der Schlüterstraße, spezialisiert auf alten Schmuck. Das könnte etwas für ihn sein. Ich habe gehört, daß er eine Menge Zaster hat und in jeder gewünschten Währung zahlen kann. Ja, ich könnte mir denken, es würde sich sicherlich lohnen, mal bei ihm auf den Busch zu klopfen.» Er schrieb den Namen auf ein Blatt Papier. «Dann haben wir Werner Seldte. Er riecht vielleicht ein wenig nach Potsdam, aber er ist sich nicht zu fein, ein paar heiße Steine zu kaufen.» Potsdam war die leicht verächtliche Bezeichnung für Leute, die, wie die altmodischen Kaisertreuen der Stadt, blasiert, überkorrekt und verzweifelt an veralteten geistigen und sozialen Vorstellungen festhielten. «Offen gesagt, er hat weniger Skrupel als eine Engelmacherin vom Hinterhof. Sein Geschäft ist in der Budapester Straße oder Ebertstraße oder Hermann-Göring-Straße oder wie immer die verdammte Partei sie jetzt nennt. Dann sind da noch die Händler, die Diamantenkaufleute, die ihre Geschäfte in erstklassigen Geschäftsräumen machen, in die ein Kunde, der bloß einen Verlobungsring sucht, beinahe ebensooft hineingerät wie ein Schweinekotelett in die Rocktasche eines Rabbis. Das sind Leute, die den größten Teil ihrer Geschäfte mit dem Mundwerk machen.» Er schrieb ein paar Namen auf. «Dieser hier, Laser Oppenheimer, ist ein Jude. Bloß um zu zeigen, daß ich gerecht bin und nichts gegen Gois habe. Oppenheimer hat ein Kontor in der Joachimstaler Straße. Jedenfalls war das letzte, das ich von ihm hörte, er wäre noch im Geschäft.

Da ist Gert Jeschonnek. Neu in Berlin. Früher in München. Nach allem, was ich hörte, einer der übelsten Märzgefallenen – Sie wissen schon, sprang auf den Wagen der Partei und fährt mit, um schnellen Profit zu machen. Er hat ein paar sehr elegante Läden in diesem stählernen Monstrum am Potsdamer Platz. Wie heißt es noch?»

«Columbus-Haus», sagte ich.

«Richtig. Columbus-Haus. Es heißt, daß sich Hitler aus moderner Architektur nicht viel macht, Bernie. Wissen Sie, was das bedeutet?» Weizmann kicherte kurz. «Es bedeutet, daß er und ich etwas gemeinsam haben.»

«Gibt es noch jemanden?»

«Vielleicht. Ich weiß es nicht. Schon möglich.»

«Wen meinen Sie?»

«Unseren erlauchten Reichsmarschall.»

«Göring? Göring kauft heiße Ware? Meinen Sie das im Ernst?»

«O ja», sagte er bestimmt. «Dieser Mann hat eine Leidenschaft für kostbare Dinge. Und in seinen Methoden, sie sich zu beschaffen, ist er weniger wählerisch, als man denken könnte. Ich weiß, daß er für Juwelen eine Schwäche hat. Als ich bei Friedländer war, pflegte er ziemlich häufig ins Geschäft zu kommen. Damals war er ein armer Schlucker – wenigstens nicht reich genug, um viel zu kaufen. Aber man konnte sehen, daß er weit mehr gekauft hätte, wenn er es sich hätte leisten können.»

«Lieber Himmel, Weizmann», sagte ich. «Stellen Sie sich das vor: Ich platze in Karinhall rein und sage: ‹Verzeihung, Herr Reichsmarschall, Sie wissen nicht zufällig etwas über ein wertvolles Halsband, das irgendein Ganove vor ein paar Tagen aus einer Villa in der Ferdinandstraße hat mitgehen lassen? Ich schätze, Sie haben nichts dagegen, daß ich das Kleid Ihrer Frau Emmy inspiziere und nachsehe, ob sie es irgendwo in ihren Auslagen versteckt hat, oder?›»

«Da hätten Sie aber 'ne Mordsarbeit, wenn Sie dort was finden wollten», schnaufte er aufgeregt. «Diese Kuh ist beinahe so fett wie er. Ich wette, sie könnte die gesamte Hitlerjugend stillen, und für Hermanns Frühstück wäre immer noch genug Milch übrig.» Er bekam einen Hustenanfall, der einen anderen Mann umgeworfen hätte. Ich wartete, bis er sich ein wenig gelegt hatte, und dann zog ich einen Fünfziger heraus. Er winkte ab.

«Was habe ich Ihnen denn schon erzählt?»

«Dann lassen Sie mich etwas kaufen.»

«Was ist los? Sind Sie plötzlich aus der Scheiße raus?»

«Nein, aber...»

«Warten Sie mal», sagte er. «Ich habe da etwas, das Sie vielleicht kaufen möchten. Bei einer großen Parade Unter den Linden klebte es an einem Finger.» Er stand auf und ging in die kleine Küche hinter dem Büro. Als er zurückkam, trug er ein Paket Persil.

«Danke», sagte ich, «aber ich bringe mein Zeug in die Wäscherei.»

«Nein, nein, nein», sagte er und fuhr mit der Hand in das Pulver. «Ich hab's da drin versteckt, bloß für den Fall, daß ich ungebetenen Besuch bekomme.» Er zog einen flachen, silbrigen Gegenstand aus dem Paket und polierte ihn an seinem Aufschlag, ehe er ihn in meine Handfläche legte. Es war eine ovale Scheibe, so groß wie eine Streichholzschachtel. Auf der einen Seite war der allgegenwärtige deutsche Adler, den Lorbeerkranz umklammernd, der das Hakenkreuz umschloß; und auf der anderen Seite standen die Worte «Geheime Staatspolizei» und eine Seriennummer. Oben war ein kleines Loch, mit dessen Hilfe sich das Abzeichen an der Innenseite des Jacketts befestigen ließ. Es war eine Dienstmarke der Gestapo.

«Die dürfte Ihnen ein paar Türen öffnen, Bernie.»

«Sie machen vielleicht Witze», sagte ich. «Du lieber Gott, wenn man Sie mit dem Ding erwischt...»

«Ja, ich weiß. Das Ding würde Ihnen 'ne Menge Schmiergeld ersparen, meinen Sie nicht? Wenn Sie's haben wollen, verlange ich fünfzig dafür.»

«Anständiger Preis», sagte ich, obwohl ich nicht sicher war, ob ich die Marke selber benutzen würde. Was er sagte, stimmte: Das Ding machte Bestechungsgelder überflüssig; aber wenn man mich damit erwischte, würde ich mich im ersten Zug nach Sachsenhausen wiederfinden. Ich gab ihm die fünfzig Mark. «Ein Bulle ohne seine Hundemarke. Gott, ich hätte das Gesicht von dem Bastard sehen mögen. Der muß sich vorgekommen sein wie ein Trompeter ohne Mundstück.» Ich stand auf, um zu gehen.

«Danke für die Informationen», sagte ich. «Und, falls Sie's noch nicht wissen, oben an der Oberfläche ist Sommer.»

«Ja, es ist mir aufgefallen, daß der Regen ein bißchen wärmer ist als gewöhnlich. Wenigstens an einem verdorbenen Sommer können Sie den Juden nicht die Schuld geben.»

«Glauben sie das nicht», sagte ich.

5

Als ich zum Alexanderplatz zurückkam, herrschte dort ein Verkehrschaos, denn eine Straßenbahn war entgleist. Der Glockenschlag vom hohen, roten Ziegelsteinturm der St.-Georgs-Kirche erinnerte mich daran, daß ich, außer einer Schüssel Köllnflocken («Für die Jugend der Nation») seit dem Frühstück nichts gegessen hatte. Ich ging zum *Café Stock*; es lag in der Nähe des Warenhauses Wertheim unter dem S-Bahn-Bogen.

Das *Café Stock* war ein bescheidenes kleines Restaurant mit einer noch bescheideneren Bar in einer Ecke. Der gleichnamige Besitzer hatte einen solchen Bierbauch, daß er sich gerade noch hinter die Theke zwängen konnte; und als ich durch die Tür kam, sah ich ihn dort stehen, Bier zapfen und Gläser polieren, während seine hübsche kleine Frau an den Tischen bediente. An diesen Tischen saßen oft Kripobeamte vom Alex, und das hatte zur Folge, daß Stock sich genötigt sah, keinen Zweifel daran zu lassen, wie er zum Nationalsozialismus stand. An der Wand prangten ein großes Führerbild und eine gedruckte Tafel mit der Aufschrift «Nie den Hitlergruß vergessen».

Stock hatte früher anders gedacht und war vor dem März 1933 ein halber Roter gewesen. Er wußte, daß ich das wußte, und es machte ihm immer Sorgen, daß es noch andere Leute gab, die sich ebenfalls daran erinnern konnten. Also nahm ich ihm das Bild und die Tafel nicht krumm. Jedermann in Deutschland war vor dem März 1933 ein anderer gewesen. Und ich sage immer: «Wer ist kein Nationalsozialist, wenn man eine Pistole auf seinen Kopf richtet?»

Ich setzte mich an einen der Tische und warf einen prüfenden Blick auf die übrigen Gäste. Zwei Tische entfernt waren zwei vom Schwulendezernat, der Abteilung zur Unterdrückung der Homosexualität: Dieses Pack ist nicht viel besser als eine Bande von Erpressern. Am Tisch neben ihnen saß allein ein junger Kriminalassistent vom Revier am Werderschen Markt, an dessen häßliches, pockennarbiges Gesicht ich mich in erster Linie deshalb erinnerte, weil er einmal meinen Informanten Neumann wegen Diebstahlsverdachts verhaftet hatte.

Frau Stock nahm meine Bestellung, Schweinshaxe mit Sauerkraut, kurz und ohne sonderliche Heiterkeit entgegen. Sie war eine zänkische Frau, die wußte, daß Stock mir Informationen gab: Ich bezahlte ihn für kleine Häppchen von Tratsch über Vorgänge im Alex, und das mißbilligte sie. Bei so vielen Beamten, die bei ihm ein und aus gingen, hörte er oft eine ganze Menge. Sie ging zum Speisenaufzug und rief meine Bestellung in den Schacht zur Küche hinunter. Stock quälte sich hinter der Bar vor und kam herbeigeschlurft. In seiner fetten Hand hielt er ein Exemplar des *Völkischen Beobachters*.

«Hallo, Bernie», sagte er. «Lausiges Wetter, wie?»

«Keinen Hund würde man rausjagen, Max», sagte ich. «Ich hätte gern ein Bier, wenn sich's machen läßt.»

«Kommt sofort. Wollen Sie einen Blick in die Zeitung werfen?»

«Steht was drin?»

«Das Ehepaar Lindbergh ist in Berlin. Er ist der Bursche, der über den Atlantik geflogen ist.»

«Hört sich toll an, alles, was recht ist. Ich schätze, der große Flieger wird ein paar Bomberfabriken einweihen, während er hier ist. Vielleicht lassen sie ihn sogar einen Testflug in einem funkelnagelneuen Kampfflugzeug machen. Vielleicht wollen sie, daß er eines bis nach Spanien steuert.»

Stock blickte nervös über seine Schulter und machte mir ein Zeichen, die Stimme zu senken. «Nicht so laut, Bernie», sagte er, wie ein Kaninchen mit der Nase zuckend.

«Sie werden mich noch erschießen!» Unwillig murmelnd ging er fort, um mein Bier zu zapfen.

Ich warf einen Blick in die Zeitung, die er auf dem Tisch hatte liegenlassen. Da war ein kurzer Bericht über die «Untersuchung eines Feuers in der Ferdinandstraße, bei dem, wie bekannt wurde, zwei Personen ums Leben kamen», in dem die Namen der Opfer nicht genannt wurden und weder ihre Beziehung zu meinem Klienten noch die Tatsache erwähnt wurde, daß die Polizei den Fall als Mordsache behandelte. Ich warf die Zeitung verächtlich auf einen anderen Tisch. Auf der Rückseite einer Streichholzschachtel finden sich mehr echte Nachrichten als im *Völkischen Beobachter*. Währenddessen waren die Beamten vom Schwulendezernat gegangen;

Stock kam mit meinem Bier. Er hielt das Glas Aufmerksamkeit heischend vor mir hoch, bevor er es auf den Tisch stellte.

«Iss 'ne schöne Blume drauf, wie immer», sagte er.

«Danke.» Ich nahm einen tiefen Zug und wischte mir mit dem Handrücken den Schaum von der Oberlippe. Frau Stock nahm mein Essen aus dem Aufzug und brachte es an den Tisch. Sie warf ihrem Mann einen Blick zu, der ein Loch in sein Hemd hätte ätzen können, doch er tat so, als hätte er nichts gemerkt. Dann ging sie fort und machte den Tisch sauber, den der pockennarbige Kriminalassistent verlassen hatte. Stock nahm Platz und sah mir beim Essen zu.

Nach einer Weile sagte ich: «Also, was haben Sie gehört? Was Neues?»

«Die Leiche eines Mannes wurde aus dem Landwehrkanal gefischt.»

«Das ist ungefähr so ungewöhnlich wie ein fetter Eisenbahner», sagte ich zu ihm. «Der Kanal ist die Toilette der Gestapo, das wissen Sie. Inzwischen ist es doch so: Wenn in dieser gottverdammten Stadt jemand verschwindet, geht es schneller, wenn man bei der Kanalmeisterei nach ihm fragt und nicht bei der Polizei oder im Leichenschauhaus.»

«Ja, aber diesem Mann hatte man einen Billardstock in die Nase gerammt. Er hat ihm das Großhirn durchbohrt, heißt es.»

Ich legte Messer und Gabel weg. «Würde es Ihnen was ausmachen, mit den blutigen Einzelheiten so lange zu warten, bis ich mit dem Essen fertig bin?»

«Verzeihung», sagte Stock. «Nun ja, das ist alles, wirklich. Aber normalerweise machen die doch solche Sachen nicht, die von der Gestapo, oder?»

«Es läßt sich nicht sagen, was man in der Prinz-Albrecht-Straße für normal hält. Vielleicht hat er seine Nase in etwas reingesteckt, wo sie nicht erwünscht war. Vielleicht wollte die Gestapo mal was Künstlerisches machen. Komische Vorstellung, daß das früher mal das Kunstgewerbemuseum war – das Gestapo-Hauptquartier, meine ich. Lustig. Ich wette, die armen Hunde, die sie dort bearbeiten, legen sich bei dem Gedanken so glücklich schlafen wie kleine Schuljungen.» Ich stand auf und ging zur Tür. «Na ja, Hauptsache die Lindberghs sind da.»

Ich ging zurück ins Büro. Frau Protze polierte das Glas des vergilbenden Drucks von Tilly, der in meinem Vorzimmer an der Wand hing und auf dem sich der General der Kaiserlichen Armee im Dreißigjährigen Krieg an den Nöten des unglücklichen Bürgermeister von Rothenburg weidete. Als ich durch die Tür kam, begann das Telefon zu läuten. Frau Protze lächelte mich an und marschierte schneidig in ihr Zimmerchen, um das Gespräch anzunehmen, während ich wieder mal einen Blick auf das gesäuberte Bild warf. Es war lange her, daß ich es eingehend betrachtet hatte. Von dem Bürgermeister, der Tilly angefleht hatte, seiner Stadt die Zerstörung zu ersparen, hatte der siegreiche Feldherr verlangt, er solle sechs Liter Bier austrinken, ohne Luft zu holen. Wenn ich mich recht erinnerte, hatte der Bürgermeister diese ungeheure säuferische Heldentat vollbracht, und die Stadt war verschont geblieben. Das war mir schon immer als typisch deutsch erschienen. Und es war genau die Art von sadistischer Gemeinheit, die sich auch irgendein SA-Halunke einfallen lassen konnte. So sehr ändert sich im Grunde nichts.

«Es ist eine Dame», rief Frau Protze mir zu. «Sie will ihren Namen nicht nennen, aber sie besteht darauf, mit Ihnen zu sprechen.»

«Dann stellen Sie durch», sagte ich und ging in mein Büro. Ich griff nach dem Sprechgerät und dem Hörer.

«Wir sind uns letzte Nacht begegnet», sagte die Stimme. Ich fluchte insgeheim, denn ich glaubte, es wäre Carola, das Mädchen von Dagmars Hochzeitsempfang. Ich wollte diese kleine Episode gründlich vergessen. Doch es war nicht Carola. «Oder sollte ich besser ‹heute morgen› sagen. Es war ziemlich spät. Sie waren im Begriff zu gehen, und ich kam gerade von einer Gesellschaft zurück. Erinnern Sie sich?»

«Frau...» Ich zögerte, denn ich konnte es immer noch nicht ganz glauben.

«Bitte», sagte sie. «Ohne ‹Frau›. Ilse Rudel, wenn's Ihnen nichts ausmacht, Herr Gunther.»

«Ich habe überhaupt nichts dagegen», sagte ich. «Wie könnte ich mich nicht erinnern?»

«Das wäre schon möglich», erwiderte sie. «Sie sahen sehr müde aus.» Ihre Stimme war so süß wie ein Pfannkuchen von Kaiser's.

«Hermann und ich, wir vergessen oft, daß andere Leute nicht solche Nachteulen sind.»

«Wenn Sie mir gestatten, das zu sagen, Sie sahen für die Zeit ziemlich gut aus.»

«Oh, danke», flötete sie, und ihre Stimme hörte sich an, als fühle sie sich wirklich geschmeichelt. Nach meiner Erfahrung kann man einer Frau nie genug schmeicheln, so wie man einem Hund nie zu viele Kekse geben kann.

«Und wie kann ich Ihnen helfen?»

«Ich möchte Sie in einer ziemlich dringenden Angelegenheit sprechen», sagte sie. «Trotzdem möchte ich darüber lieber nicht am Telefon reden.»

«Wollen Sie mich in meinem Büro aufsuchen?»

«Das kann ich leider nicht. Ich bin im Augenblick gerade im Studio in Babelsberg. Vielleicht macht es Ihnen nichts aus, heute abend in meine Wohnung zu kommen.»

«In Ihre Wohnung?» sagte ich. «Nun ja, ich wäre entzückt. Wo ist das?»

«Badensche Straße 7. Sagen wir, neun Uhr?»

«Das paßt mir gut.» Sie hängte ein. Ich zündete mir eine Zigarette an und paffte geistesabwesend. Sie dreht vermutlich einen Film, dachte ich und stellte mir vor, daß sie von ihrer Garderobe aus anrief, nichts am Leib als einen Bademantel, da sie gerade eine Szene abgedreht hatte, in der sie nackt hatte in einem Bergsee schwimmen müssen. Das nahm mich ein paar Minuten ganz in Anspruch. Ich habe eine rege Vorstellungskraft. Dann begann ich mich zu fragen, ob Six von der Wohnung wußte. Ich kam zu dem Schluß, daß er Bescheid wußte. Man wird nicht so reich, wie Six es war, ohne zu wissen, daß die Ehefrau ihr eigenes Domizil hat. Sie unterhielt die Wohnung vermutlich, um sich ein gewisses Maß an Unabhängigkeit zu bewahren. Ich schätzte, daß es nicht viel gab, das sie nicht hätte haben können, wenn sie es sich wirklich in den Kopf gesetzt hatte. Wenn sie dann noch ihren Körper einsetzte, konnte sie wahrscheinlich den Mond kriegen und noch ein paar Milchstraßen dazu. Trotzdem hielt ich es für nicht wahrscheinlich, daß Six von unserem Treffen wußte oder es gebilligt haben würde. Nicht nach dem, was er mir über das Herumstochern in seinen Familienangelegenheiten gesagt hatte. Was immer es war, worüber sie so dringend mit mir sprechen wollte, es war gewiß nicht für die Ohren des Gnoms bestimmt.

Ich rief Müller an, den Kriminalreporter der *Berliner Morgenpost*, der einzigen halbwegs erträglichen Zeitung, die vom früheren Blätterwald übriggeblieben war. Müller war ein guter Reporter, der ein wenig heruntergekommen war. Die seriöse Kriminalreportage war nicht mehr übermäßig gefragt; das Propagandaministerium hatte dafür gesorgt.

«Hör mal», sagte ich nach den einleitenden Floskeln, «ich brauche ein bißchen biographisches Material aus eurem Archiv über Hermann Six, soviel du kriegen kannst und so schnell wie möglich.»

«Über den Stahl-Millionär? Bist wohl am Tod seiner Tochter dran, was, Bernie?»

«Die Versicherungsgesellschaft hat mich beauftragt, den Brand zu untersuchen.»

«Was hast du denn bis jetzt?»

«Was ich weiß, könntest du auf einem Straßenbahnfahrschein unterbringen.»

«Ja», erwiderte Müller, «dann ist der Text etwa ebenso groß wie der, den wir in der morgigen Ausgabe über die Sache bringen. Das Ministerium hat uns angewiesen, die Sache runterzuspielen. Nur die Tatsachen zu bringen und die Meldung klein zu halten.»

«Wieso das?»

«Six hat ein paar einflußreiche Freunde, Bernie. Mit seinem Geld kann man sich 'ne schreckliche Menge Schweigen kaufen.»

«Warst du an irgendwas dran?»

«Ich hörte, es wär Brandstiftung gewesen, das ist so ziemlich alles. Wann brauchst du das Zeug?»

«Ein Fünfziger sagt: bis morgen. Und alles, was du sonst noch über den Rest der Familie ausgraben kannst.»

«Ein bißchen Extrageld kann ich immer brauchen. Ich melde mich.»

Ich hängte ein und schob ein paar Papiere in einige alte Zeitungen, die ich in einer der Schreibtischschubladen versenkte, in denen noch Platz war. Dann malte ich Männchen auf der Schreibtischunterlage und griff nach einem der vielen Briefbeschwerer, die auf dem Tisch lagen. Ich drehte das kühle Gewicht in meiner Hand, als es an die Tür klopfte. Frau Protze schob sich ins Zimmer.

«Ich überlegte gerade, ob es nicht angebracht wäre, sich ein bißchen um die Ablage zu kümmern.» Ich zeigte auf die unordentlichen Stapel von Akten, die hinter meinem Schreibtisch auf dem Boden lagen.

«Das dort ist mein Ablagesystem», sagte ich. «Glauben Sie's oder nicht, es liegt eine gewisse Art von Ordnung drin.» Sie lächelte, machte sich zweifellos über mich lustig und nickte höflich, als erkläre ich ihr etwas, das ihr Leben verändern würde.

«Und sind das alles laufende Fälle?»

Ich lachte. «Dies ist keine Anwaltskanzlei», sagte ich. «Ich weiß von den wenigsten Fällen, ob sie vorangehen oder nicht. Nachforschungen sind kein schnelles Geschäft, bei dem man sofort Ergebnisse sieht. Man muß eine Menge Geduld aufbringen.»

«Ja, das verstehe ich», sagte sie. Auf meinem Schreibtisch stand nur ein einziges Foto. Sie drehte es herum, um es besser betrachten zu können. «Sie ist sehr schön. Ihre Frau?»

«Sie war es. Starb am Tage des Kapp-Putsches.» Diese Bemerkung hatte ich sicher schon hundertmal gemacht. Indem ich ihren Tod mit einem anderen Ereignis verknüpfe, spiele ich damit herunter, wie sehr ich sie nach sechzehn Jahren immer noch vermisse. Trotzdem gelingt es mir nie ganz.

«Es war die spanische Grippe», fügte ich erklärend hinzu. «Wir waren erst zehn Monate zusammen.» Frau Protze nickte mitfühlend.

Wir schwiegen beide einen Augenblick. Dann blickte ich auf meine Uhr.

«Sie können heimgehen, wenn Sie möchten», sagte ich zu ihr.

Als sie fort war, stand ich lange Zeit an meinem Fenster und blickte hinunter auf die feuchten Straßen, die in der späten Nachmittagssonne wie Lackleder glänzten. Der Regen hatte aufgehört, und es sah so aus, als würde es einen schönen Abend geben. Die Büroangestellten waren bereits auf dem Weg nach Hause, strömten aus dem gegenüberliegenden Berolina-Haus hinunter in das Labyrinth von Unterführungen und Laufgängen, die zur U-Bahn-Station Alexanderplatz führten.

Berlin. Früher liebte ich diese alte Stadt. Doch das war, bevor sie ihr eigenes Spiegelbild zu Gesicht bekam und sich so eng in ein Korsett schnürte, daß sie kaum atmen konnte. Ich liebte die lockere, unbekümmerte Lebensart, den anspruchslosen Jazz, die ordinären Kabaretts und all die anderen kulturellen Ausschweifungen, welche die Weimarer Jahre prägten und Berlin zu einer der aufregendsten Städte der Welt machten.

Hinter meinem Büro, im Südosten, lag das Polizeipräsidium, und ich malte mir die gute, harte Arbeit aus, die dort geleistet wurde, um mit aller Schärfe gegen das Verbrechen in Berlin vorzugehen. Dazu gehörten Schurkenstreiche wie respektlose Worte über den Führer, das Schild «Ausverkauft» im Schaufenster eines Metzgerladens, der nicht geleistete Hitlergruß und Homosexualität. Berlin unter der nationalsozialistischen Regierung: ein großes Spukschloß mit dunklen Winkeln, düsteren Treppen, finsteren Kellern, verschlossenen Zimmern und einem ganzen Dachboden voll losgelassener Poltergeister, die mit Büchern warfen, Türen knallten, Glas zerbrachen, in der Nacht schrien und die Besitzer gewöhnlich so sehr in Furcht versetzten, daß sie manchmal bereit waren, zu verkaufen und auszuziehen. Doch die meiste Zeit stopften sie sich bloß die Ohren zu, bedeckten die geschwärzten Augen und versuchten so zu tun, als sei alles in Ordnung. Von Furcht eingeschüchtert, sprachen sie sehr wenig, nahmen keine Notiz davon, daß der Teppich unter ihren Füßen sich bewegte, und ihr Gelächter war wie das schwächliche, nervöse Lachen, das man immer hört, wenn der Chef einen kleinen Scherz macht.

Zu den Wachstumsindustrien des neuen Deutschlands gehört, neben dem Bau der Autobahn und dem Spitzelwesen, der Polizeiapparat; folglich ist der Alex immer aktiv. Obgleich die meisten Abteilungen mit Publikumsverkehr bereits geschlossen hatten, herrschte vor den verschiedenen Eingängen des Gebäudes noch immer großes Gedränge, als ich ankam. Vor Nummer vier, dem Eingang zum Paßamt, war besonders viel Betrieb. Berliner, darunter viele Juden, die sich den ganzen Tag wegen eines Ausreisevisums angestellt hatten, strömten eben jetzt aus diesem Teil des Alex ins Freie, und je nach dem Erfolg ihres Unternehmens waren die Gesichter fröhlich oder traurig.

Ich ging weiter die Alexanderstraße entlang, vorbei an Eingang drei, vor dem zwei Verkehrspolizisten, wegen ihrer auffallenden kurzen, weißen Jacken «weiße Mäuse» genannt, von ihren taubenblauen BMW-Motorrädern stiegen. Eine «grüne Minna» raste mit heulendem Martinshorn in Richtung Jannowitzbrücke vorbei. Ohne sich um den Krach zu kümmern, stolzierten die zwei weißen Mäuse durch Eingang drei, um ihre Meldung zu machen.

Ich benutzte Eingang zwei, denn ich kannte mich in diesem Gebäudekomplex so gut aus, daß ich den Eingang wählte, wo es am wenigsten wahrscheinlich war, angehalten zu werden. Wenn mich jemand zur Rede stellte, war ich auf dem Weg zum Fundbüro, Zimmer 32a. Doch Eingang zwei führte auch zum Leichenschauhaus der Polizei.

Ich ging lässig einen Korridor entlang und stieg ins Kellergeschoß hinunter, vorbei an einer kleinen Kantine, bis zu einer Feuertür. Ich entriegelte sie und trat auf einen großen, gepflasterten Hof, auf dem zahlreiche Streifenwagen parkten. Einer davon wurde von einem Mann in Gummistiefeln gewaschen, der mich nicht beachtete. Ich überquerte den Hof und tauchte in eine weitere Türöffnung. Diese Tür führte in den Kesselraum, und dort blieb ich einen Augenblick stehen, um mir alles noch einmal durch den Kopf gehen zu lassen. Ich hatte nicht zehn Jahre am Alex gearbeitet, um jetzt den Weg nicht zu wissen. Meine einzige Sorge war, ich könne jemandem begegnen, der mich kannte. Ich öffnete die einzige andere Tür, die aus dem Kesselraum führte, und erreichte über eine kurze Treppe einen Gang, an dessen Ende sich das Leichenschauhaus befand.

Als ich das Vorzimmer betrat, schlug mir ein säuerlicher Geruch entgegen, der Erinnerungen an warmes, feuchtes Geflügelfleisch heraufbeschwor. Er mischte sich mit dem von Formalin zu einem ekelerregenden Cocktail, den ich, kaum hatte ich ihn eingeatmet, im Magen spürte. Das Zimmer, spärlich mit einem Tisch und ein paar Stühlen möbliert, enthielt nichts, was den unvorsichtigen Besucher vor dem gewarnt hätte, was hinter den zwei Glastüren lag, ausgenommen der Geruch und ein Schild mit der schlichten Aufschrift: «Leichenschauhaus. Zutritt verboten». Ich öffnete die Tür einen Spaltbreit und lugte ins Innere.

In der Mitte eines kalten, feuchten Raumes stand ein Operationstisch mit einer Trennmulde in der Mitte. Zu beiden Seiten einer verschmierten Porzellanrinne waren zwei leicht geneigte Marmorplatten, so daß Flüssigkeiten von einer Leiche in die Mitte fließen konnten. Dort wurden sie vom Wasser eines der beiden großen, sprudelnden Hähne, die an jedem Ende angebracht waren, in einen Abfluß gespült. Der Tisch war so groß, daß auf jeder Seite der Trennmulde zwei ausgestreckte Leichen liegen konnten, auf jeder Seite der Trennmulde einer; doch im Augenblick befand sich dort nur ein männlicher Leichnam unter dem Skalpell und der Säge. Diese wurden gehandhabt von einem gebeugten, schlanken Mann mit gelichtetem, dunklem Haar, einer hohen Stirn, einer langen Hakennase, auf der eine Brille saß, einem gepflegten Schnurrbart und einem kleinen Kinnbärtchen. Er trug Gummistiefel, eine dicke Schürze, Gummihandschuhe, einen steifen Kragen und eine Krawatte.

Ich schritt leise durch die Tür und betrachtete mit professioneller Neugier die Leiche. Ich trat näher und versuchte zu erkennen, was den Tod des Mannes verursacht hatte. Es war nicht zu übersehen, daß der Körper im Wasser gelegen hatte, denn die Haut war aufgeschwemmt und löste sich wie Handschuhe und Socken von den Händen und Füßen.

Ansonsten war die Leiche weitgehend in annehmbarem Zustand, mit Ausnahme des Kopfes. Dieser war schwarz und vollkommen formlos, wie ein schlammiger Fußball, und der obere Teil der Schädeldecke war abgesägt und das Gehirn entfernt worden. Es lag nun in einer nierenförmigen Schale, um seziert zu werden.

Mit dem gewaltsamen Tod in all seinen schrecklichen Formen, verzerrten Stellungen und seiner viehischen Fleischheit konfrontiert, reagierte ich darauf nicht anders als beim Blick in das Schaufenster meines «Deutschen Schlachterladens», bloß daß es hier mehr Fleisch zu sehen gab. Manchmal war ich selber verblüfft über meine absolute Gleichgültigkeit beim Anblick der Erstochenen, der Ertränkten, der Zermalmten, der Erschossenen, der Verbrannten, der Erschlagenen, obwohl ich genau wußte, woher diese Gefühllosigkeit rührte. An der türkischen Front und während meines Dienstes bei der Kripo hatte ich so viele Tote gesehen, daß ich fast aufgehört hatte, einen Leichnam für etwas Menschliches zu halten. Diese Gewöhnung an den Tod hatte fortgedauert, nachdem ich Privatdetektiv geworden war und die Spur einer vermißten Person oft genug ins Leichenschauhaus des St.-Gertrauden-Hospitals oder zu einer Rettungsstation an einem Anlegeplatz des Landwehrkanals führte.

Ich stand ein paar Minuten da und starrte auf das grausige Bild vor mir und grübelte darüber nach, was wohl dazu geführt hatte, daß der Schädel und der übrige Körper sich in so verschiedenem Zustand befanden, als Dr. Illmann sich schließlich umsah und mich erblickte.

«Guter Gott», knurrte er. «Bernhard Gunther. Leben Sie noch?»
Ich näherte mich dem Tisch und schnappte angeekelt nach Luft.

«Verdammt noch mal», sagte ich. «Das letzte Mal, als mir so ein übler Körpergeruch in die Nase stieg, lag ich unter einem Pferd.»

«Er sieht aus wie ein Gedicht, nicht wahr?»

«Sie sagen es. Was hat er gemacht, einem Polarbären einen geblasen? Oder hat Hitler ihn geküßt?»

«Ungewöhnlich, oder? Fast so, als wär der Kopf verbrannt worden.»

«Säure?»

«Ja.» Illmann schien erfreut, als ob ich ein gelehriger Schüler wäre. «Sehr gut. Ist schwer zu sagen, welche Säure, aber höchstwahrscheinlich Salzsäure oder Schwefelsäure.»

«Als hätte jemand nicht gewollt, daß man ihn identifizieren kann.»

«Genau. Wohlgemerkt, das verschleiert die Todesursache nicht. Man hat ihm einen abgebrochenen Billardstock in ein Nasenloch gerammt. Er durchstieß das Gehirn und tötete ihn auf der Stelle. Eine ungewöhnliche Methode, einen Mann umzubringen; nach meiner Erfahrung tatsächlich beispiellos. Nun ja, man lernt, sich durch die verschiedenen Methoden nicht überraschen zu lassen, die Mörder sich ausdenken, um ihre Opfer umzubringen. Aber ich bin sicher, daß Sie nicht überrascht sind. Für einen Polypen hatten Sie immer eine rege Phantasie, Bernie. Von Ihren Nerven ganz zu schweigen. Sie wissen, es gehören verdammt gute Nerven dazu, hier einfach so hereinzuspazieren. Es ist bloß meine sentimentale Ader, die mich davon abhält, Sie auf die Straße setzen zu lassen.»

«Ich muß mit Ihnen über den Fall Pfarr reden. Sie haben die Obduktion gemacht, nicht wahr?»

«Sie sind gut informiert», erwiderte er. «Um die Wahrheit zu sagen, die Familie hat heute morgen die Leichen zurückverlangt.»

«Und Ihr Bericht?»

«Hören Sie, ich kann hier nicht sprechen. Es dauert nicht lange, und ich bin mit unserem Freund hier auf dem Tisch fertig. Geben Sie mir eine Stunde.»

«Wo?»

«Wie wär's mit dem *Künstler-Eck*, Altkölln. Dort ist es ruhig, und man wird uns nicht stören.

«*Künstler-Eck*», wiederholte ich. «Ich werd's finden.»

«Oh, und Bernie. Sie denken doch daran, ein bißchen was für meine Unkosten mitzubringen?»

Die unabhängige Gemeinde Altkölln, seit langem von der Hauptstadt geschluckt, ist eine kleine Insel in der Spree. Da sie weitgehend in Museen aufgegangen ist, hat sie sich den Spitznamen «Museumsinsel» erworben. Doch ich muß gestehen, daß ich keines dieser Museen je von innen gesehen habe. Ich bin an der Vergangenheit nicht sonderlich interessiert, und, wenn Sie mich fragen, es ist die Tatsache, daß dieses Land von seiner Geschichte besessen ist, die uns zum Teil dahin gebracht hat, wo wir jetzt sind: in der Scheiße. Sie können nicht in eine Bar gehen, ohne zu hören, wie irgendein Arschloch über unsere Grenzen vor 1918 labert oder bis zu Bismarck zurückgeht, als wir die Franzmänner fertigmachten. Da sind alte Wunden, und nach meiner Meinung hat es keinen Wert, dauernd darin herumzustochern.

Von außen hatte die Kneipe nichts zu bieten, was den Passanten hätte verlocken können, sie auf ein schnelles Bier zu betreten: nicht die schmuddelige Bemalung der Tür, nicht die vertrockneten Blumen im Blumenkasten; und gewiß nicht das krakelig mit der Hand gemalte Schild im schmutzigen Fenster: *Die Rede des heutigen Abends kann hier gehört werden.* Ich fluchte, denn das hieß, daß Jupp, der Klumpfuß, heute abend vor einer Parteiversammlung sprach, und das Ergebnis würde das übliche Verkehrschaos sein. Ich stieg die Treppe hinunter und öffnete die Tür.

Das Innere des *Künstler-Ecks* war noch weniger dazu angetan, den gelegentlichen Trinker zu einem längeren Aufenthalt zu verlocken. Die Wände waren mit düsteren Holzschnitzereien bedeckt – winzigen Modellen von Geschützen, Totenköpfen, Särgen und Skeletten. An der gegenüberliegenden Wand stand, bemalt wie ein Friedhof mit Grüften und Gräbern, denen die Toten entstiegen, ein großes Harmonium, auf dem ein Buckliger ein Stück von Haydn spielte. Doch weder er selbst noch irgendein anderer hatten etwas davon, weil eine Gruppe von SA-Männern mit so viel Hingabe «Mein Preußen steht so stolz und fest» grölte, daß das Spiel des Buckligen fast vollständig übertönt wurde. Ich habe in meinem Leben in Berlin einige ausgefallene Sachen gesehen, doch diese Szenerie hätte in einen Conradt-Veidt-Film gepaßt, und beileibe nicht in einen sehr guten. Ich erwartete jeden Augenblick, daß der einarmige Polizeihauptmann hereinkam.

Statt dessen fand ich Illmann, der allein in einer Ecke saß und an einer Flasche Engelhardt nuckelte. Ich bestellte zwei weitere Flaschen und setzte mich, während die SA-Leute ihren Gesang beendeten und der Bucklige zur Hinrichtung einer meiner Lieblingssonaten von Schubert schritt.

«Wie kann man sich bloß so einen höllischen Ort aussuchen», sagte ich grimmig.

«Tut mir leid, aber ich finde ihn merkwürdigerweise anheimelnd.»

Genau der Ort, um dem freundlichen Leichenräuber von nebenan zu begegnen. Sehen Sie denn tagsüber nicht genug Tote, daß Sie herkommen müssen, um in solch einem Leichenhaus zu trinken?»

Er zuckte unbeeindruckt die Achseln. «Nur durch den Tod, der mich umgibt, werde ich ständig erinnert, daß ich lebe.»

«Es gibt 'ne Menge gute Gründe für Nekrophilie.» Illmann schmunzelte, als pflichte er mir bei.

«Also, Sie wollen was wissen über den armen Hauptsturmführer und seine kleine Frau, wie?» Ich nickte. «Dies ist ein interessanter Fall, und, ich sage Ihnen offen, die interessanten Fälle werden zunehmend selten. Bei all den Leuten, die in dieser Stadt ins Jenseits befördert werden, würden Sie denken, ich sei ausgelastet. Aber natürlich ist in der Regel nichts oder wenig Geheimnisvolles an der Art, wie die meisten dahin gelangen. Ich stehe da und präsentiere die gerichtsmedizinischen Beweise für einen Mord eben jenen Leuten, die ihn begangen haben. Es ist eine verkehrte Welt, in der wir leben.» Er öffnete seine Aktentasche und nahm einen blauen Ringordner heraus. «Ich habe die Fotos mitgebracht. Ich dachte mir, Sie würden gern das glückliche Paar sehen. Leider sehen sie eher wie zwei Heizstäbe aus. Ich konnte die Identifizierung nur anhand ihrer Trauringe vornehmen.»

Ich blätterte den Ordner durch. Die Kameraperspektive wechselte, doch die Objektive blieben dieselben: zwei metallisch graue Leichen, glatzköpfig wie ägyptische Pharaonen, lagen auf den entblößten, geschwärzten Sprungfedern dessen, was einmal ein Bett gewesen war, wie Würste, die zu lange unter einem Grill gelegen haben.

«Hübsches Album. Was machten sie, hatten sie 'ne Schlägerei?» sagte ich, denn mir fiel auf, daß jeder Leichnam die Fäuste erhoben hatte wie ein Boxer.

«Bei einem Tod wie diesem ist das in der Regel so.»

«Was ist mit den Schnitten in der Haut? Sehen aus wie von einem Messer.»

«Auch die waren zu erwarten», sagte Illmann. «Die Hitze bei einem Brand läßt die Haut aufplatzen wie eine reife Banane. Das heißt, wenn Sie sich daran erinnern können, wie eine Banane aussieht.»

«Wo fanden Sie die Benzinkanister?»

Er hob spöttisch die Augenbrauen. «Oh, Sie wissen davon, wie? Ja, wir haben im Garten zwei leere Kanister gefunden. Sie waren nicht verrostet, und in einem davon war noch eine kleine Menge Benzin, die nicht verdunstet war. Und die Feuerwehrleute haben einen starken Benzingeruch bemerkt.»

«Also Brandstiftung?»

«Ohne Zweifel.»

«Warum haben Sie dann nach Kugeln gesucht?»

«Erfahrung. Bei einer Obduktion nach einem Feuer zieht man immer die Möglichkeit in Betracht, daß ein Versuch vorgelegen hat, Beweise zu vernichten. Das ist Routine. Ich fand drei Kugeln in der weiblichen, zwei in der männlichen Leiche und drei im Kopfteil des Bettes. Die Frau war tot, bevor das Feuer ausbrach. Sie wurde in den Kopf und in den Hals getroffen. Anders der Mann: In den Luftwegen fanden sich Rauchpartikel und im Blut Spuren von Kohlenmonoxyd. Das Zellgewebe war noch rosa. Er wurde in die Brust und ins Gesicht getroffen.»

«Hat man die Waffe schon gefunden?»

«Nein, aber ich kann Ihnen sagen, daß es höchstwahrscheinlich eine 7.65er Automatic war, ein bißchen schwergängig, wie 'ne alte Mauser.»

«Und aus welcher Entfernung wurden sie erschossen?»

«Ich würde sagen, daß der Mörder etwa 150 Zentimeter von den Opfern entfernt war, als er feuerte. Die Ein- und Austrittswunden lassen darauf schließen, daß der Mörder am Fußende des Bettes stand; und natürlich die Kugeln im Kopfbrett.»

«Bloß die eine Waffe, richtig?» Illmann nickte. «Acht Kugeln», sagte ich. «Bei einer Taschenpistole ist das ein ganzes Magazin. Jemand wollte ganz sichergehen. Herr Gott, haben die Nachbarn nichts gehört?»

«Offenbar nicht. Und wenn, dann haben sie wahrscheinlich gedacht, es sei bloß die Gestapo, die eine kleine Party hätte. Das Feuer wurde erst um zehn nach drei gemeldet, und um diese Zeit gab's keine Chance mehr, es unter Kontrolle zu bringen.»

Der Bucklige am Harmonium streckte die Waffen, als die SA-Leute mit dem Absingen von «Deutschland, du unser Stolz» begannen. Einer von ihnen, ein stämmiger Bursche mit einer Narbe im Gesicht, so lang und fettig wie ein Stück Speckschwarte, marschierte um die Bar, schwenkte sein Bier und forderte die übrigen Gäste auf, in den Gesang einzustimmen. Illmann schien nichts dagegen zu haben und sang mit lauter Baritonstimme. Mein Gesang offenbarte eine beträchtliche Abweichung von der richtigen Tonart und Begeisterung. Lieder zu grölen macht noch keinen Patrioten. Das Ärgerliche an diesen verdammten Nazis, besonders an den jungen, ist die Tatsache, daß sie glauben, ein Monopol auf Patriotismus zu haben. Und selbst wenn sie im Augenblick noch keines haben, läuft doch alles darauf hinaus, daß sie es bald haben werden.

Als der Gesang beendet war, stellte ich Illmann noch ein paar Fragen.

«Sie waren beide nackt», sagte er, «und hatten ordentlich gebechert. Sie hatte mehrere Ohios intus und er eine große Menge Bier und Schnaps. Es ist mehr als wahrscheinlich, daß sie ziemlich betrunken waren, als sie erschossen wurden. Bei der Frau machte ich außerdem einen vaginalen Abstrich und fand frisches Sperma, das dieselbe Blutgruppe hatte wie die des Mannes. Ich denke, sie haben sich einen netten Abend gemacht. O ja, sie war im achten Monat. Ach, ja, das Leben ist kurz und beschissen.»

«Sie war schwanger?» wiederholte ich nachdenklich. Illmann reckte sich und gähnte.

«Ja», sagte er. «Wollen Sie wissen, was sie zum Abendessen hatten?»

«Nein», sagte ich energisch. «Erzählen Sie mir lieber vom Safe. War er offen oder geschlossen?»

«Offen.» Er hielt inne. «Wissen Sie, es ist interessant, daß Sie mich nicht fragten, wie er geöffnet wurde. Das läßt mich vermuten, Sie wußten bereits, daß der Safe zwar ein bißchen verschmort aber ansonsten unversehrt war; daß der Safe, wenn er denn gesetzwidrig geöffnet wurde, von jemandem aufgebrochen wurde, der sein Handwerk verstand. Ein Stockinger-Safe ist kein Kinderspiel.»

«Waren Fingerabdrücke dran?» Illmann schüttelte den Kopf.

«Er war so verschmort, daß man keine Abdrücke nehmen konnte», sagte er.

«Nehmen wir mal an», sagte ich, «daß der Safe, unmittelbar vor dem Tod der Pfarrs, enthielt – was er enthielt, und daß er, wie es sich gehört, für die Nacht verschlossen war.»

«Gut.»

«Dann haben wir zwei Möglichkeiten. Erstens: Ein professioneller Safeknacker brach ihn auf und tötete sie anschließend. Zweitens: Jemand zwang sie, den Safe zu öffnen, und schickte sie wieder ins Bett, wo er sie erschoß. Trotzdem, ein Profi hätte kaum die Safetür offenstehen lassen.»

«Es sei denn, er versuchte alles, es wie die Arbeit eines Amateurs aussehen zu lassen», sagte Illmann. «Meine Meinung ist, daß sie beide schliefen, als sie erschossen wurden. Für mich läßt der Eintrittswinkel der Kugeln mit Sicherheit darauf schließen, daß sie beide lagen. Wenn Sie bei Bewußtsein sind und jemand richtet eine Waffe auf Sie, ist es mehr als wahrscheinlich, daß Sie sich im Bett aufsetzen. Und darum komme ich zu dem Schluß, daß Ihre Einschüchterungstheorie falsch ist.» Er blickte auf seine Uhr und trank sein Bier aus. Dann klopfte er mir auf den Oberschenkel und sagte mit Wärme in der Stimme: «Hat Spaß gemacht, Bernie. Wie in alten Zeiten. Wie angenehm, mit jemandem zu reden, dessen Vorstellung von Detektivarbeit sich nicht auf Rampenlicht und Schlagringe beschränkt. Trotzdem. Ich werde mich mit dem Alex nicht mehr lange rumplagen müssen. Unser berühmter Reichskriminaldirektor, Arthur Nebe, schickt mich in Pension, wie er schon die anderen alten Konservativen ausgemustert hat.»

«Ich wußte gar nicht, daß Sie an Politik interessiert sind», sagte ich.

«Bin ich auch nicht», gab er zur Antwort. «Aber lag's nicht in erster Linie daran, daß Hitler gewählt wurde: zu viele Leute, die sich einen Dreck darum kümmerten, wer das Land regierte? Das Komische ist, daß ich mich jetzt noch weniger darum schere als vorher. Fällt mir doch nicht im Traum ein, auf den Zug zu springen und ein Märzgefallener zu werden. Aber es wird mir nicht schwerfallen, zu gehen. Mir hängen diese Kabbeleien zwischen Sipo und Orpo, wer die Kripo kontrollieren soll, zum Hals raus. Es ist sehr verwirrend, wenn man einen Bericht zu machen hat und nicht weiß, ob man unsere uniformierten Freunde von der Orpo einbeziehen soll oder nicht.»

«Ich dachte, Sipo und Gestapo hätten bei der Kripo das Sagen.»

«Auf der höheren Kommandoebene ist das der Fall», bestätigte Illmann. «Aber auf den mittleren und unteren Ebenen funktionieren die alten verwaltungstechnischen Strukturen immer noch. Auf kommunaler Ebene sind die örtlichen Polizeipräsidenten, die zur Orpo gehören, auch für die Kripo verantwortlich. Aber man munkelt, daß die Orpo-Führung jeden Polizeipräsidenten unter der Hand ermutigt, der bereit ist, den Daumenschrauben-Jungs von der Sipo Knüppel zwischen die Beine zu werfen. Das gefällt unserem eigenen Polizeipräsidenten, hier in Berlin. Er und der Reichskriminaldirektor, Arthur Nebe, hassen sich wie die Pest. Grotesk, nicht wahr? Und nun muß ich wirklich gehen, wenn Sie nichts dagegen haben.»

«Das ist ja wie bei einem verdammten Stierkampf», sagte ich.

«Glauben Sie mir, Bernie, seien Sie froh, daß Sie raus sind.» Er grinste fröhlich. «Und es kann noch viel schlimmer kommen.»

Illmanns Informationen kosteten mich hundert Mark. Ich habe nie gefunden, daß Informationen billig zu haben sind, aber in der letzten Zeit scheinen die Kosten für private Nachforschungen zu steigen. Es ist nicht schwer zu erkennen, warum. Heute versucht jeder, auf irgendeine Weise seinen Schnitt zu machen. Korruption in der einen oder anderen Form ist eines der bezeichnendsten Merkmale des Lebens im Nationalsozialismus. Die Regierung hat zahlreiche Fälle von Korruption bei den verschiedenen politischen Parteien Weimars enthüllt, doch diese Fälle waren lächerlich, verglichen mit der Korruption, die es heute gibt. Sie floriert auf höchster Ebene, und jeder weiß es. Folglich glauben die meisten Leute, daß auch ihnen ein Anteil zusteht. Ich weiß von niemandem, der es in diesem Punkt übermäßig genau nimmt. Und mich selbst schließe ich ein. Die schlichte Wahrheit ist, daß die Empfindlichkeit der Leute gegen Korruption, ob es nun darum geht, Lebensmittel vom Schwarzmarkt oder Vergünstigungen von einem Regierungsbeamten zu ergattern, ungefähr so abgestumpft ist wie der Stummel eines Zimmermannsbleistiftes.

6

An diesem Abend schien es, als sei fast ganz Berlin unterwegs nach Neukölln, um zu hören, wie Goebbels das Orchester weicher, einschmeichelnder Geigen und scharfer, sarkastischer Trompeten dirigierte, über das seine Stimme gebot. Jenen Unglücklichen jedoch, die den Meister der Propaganda nicht mit eigenen Augen sehen konnten, stand in ganz Berlin eine Anzahl von Einrichtungen zur Verfügung, damit sie wenigstens seine Stimme hören konnten. Neben den Rundfunkempfängern, die es laut Gesetz in Restaurants und Cafés geben mußte, hatte man in den meisten Straßen auf Litfaßsäulen und Laternenpfählen Lautsprecher montiert; und eine Einsatztruppe von Radio-Aufsehern war ermächtigt, an die Türen zu klopfen und die Befolgung der obligatorischen Bürgerpflicht, einer Sendung der Partei zu lauschen, durchzusetzen.

Auf der Leipziger Straße nach Westen fahrend, begegnete ich den Legionen der Braunhemden, als sie im Schein von Fackeln über die Wilhelmstraße marschierten, und ich sah mich gezwungen, aus dem Wagen zu steigen und die vorbeigetragene Standarte zu grüßen. Unterließ man das, riskierte man eine Tracht Prügel. Ich schätze, außer mir gab es noch andere in der Menge, die, wie viele Verkehrspolizisten, den rechten Arm ausstreckten, nur um Ärger zu vermeiden, und die sich dabei ein wenig lächerlich vorkamen. Wer weiß? Doch wenn ich's recht bedenke, hat bei den politischen Parteien in Deutschland das Grüßen immer eine große Rolle gespielt: Die Sozialdemokraten hatten ihre geballte, hoch über den Kopf gereckte Faust; die Bolschewiken in der KPD hatten die geballte Faust, bis auf Schulterhöhe gehoben; die Zentristen hatten ihr Handzeichen, bei dem zwei Finger und der hochgestellte Daumen eine Pistole andeuteten; und die Nazis hatten die Fingernagel-Inspektion. Ich kann mich noch daran erinnern, daß wir das alles für ziemlich lächerlich und melodramatisch hielten und es vielleicht deshalb keiner von uns ernst nahm. Und jetzt standen wir da und grüßten, so gut wie jeder andere. Verrückt.

Die Badensche Straße, die von der Berliner Straße abzweigt, ist bloß einen Block von der Trautenaustraße entfernt, in der ich wohne. Doch damit hören die Gemeinsamkeiten auch schon auf. Das Gebäude Badensche Straße Nummer 7 ist das modernste Mietshaus in der Innenstadt und ungefähr so exklusiv wie ein Bankett beim Wiedersehen der Ptolemäer.

Ich parkte meinen kleinen, schmutzigen Wagen zwischen einem riesigen Düsenberg und einem schimmernden Bugatti und ging in die Halle, die aussah, als hätte sie ein paar Kathedralen ihres Marmors beraubt. Ein fetter Portier und ein SA-Mann erblickten mich, ließen ihren Schalter und ihr Radio im Stich, aus dem Wagner-Musik zur Einstimmung auf die Parteisendung ertönte, und stellten sich mir als menschliche Barriere in den Weg, voller Sorge, ich wolle womöglich einige der Mieter mit meinem zerknautschten Anzug und meiner selbstbeigebrachten Maniküre beleidigen.

«Wie Sie draußen dem Schild entnehmen können», knurrte Fettsack, «ist dies ein privates Gebäude». Ihre gemeinsame Anstrengung, mir auf die harte Tour zu kommen, beeindruckte mich nicht. Ich bin es gewöhnt, daß man mir das Gefühl vermittelt, nicht willkommen zu sein, und ich bin nicht leicht abzuwimmeln.

«Habe kein Schild gesehen», sagte ich wahrheitsgemäß.

«Wir wollen keinen Ärger, Meister», sagte der SA-Mann. Sein Kinn sah zerbrechlich aus und wäre bei der kürzesten Bekanntschaft mit meiner Faust wie ein toter Zweig zerknickt.

«Ich verkaufe nichts», sagte ich ihm. Fettsack schob sich in den Vordergrund:

«Was immer Sie verkaufen, hier wollen sie nichts.»

Ich gönnte ihm ein spärliches Lächeln. «Hör zu, Fettsack, das einzige, das mich davon abhält, dich beiseite zu räumen, ist dein übler Mundgeruch. Es wird knifflig für dich sein, ich weiß, aber versuch doch mal, ob du das Telefon bedienen und Fräulein Rudel anrufen kannst. Du wirst feststellen, daß sie mich erwartet.» Fettsack zupfte an seinem riesigen, braunschwarzen Schnurrbart, der, wie eine Fledermaus an der Wand einer Gruft, an seiner gekräuselten Oberlippe klebte. Sein Atem roch weitaus übler, als ich gedacht hatte.

«Ich hoffe für dich, Großmaul, daß du die Wahrheit sagst. Es wäre ein Vergnügen, dich rauszuschmeißen.» Leise fluchend wakkelte er zu seinem Schalter zurück und wählte heftig.

«Erwartet Fräulein Rudel jemanden?» fragte er in sanfterem Ton. «Sie sagt mir ja nie Bescheid.» Er machte ein langes Gesicht, als meine Geschichte sich als wahr erwies. Er stellte das Telefon hin und machte mit dem Kopf eine Bewegung zur Lifttür.

«Dritte Etage», zischte er.

Es gab nur zwei Türen, an den entgegengesetzten Enden der dritten Etage. Zwischen beiden lag ein Parkettboden von der Größe eines Fußballfeldes, und wie ich erwartet hatte, stand eine der Türen einen Spaltbreit offen. Die Zofe führte mich in den Salon.

«Sie setzen sich besser», sagte sie mürrisch. «Sie ist noch beim Ankleiden, und niemand weiß, wie lange das noch dauern wird.

Nehmen Sie sich einen Drink, wenn Sie wollen.» Darauf verschwand sie, und ich musterte meine Umgebung.

Das Appartement war nicht größer als ein privates Flugfeld und sah etwa so billig aus wie eine Szenerie aus einem Film von Cecil B. de Mille, dessen Foto mit vielen anderen Fotos um den besten Platz auf dem großen Klavier wetteiferte. Verglichen mit der Person, die diese Wohnung ausstaffiert und möbliert hatte, war der Erzherzog Ferdinand mit dem Geschmack einer Truppe türkischer Zirkuszwerge gesegnet gewesen. Ich betrachtete ein paar der anderen Fotos. Meistens waren es Standbilder aus den zahlreichen Filmen Ilse Rudels. Auf vielen Fotos hatte sie nicht viel am Leib – schwamm nackt oder lugte verschämt hinter einem Baum hervor, der die interessanteren Teile verdeckte. Die Rudel war für ihre spärlich bekleideten Rollen berühmt. Auf einem anderen Foto saß sie in einem eleganten Restaurant mit dem guten Dr. Goebbels an einem Tisch; auf einem anderen alberte sie mit Max Schmeling herum. Dann war da noch eins, auf dem sie von einem Arbeiter auf den Armen getragen wurde, bloß daß der «Arbeiter» zufällig Emil Jannings war. Ich erkannte es als ein Standbild aus *Das Haus des Architekten.* Mir gefällt das Buch besser als der Film.

Der Duft von «4711» ließ mich herumfahren, und im nächsten Augenblick schüttelte ich dem schönen Filmstar die Hand.

«Ich sehe, Sie haben sich meine kleine Galerie angeschaut», sagte sie und ordnete die Fotos, die ich in die Hand genommen und betrachtet hatte. «Sie müssen mich für schrecklich eitel halten, so viele Fotos von mir zur Schau zu stellen, aber ich kann Foto-Alben einfach nicht leiden.»

«Nicht im geringsten», erwiderte ich. «Es ist sehr interessant.» Sie schoß das Lächeln ab, bei dem Tausende deutscher Männer, ich eingeschlossen, weiche Knie bekamen.

«Ich bin froh, daß Sie mir zustimmen.» Sie trug einen Hausanzug aus grünem Samt mit einer langen, goldenen, gefransten Schärpe und hochhackige grüne Saffianpantoffeln. Ihr blondes Haar war, wie es jetzt Mode war, im Nacken zu einem geflochtenen Knoten aufgesteckt; doch anders als die meisten deutschen Frauen, trug sie Make-up und rauchte eine Zigarette. So etwas wird vom BDM mißbilligt, da es mit dem Nazi-Ideal von germanischer Weiblichkeit nicht übereinstimmt; trotzdem, ich bin ein Kind der Großstadt: Schmucklose, geschrubbte, rosige Gesichter mögen auf einem Bauernhof genau das Richtige sein, aber wie fast alle deutschen Männer sehe ich meine Frauen lieber gepudert und geschminkt. Natürlich lebte Ilse Rudel in einer anderen Welt als die übrigen Frauen. Sie hielt den BDM wahrscheinlich für einen Hokkey-Bund.

«Tut mir leid wegen der beiden Burschen an der Tür», sagte sie, «aber Sie müssen verstehen, Joseph und Magda Goebbels haben eine Etage höher eine Wohnung, so daß die Sicherheitsmaßnahmen besonders streng sein müssen, wie Sie sich vorstellen können. Dabei fällt mir ein, ich habe Joseph versprochen, ich würde versuchen, seine Rede zu hören, oder wenigstens einen Teil davon. Hätten Sie was dagegen?»

Eine solche Frage stellte man nicht jeden Tag; es sei denn, man nannte zufällig den Minister für Propaganda und Volksaufklärung und seine Gattin bei ihren Vornamen. Ich zuckte die Achseln. «Von mir aus, gern.»

«Nun, wir werden bloß ein paar Minuten zuhören», sagte sie und schaltete das Gerät ein, das auf einer Hausbar aus Walnußholz stand. «Also dann. Was darf ich Ihnen zu trinken anbieten?» Ich bat um einen Whisky, und sie goß mir das Glas so voll, daß man ein falsches Gebiß darin hätte desinfizieren können. Sie selbst bediente sich aus einem blauen Glaskrug mit Bowle und setzte sich neben mich auf das Sofa, das in Farbe und Form an eine unreife Ananas erinnerte. Wir stießen an, und als die Röhren des Radios sich erwärmt hatten, begann die ölige Stimme des Mannes aus dem Obergeschoß langsam den Raum zu füllen.

Zuallererst nahm Goebbels ausländische Journalisten wegen ihrer Kritik aufs Korn und tadelte sie wegen ihrer voreingenommenen Berichterstattung über das Leben im neuen Deutschland. Einige seiner Bemerkungen waren so gewitzt, daß sie bei seinem schmeichlerischen Publikum Gelächter und anschließend Beifall auslösten.

Ilse Rudel lächelte unbestimmt, blieb aber stumm, und ich fragte mich, ob sie verstand, wovon ihr klumpfüßiger Nachbar von oben sprach. Dann hob er die Stimme und fing an, gegen die Verräter zu wettern – wer immer sie waren, ich wußte es nicht –, die versuchten, die nationale Revolution zu hintertreiben. An dieser Stelle unterdrückte sie ein Gähnen. Als Jupp schließlich zu seinem Lieblingsthema kam, der Verherrlichung des Führers, sprang sie auf und schaltete das Radio ab.

«Du lieber Himmel, ich glaube, wir haben für einen Abend genug von ihm gehört.» Sie ging hinüber zum Grammophon und legte eine Platte auf.

«Mögen Sie Jazz?» sagte sie, das Thema wechselnd. «Oh, es hat alles seine Ordnung, es ist kein Negerjazz. Ich liebe Jazz, Sie auch?» Im heutigen Deutschland ist nur «weißer» Jazz erlaubt, aber ich frage mich oft, woran sie den Unterschied erkennen können.

«Ich mag jede Art von Jazz», sagte ich. Sie zog das Grammophon auf und setzte die Nadel in die Rille. Es war ein hübsches, lockeres Stück mit einer starken Klarinette und einem Saxophonisten, der eine Kompanie von Italienern durch das Niemandsland ins Sperrfeuer hätte führen können.

Ich sagte: «Gestatten Sie mir die Frage, warum Sie dieses Appartement unterhalten?»

Sie tänzelte zum Sofa zurück und nahm Platz. «Weil, mein lieber Herr Privatdetektiv, Hermann meine Freunde ein wenig anstrengend findet. Er erledigt in unserem Haus in Dahlem einen großen Teil seiner Arbeit, und das zu jeder Tageszeit. Und um ihn nicht zu stören, empfange ich meine Gäste meistens hier.»

«Hört sich ziemlich vernünftig an», sagte ich. Sie blies mir aus jedem ihrer edel geformten Nasenlöcher eine Rauchsäule ins Gesicht, und ich atmete den Duft tief ein; nicht nur weil ich den Geruch amerikanischer Zigaretten gern habe, sondern auch, weil er aus dem Inneren ihrer Brust kam und ich für alles, was mit dieser Brust zu tun hatte, empfänglich war. Aus den Bewegungen unter ihrer Jacke hatte ich bereits geschlossen, daß ihre großen Brüste ohne Stütze auskamen.

«Also», sagte ich. «Wegen welcher Angelegenheit wollten sie mich sehen?» Zu meiner Überraschung berührte sie leicht mein Knie.

«Nur mit der Ruhe», lächelte sie. «Sie sind doch nicht in Eile, oder?» Ich schüttelte den Kopf und sah zu, wie sie ihre Zigarette ausdrückte. Es waren bereits zahlreiche Kippen im Aschenbecher, alle dick mit Lippenstift verschmiert, aber keine Zigarette hatte sie länger als ein paar Züge geraucht, und mir kam der Gedanke, daß eigentlich sie diejenige war, der die Ruhe fehlte; vielleicht machte sie irgend etwas nervös. Ich vielleicht. Als wolle sie meine Theorie bestätigen, sprang sie auf, goß sich ein zweites Glas Bowle ein und legte eine andere Platte auf.

«Schmeckt Ihnen Ihr Drink?»

«Ja», sagte ich und nahm einen kleinen Schluck. Es war ein guter Whisky, weich und torfig und unverschnitten. Dann fragte ich sie, wie gut sie Paul und Grete Pfarr gekannt habe. Ich glaube nicht, daß die Frage sie überraschte. Statt dessen rückte sie sich dicht an mich heran, so daß wir einander berührten, und lächelte sonderbar.

«Ach ja», sagte sie schelmisch. «Ich vergaß. Sie sind der Mann, der für Hermann den Brand untersucht, nicht wahr?» Sie lächelte noch immer und fügte hinzu: «Ich schätze, dieser Fall gibt der Polizei Rätsel auf.» Es war ein sarkastischer Unterton in ihrer Stimme. «Und dann kommen Sie, der große Detektiv, und finden den Dreh, der das ganze Geheimnis entschlüsselt.»

«Es gibt kein Geheimnis, Fräulein Rudel», sagte ich herausfordernd. Das brachte sie kaum aus der Fassung.

«Aber das Geheimnis ist doch wohl, wer es getan hat.»

«Ein Geheimnis ist etwas, das menschliches Wissen und Fassungsvermögen übersteigt, und das bedeutet, daß ich meine Zeit vergeuden würde, wenn ich auch nur versuchte, es zu entschlüsseln. Nein, dieser Fall ist nicht mehr als ein Puzzle, und zufällig mag ich Puzzles.»

«Oh, ich auch», sagte sie beinahe spöttisch, wie ich fand. «Und, bitte, solange Sie hier sind, müssen Sie mich Ilse nennen. Und ich werde Sie bei Ihrem Vornamen nennen. Wie ist er?»

«Bernhard.»

«Bernhard», sagte sie, «ist ein bißchen lang, kürzen wir ihn ab, Bernie.» Sie nahm einen tiefen Schluck von der Champagner-Sauternes-Mischung, fischte eine Erdbeere aus ihrem Glas und aß sie. «Nun, Bernie, Sie müssen ein sehr guter Privatdetektiv sein, wenn Sie für Hermann an etwas so Wichtigem arbeiten. Ich dachte, ihr Schnüffler wärt alle kleine, schäbige Männer, die Ehemänner verfolgen, durch Schlüssellöcher beobachten, was sie treiben, und es dann ihren Frauen erzählen.»

«Scheidungsfälle sind ungefähr die einzigen Sachen, die ich nicht übernehme.»

«Tatsächlich?» sagte sie und lächelte vor sich hin. Das ärgerte mich ein bißchen; zum Teil, weil ich spürte, daß sie mich herablassend behandelte, aber auch, weil ich ihr das Lächeln um jeden Preis mit einem Kuß austreiben wollte. Und wenn das nicht ging, mit dem Handrücken.

«Sagen Sie, verdienen Sie viel Geld mit Ihrer Tätigkeit?» Sie berührte leicht meinen Schenkel, um anzudeuten, daß sie mit ihrer Frage noch nicht fertig war, und fügte hinzu: «Ich möchte nicht, daß Sie mich für ungehobelt halten. Aber was ich wissen möchte, ist: Haben Sie ein komfortables Leben?»

Ich warf einen Blick auf meine prächtige Umgebung, ehe ich antwortete: «Ich und Komfort? Ich habe soviel davon wie ein Bauhaus-Sessel.» Das brachte sie zum Lachen. «Sie haben meine Frage über die Pfarrs nicht beantwortet», sagte ich.

«Wirklich nicht?»

«Das wissen Sie verdammt gut.»

Sie zuckte die Achseln. «Ich kannte sie.»

«Gut genug, um zu wissen, was Paul gegen Ihren Ehemann hatte?»

«Interessiert Sie das wirklich?» sagte sie.

«Für den Anfang schon.»

Sie stieß einen ungeduldigen kleinen Seufzer aus. «In Ordnung. Wir werden Ihr Spiel spielen, aber nur bis ich die Nase davon voll habe.» Sie zog die Augenbrauen hoch und blickte mich fragend an, und obwohl ich keine Ahnung hatte, was sie meinte, zuckte ich die Achseln und sagte: «Von mir aus, gern.»

«Es stimmt, sie kamen nicht miteinander aus, aber ich habe nicht den leisesten Schimmer, warum das so war. Als ich Paul und Grete zum ersten Mal begegneten, war Hermann dagegen, daß sie heirateten. Er glaubte, Paul wolle nur eine reiche Frau ergattern. Er versuchte, Grete zu überreden, ihn fallenzulassen. Aber Grete wollte nicht auf ihn hören. Danach ließ sich, nach allem, was man hörte, alles recht gut an. Zumindest bis Hermanns erste Frau starb. Zu dieser Zeit kannte ich ihn schon eine Weile. Es war als wir heirateten, da begann das Verhältnis der beiden zueinander sich merklich abzukühlen. Grete fing an zu trinken. Und ihre Ehe war wohl nicht mehr als ein Feigenblatt, anstandshalber – weil Paul im Ministerium arbeitete und all das.»

«Was machte er da eigentlich, wissen Sie das?»

«Keine Ahnung.»

«Trieb er sich rum?»

«Mit anderen Frauen?» Sie lachte. «Paul war ein gutaussehender Mann, aber ein bißchen lahm. Er widmete sich ganz seiner Arbeit, nicht einer anderen Frau. Falls er's tat, hat er es perfekt geheimgehalten.»

«Was war mit ihr?»

Ilse Rudel schüttelte den Kopf und nahm einen tiefen Schluck aus ihrem Glas. «Nicht ihr Stil.» Aber sie hielt einen Augenblick inne und sah nachdenklich aus. «Obwohl...» Sie zuckte die Achseln. «Es hat wahrscheinlich überhaupt nichts zu bedeuten.»

«Kommen Sie», sagte ich. «Raus damit.»

«Na ja, einmal in Dahlem, da kam mir der flüchtige Verdacht, Grete könne etwas mit Haupthändler haben.» Ich hob eine Augenbraue. «Hermanns Privatsekretär. Das muß um die Zeit gewesen sein, als die Italiener Addis Abeba besetzten. Ich erinnere mich nur deshalb daran, weil ich zu einer Gesellschaft in der italienischen Botschaft ging.»

«Das dürte Anfang Mai gewesen sein.»

«Ja. Hermann war jedenfalls geschäftlich unterwegs, und ich war deshalb unabhängig. Ich machte einen Film bei der Ufa und mußte am nächsten Morgen früh aufstehen. Ich beschloß, die Nacht in Dahlem zu verbringen, damit ich am Morgen ein bißchen mehr Zeit hatte. Von dort kommt man erheblich schneller nach Babelsberg. Wie dem auch sei, als ich heimkam, steckte ich meinen Kopf durch die Tür zum Salon, weil ich ein Buch suchte, das ich dort hatte liegenlassen, und wen fand ich dort im Dunklen sitzen? Hjalmar Haupthändler und Grete.»

«Was trieben die beiden?»

«Nichts. Überhaupt nichts. Das machte es ja so verdammt verdächtig. Es war zwei Uhr morgens, und sie saßen da, an den entgegengesetzten Enden desselben Sofas wie zwei Schulkinder bei ihrem ersten Rendezvous Ich konnte deutlich sehen, wie verlegen sie waren, mich zu sehen. Sie erzählten mir etwas, sie hätten sich verplaudert und nicht gemerkt, daß es schon so spät sei. Aber diesen Unsinn nahm ich ihnen nicht ab.»

«Erwähnten Sie die Sache Ihrem Mann gegenüber?»

«Nein», erwiderte sie. «Genau gesagt, ich vergaß sie. Und selbst wenn es nicht so gewesen wäre, hätte ich Hermann nichts davon erzählt. Hermann gehört nicht zu den Männern, die einfach alles auf sich beruhen lassen und abwarten können, bis sich das Problem von selber erledigt. Die meisten reichen Männer sind so, denke ich. Sie trauen keinem und verdächtigen jeden.»

«Ich würde sagen, er muß Ihnen ziemlich vertrauen, Ihnen Ihre eigene Wohnung zuzugestehen.»

Sie lachte verächtlich. «Gott, Sie machen mir Spaß! Wenn Sie wüßten, was ich mir gefallen lassen muß. Aber dann wüßten Sie wahrscheinlich alles über uns, denn Sie sind ja ein Privatschnüffler.» Sie ließ mich nicht antworten. «Ich mußte einge ganze Reihe Hausmädchen entlassen, weil er sie bestochen hatte, mir nachzuspionieren. Er ist wirklich ein eifersüchtiger Mann.»

«Unter ähnlichen Umständen würde ich vermutlich genauso handeln», sagte ich. «Die meisten Männer wären eifersüchtig auf eine Frau wie Sie.» Sie blickte mir ins Auge und musterte mich dann abschätzend. Es war jener herausfordernde Blick, den sich nur Huren und unglaublich reiche und schöne Filmstars erlauben können. Es war ein Blick, der mich wünschen ließ, an ihrem Körper hochzuklettern wie eine Schlingpflanze an einem Gitter. «Ehrlich gesagt, es macht Ihnen vermutlich Spaß, einen Mann eifersüchtig zu machen. Sie machen auf mich den Eindruck einer Frau, die ihre Hand ausstreckt, als wolle sie nach links, und sich dann nach rechts wendet, nur um den Mann im unklaren zu lassen. Sind Sie bereit, mir zu erzählen, warum Sie mich heute abend hergebeten haben?»

«Ich habe mein Hausmädchen nach Hause geschickt», sagte sie, «also hören Sie auf, Phrasen zu dreschen, und küssen Sie mich, Sie Vollidiot.» Normalerweise lasse ich mir nicht gern befehlen, doch in diesem Fall machte ich keine Einwände. Es kommt nicht jeden Tag vor, daß man von einer Filmdiva aufgefordert wird, sie zu küssen. Sie bot mir die weichen, üppigen Innenseiten ihrer Lippen, und ich tat mein Bestes, es mit ihnen aufzunehmen, bloß um nicht unhöflich zu sein. Nach einer Minute spürte ich, wie sie in Wallung geriet, und als sie sich meinem saugenden Kuß entzog, war ihre Stimme leidenschaftlich und atemlos.

«Uff, das war ein richtiger Anheizer.»

«Ich übe im stillen Kämmerlein.» Sie lächelte und begann mich zu küssen, als habe sie die Absicht, die Kontrolle über sich zu verlieren und mich dazu zu bringen, mich nicht länger zurückzuhalten. Sie atmete durch die Nase, als brauche sie mehr Sauerstoff, wurde allmählich leidenschaftlicher, und ich hielt mit ihr Schritt, bis sie sagte: «Ich will, daß du mich fickst, Bernie.» Ich hörte es, und jedes Wort ging mir unter die Haut. Wir standen stumm da, und dann nahm sie mich bei der Hand und führte mich ins Schlafzimmer.

«Ich muß noch mal ins Bad», sagte ich. Sie zog die Jacke über ihren Kopf, so daß ihre Brüste schaukelten: Das waren echte Filmstartitten, und einen Augenblick konnte ich mich nicht von diesem Anblick losreißen. Die beiden braunen Brustwarzen wölbten sich wie kleine britische Soldatenhelme.

«Bleib nicht zu lange, Bernie», sagte sie und ließ erst die Schärpe, dann die Hose zu Boden sinken, so daß sie nur noch im Schlüpfer dastand.

Jedoch im Badezimmer warf ich einen langen, ernsthaften Blick in den Spiegel, der eine ganze Wand ausfüllte, und fragte mich, warum eine lebende Göttin wie diese, die gerade die weiße Satin-Bettdecke zurückschlug, ausgerechnet mich brauchte, um ihr zu helfen, eine hohe Wäschereirechnung zu rechtfertigen. Es war weder mein Unschuldsgesicht noch mein sonniges Gemüt. Mit meiner gebrochenen Nase und meinem eingedellten Kiefer wäre ich wohl nur in der Boxbude eines Jahrmarktes als stattlich angesehen worden. Ich bildete mir nicht eine Minute ein, daß mein blondes Haar und meine blauen Augen mich zu einem eleganten Herrn machten. Sie wollte außer einem Fick noch etwas anderes, und ich war ausgeschlafen genug, zu ahnen, was das war. Das Dumme war, daß ich eine Erektion hatte, die mich, zumindest im Augenblick, ganz und gar beherrschte.

Als ich ins Schlafzimmer zurückkam, stand sie noch immer da

und wartete darauf, daß ich zur Sache kam. Ungeduldig streifte ich ihr den Schlüpfer ab und zog sie auf das Bett, wo ich ihre glatten, gebräunten Schenkel auseinanderzwang wie ein aufgeregter Gelehrter, der ein kostbares Buch öffnet. Eine ganze Weile vertiefte ich mich in den Text, schlug mit meinen Fingern die Seiten um und weidete meine Augen an dem, was zu besitzen ich mir nie hatte träumen lassen.

Wir ließen das Licht brennen, so daß ich mich schließlich selber dabei beobachten konnte, wie ich in den gekräuselten Flaum zwischen ihren Beinen eindrang. Und danach lag sie auf mir, atmend wie ein schläfriger, aber zufriedener Hund, und streichelte meine Brust, beinahe so, als flöße ich ihr Respekt ein.

«Meine Güte, du bist ein gutgebauter Mann.»

«Meine Mutter war Hufschmied», sagte ich. «Sie pflegte einen Nagel mit der Handfläche in einen Pferdehuf zu hämmern. Ich hab den Körperbau von ihr.» Sie kicherte.

«Du sagst nicht viel, aber wenn du's tust, machst du gern Witze, oder?»

«Es gibt in Deutschland jede Menge Tote, die sehr ernst aussehen.»

«Und zynisch bist du auch noch. Warum?»

«Ich war früher mal Priester.»

Sie befühlte die kleine Narbe auf meiner Stirn, wo ein Stück Schrapnell mich zerkratzt hatte. «Woher hast du die?»

«Sonntags boxe ich nach der Kirche immer mit den Chorknaben in der Sakristei. Magst du Boxen?» Ich erinnerte mich an das Foto von Schmeling auf dem Klavier.

«Ich schwärme fürs Boxen», erwiderte sie. «Ich liebe gewalttätige, kraftvolle Männer. Ich gehe für mein Leben gern in den Zirkus Busch und sehe zu, wie sie vor einem großen Kampf trainieren, bloß um zu sehen, ob sie sich verteidigen oder angreifen, wie sie Haken schlagen, ob sie Mumm haben.»

«Genau wie eine von diesen Edelfrauen im alten Rom», sagte ich, «die ihre Gladiatoren unter die Lupe nimmt, um zu sehen, wer gewinnen wird, bevor sie auf ihn setzt.»

«Aber natürlich. Ich liebe Gewinner. Was dich angeht...»

«Ja?»

«Ich würde sagen, du könntest einiges einstecken. Vielleicht 'ne ganze Menge. Für mich bist du einer von der ausdauernden, geduldigen Sorte. Einer mit Überlegung. Darauf vorbereitet, mehr als eine kleine Bestrafung zu schlucken. Das macht dich gefährlich.»

«Und du?» Sie wippte erregt auf meiner Brust, ihre Brüste tanzten einladend, obwohl ich, zumindest für den Augenblick, keinen Appetit auf ihren Körper mehr hatte.

«O, ja, ja», rief sie erregt. «Was für ein Kämpfertyp bin ich?»

Ich blickte sie aus dem Augenwinkel an. «Ich glaube, du würdest um einen Mann herumtänzeln und ihn eine Menge Kraft vergeuden lassen, ehe du einen guten Schlag landest, um durch Knockout zu gewinnen. Ein Punktsieg wäre für dich kein echter Wettkampf. Du hast es immer gern, wenn du sie zu Boden schicken kannst. Nur eine Sache irritiert mich an diesem Gefecht.»

«Welche?»

«Was läßt dich glauben, daß ich ausgeknockt bin?»

Sie setzte sich im Bett auf. «Ich verstehe nicht.»

«Gewiß tust du das.» Jetzt, nachdem ich sie gehabt hatte, war es nicht schwer, das zu sagen: «Du glaubst, dein Mann hätte mich angeheuert, um dir nachzuspionieren, stimmt's? Du glaubst keineswegs, daß ich den Brand untersuchen soll. Darum hast du dir diese kleine Komödie ausgedacht, und nun, denke ich mir, soll ich den braven Pudel spielen, damit ich, wenn du mich bittest aufzuhören, genau das mache, was du sagst, weil sonst mit dem Vergnügen Schluß ist. Aber du hast deine Zeit verschwendet. Ich sagte schon, ich übernehme keine Scheidungssachen.»

Sie seufzte und bedeckte mit den Armen ihre Brüste. «Ohne Frage, Sie verstehn sich darauf, den rechten Augenblick abzupassen, Herr Spürhund», sagte sie.

«Es ist wahr, oder?»

Sie sprang aus dem Bett, und ich wußte, daß ich ihren ganzen Körper, nackt wie eine Hutnadel ohne Hut, zum letzten Mal sah; von jetzt an würde ich ins Kino gehen müssen, um, wie alle anderen Burschen auch, einen Blick auf diese verlockenden Reize zu werfen. Sie ging zum Schrank und nahm einen Morgenrock von einem Bügel. Sie holte ein Päckchen Zigaretten aus der Tasche. Sie zündete eine an und rauchte wütend, einen Arm über ihre Brust gelegt.

«Ich hätte Ihnen Geld anbieten können», sagte sie. «Aber statt dessen gab ich mich selbst.» Sie nahm einen erneuten hastigen Zug, doch sie inhalierte so gut wie gar nicht. «Wieviel wollen Sie?» Ich schlug mir aufgebracht auf meinen nackten Schenkel und sagte: «Scheiß drauf. Sie sitzen auf Ihren Ohren. Ich sagte es Ihnen doch. Ich wurde nicht angeheuert, um durch Ihr Schlüsselloch zu gucken und den Namen Ihres Geliebten herauszufinden.»

Sie zuckte ungläubig die Achseln. «Woher wissen Sie, daß ich einen Liebhaber habe?» fragte sie.

Ich stieg aus dem Bett und begann mich anzuziehen. «Ich brauchte kein Vergrößerungsglas und keine Pinzette, um darauf zu kommen. Es ist doch wohl klar, daß Sie, wenn Sie nicht bereits einen Liebhaber hätten, meinetwegen nicht so nervös wären.» Sie warf mir ein Lächeln zu, das so dünn und fragwürdig war wie das Gummi eines gebrauchten Kondoms.

«Nein? Ich wette, Sie sind einer von denen, die auf einer Glatze Läuse finden könnten. Außerdem, wer sagt Ihnen, daß ich Ihretwegen nervös bin? Es macht mir noch nicht mal was aus, daß Sie in meine Privatsphäre eingedrungen sind. Hören Sie, ich denke, es ist besser, wenn Sie jetzt verschwinden.» Sie drehte mir den Rücken zu, als sie das sagte.

«Ich bin unterwegs.» Ich knöpfte meine Hosenträger an und schlüpfte in meine Jacke. An der Schlafzimmertür machte ich einen letzten Versuch, sie zu überzeugen.

«Zum letzten Mal: Ich wurde nicht angeheuert, um Sie zu überwachen.»

«Sie haben mich zum Narren gehalten.»

Ich schüttelte den Kopf. «In allem, was Sie sagen, ist nicht genügend Vernunft, um einen hohlen Zahn zu füllen. Bei der Milchmädchenrechnung, die Sie aufmachen, brauchten Sie meine Hilfe nicht, um sich selber zum Narren zu halten. Danke für einen denkwürdigen Abend.» Als ich das Zimmer verließ, begann sie mich mit einer Beredsamkeit zu verfluchen, die man eigentlich nur von einem Mann erwartet, der sich gerade mit dem Hammer auf den Daumen gehauen hat.

Ich fuhr nach Hause und fühlte mich wie ein Geschwür im Mund eines Bauchredners. Es tat mir ein bißchen weh, wie die Sache ausgegangen war. Es kommt nicht alle Tage vor, daß eine von Deutschlands großen Filmdivas dich mit ins Bett nimmt und anschließend auf die Straße setzt. Ich hätte gern ein bißchen mehr Zeit gehabt, mit ihrem berühmten Körper vertraut zu werden. Ich war ein Mann, der auf dem Jahrmarkt den großen Preis gewonnen hatte, nur um sich dann sagen lassen zu müssen, es sei ein Irrtum gewesen. Trotzdem, dachte ich, auf etwas in der Art hätte ich gefaßt sein müssen. Nichts ähnelt einem Straßenmädchen so sehr wie eine reiche Frau.

In meiner Wohnung angekommen, genehmigte ich mir einen Drink und machte heißes Wasser für ein Bad. Danach zog ich den Morgenmantel an, den ich bei Wertheim gekauft hatte, und begann, mich wieder besser zu fühlen. Da es stickig war, öffnete ich ein Fenster. Dann versuchte ich, ein bißchen zu lesen. Ich muß eingeschlafen sein, denn mittlerweile waren ein paar Stunden vergangen, als ich das Klopfen an der Tür hörte.

«Wer ist da?» fragte ich und ging in die Diele.

«Aufmachen. Polizei», sagte eine Stimme.

«Was wollen Sie?»

«Ihnen ein paar Fragen über Ilse Rudel stellen», sagte die Stimme. «Sie wurde vor einer Stunde tot in ihrem Appartement gefunden. Ermordet.» Ich klinkte die Tür auf, und im nächsten Augenblick spürte ich den Lauf einer Parabellum im Magen.

«Zurück», sagte der Mann mit der Pistole. Ich wich zurück, instinktiv die Hände hebend.

Er trug einen Sportmantel aus hellblauem Leinen und eine kanariengelbe Krawatte. Eine Narbe zierte sein blasses, junges Gesicht, doch sie sah tadellos und sauber aus, und er hatte sie sich vermutlich mit einer Rasierklinge selbst zugefügt, damit man sie für einen studentischen Schmiß halten sollte. Umweht von einem starken Biergeruch, trat er in die Diele und schloß die Tür hinter sich.

«Du machst mir Spaß, Kleiner», sagte ich, erleichtert, zu sehen, daß er sich mit der Parabellum in der Hand nicht gerade behaglich fühlte. «Du hast mich reingelegt mit der Geschichte über Fräulein Rudel. Ich hätte nicht drauf reinfallen dürfen.»

«Du Scheißkerl», knurrte er.

«Was dagegen, wenn ich meine Hände runternehme? Mein

Kreislauf ist nicht mehr das, was er war.» Ich ließ die Hände sinken. «Was hat das alles zu bedeuten?»

«Leugne es nicht.»

«Was?»

«Daß du sie vergewaltigt hast.» Er packte die Waffe fester und schluckte nervös, so daß sein Adamsapfel herumhüpfte wie ein Flitterwochenpärchen unter einer dünnen rosa Bettdecke. «Sie hat mir erzählt, was du getan hast. Also brauchst du erst gar nicht zu versuchen, es zu leugnen.»

Ich zuckte die Achseln. «Was soll dabei rauskommen? Wenn ich in deiner Haut steckte, wüßte ich, wem ich glauben würde. Aber hör mal, bist du sicher, daß du weißt, was du tust? Du stankst doch drei Meilen gegen den Wind, als du hier reinspaziert kamst. Die Nazis mögen ja in einigen Dingen ein bißchen liberal erscheinen, aber die Todesstrafe haben sie nicht abgeschafft, weißt du. Wenn du auch kaum alt genug bist, daß man denkt, du könntest dein Bierglas halten.»

«Ich werde dich umlegen», sagte er und leckte sich die trockenen Lippen.

«Na, das ist in Ordnung, aber würde es dir was ausmachen, mir nicht in den Bauch zu schießen?» Ich deutete auf seine Pistole. «Es ist keinesfalls sicher, daß du mich töten würdest, und ich hasse es, den Rest meines Lebens Milch zu trinken. Nein, wenn ich du wäre, würde ich mich für einen Kopfschuß entscheiden. Zwischen die Augen, wenn du's einrichten kannst. Ein schwieriger Schuß, aber er würde mich mit Sicherheit töten. Offen gestanden würdest du mir einen Gefallen tun, so wie ich mich gerade fühle. Es muß etwas sein, das ich gegessen habe, aber meine Eingeweide kommen mir vor wie die Wellenmaschine im Lunapark.» Zur Bekräftigung ließ ich einen gewaltigen, gehaltvollen Furz los.

«O Jesus», sagte ich, mit der Hand vor meinem Gesicht herumwedelnd. «Verstehst du, was ich meine?»

«Halt's Maul, du Ferkel», sagte der junge Mann. Aber ich sah, wie er den Lauf hob und auf meinen Kopf richtete. Ich kannte die Parabellum aus meiner Militärzeit, als sie die Standard-Dienstwaffe gewesen war. Bei der Pistole «08» wird der Verschluß durch eine Feder wieder nach vorn geführt, aber beim ersten Schuß ist sie vergleichsweise schwergängig. Mein Kopf bot ein kleineres Ziel als mein Magen, und ich hoffte, mir würde genug Zeit bleiben, mich wegzuducken.

Ich warf mich gegen seine Hüften, sah im selben Augenblick das Mündungsfeuer und spürte den Luftzug der Neun-Millimeter-Kugel, die über meinen Kopf sirrte und irgendwo hinter mir einschlug. Unter meinem Gewicht krachten wir beide gegen die Eingangstür. Wenn ich jedoch gedacht hatte, er sei zu nennenswertem Widerstand nicht in der Lage, sah ich mich getäuscht. Ich bekam das Handgelenk mit der Waffe zu fassen, und stellte fest, daß der Arm, der sich in meine Richtung drehte, über mehr Kraft verfügte, als ich ihm zugetraut hatte. Ich spürte, wie er den Kragen meines Morgenmantels packte und zusammendrehte. Dann hörte ich, wie der Stoff riß.

«Scheiße», sagte ich. «Das reicht.» Ich drehte den Arm mit der Pistole in seine Richtung und schaffte es, den Lauf gegen sein Brustbein zu pressen. Ich legte mein ganzes Gewicht dahinter und hoffte, ihm eine Rippe zu brechen, doch statt dessen hörte ich einen dumpfen Knall, als die Waffe abermals losging, und spürte, wie sein warmes Blut mich überströmte. Ich hielt seinen schlaffen Körper ein paar Sekunden, ehe ich ihn zu Boden gleiten ließ.

Ich stand auf und untersuchte ihn. Er war ohne Zweifel tot, obwohl aus seiner Wunde in der Brust immer noch Blut quoll. Darauf filzte ich seine Taschen. Schließlich will man ja wissen, wer versucht, einen umzubringen. In der Brieftasche fand ich einen Ausweis auf den Namen Walther Kolb und zweihundert Mark. Es hatte keinen Sinn, das Geld den Jungens von der Kripo zu überlassen, also nahm ich 150 an mich, als Ersatz für meinen Morgenmantel. Ich fand außerdem zwei Fotos: Das eine war eine obszöne Postkarte, auf dem sich ein Mann mit einem Stück Gummischlauch am Hinterteil eines Mädchens zu schaffen machte; und das zweite war ein Reklamefoto von Ilse Rudel mit ihrer Unterschrift, «in Liebe». Ich verbrannte das Foto meiner jüngsten Bettgenossin, goß mir einen Doppelten ein und grübelte über das erotische Klistier auf dem Foto. Dann rief ich die Polizei an.

Vom Alex kamen zwei Beamte. Der ranghöhrere, Oberinspektor Tesmer, war ein Gestapo-Mann; der andere, Inspektor Stahlecker, war ein Freund, einer der wenigen Freunde bei der Kripo, die mir geblieben waren, aber da Tesmer dabei war, würde es wohl kein Zuckerschlecken werden.

«Das ist meine Geschichte», sagte ich, nachdem ich sie zum dritten Mal erzählt hatte. Wir saßen um meinen Eßtisch, auf dem die Parabellum und der Tascheninhalt des Toten lagen. Tesmer schüttelte bedächtig den Kopf, als ob ich ihn aufgefordert hätte, etwas zu kaufen, das er selbst nicht wieder loswerden konnte.

«Sie haben immer noch Zeit, sich was anderes auszudenken. Kommen Sie, versuchen Sie's noch mal. Vielleicht bringen Sie mich dieses Mal zum Lachen.» Mit seinen dünnen, fast nicht vorhandenen Lippen sah Tesmers Mund aus wie ein Schlitz in einem Stück billigen Vorhangstoffs. Und alles, was man durch den Schlitz sah, waren die Spitzen seiner Nagezähne und das gelegentliche Aufschimmern der schartigen, austerartigen, grauweißen Zunge.

«Hören Sie, Tesmer», sagte ich, «ich weiß, es hört sich ein bißchen abgedroschen an, aber Sie haben mein Wort, daß es wirklich eine sehr glaubwürdige Geschichte ist. Es ist nicht alles Gold, was glänzt.»

«Dann versuchen Sie mal, etwas von dem verdammten Staub wegzupusten. Was wissen Sie über diesen Haufen Büchsenfleisch?»

Ich zuckte die Achseln. «Nur das, was ich in seinen Taschen fand. Und daß er und ich nicht miteinander auskamen.»

«Das bringt ihm auf meiner Rechnung ein paar Extrapunkte», sagte Tesmer.

Stahlecker saß unbehaglich neben seinem Chef und zupfte nervös an seiner Augenklappe. Er hatte ein Auge verloren, als er bei der preußischen Infanterie kämpfte, und zur gleichen Zeit bekam er für seine Tapferkeit den begehrten Orden «Pour le mérite». Mir wäre ein gesundes Auge lieber gewesen, obwohl die Klappe ziemlich flott aussah. Zusammen mit seinem dunklen Teint und dem buschigen schwarzen Schnurrbart trug sie dazu bei, ihm ein fast piratenhaftes Aussehen zu verleihen, obwohl sein ganzes Auftreten eher gleichmütig, wenn nicht gar schwerfällig wirkte. Aber er war ein guter Polizist und ein treuer Freund. Trotzdem würde er es nicht riskieren, sich die Finger zu verbrennen, solange Tesmer sein Bestes tat, mir Feuer unterm Hintern zu machen. Seine Aufrichtigkeit hatte ihn während der Wahlen 1933 dazu verführt, eine oder zwei unbedachte Äußerungen über die NSDAP zu machen. Seitdem war er klug genug, den Mund zu halten, aber er und ich, wir wußten beide, daß der Kripo-Präsident bloß nach einem Vorwand suchte, ihn zum Teufel zu schicken. Er hatte es nur seinen außerordentlichen Leistungen im Krieg zu verdanken, daß die Kripo ihn so lange behalten hatte.

«Und ich schätze, er versuchte Sie umzubringen, weil ihm Ihr Rasierwasser nicht gefiel?» stellte Tesmer fest.

«Ei, ei, ist es Ihnen auch aufgefallen?»

Ich sah, daß Stahlecker darüber ein wenig grinsen mußte, aber Tesmer lächelte ebenfalls, und ihm gefiel die Bemerkung nicht.

«Gunther, Sie reißen Ihr Maul weiter auf als ein Niggersänger. Ihr Freund hier mag Sie ja für einen Witzbold halten, aber ich glaube ganz einfach, daß Sie ein Scheißkerl sind, also verarschen Sie mich nicht. Mir fehlt jeder Sinn für Humor.»

«Ich habe Ihnen die Wahrheit gesagt, Tesmer. Ich machte die Tür auf, und da stand Herr Kolb, und seine Kanone zielte auf mein Mittagessen.»

«Eine Parabellum, auf Sie gerichtet, und trotzdem haben Sie's geschafft, ihn fertigzumachen. Ich sehe kein einziges verdammtes Loch in Ihnen, Gunther.»

«Ich mache einen Fernkurs in Hypnose. Wie ich sagte, ich war froh, daß er danebenschoß. Sie haben die kaputte Lampe gesehen.»

«Hören Sie, mich können Sie nicht so leicht hypnotisieren. Dieser Bursche war ein Profi. Nicht von der Sorte, die sich von Ihnen für'n Tütchen Brausepulver die Wumme wegnehmen läßt.»

«Ein Profi für was – Herrenbekleidung? Das glauben Sie ja selber nicht, Tesmer. Er war doch noch ein halbes Kind.»

«Nun, das macht es noch schlimmer für Sie, weil er jetzt nicht mehr älter werden kann.»

«Er mag jung gewesen sein», sagte ich, «aber er war kein Schwächling. Ich beiße mir nicht auf die Lippe, weil ich sie so verdammt anziehend finde. Dies ist richtiges Blut, wissen Sie. Und mein Morgenmantel. Er ist zerrissen, oder ist Ihnen das nicht aufgefallen?»

Tesmer lachte spöttisch. «Ich dachte, Sie wären bloß ein bißchen nachlässig mit Ihrer Garderobe.»

«He, das ist ein Fünfzig-Mark-Mantel. Sie glauben doch wohl nicht, ich hätte ihn bloß zerrissen, um Ihnen einen Gefallen zu tun, oder?»

«Sie konnten sich's leisten, ihn zu kaufen, dann können Sie sich's auch leisten, ihn einzubüßen. Ich dachte immer, daß Burschen von eurer Sorte zuviel Geld verdient haben.» Ich lehnte mich in meinem Sessel zurück. Ich erinnerte mich, daß Tesmer einer der Männer war, die für den Polizeichef, Walther Wecke, die Drecksarbeit machten und damit beauftragt waren, die Polizei von Konservativen und Bolschewiken zu säubern. Er war ein niederträchtiger Schweinehund, wie er im Buch steht. Ich fragte mich, wie es Stahlecker schaffte, zu überleben.

«Wieviel verdienen Sie, Gunther? Drei? Vierhundert Mark die Woche? Vermutlich soviel wie ich und Stahlecker zusamnen. Was meinen Sie, Stahlecker?» Mein Freund zuckte zurückhaltend die Achseln.

«Ich weiß nicht.»

«Sehen Sie», sagte Tesmer. «Selbst Stahlecker hat keine Ahnung, wie viele Tausender im Jahr Sie einsacken.»

«Sie haben den falschen Beruf, Tesmer. So wie Sie übertreiben, sollten Sie für das Propagandaministerium arbeiten.» Er sagte nichts. «Schon gut, schon gut, ich habe begriffen. Wieviel wird es mich kosten?» Tesmer zog die Schultern hoch und versuchte ein Grinsen zu unterdrücken, das sich auf seinem Gesicht auszubreiten drohte.

«Für einen Mann mit einem Fünfzig-Mark-Mantel? Sagen wir einen runden Hunderter.»

«Ein Hunderter? Für diesen billigen, kleinen Koofmich? Schauen Sie ihn noch mal an, Tesmer. Er hat weder ein Charlie-Chaplin-Bärtchen noch einen steifen rechten Arm!»

Tesmer stand auf. «Sie reden zuviel, Gunther. Hoffen wir, daß Sie Fransen um den Mund kriegen, bevor er Sie in ernsthafte Schwierigkeiten bringt.» Er blickte erst Stahlecker an, dann mich. «Ich gehe jetzt pissen. Ihr alter Kumpel hier hat Zeit, Sie zu überzeugen, bis ich zurückkomme, sonst...» Er schürzte seine Lippen und schüttelte den Kopf. Als er hinausging, rief ich ihm nach: «Vergessen Sie nicht, vorher den Deckel hochzuklappen.» Ich grinste Stahlecker an.

«Wie geht's dir, Bruno?»

«Was ist los mit dir, Bernie? Hast du getrunken? Bist du blau oder was? Komm schon, du weißt, daß Tesmer dir das Leben verdammt schwermachen kann. Zuerst nimmst du den Mann mit deinem flotten Gequatsche auf die Schippe, und jetzt willst du dich stur stellen. Bezahl den Schweinehund.»

«Hör mal, wenn ich ihn nicht zappeln ließe und mir Zeit lassen würde, bevor ich für dieses Jüngelchen bezahle, wird er sich ausrechnen, daß ich eine Menge mehr wert bin. Bruno, sobald ich diesen Hurensohn sah, wußte ich, daß dieser Abend mich was kosten würde. Bevor ich die Kripo verließ, hatten er und Wecke mich auf ihrer Liste. Ich hab's nicht vergessen, und er ebensowenig. Ich bin ihm noch ein paar Höllenqualen schuldig.»

«Nun, du hast es mit Sicherheit teuer für dich gemacht, als du den Preis des Mantels erwähnt hast.»

«Nicht wirklich», erwiderte ich. «Er kostet fast hundert.»

«Meine Güte», flüsterte Stahlecker. «Tesmer hat recht. Ihr verdient wirklich zuviel Geld.» Er schob seine Hände tief in die Taschen und sah mich durchdringend an.

«Willst du mir erzählen, was sich wirklich hier abgespielt hat?»

«Ein andermal, Bruno. Zum größten Teil stimmte es.»

«Von einer oder zwei winzigen Kleinigkeiten abgesehen.»

«Richtig. Hör mal, ich möchte dich um einen Gefallen bitten: Können wir uns morgen treffen? Die Nachmittagsvorstellung in den Kammerlichtspielen im *Haus Vaterland*. Hintere Reihe, vier Uhr.» Bruno seufzte und nickte dann. «Werd's versuchen.»

«Versuch mal, ob du bis dahin was über den Fall Paul Pfarr rauskriegen kannst.» Er runzelte die Stirn und wollte gerade etwas sagen, als Tesmer von der Toilette zurückkam.

«Ich hoffe, Sie haben den Fußboden aufgewischt.»

Tesmer wandte mir ein Gesicht zu, das so streitsüchtig aussah wie ein gotischer Wasserspeier. Die eckige Kinnlade und die breite Nase verliehen ihm etwa so viel Profil wie ein Stück Bleirohr. Alles in allem erinnerte er an ein Wesen aus der älteren Steinzeit.

«Ich hoffe, Sie haben sich entschlossen, klug zu werden», knurrte er. Hätte man mit einem Wasserbüffel diskutiert, wären die Chancen besser gewesen.

«Wie es scheint, habe ich keine andere Wahl», sagte ich. «Ich schätze, es besteht keine Aussicht auf eine Quittung, wie?»

7

Nicht weit entfernt vom Hohenzollerndamm, am Rand von Dahlem, befand sich das riesige schmiedeeiserne Tor zu Six' Anwesen. Ich saß eine Weile im Wagen und beobachtete die Straße. Mehrere Male schloß ich die Augen, und mein Kopf fiel vornüber. Es war eine lange Nacht gewesen. Nach einem kurzen Nickerchen stieg ich aus und öffnete das Tor. Dann schlenderte ich zum Wagen zurück, bog in die Privatstraße ein und fuhr einen langen, sanften Hang hinunter und in den kühlen Schatten, den die dunklen Pinien warfen, die den Kiesweg säumten.

Bei Tageslicht war Six' Haus noch eindrucksvoller, obwohl ich jetzt erkannte, daß es nicht ein Haus war, sondern daß zwei Häuser dicht beieinanderstanden: schöne, solide gebaute wilhelminische Landhäuser.

Ich fuhr vor den Haupteingang, wo Ilse Rudel in der Nacht, in der ich sie zum ersten Mal sah, ihren BMW geparkt hatte, stieg aus und ließ die Wagentür offen, bloß für den Fall, daß die zwei Dobermänner auftauchen würden. Auf Privatdetektive sind Hunde überhaupt nicht versessen, und diese Antipathie beruht ganz und gar auf Gegenseitigkeit.

Ich klopfte an die Tür. Ich hörte das Echo in der Halle, und als ich die geschlossenen Fensterläden sah, fragte ich mich, ob ich umsonst gekommen war. Ich zündete mir eine Zigarette an und stand da, lässig an die Tür gelehnt, rauchte und horchte. Das Haus war ungefähr so ruhig wie der Saft in einem als Geschenk verpackten Gummibaum. Dann hörte ich Schritte und richtete mich auf, als die Tür sich öffnete und der levantinische Kopf und die runden Schultern von Farraj, dem Butler, erschienen.

«Guten Morgen», sagte ich strahlend. «Ich hoffte, Herrn Haupthändler anzutreffen.» Farraj blickte mich mit dem klinischen Ekel eines Fußpflegers an, der einen septischen Zehennagel betrachtet.

«Haben Sie ein Verabredung?» fragte er.

«Eigentlich nicht», sagte ich und reichte ihm meine Karte. «Trotzdem hoffte ich, er würde mir fünf Minuten opfern. Ich war neulich abend hier, um Herrn Six zu sprechen.» Farraj nickte schweigend und gab mir meine Karte zurück.

«Verzeihen Sie, daß ich Sie nicht wiedererkannt habe, mein Herr.» Die Hand noch immer an der Tür, wich er in die Halle zurück und forderte mich auf einzutreten. Nachdem er die Tür hinter mir geschlossen hatte, blickte er mit einer gewissen Belustigung auf meinen Hut.

«Zweifellos wünschen Sie, Ihren Hut wieder bei sich zu behalten?»

«Ich denke, es wäre besser, meinen Sie nicht?» Ich stand so dicht vor ihm, daß ich den sehr eindeutigen Geruch von Alkohol wahrnehmen konnte, der nicht von der Sorte war, die in exklusiven Herren-Clubs serviert wurde.

«Wie Sie wünschen, mein Herr. Wenn Sie hier einen Augenblick warten wollen. Ich werde Herrn Haupthändler fragen, ob er Sie empfangen kann.»

«Danke», sagte ich. «Haben Sie einen Aschenbecher?» Ich hielt die Zigarette mit der Asche in die Höhe wie eine subkutane Spritze.

«Ja, mein Herr.» Er kam mit einem Aschenbecher aus dunklem Onyx von der Größe einer Altarbibel und hielt ihn mit beiden Händen, während ich meine Zigarette ausdrückte. Dann drehte er sich um, den Aschenbecher immer noch in den Händen, und verschwand im Korridor, während ich zurückblieb und mich fragte, was ich Haupthändler sagen sollte, wenn er mich empfing. Ich verfolgte keine bestimmte Absicht und bildete mir nicht eine Minute ein, daß er bereit sein würde, Ilse Rudels Geschichte über ihn und Grete Pfarr zu erörtern. Ich stocherte bloß ein wenig herum. Man stellte zehn Leuten zehn blöde Fragen, und plötzlich trifft man irgendwo auf einen empfindlichen Punkt. Manchmal, wenn man sich die Mühe machte, genau hinzusehen, kam einem die Erkenntnis, daß man etwas gefunden hatte. Es ähnelte ein wenig dem Goldwaschen. Jeden Tag ging man runter zum Fluß und durchsuchte, Pfanne für Pfanne, den Schlamm. Und nur gelegentlich, vorausgesetzt, man hielt die Augen offen, fand man einen schmutzigen kleinen Stein, der wirklich ein Goldbröckchen war.

Ich ging zum Fuß der Treppe und blickte ins Treppenhaus hinauf. Ein großes rundes Dachfenster erleuchtete die Gemälde an den scharlachroten Wänden. Ich sah mir ein Stilleben an, das einen Hummer und einen Zinnkrug zeigte, als ich hinter mir auf dem Marmorboden Schritte hörte.

«Es ist von Karl Schuch, wissen Sie», sagte Haupthändler. «Ist eine Menge Geld wert.» Er hielt inne und fügte hinzu: «Aber sehr, sehr langweilig. Bitte, hier entlang.» Er ging voran in Six' Bibliothek.

«Leider habe ich nicht viel Zeit für Sie. Sehen Sie, für die morgige Beerdigung habe ich noch sehr viele Dinge zu erledigen. Ich bin sicher, Sie verstehen das.» Ich nahm auf einem der Sofas Platz und zündete mir eine Zigarette an. Haupthändler kreuzte die Arme, und das haselnußbraune Leder seiner Sportjacke spannte sich über seine ansehnlichen Schultern. Er lehnte sich an den Schreibtisch seines Chefs.

«Nun, weswegen wollten Sie mich sprechen?»

«Eigentlich wegen der Beerdigung», sagte ich, aufs Geratewohl an seine Bemerkung anknüpfend. «Ich möchte wissen, wo sie stattfindet.»

«Ich muß um Entschuldigung bitten, Herr Gunther», antwortete er. «Leider ist mir nicht der Gedanke gekommen, daß Herr Six Ihre Teilnahme wünschte. Er hat alle Vorbereitungen mir überlassen, während er im Ruhrgebiet ist, aber er hat nicht daran gedacht, Anweisungen bezüglich einer Liste der Trauergäste zu hinterlassen.»

Ich versuchte, verlegen auszusehen. «Oje», sagte ich, «bei einem Klienten wie Herrn Six wäre ich natürlich gern in der Lage gewesen, seiner Tochter die letzte Ehre zu erweisen. Das ist so Sitte. Aber ich bin sicher, er wird das verstehen.»

«Herr Gunther», sagte Haupthändler nach einer kurzen Stille. «Würden Sie es mir übelnehmen, wenn ich Ihnen jetzt eine handschriftliche Einladung geben würde?»

«Überhaupt nicht», sagte ich. «Wenn Sie sicher sind, daß das keine Ungelegenheiten bereitet.»

«Das ist keine Affäre», sagte er. «Ich habe ein paar Karten hier.» Er ging um den Schreibtisch herum und öffnete eine Schublade.

«Arbeiten Sie schon lange für Herrn Six?»

«Ungefähr zwei Jahre», sagte er abwesend. «Vorher war ich als Diplomat im Deutschen Konsularischen Dienst tätig.» Er nahm eine Brille aus seiner Brusttasche und setzte sie auf die Spitze seiner Nase, bevor er die Einladung ausschrieb.

«Und Sie kannten Grete Pfarr gut?»

Er warf mir einen schnellen Blick zu. «Eigentlich kannte ich sie überhaupt nicht», sagte er. «Man sagte sich guten Tag.»

«Wissen Sie, ob sie Feinde hatte, eifersüchtige Liebhaber, etwas in der Art?» Er war mit dem Schreiben fertig und drückte die Karte auf das Löschblatt.

«Ich bin ziemlich sicher, daß sie keine Feinde hatte», sagte er knapp, nahm seine Brille ab und schob sie wieder in die Tasche.

«Tatsächlich? Was ist mit ihm? Paul.»

«Über ihn kann ich Ihnen noch weniger sagen, fürchte ich», sagte er und steckte die Karte in einen Umschlag.

«Kamen er und Herr Six miteinander aus?»

«Sie waren keine Feinde, wenn es das ist, worauf Sie anspielen. Ihre Differenzen waren rein politischer Art.»

«Nun, das läuft heutzutage schon auf ziemlich grundsätzliche Fragen hinaus, finden Sie nicht?»

«Nicht in diesem Fall, nein. Wenn Sie mich jetzt entschuldigen wollen, Herr Gunther, ich muß wirklich wieder an die Arbeit.»

«Ja, natürlich.»

Er reichte mir die Einladung.

«Vielen Dank für Ihre Mühe», sagte ich und folgte ihm in die Halle. «Wohnen Sie auch hier im Haus, Herr Haupthändler?»

«Nein, ich habe eine Wohnung in der Stadt.»

«Wirklich? Wo?» Er zögerte kurz.

«In der Kurfürstenstraße», sagte er schließlich. «Warum fragen Sie?»

Ich zuckte die Achseln. «Ich stelle zu viele Fragen, Herr Haupthändler. Verzeihen Sie. Eine dumme Angewohnheit, leider. Eine mißtrauische Natur gehört zu meinem Beruf. Bitte, seien Sie nicht gekränkt. Ja, ich muß gehen.» Er lächelte dünn, und als er mich zur Tür brachte, schien er ein wenig erleichtert; doch ich hoffte, ich hatte genug gesagt, um ihn ein wenig nervös zu machen.

Der Hanomag scheint ein solches Alter erreicht zu haben, daß man jede Geschwindigkeit aus ihm herausholen kann, und so kann man von einem gewissen unangebrachten Optimismus sprechen, der mich bewog, für die Rückfahrt zur Stadtmitte die Avus zu nehmen. Es kostet eine Mark, wenn man diese Schnellstraße benutzen will, aber die Avus ist ihr Geld wert: Die Avus ist die einzige Straße in Berlin, auf der ein Fahrer, der sich für Carraciola hält, das Gaspedal durchtreten und Geschwindigkeiten bis zu 150 Stundenkilometern erreichen kann. Wenigstens konnte er das in der Zeit vor der Einführung des BV Aral, dem Ersatzbenzin mit niedriger Oktanzahl, das nicht viel besser ist als Methylalkohol. Jetzt konnte ich aus der 1,3 Liter-Maschine des Hanomags beim besten Willen nicht mehr als neunzig herauskitzeln.

Ich parkte an der Kreuzung Kurfürstendamm und Joachimstaler Straße, dem «Grünfeld-Eck», benannt nach dem Warenhaus gleichen Namens, das sich dort befindet. Als Grünfeld, ein Jude, sein Geschäft noch besaß, pflegte man dort am Springbrunnen im Kellergeschoß gratis Limonade auszuschenken. Doch seit der Staat ihn enteignet hat – zusammen mit allen Juden, die große Warenhäuser besaßen, wie Wertheim, Hermann Tietz und Israel – ist es mit der Gratislimonade vorbei. Als sei das noch nicht schlimm genug, schmeckt die Limonade, für die man nun bezahlen muß jetzt halb so gut, und man muß nicht die empfindlichsten Geschmacksknospen der Welt haben, um festzustellen, daß jetzt am Zucker gespart wird.

Genauso schwindeln sie bei allen Sachen.

Ich saß da, trank meine Limonade, sah zu, wie sich der Lift in dem röhrenförmigen Glasschacht auf und ab bewegte, so daß man, während man von Etage zu Etage schwebte, in das Warenhaus blikken konnte; ich schwankte, ob ich die Strumpfabteilung aufsuchen sollte, wo Carola arbeitete, das Mädchen von Dagmars Hochzeit. Es war der saure Geschmack der Limonade, der mir mein zügelloses

Benehmen in Erinnerung rief, und das bewog mich, nicht hinzugehen. Ich verließ das Warenhaus und ging vom Kurfürstendamm zur Schlüterstraße zu Fuß.

Das Geschäft eines Juweliers ist einer der wenigen Orte in Berlin, an denen man eine Schlange von Menschen erwarten kann, die verkaufen, statt kaufen wollen. Das Geschäft für alten Schmuck von Peter Neumaier war keine Ausnahme. Als ich dort ankam, reichte die Schlange zwar nicht bis nach draußen, gewiß aber bis zur Glastür; und die Menschen waren älter und sahen trauriger aus als die Leute in den Schlangen, in die ich mich selber einzureihen pflegte. Die Wartenden entstammten den verschiedenartigsten Milieus, aber zum größten Teil hatten sie zwei Dinge gemeinsam: ihre jüdische Herkunft und, als logische Folge davon, die Arbeitslosigkeit, die sie in erster Linie dazu trieb, ihre Wertsachen zu verkaufen. Am oberen Ende der Schlange standen hinter einem langen Glastresen zwei eisig blickende Angestellte in piekfeinen Anzügen. Sie hatten eine elegante Methode der Taxierung, die darin bestand, dem potentiellen Verkäufer mitzuteilen, wie armselig das Stück sei und wie wenig man wahrscheinlich auf dem freien Markt dafür bekommen würde.

«Stücke wie dieses hier sehen wir jeden Tag», sagte einer der beiden, kräuselte die Lippen und schüttelte den Kopf über die auf dem Ladentisch ausgebreiteten Perlen und Broschen. «Verstehen Sie, für Gefühlswerte können wir nichts bezahlen. Ich bin sicher, das begreifen Sie.» Er war ein junger Bursche, halb so alt wie das verhutzelte Mütterchen, das vor ihm stand, und er sah gut aus, obwohl ihm vielleicht eine Rasur gutgetan hätte. Sein Kollege war in seiner Gleichgültigkeit weniger entgegenkommend: Er schniefte, so daß sich sein Gesicht zu einer Grimasse verzerrte, hob widerwillig seine Kleiderschrankschultern und brummte lustlos. Wortlos zählte er fünf Hundertmarkscheine von einem Bündel ab, das er mit der knauserigen Hand eines Geizhalses umklammerte und das dreißigmal mehr wert sein mußte. Der alte Mann, der verkaufen wollte, war unschlüssig, ob er das Angebot, das ein einziger Hohn zu sein schien, annehmen sollte, und deutete mit zitternder Hand auf das Halsband, das auf dem Stück Tuch lag, in das er es gewickelt hatte.

«Aber hören Sie mal», sagte der alte Mann, «Sie haben genau so ein Stück wie dieses im Schaufenster gehabt und dreimal soviel verlangt, wie Sie mir bieten.»

Der Kleiderschrank kräuselte seine Lippen. «Fritz», sagte er, «wie lange hat das Saphir-Halsband im Schaufenster gelegen?» Es war ein wirksamer Trick, das mußte man sagen.

«Muß sechs Monate gewesen sein», gab der andere zur Antwort. «Kauf kein zweites. Wir sind kein Wohlfahrtsinstitut, das weißt du doch.» Er sagte das am Tag vermutlich viele Male. Der Kleiderschrank blickte betont gelangweilt.

«Verstehen Sie, was ich meine? Hören Sie, gehen Sie woandershin, wenn Sie glauben, mehr dafür zu bekommen.» Doch der Anblick des Geldes war zuviel für den alten Mann, und er willigte ein. Ich ging zur Spitze der Schlange und sagte, ich suche Herrn Neumaier.

«Wenn Sie was zu verkaufen haben, dann müssen Sie sich anstellen, wie alle anderen auch», brummte der Kleiderschrank.

«Ich habe nichts zu verkaufen», sagte ich und fügte vage hinzu: «Ich suche nach einem Diamant-Halsband.» Als er das hörte, sah mich der Kleiderschrank an, als sei ich sein lange verschollener reicher Onkel.

«Wenn Sie einen kleinen Augenblick warten würden», sagte er ölig. «Ich will bloß nachsehen, ob Herr Neumaier frei ist.» Er verschwand für eine Minute hinter einem Vorhang, und als er zurückkehrte, wurde ich in ein kleines Büro am Ende des Korridors genötigt.

Peter Neumaier saß an seinem Schreibtisch und rauchte eine Zigarre, die eigentlich in den Werkzeugkasten eines Klempners gehört hätte. Er hatte dunkles Haar und hellblaue Augen, wie unser geliebter Führer, und einen Wanst, der vorragte wie eine Registrierkasse. Seine Wangen sahen rot und wund aus, als habe er einen Hautausschlag oder sich am Morgen einfach mit seinem Rasierapparat angelegt. Er schüttelte mir die Hand, als ich mich vorstellte. Seine Hand fühlte sich an wie eine Gurke.

«Entzückt, Sie zu sehen, Herr Gunther», sagte er mit Wärme. «Ich höre, Sie suchen ein paar Diamanten?»

«Das ist richtig. Doch ich sollte Ihnen sagen, daß ich im Auftrag einer anderen Person handle.»

«Ich verstehe», lächelte Neumaier. «Haben Sie ein bestimmtes Stück im Auge?»

«O ja, in der Tat. Ein Diamant-Halsband.»

«Nun, dann sind Sie hier am rechten Ort. Ich habe ein paar Diamant-Halsbänder, die ich Ihnen zeigen kann.»

«Mein Klient weiß exakt, was er sucht», sagte ich. «Es muß ein in Diamanten gefaßtes Halsband sein, angefertigt von Cartier.» Neumaier legte seine Zigarre in den Aschenbecher und atmete eine Mischung von Rauch, Nervosität und Belustigung aus.

«Nun», sagte er. «Das engt das Feld natürlich ein.»

«So ist das eben mit den reichen Leuten, Herr Neumaier», sagte ich. «Sie scheinen immer haargenau zu wissen, was sie wollen.»

«Oh, natürlich tun sie das, Herr Gunther» Er beugte sich in seinem Sessel vor, griff wieder nach seiner Zigarre und sagte: «Ein Halsband, wie Sie es beschreiben, gehört nicht zu den Stücken, denen man jeden Tag begegnet. Und es würde natürlich eine Menge Geld kosten.» Es wurde Zeit, ihn ein wenig zu kitzeln.

«Mein Klient ist selbstverständlich bereit, eine Menge Geld zu zahlen. Fünfundzwanzig Prozent des Versicherungswertes, ohne Fragen zu stellen.»

Er runzelte die Stirn. «Ich bin nicht sicher, ob ich verstehe, wovon Sie sprechen», sagte er.

«Hören Sie schon auf, Neumaier! Wir wissen beide, daß sich in Ihrem Unternehmen eine Menge mehr abspielt als diese herzerwärmenden Szenen da draußen.»

Er stieß ein wenig Rauch aus und betrachtete das Ende seiner Zigarre. «Wollen Sie andeuten, daß ich gestohlene Ware kaufe, Herr Gunther, weil Sie unter Umständen...»

«Sperren Sie die Ohren auf, Neumaier. Ich bin noch nicht fertig. Das Angebot meines Klienten ist solide. Bares Geld.» Ich warf ihm das Foto von Six' Diamanten hin. «Wenn irgendein Knabe hier aufkreuzt und versucht, es zu verkaufen, rufen Sie mich an. Die Nummer steht auf der Rückseite.»

Neumaier betrachtete das Foto und mich mit Abscheu, dann stand er auf. «Sie sind ein Witzbold, Herr Gunther. Sie haben nicht alle Tassen im Schrank. Und nun machen Sie, daß Sie hier rauskommen, bevor ich die Polizei rufe.»

«Wissen Sie, das ist gar keine schlechte Idee», sagte ich. «Ich bin sicher, sie wird von Ihrem Gemeinsinn sehr beeindruckt sein, wenn Sie anbieten, Ihren Safe zu öffnen und seinen Inhalt inspizieren zu lassen. Weil Sie ein reines Gewissen haben, schätze ich.»

«Raus hier!»

Ich stand auf und verließ das Büro. Ich hatte nicht die Absicht gehabt, auf diese Art vorzugehen, aber Neumaiers Geschäftspraktiken hatten mir nicht gefallen. Im Laden hatte es der Kleiderschrank fast geschafft, einer alten Frau einen Preis für ihre Schmuckschatulle zu machen, der niedriger war als der, den sie dafür vielleicht im Wohnheim der Heilsarmee bekommen hätte. Zahlreiche Juden, die hinter ihr warteten, sahen mich mit einem Gesichtsausdruck an, in dem sich Hoffnung und Niedergeschlagenheit mischten. Ich fühlte mich etwa so behaglich wie eine Forelle auf einer Marmorplatte, und ohne daß ich dafür einen Grund hätte angeben können, empfand ich so etwas wie Scham.

Gert Jeschonnek war ein anderer Fall. Seine Geschäftsräume befanden sich in der achten Etage des Columbus-Hauses, einem neunstöckigen Gebäude am Potsdamer Platz. Es sah beinahe wie die Bastelarbeit eines Lebenslänglichen aus, dem man einen unendlichen Vorrat an Streichhölzern gegeben hat, und es erinnerte mich zugleich an das Gebäude, das fast den gleichen Namen trägt, nämlich das Columbia-Haus am Flughaften Tempelhof – das Gestapo-Gefängnis in Berlin. Dieses Land bringt seine Bewunderung für den Entdecker Amerikas auf die sonderbarste Weise zum Ausdruck.

Die achte Etage beherbergte einen erlesenen Club von Ärzten, Anwälten und Verlegern, die gewiß alle auf nicht weniger als Dreißigtausend im Jahr kamen.

Die Doppeltür zu Jeschonneks Geschäftsräumen war aus Mahagoni und zeigte in goldenen Buchstaben die Aufschrift: GERT JESCHONNEK EDELSTEINHÄNDLER. Dahinter befand sich ein L-förmiges Büro mit angenehm rosa abgetönten Wänden, an denen gerahmte Fotografien hingen, die Diamanten, Rubine und verschiedene protzige, kleine Klunkern zeigten, welche die Habgier eines oder zweier Salomes hätten anstacheln können. Ich nahm in einem Sessel Platz und wartete, daß ein blutarmer junger Mann hinter einer Schreibmaschine sein Telefongespräch beendete. Nach einer Minute sagte er:

«Ich rufe dich zurück, Rudi.» Er hängte ein und blickte mich mit einem Gesichtsausdruck hochgradiger Säuerlichkeit an.

«Ja?» sagte er. Nennen Sie mich altmodisch, aber ich habe männliche Sekretäre nie leiden können. Die Eitelkeit eines Mannes geht dabei flöten, wenn er den Bedürfnissen eines anderen Mannes dient, und diese Type im besonderen hatte keine Chance, mein Herz zu gewinnen.

«Wenn Sie mit dem Polieren Ihrer Fingernägel fertig sind, könnten Sie Ihrem Chef vielleicht sagen, daß ich ihn sprechen möchte. Der Name ist Gunther.»

«Haben Sie eine Verabredung?» fragte er spitz.

«Seit wann hat es ein Mann, der ein paar Diamanten sucht, nötig, eine Verabredung zu treffen. Würden Sie mir das sagen?» Ich konnte sehen, daß er für meinen Humor keinen Sinn hatte.

«Halten Sie die Luft an», sagte er, kam um den Tisch herum und ging zur einzigen anderen Tür. «Ich werde fragen, ob er Sie empfangen kann.» Während er draußen war, nahm ich ein Exemplar des *Stürmers* vom Zeitschriftenständer. Auf dem Titelblatt war die Zeichnung eines Mannes im Engelgewand, der sich die Maske eines Engels vor das Gesicht hielt. Hinter ihm war ein unter seinem Chorhemd hervorstehender Teufelsschwanz und sein «Engelsschatten» zu sehen, nur daß dieser das Profil hinter der Maske als ein unverkennbar jüdisches enthüllte. Die Karikaturisten des *Stürmers* haben eine Vorliebe für große Nasen, und diese glich eher einem Pelikanschnabel. Merkwürdig, dachte ich, so etwas im Büro eines respektablen Geschäftsmannes zu finden. Der blutarme junge Mann, der aus dem anderen Büro zurückkam, lieferte mir die einfache Erklärung.

«Er hat gleich Zeit für Sie», sagte er und fügte hinzu: «Er kauft den *Stürmer*, um die Itzigs zu beeindrucken.»

«Ich fürchte, ich kann nicht folgen.»

«Wir haben hier 'ne Menge jüdische Kunden», erklärte er. «Natürlich wollen sie nur verkaufen und niemals kaufen. Herr Jeschonnek glaubt, daß er mit ihnen härter verhandeln kann, wenn sie sehen, daß er dieses Blatt abonniert hat.»

«Sehr schlau von ihm. Funktioniert's?»

«Ich schätze. Fragen Sie ihn besser selbst.»

«Das werde ich vielleicht tun.»

Im Büro des Chefs gab es nicht viel zu sehen. Überquerte man einen Teppich-Ozean, gelangte man zu einem grauen Stahlsafe, der früher ein kleines Schlachtschiff gewesen war, und zu einem panzergroßen Schreibtisch mit einer Platte, die mit dunklem Leder bezogen war. Auf dem Tisch befand sich sehr wenig, ausgenommen ein Rechteck aus Filz, auf dem ein Rubin lag, der groß genug war, den Lieblingselefanten eines Maharadschas zu schmücken, und Jeschonneks Füße mit makellosen weißen Gamaschen; er zog sie unter den Tisch, als ich eintrat.

Gert Jeschonnek sah aus wie ein kräftiger Eber, mit kleinen Schweinsäuglein, sonnengebräunter Haut und einem braunen, kurzgeschorenen Bart. Er trug einen hellgrauen Zweireiher, für den er zehn Jahre zu alt war; am Revers prangte ein Parteiabzeichen. Er hatte sich mit Veilchenwasser übergossen wie mit einem Insektenvertilgungsmittel.

«Herr Gunther», sagte er strahlend und stand einen Augenblick fast stramm. Dann kam er quer durch das Zimmer, um mich zu begrüßen. Eine purpurrote Metzgerhand schüttelte die meine, die weiße Flecken aufwies, als ich losließ. Er mußte Sirup statt Blut in den Adern gehabt haben. Er lächelte ein süßliches Lächeln und warf dann über meine Schulter seinem blutarmen Sekretär, der gerade die Tür schließen wollte, einen Blick zu und sagte:

«Helmut. Eine Kanne von Ihrem besten starken Kaffee, bitte. Zwei Tassen und ein bißchen dalli.» Er sprach schnell und akzentuiert und schlug gleichsam mit der Hand den Takt dazu, wie ein Lehrer für Redetechnik. Er führte mich hinüber zum Schreibtisch und zum Rubin, der mich wohl auf dieselbe Weise beeindrucken sollte wie der *Stürmer* seine jüdischen Kunden. Ich gab mich gleichgültig, aber Jeschonnek wollte auf seine kleine Vorführung nicht verzichten. Er hielt den Rubin zwischen seinen dicken Fingern ins Licht und grinste widerlich.

«Ein außerordentlich schöner Cabochon-Rubin», sagte er. «Gefällt er Ihnen?»

«Rot ist nicht meine Farbe», erwiderte ich. «Paßt nicht zu meinem Haar.» Er lachte, wickelte den Rubin in ein Samttuch und verstaute ihn wieder in seinem Safe. Ich nahm in einem großen Armsessel vor seinem Schreibtisch Platz.

«Ich suche ein Diamant-Halsband», sagte ich. Er setzte sich hinter den Schreibtisch.

«Nun, Herr Gunther, ich bin der anerkannte Experte für Diamanten.» Er machte eine kurze ruckartige Kopfbewegung, wie ein stolzes Rennpferd, und mich traf eine kräftige Duftwolke.

«Wirklich?» sagte ich.

«Ich zweifle, ob es in Berlin jemanden gibt, der so viel über Diamanten weiß wie ich.» Er schob sein Stoppelkinn vor, als fordere er mich heraus, ihm zu widersprechen. Mir wurde beinahe übel.

«Ich freue mich, das zu hören», sagte ich. Der Sekretär brachte den Kaffee, und Jeschonnek sah ihm unzufrieden nach, als der junge Mann hinaustrippelte.

«Ich kann mich nicht daran gewöhnen, einen männlichen Sekretär zu haben», sagte er. «Natürlich ist mir klar, der rechte Platz für eine Frau sind Haus und Familie, aber ich habe nun mal eine ausgesprochene Vorliebe für Frauen, Herr Gunther.»

«Ich würde lieber einen Partner nehmen, bevor ich einen Sekretär einstellen würde», sagte ich. Er lächelte höflich.

«Also, wie ich höre, wollen Sie einen Diamanten erwerben?»

«Mehrere», verbesserte ich ihn.

«Verstehe. Ungefaßt oder gefaßt?»

«Eigentlich versuche ich, ein bestimmtes Stück aufzuspüren, das meinem Klienten gestohlen wurde», erklärte ich und reichte ihm meine Karte. Er starrte sie an, ohne eine Miene zu verziehen. «Ein Halsband, um genau zu sein. Ich habe hier ein Foto.» Ich zog ein weiteres Foto der Six-Diamanten aus der Tasche und legte es auf den Tisch.

«Großartig», sagte er.

«Jeder Baguette hat ein Karat», sagte ich.

«Richtig», sagte er. «Aber ich sehe nicht, wie ich Ihnen helfen kann, Herr Gunther.»

«Sollte der Dieb versuchen, Ihnen das Halsband anzubieten, wäre ich Ihnen sehr dankbar, wenn Sie mich verständigen würden. Natürlich gibt es eine nennenswerte Belohnung. Ich bin von meinem Klienten bevollmächtigt, für die Wiederbeschaffung 25 Prozent des Versicherungswertes anzubieten, ohne daß Fragen gestellt werden.»

«Darf man den Namen Ihres Klienten erfahren, Herr Gunther?»

Ich zögerte. «Hm, in der Regel ist die Identität des Klienten vertraulich. Doch ich sehe, daß Sie ein Mann sind, der es gewohnt ist, Vertraulichkeit zu bewahren.»

«Sie sind zu freundlich», sagte er.

«Das Halsband stammt aus Indien und gehört einer Prinzessin, die sich als Gast der Regierung während der Olympiade in Berlin aufhält.» Jeschonnek begann die Stirn zu runzeln, während er meinen Lügen zuhörte. «Ich selbst habe die Prinzessin nicht gesprochen, doch man sagte mir, sie sei das schönste Geschöpf, das Berlin je gesehen habe. Sie wohnt im Hotel *Adlon*, aus dem das Halsband vor ein paar Tagen gestohlen wurde.»

«Einer indischen Prinzessin gestohlen, wie?» sagte er und lächelte dünn. «Nun, ich meine, warum hat darüber nichts in den Zeitungen gestanden? Und warum wurde die Polizei nicht hinzugezogen?» Ich nahm einen Schluck Kaffee, um die dramatische Pause zu verlängern.

«Die Direktion des *Adlon* ist darum bemüht, einen Skandal zu vermeiden. Es ist noch nicht lange her, als dort der berüchtigte Juwelendieb Faulhaber eine Reihe unglückseliger Raubtaten verübte.»

«Ja, ich erinnere mich, davon gelesen zu haben.»

«Es versteht sich von selbst, daß das Halsband versichert ist, doch das ist kaum der springende Punkt, wenn der gute Ruf des *Adlon* auf dem Spiel steht, wie Sie sicher verstehen werden.»

«Nun gut, mein Herr, ich werde Sie mit Sicherheit umgehend informieren, falls mir etwas zu Ohren kommt, das Ihnen helfen könnte», sagte Jeschonnek und zog eine goldene Taschenuhr heraus. Er warf einen vielsagenden Blick darauf. «Wenn Sie mich jetzt entschuldigen wollen, ich muß wirklich wieder an die Arbeit.» Er stand auf und streckte mir seine dickliche Hand entgegen.

«Danke, daß Sie Zeit für mich hatten», sagte ich. «Ich finde alleine hinaus.»

«Vielleicht wären Sie so freundlich, den jungen Mann zu bitten, in mein Büro zu kommen, wenn Sie hinausgehen», sagte er.

«Gewiß.»

Er hob die Hand zum Hitlergruß.

«Heil Hitler», brummelte ich.

Im Vorzimmer las der blutarme junge Mann eine Illustrierte. Meine Augen hatten die Schlüssel erspäht, bevor ich ihm zu Ende erzählt hatte, daß sein Chef ihn zu sehen wünsche: Sie lagen auf dem Tisch neben dem Telefon. Er knurrte und erhob sich widerwillig von seinem Platz. Ich blieb an der Tür stehen.

«Oh, haben Sie ein Blatt Papier?»

Er deutete auf den Block, auf dem die Schlüssel lagen. «Bedienen Sie sich», sagte er und ging in Jeschonneks Büro.

«Danke, werd ich.» Am Schlüsselring hing ein Schildchen «Büro». Ich nahm ein Zigarettenetui aus meiner Tasche und öffnete es. In der weichen Oberfläche des Wachses machte ich drei Abdrücke – zwei horizontale und einen vertikalen – von jedem Schlüssel. Man könnte vielleicht sagen, es geschah spontan. Ich hatte kaum Zeit gehabt, zu verdauen, was Jeschonnek mir gesagt oder, besser, nicht gesagt hatte. Aber andererseits habe ich dieses Stück Wachs immer bei mir, und es war eine Schande, es nicht zu benutzen, wenn die Gelegenheit so günstig war wie jetzt. Sie wären überrascht, wie oft sich ein Schlüssel, den ich auf diese Weise angefertigt hatte, als nützlich erwies.

Als ich draußen war, ging ich in eine Telefonzelle und rief das *Adlon* an. Ich dachte gern an die guten Zeiten im *Adlon* zurück, und ich hatte dort immer noch eine Menge guter Freunde.

«Hallo, Hermine», sagte ich. «Hier ist Bernie.» Hermine war eines der Mädchen in der Telefonzentrale.

«Hallo, Fremder», sagte sie. «Wir haben dich seit einer Ewigkeit nicht mehr gesehen.»

«Ich hab viel um die Ohren», sagte ich.

«Das hat der Führer auch, aber er schafft's trotzdem, rumzufahren und uns zuzuwinken.»

«Vielleicht sollte ich mir ein Mercedes-Kabrio und eine Eskorte zulegen.» Ich zündete mir eine Zigarette an. «Ich möchte dich um einen kleinen Gefallen bitten, Hermine.»

«Ja?»

«Wenn ein Mann anruft und dich oder Benita fragt, ob eine indische Prinzessin im Hotel wohnt, würdest du dann bitte sagen, das stimme? Und wenn er sie sprechen will, sagen, daß sie keine Gespräche annimmt?»

«Das ist alles?»

«Ja.»

«Hat die Prinzessin einen Namen?»

«Kennst du die Namen von indischen Mädchen?»

«Na ja», erwiderte sie. «Ich habe letzte Woche einen Film gesehen, in dem dieses indische Mädchen vorkam. Ihr Name war Muschmi.»

«Dann nennen wir sie Prinzessin Muschmi. Und vielen Dank, Hermine. Ich werde mich bald bei dir melden.»

Ich ging ins Restaurant *Pschorr*, aß Schinken und dicke Bohnen und trank ein paar Biere. Entweder verstand Jeschonnek nichts von Diamanten, oder er hatte etwas zu verbergen. Als ich ihm erzählte, das Halsband stamme aus Indien, hätte er erkennen müssen, daß es von Cartier angefertigt war. Nicht nur das: Er hatte mir nicht widersprochen, als ich die Steine unzutreffend als Baguettes bezeichnete. Baguettes sind rechteckig oder länglich und haben gerade Kanten; Six' Halsband dagegen bestand aus runden Diamanten. Und dann war da noch das Gewicht; ich hatte gesagt, jeder der Steine habe ein Karat, wo sie doch unverkennbar um das Vielfache schwerer waren.

Es war nicht viel, um damit weiterzumachen; und irren kann sich jeder: Es ist unmöglich, die Sache immer am richtigen Ende anzufangen. Aber dennoch: Ich hatte so ein Gefühl in der Magengrube, daß ich Jeschonnek noch einmal würde besuchen müssen.

8

Nachdem ich das Restaurant *Pschorr* verlassen hatte, ging ich ins *Haus Vaterland*, in dem sich nicht nur das Kino befand, wo ich mit Bruno Stahlecker verabredet war, sondern das auch eine fast unendliche Anzahl von Bars und Cafés beherbergt. Bei den Touristen ist das *Haus Vaterland* sehr beliebt, aber für meinen Geschmack ist es zu altmodisch: die großen, häßlichen Säle, der silbrige Anstrich, die Bars mit ihren rollenden Minatureisenbahnen und Wasserfällen; das alles gehört zu einer verstaubten, alten europäischen Welt der mechanischen Spielzeuge, Varietés, Muskelmänner in Trikots und dressierten Kanarienvögel. Ungewöhnlich ist außerdem, daß es die einzige Bar in Deutschland ist, die Eintritt verlangt. Stahlecker war darüber alles andere als glücklich.

«Ich mußte zweimal berappen», knurrte er. «Einmal an der Eingangstür und dann noch einmal, um hier reinzukommen.»

«Du hättest deinen Sipo-Ausweis rausholen sollen», sagte ich. «Dann wärst du umsonst reingekommen. Wozu soll der sonst gut sein?» Stahlecker blickte verständnislos auf die Leinwand.

«Sehr komisch», sagte er. «Was ist das überhaupt für'n Mist?»

«Ist noch die Wochenschau», sagte ich. «Also, was hast du rausgefunden?»

«Da ist noch die kleine Sache von gestern nacht, die wir regeln müssen.»

«Ehrenwort, Bruno, ich habe den Burschen noch nie gesehen.» Stahlecker seufzte gequält. «Dieser Kolb war offenbar ein Schmalspur-Schauspieler. Ein oder zwei kleine Nebenrollen in Filmen, ein paar kurze Auftritte in ein paar Revuen. Nicht gerade Richard Tauber. Warum sollte ein Bursche wie er dich umbringen wollen? Es sei denn, du wärst Kritiker geworden und hättest ihn ein paarmal verrissen.»

«Ich verstehe vom Theater nicht mehr als ein Hund vom Feuerlegen.»

«Aber du weißt, warum er dich letzte Nacht umbringen wollte, richtig?»

«Da ist diese Dame», sagte ich. «Ihr Mann hat mich angeheuert, um was für ihn zu erledigen. Sie dachte, ich sei damit beauftragt, ihr nachzuspionieren. Also läßt sie mich letzte Nacht in ihre Wohnung kommen, verlangt von mir, daß ich damit aufhören soll, und beschuldigt mich der Lüge, als ich ihr sage, daß es mich nicht interessiert, mit wem sie schläft. Darauf schmeißt sie mich raus. Anschließend taucht dieser Plattkopf mit einer Kanone in meiner Wohnung auf, zielt auf meine Eingeweide und behauptet, ich hätte die Dame vergewaltigt. Wir tanzen 'ne Weile im Zimmer rum, und dabei löst sich der Schuß. Ich schätze, daß der Bursche sie anhimmelte und daß sie das wußte.»

«Und deshalb hat sie ihm den Auftrag gegeben, richtig?»

«So sehe ich die Sache. Aber versuch, Beweise zu finden, und sieh mal zu, wie weit du kommst.»

«Ich nehme nicht an, daß du mir den Namen der Dame oder den ihres Mannes nennen wirst, oder?» Ich schüttelte den Kopf. «Nein, daran dachte ich nicht.»

Der Film, der jetzt anfing, hieß *Der Höhere Befehl* und war ein kleiner vaterländischer Unterhaltungsstreifen, den sich die Knaben im Propagandaministerium an einem schlechten Tag ausgedacht hatten. Stahlecker stöhnte.

«Komm», sagte er. «Gehn wir was trinken. Ich glaube nicht, daß ich diesen Mist ertragen kann.»

Wir gingen in die Bar *Wilder Westen* im ersten Stock, wo eine Cowboykapelle *Home on the Range* spielte. Die Wände waren mit Prärielandschaften, Büffel und Indianer eingeschlossen, bemalt. Wir stellten uns an die Bar und bestellten zwei Bier.

«Ich darf doch wohl annehmen, daß diese Sache nichts mit dem Fall Pfarr zu tun hat, Bernie?»

«Ich wurde beaufragt, den Brand zu untersuchen», erklärte ich. «Von der Versicherungsgesellschaft.»

«In Ordnung», sagte er. «Ich werde dir jetzt was sagen, nur dieses eine Mal, und dann kannst du mir sagen, ich soll mich zum Teufel scheren. Laß die Finger von der Sache. Sie ist heiß, wenn du den Ausdruck gestattest.»

«Bruno», sagte ich, «scher dich zum Teufel. Ich arbeite auf Provision.»

«Sage bloß nicht, ich hätte dich nicht gewarnt, wenn sie dich ins KZ stecken.»

«Ich verspreche es. Jetzt pack aus.»

«Bernie, du hast mehr Versprechungen auf Lager als ein Schuldner, dem der Gerichtsvollzieher auf die Bude rückt.» Er seufzte und schüttelte den Kopf. «Also, ich sage dir, was wir wissen.»

«Dieser Knabe, Paul Pfarr, war ein Ehrgeizling. Machte sein

Jura-Examen 1930, war Referendar an Landgerichten in Stuttgart und Berlin. 1933 tritt dieser ungewöhnliche Märzgefallene der SA bei, und 1934 ist er Beisitzer am Berliner Polizeigericht und, was das Schönste ist, verhandelt Fälle von Polizeikorruption. Im gleichen Jahr rekrutiert ihn die SS, und 1935 kommt er zur Gestapo, Überwachung von Handelsgesellschaften, Wirtschaftsverbänden und natürlich der Deutschen Arbeitsfront. Ende 1935 wird er schon wieder versetzt, diesmal ins Innenministerium, direkt Himmler unterstellt, mit einer eigenen Abteilung, die Fälle von Korruption bei Dienern des Reichs untersucht.»

«Ich bin überrascht, daß sie Notiz davon nehmen.»

«Offenbar beurteilt Himmler die Sache sehr pessimistisch. Paul Pfarr wird jedenfalls beauftragt, sein besonderes Augenmerk auf die DAF zu richten, wo Korruption weit verbreitet ist.»

«Also war er Himmlers Mann, wie?»

«Das ist richtig. Und seinem Ex-Chef macht mehr als die Korruption zu schaffen, daß Leute, die für ihn arbeiten, abgemurkst werden. Also stellt der Reichskriminaldirektor vor ein paar Tagen eine Sonderkommission zusammen, die den Fall untersuchen soll. Eine eindrucksvolle Mannschaft: Gohrmann, Schild, Jost, Dietz. Wenn du denen ins Gehege kommst, Bernie, wirst du dich nicht länger halten als ein Synagogenfenster.»

«Haben Sie irgendwelche Spuren?»

«Ich habe bloß läuten hören, daß sie nach einem Mädchen suchen. Scheint so, als hätte Pfarr eine Geliebte gehabt. Kein Name, leider. Nicht nur das, außerdem ist sie verschwunden.»

«Soll ich dir mal was sagen? Verschwinden ist jetzt die große Mode. Jeder macht sie mit.»

«Hab ich auch gehört. Dann hoffe ich nur, daß du nicht einer bist, der mit der Mode geht, Bernie.»

«Ich? Ich muß einer der wenigen Menschen in der Stadt sein, die keine Uniform besitzen. Das ist doch sehr altmodisch, würde ich sagen.»

Zurück am Alexanderplatz, suchte ich einen Schlosser auf und gab ihm den Abdruck, um mir einen Nachschlüssel zu Jeschonneks Büro anfertigen zu lassen. Ich hatte dem Mann schon mehrere Male

Aufträge gegeben, und er stellte nie irgendwelche Fragen. Dann holte ich meine Wäsche ab und ging rauf in mein Büro.

Ich stand halb in der Tür, als mir ein Sipo-Ausweis unter die Nase gehalten wurde. Im selben Augenblick sah ich die Walther unter der nicht zugeknöpften grauen Flanelljacke des Mannes.

«Sie müssen der Schnüffler sein», sagte er. «Wir haben auf Sie gewartet, um uns mit Ihnen zu unterhalten.» Er hatte senffarbenes Haar, das ein ehrgeiziger Schafscherer in der Mache gehabt hatte, und eine Nase wie ein Champagnerkorken. Sein Schnurrbart war breiter als der Hutrand eines Mexikaners. Der andere war das Urbild des germanischen Mannes und schien sich seine ausgeprägte Kinnpartie und seine Wangenknochen von einem preußischen Wahlplakat entliehen zu haben. Beide hatten sie kühle, beharrliche Augen, die aussahen wie Muscheln in Salzlake, und einen angeekelten Gesichtsausdruck, als habe jemand gefurzt oder einen besonders geschmacklosen Witz erzählt.

«Hätt ich das gewußt, wäre ich noch ein bißchen länger im Kino geblieben.» Der Mann mit dem Ausweis und dem geschorenen Haar blickte mich verständnislos an.

«Dies hier ist Kriminalinspektor Dietz», sagte er.

Der Mann namens Dietz, den ich für den ranghöheren Beamten hielt, saß auf der Kante meines Schreibtisches, ließ ein Bein baumeln und sah im großen und ganzen unfreundlich aus.

«Sie werden entschuldigen, wenn ich mein Autogrammalbum nicht raushole», sagte ich und ging in die Ecke beim Fenster, wo Frau Protze stand. Sie schniefte, zog ein Taschentuch aus dem Ärmel ihrer Bluse und schneuzte sich.

Durch den Stoff sagte sie:

«Es tut mir leid, Herr Gunther, sie platzten einfach hier rein und fingen an, hier alles auf den Kopf zu stellen. Ich sagte ihnen, ich wisse weder wo Sie seien noch wann Sie zurückkommen würden, und sie wurden ziemlich unangenehm. Ich wußte nicht, daß sich Polizisten so schändlich benehmen können.»

«Sie sind keine Polizisten», sagte ich. «Schon eher Schlagringe in Anzügen. Sie verschwinden jetzt besser nach Hause. Wir sehen uns morgen.»

Sie schniefte noch einmal. «Danke, Herr Gunther», erwiderte

sie. «Doch ich glaube nicht, daß ich wiederkommen werde. Ich schätze, meine Nerven sind solchen Dingen nicht gewachsen. Tut mir leid.»

«Schon gut. Ich werde Ihnen schicken, was ich Ihnen schulde.» Sie nickte, und nachdem sie einen Bogen um mich gemacht hatte, rannte sie fast aus dem Büro. Der Kurzhaarige prustete vor Lachen und schloß mit einem Fußtritt hinter ihr die Tür. Ich öffnete das Fenster.

«Es stinkt ein bißchen hier drin», sagte ich. «Was treibt ihr Burschen eigentlich, wenn ihr nicht gerade Witwen erschreckt und nach der Portokasse sucht?»

Dietz schwang sich von meinem Schreibtisch und kam rüber zum Fenster. «Ich habe von Ihnen gehört, Gunther», sagte er und blickte hinaus auf den Straßenverkehr. «Sie waren früher selber ein Polyp, und darum weiß ich, daß Sie die offizielle Vorschrift kennen, wie weit ich gehen darf. Und bis dahin ist es noch ein verdammt weiter Weg. Ich kann den ganzen Nachmittag auf Ihrem verdammten Gesicht rumtrampeln, und ich muß Ihnen nicht mal sagen, warum. Also warum hören Sie nicht mit dem Mist auf und sagen mir, was Sie über Paul Pfarr wissen, und schon sind wir wieder weg.»

«Ich weiß, daß er kein nachlässiger Raucher war», sagte ich. «Hören Sie, wenn Sie nicht wie ein leichtes Erdbeben in diesem Raum gehaust hätten, würde ich vielleicht den Brief von der Germania-Lebensversicherung finden, mit dem ich engagiert wurde, die Ursachen des Feuers zu untersuchen, bevor Schadenersatz verlangt wird.»

«Oh, wir haben den Brief gefunden», erwiderte Dietz. «Wir haben auch die hier gefunden.» Er nahm meine Pistole aus der Jackentasche und richtete sie spielerisch auf meinen Kopf.

«Ich habe dafür einen Waffenschein.»

«Sicher haben Sie das», sagte er lächelnd. Darauf beschnüffelte er die Mündung und sagte zu seinem Partner: «Wissen Sie was, Martins, ich würde sagen, diese Pistole ist gereinigt worden; und das erst vor kurzem.»

«Ich bin ein sauberer Junge», sagte ich. «Werfen Sie einen Blick auf meine Fingernägel, wenn Sie mir nicht glauben.»

«Walther PPK, neun Millimeter», sagte Martins und zündete sich eine Zigarette an. «Genau wie die Waffe, mit der der arme Pfarr und seine Frau getötet wurden.»

«Da hab ich was anderes gehört.» Ich ging zur Hausbar. Ich war überrascht, zu sehen, daß sie sich nicht von meinem Whisky bedient hatten.

«Natürlich», sagte Dietz, «wir haben vergessen, daß Sie drüben am Alex immer noch Freunde haben, nicht wahr?»

Ich goß mir einen Drink ein. Ein bißchen zuviel, um ihn in weniger als drei Schlucken herunterzukippen.

«Ich dachte, sie wären alle diese Reaktionäre losgeworden», sagte Martins. Ich blickte abschätzend auf den letzten Schluck Whisky.

«Ich würde euch Jungens einen Drink anbieten, ich möchte nur nachher nicht die Gläser wegwerfen müssen.» Ich kippte den Rest.

Martins warf seine Zigarette weg, ballte die Fäuste und trat ein paar Schritte vor. «Bei diesem Schnorrer ist das Maulwerk ebenso gut entwickelt wie bei den Juden die Nase», fauchte er. Dietz blieb, wo er war, ans Fenster gelehnt. Als er sich jedoch herumdrehte, hatte er Tabasco in den Augen.

«Ich verlier langsam die Geduld mit dir, du sturer Bock.»

«Ich kapier's nicht», sagte ich. «Sie haben den Brief von der Versicherung gesehen. Wenn Sie glauben, daß er 'ne Fälschung ist, dann überprüfen Sie's.»

«Bereits erledigt.»

«Warum dann dies Theater?» Dietz kam heran und betrachtete mich von oben bis unten, als wäre ich ein Spritzer Scheiße auf seinem Schuh. Darauf griff er sich meine letzte Flasche guten Scotch, wog sie in der Hand und warf sie gegen die Wand über dem Tisch. Sie zerschellte, und es hörte sich an, als ob ein wohlgefüllter Besteckkasten eine Treppe hinunterkollerte, und die Luft stank plötzlich nach Alkohol. Dietz zupfte nach dieser Anstrengung sein Jackett zurecht.

«Wir wollten bloß, daß Sie sich folgendes einprägen, Gunther: Wir wollen über jeden Ihrer Schritte informiert werden. Wenn Sie irgendwas finden, und damit meine ich alles, was Sie finden, dann sprechen Sie besser mit uns. Wenn ich nämlich dahinterkomme, daß Sie uns einen Bären aufbinden, dann habe ich Sie schneller im KZ, als Sie Heil Hitler sagen können.» Er beugte sich zu mir vor, und ich atmete seinen Schweißgeruch ein. «Kapiert, du sturer Bock?»

«Schieb dein Kinn nicht so weit vor, Dietz», sagte ich, «sonst fühl ich mich verpflichtet, dir eine zu verpassen.»

Er lächelte. «Irgendwann mal, gern. Wirklich.» Er wandte sich an seinen Partner. «Komm», sagte er. «Machen wir, daß wir hier rauskommen, ehe ich ihm in die Eier trete.»

Ich war gerade damit fertig, das Schlachtfeld aufzuräumen, als das Telefon klingelte. Es war Müller von der *Berliner Morgenpost*. Es täte ihm leid, sagte er, aber außer dem Material, das man über die Jahre für die Nachrufe sammle, gebe es in den Akten wirklich nicht viel über Hermann Six, das mich interessieren könnte.

«Willst du mich auf den Arm nehmen, Eddi? Herrgott, dieser Bursche ist ein Millionär. Ihm gehört das halbe Ruhrgebiet. Wenn er sich den Finger in den Hintern steckt, findet er Öl. Irgend jemand muß doch mal unter seine Bettdecke geguckt haben!»

«Es liegt schon 'ne Weile zurück, da gab's mal eine Reporterin, die ziemlich viel ausgegraben hat über alle diese großen Bosse von der Ruhr: Krupp, Vögler, Wolff, Thyssen. Sie verlor ihren Job, als die Regierung das Arbeitslosenproblem löste. Ich will mal sehen, ob ich rauskriegen kann, wo sie wohnt.»

«Danke, Eddi. Was ist mit den Pfarrs? Irgendwas Neues?»

«Sie war wirklich in ein paar Kurorten. Nauheim, Bad Homburg, Wiesbaden, such dir einen aus; dort hat sie geplanscht. Sie hat sogar einen Artikel für *Die Frau* darüber geschrieben. Und sie war scharf auf Quacksalberei. Über ihn gibt es nichts, leider.»

«Danke für den Tratsch, Eddi. Nächstes Mal werde ich die Gesellschaftsspalte lesen und dir Mühe ersparen.»

«Kein Hunderter drin, wie?»

«Nicht mal ein Fünfziger. Finde für mich diese Reporterin, und dann will ich sehn, was ich tun kann.»

Anschließend schloß ich das Büro ab und fuhr zu dem Schlosser, um meine Nachschlüssel und mein wieder mit Wachs gefülltes Etui abzuholen. Ich gebe zu, es hört sich ein wenig theatralisch an, aber ich meine es ernst: Ich trage dieses Ding schon seit Jahren bei mir und, außer man stiehlt den echten Schlüssel, kenne keine bessere Methode, verschlossene Türen zu öffnen. Ich habe kein hochempfindliches Gerät aus Edelstahl, mit dem man jede Art von Schloß öffnen kann. Die Wahrheit ist, daß man es vergessen kann, die besten modernen Schlösser knacken zu wollen: Raffinierte, phantastische kleine Wunderwerkzeuge gibt es nicht. Die haben nur die Jungens in den Ufa-Filmen. Ein Einbrecher sägt meistens einfach den Bolzenkopf ab oder bohrt das Schloß aus und entfernt ein Stück der verdammten Tür. Und das erinnerte mich daran, daß ich mich früher oder später darum kümmern mußte, wer in der Gilde der Safeknacker das Talent gehabt hatte, den Safe der Pfarrs zu öffnen. Wenn es denn auf diese Art gemacht wurde. Das hieß, daß ich ein gewisses skrofulöses Singvögelchen aufsuchen mußte, das für eine Gesangsstunde längst fällig war.

Ich erwartete nicht, Neumann in dem Dreckloch zu finden, das er in der Admiralstraße in der Nähe vom Kottbusser Tor bewohnte, aber ich versuchte es jedenfalls. Die Gegend um das Kottbusser Tor war so zerschlissen wie ein altes Kinoplakat, und das Haus Admiralstraße 43 war ein Ort, an dem die Ratten sich Watte in die Ohren stopften und Küchenschaben einen häßlichen Husten hatten. Neumanns Zimmer lag im Kellergeschoß des Hinterhauses. Es war feucht. Es war schmutzig. Es stank. Und Neumann war nicht da.

Die Hausmeisterin war eine Nutte, die, wie ein ausgebeuteter und stillgelegter Grubenschacht, ihre besten Jahre hinter sich hatte. Ihr Haar war ebenso natürlich wie eine Stechschritt-Parade auf der Wilhelmstraße, und als sie sich ihren Heftklammer-Mund mit einem knallroten Lippenstift anmalte, hatte sie offensichtlich einen Boxhandschuh getragen. Ihre Brüste waren wie die Hinterteile zweier Zugpferde am Ende eines langen, harten Tages. Möglich, daß sie noch ein paar Kunden hatte, aber ich hätte eher darauf gewettet, einen Juden an der Spitze einer Schlange vor dem Laden eines Nürnberger Schweineschlachters zu sehen. Sie stand in der Tür zu ihrer Wohnung, nackt unter dem schmuddeligen Frotteekleid, das sie offen gelassen hatte, und zündete sich eine Kippe an.

«Ich suche Neumann», sagte ich und tat mein möglichstes, die zwei Kleiderhaken und den russischen Bojarenbart, die mir zur

Liebe zur Schau gestellt wurden, nicht zur Kenntnis zu nehmen. Man brauchte die Frau bloß anzuschauen, und schon spürte man das Zwicken und Jucken der Syphilis in seinem Schwanz. «Ich bin ein Freund von ihm.» Die Nutte gähnte pikiert, und da sie zu dem Schluß gekommen war, ich hätte genug gesehen, ohne zu zahlen, schloß sie ihr Kleid und band die Kordel fest.

«Biste 'n Greifer?» schniefte sie.

«Wie ich schon sagte, ich bin ein Freund.» Sie kreuzte die Arme vor der Brust und lehnte sich an den Türrahmen.

«Neumann hat keine Freunde», sagte sie, betrachtete ihre schmutzigen Fingernägel und darauf wieder mein Gesicht. Da war was dran. «Von mir abgesehen, vielleicht, und das nur, weil mir der kleene Spinner leid tut. Wennse ein Freund von ihm wären, würdense ihm sagen, er soll zum Arzt gehen. Er iss nich richtig im Koppe, wissense.»

Sie nahm einen tiefen Zug aus ihrer Zigarette und schnippte die Kippe an meiner Schulter vorbei.

«Er ist nicht bekloppt», sagte ich. «Er hat bloß die Neigung, mit sich selber zu sprechen. Ein bißchen sonderbar, das ist alles.»

«Wenn das nich bekloppt ist, dann weiß ich, verdammich noch mal, nich, wasser is.» Auch das war nicht ganz von der Hand zu weisen.

«Wissen Sie, wann er zurückkommt?»

Sie zuckte die Achseln. Eine Hand, nichts als blaue Adern und beringte Knöchel, packte meinen Schlips; sie versuchte schamhaft zu lächeln, doch es kam bloß eine Grimasse dabei heraus. «Vielleicht möchten Sie ja auf ihn warten», sagte sie. «Für zwanzig Mark kann man 'ne Menge Zeit kaufen.»

Ich befreite meinen Schlips, zog meine Brieftasche heraus und schob ihr einen Fünfer in die Hand. «Würde ich gern. Wirklich. Aber ich muß weiter. Vielleicht könnten Sie Neumann ausrichten, daß ich nach ihm gefragt habe. Mein Name ist Gunther. Bernhard Gunther.»

«Danke, Bernhard. Sie sind wirklich ein feiner Mann.»

«Haben Sie eine Ahnung, wo er sein könnte?»

«Bernhard, da kann ich auch nur raten. Sie könn ihn von Pontius bis Pilatus verfolgen und werden ihn doch nich finden.» Sie zuckte die Achseln und schüttelte den Kopf. «Wenn er pleite is, hängt er vielleicht in der *X-Bar* oder bei *Rücker* rum. Wenn er Kies in der Tasche hat, wird er versuchen, in der *Femina* oder im *Café Casanova* was aufzureißen.» Ich begann die Treppe hinunterzusteigen. Sie folgte mir hinaus auf den Treppenabsatz und ein paar Stufen hinunter. Ich stieg mit einem Seufzer der Erleichterung in meinen Wagen. Es ist immer schwierig, von einer Nutte loszukommen. Sie sehen es niemals gern, wenn ihnen ein Geschäft durch die Lappen geht.

Ich habe kein großes Vertrauen zu Experten; oder, was das betrifft, zu Zeugenaussagen. Im Lauf der Jahre bin ich zum Anhänger jener Ermittlungsmethode geworden, die auf gute, altmodische Indizienbeweise baut. Etwa so: Ein Bursche hat es getan, weil er einer von der Sorte ist, die solch ein Ding auf alle Fälle dreht. Darauf setze ich und auf erhaltene Informationen.

Wenn man sich ein Singvögelchen wie Neumann halten will, sind Vertrauen und Geduld notwendig; und so wie die erste dieser Voraussetzungen bei Neumann nicht von Natur aus vorhanden ist, so steht es bei mir mit der zweiten. Aber nur, wo es ihn betrifft. Neumann ist der beste Informant, den ich je hatte, und seine Tips sind in der Regel zutreffend. Ich würde jedes Risiko eingehen, um ihn zu schützen. Auf der anderen Seite bedeutet das nicht, daß man sich auf ihn verlassen kann. Wie alle Informanten, würde er seine eigene Schwester an einen Mädchenhändler verkaufen. Es ist ein hartes Stück Arbeit, bis du einen solchen Mann so weit hast, daß er dir vertraut; aber du selbst kannst einem Informanten nicht mehr vertrauen als einem Mann, der behauptet, er werde in Hoppegarten das Sierstdorff-Hindernisrennen gewinnen.

Ich fing mit der *X-Bar* an, einem illegalen Jazzclub, wo die Band amerikanische Hits zwischen den Anfangs- und Schlußakkorden jeder harmlosen und kulturell tragbaren arischen Nummer verpackte, die ihr Gefallen fand; und die Musiker machten ihre Sache so gut, daß kein Nazi ein schlechtes Gewissen bekam, er höre vielleicht sogenannte minderwertige Musik.

Trotz seines zuweilen sonderbaren Benehmens war Neumann einer der nichtssagendsten, unscheinbarsten Menschen, die ich je kennengelernt habe. Das war es, was ihn zu einem so ausgezeichneten Informanten machte. Man mußte genau hinschauen, um ihn zu erkennen, doch ausgerechnet heute abend war in der *X-Bar* keine Spur von ihm zu entdecken. Ebensowenig im *Allaverdi* oder in der *Rücker-Bar* am schmuddeligen Rand des Rotlichtbezirks.

Es war noch nicht sehr dunkel, doch die Drogendealer waren bereits aufgetaucht. Wurde man beim Verkauf von Kokain erwischt, kam man ins KZ, und wenn Sie mich fragen, konnten sie von denen gar nicht genug schnappen; aber ich wußte aus Erfahrung, daß das nicht einfach war: Die Dealer trugen den Stoff nie bei sich, sondern versteckten ihn an einem Ort in der Nähe, in einer abgelegenen Gasse oder Toreinfahrt. Einige von ihnen gaben sich als Kriegsversehrte aus, die Zigaretten verkauften; und einige von ihnen waren in der Tat Kriegsversehrte, die Zigaretten verkauften und trugen die gelbe Armbinde mit den drei schwarzen Punkten, die es schon in der Weimarer Zeit gab. Diese Armbinde verlieh jedoch keinen offiziellen Status; nur die Heilsarmee erhielt die staatliche Genehmigung, an Straßenecken zu hausieren, doch die Gesetze gegen Landstreicherei wurden nicht überall streng angewandt, außer in den eleganteren Stadtgebieten, welche die Touristen vornehmlich besuchten.

«Sigarren und Sigaretten», zischte eine Stimme. Die, denen dieses «Koks-Signal» vertraut war, antworteten gewöhnlich mit einem lauten Schniefen; oft stellten sie fest, daß sie Kochsalz und Aspirin gekauft hatten.

In die *Femina-Bar* in der Nürnberger Straße ging man, wenn man nach weiblicher Gesellschaft Ausschau hielt und nichts dagegen hatte, wenn die Damen, zum Vorzugspreis von dreißig Mark, üppig und aufgedonnert waren. Weil sie Tischtelefone hatte, war die *Femina-Bar* besonders für schüchterne Typen geeignet, also genau der richtige Ort für Neumann, immer vorausgesetzt, daß er ein bißchen Geld hatte. Er konnte eine Flasche Sekt bestellen und ein Mädchen einladen, ihm Gesellschaft zu leisten, ohne sich von seinem Tisch rühren zu müssen. Es gab dort sogar Druckluftröhren, mit deren Hilfe man einem Mädchen am entgegengesetzten Ende des Clubs kleine Geschenke in die Hand blasen konnte. Das einzige, was ein Mann, von Geld abgesehen, in der *Femina-Bar* brauchte, waren gute Augen.

Ich saß an einem Ecktisch und blickte gelangweilt auf das Angebot. Außer der Liste von Getränken gab es auch eine Liste von Geschenken, die man beim Kellner kaufen und durch die Röhren verschicken konnte: eine Puderdose für eine Mark und fünfzig; ein Behälter für die Streichholzschachtel für eine Mark und Parfüm für fünf Mark. Ich konnte es nicht ändern, aber ich dachte, daß Geld wahrscheinlich das beliebteste Geschenk war, das man zu einem ‹Partygirl›, welches man auch immer im Auge hatte, hinübersausen lassen konnte. Von Neumann war nichts zu sehen, doch ich beschloß noch eine Weile auszuharren, für den Fall, daß er doch noch auftauchte. Ich winkte dem Kellner und bestellte ein Bier.

Es gab so etwas ähnliches wie ein Cabaret: eine Sängerin mit orangefarbenem Haar und einer Stimme, die wie eine Maultrommel zirpte; und einen mageren, kleinen Komiker mit zusammengewachsenen Augenbrauen, der ungefähr so schlüpfrig war wie eine Oblate auf einem Eisbecher. Daß das Publikum der *Femina-Bar* an den Darbietungen Gefallen fand, war weniger wahrscheinlich als der Wiederaufbau des Reichstages: es lachte während der Couplets, es sang, während der Komiker seine Witze machte; und der eine traute dem anderen nicht mehr über den Weg als einem tollwütigen Hund.

Ich blickte mich im Raum um und stellte fest, daß mir so viele falsche Wimpern zuklimperten, daß ich glaubte, einen Luftzug zu spüren. Ein paar Tische von dem meinen entfernt machte mir eine dicke Frau mit fleischigen Fingern Zeichen und begann, meine Grimasse fälschlich für ein Lächeln haltend, sich schwerfällig von ihrem Sitz zu lösen. Ich stöhnte.

«Der Herr wünschen?» Der Kellner reagierte prompt. Ich zog einen zerknüllten Geldschein aus der Tasche und warf ihn auf sein Tablett. Ohne auf das Wechselgeld zu warten, machte ich mich schleunigst aus dem Staub.

Das einzige, was mir mehr auf die Nerven geht als die Gesellschaft einer häßlichen Frau am Abend, ist die Gesellschaft derselben häßlichen Frau am folgenden Morgen.

Ich stieg in den Wagen und fuhr zum Potsdamer Platz. Es war ein warmer, trockener Abend, doch das Grollen am purpurnen Himmel sagte mir, daß das Wetter in Kürze umschlagen würde. Ich parkte auf dem Leipziger Platz vor dem *Palast-Hotel*. Ich ging rein und rief im *Adlon* an.

Ich bekam Benita an die Strippe, die sagte, Hermine habe ihr eine Nachricht hinterlassen: Eine halbe Stunde nach unserem Gespräch hatte ein Mann angerufen und nach einer indischen Prinzessin gefragt. Das war alles, was ich zu wissen brauchte.

Ich holte meinen Regenmantel und meine Taschenlampe aus dem Wagen. Ich verbarg die Taschenlampe unter dem Mantel und ging die fünfzig Meter zurück zum Potsdamer Platz, vorbei an der Berliner Straßenbahngesellschaft und dem Ministerium für Landwirtschaft, zum Columbus-Haus. Im fünften und im siebten Stock brannte Licht, doch die achte Etage war dunkel. Ich warf einen Blick durch die dicke Spiegelglastür. Ein Wachmann saß am Empfang und las eine Zeitung, und ein Stückchen weiter den Flur entlang bearbeitete eine Frau den Boden mit einer elektrischen Bohnermaschine. Es fing an zu regnen, als ich um die Ecke in die Hermann-Göring-Straße bog. Ich wandte mich nach links in den schmalen Zugang zur unterirdischen Garage auf der Rückseite des Columbus-Hauses.

Dort waren nur zwei Fahrzeuge geparkt – ein DKW und ein Mercedes. Es schien unwahrscheinlich, daß eines davon dem Wachmann oder der Putzfrau gehörte; es war eher anzunehmen, daß ihre Besitzer noch in den Büros in den oberen Etagen arbeiteten. Hinter den beiden Wagen befand sich unter einer Wandleuchte eine graue Stahltür mit der Aufschrift «Versorgungsdienst»; sie hatte keinen Griff und war verschlossen. Ich kam zu dem Schluß, daß die Tür vermutlich über ein Schloß mit einem Federbolzen verfügte, der von innen durch einen Knauf zurückgezogen oder von außen mit Hilfe eines Schlüssels verschoben werden konnte, und hielt es für ziemlich wahrscheinlich, daß die Putzfrau das Gebäude durch diese Tür verlassen würde.

Beinahe geistesabwesend, untersuchte ich die Türen der zwei geparkten Wagen und stellte fest, daß der Mercedes nicht abgeschlossen war. Ich setzte mich auf den Fahrersitz und fummelte nach dem Lichtschalter. Das Licht der beiden riesigen Lampen schnitt durch die Schatten wie die Scheinwerfer auf dem Parteitag in München. Ich wartete. Einige Minuten verstrichen. Aus Langeweile öffnete ich das Handschuhfach. Ich fand eine Straßenkarte, eine Tüte Pfefferminzpastillen und ein Mitgliedsbuch der Partei mit neuen Beitragsmarken. Es gehörte einem gewissen Henning Peter Manstein. Manstein hatte eine vergleichsweise niedrige Parteinummer, doch dem widersprach das jugendliche Gesicht des Mannes auf dem Foto im Buch auf Seite neun. Der Verkauf von niedrigen Parteinummern war ein recht einträgliches Geschäft, und es gab keinen Zweifel, auf welche Weise Manstein an die seine gekommen war. Eine niedrige Parteinummer war für den raschen politischen Aufstieg unentbehrlich. Seinem hübschen jungen Gesicht war der gierige Ausdruck eines Märzgefallenen so deutlich eingeprägt wie, quer über eine Ecke, das Parteiabzeichen dem Foto.

Es vergingen fünfzehn Minuten, bis ich hörte, daß die Stahltür geöffnet wurde. Ich sprang aus dem Wagen. Wenn es Manstein war, dann würde ich die Beine in die Hand nehmen müssen. Eine große Lache von Licht ergoß sich über den Boden der Garage, und die Putzfrau kam durch die Tür.

«Lassen Sie die Tür offen», rief ich. Ich schaltete die Vorderscheinwerfer aus und schlug die Wagentür zu. «Ich habe oben was vergessen», sagte ich. «Ich dachte schon, ich müßte den ganzen Weg bis zum Vordereingang laufen.» Sie stand stumm da und hielt die Tür auf, als ich näher kam. Als ich bei ihr war, trat sie zur Seite und sagte: «Ich muß den ganzen Weg bis zum Nollendorfplatz laufen. Ich hab keinen großen Schlitten, um heimzufahren.»

Ich lächelte so blöde, wie der Idiot, für den ich Manstein hielt, lächeln würde. «Vielen Dank», sagte ich und brummelte etwas von meinem Schlüssel, den ich im Büro vergessen hätte. Die Putzfrau zögerte ein wenig, dann gab sie mir die Tür frei. Ich trat ein und ließ die Tür los. Sie schloß sich hinter mir, und ich hörte das laute Klikken des Zylinderschlosses, als der Bolzen sich in die Kammer schob.

Zwei Doppeltüren mit Bullaugen führten in einen langen, hell erleuchteten Gang, in dem auf beiden Seiten Pappkartons aufgestapelt waren. Am entfernten Ende war ein Aufzug, aber es gab keine Möglichkeit, ihn zu benutzen, ohne den Wachmann aufzuscheuchen. Also setzte ich mich auf die Treppe, zog mir Schuhe und Socken aus und dann in umgekehrter Reihenfolge wieder an. Die

Strümpfe über die Schuhe zu ziehen ist ein alter Einbrechertrick, um das Geräusch von Ledersohlen auf einem harten Untergrund zu dämpfen. Ich stand auf und begann den langen Aufstieg.

Als ich in der achten Etage angekommen war, hämmerte mein Herz vor Anstrengung und weil ich so leise atmen mußte. Ich wartete am Treppenabsatz, aber aus keinem der Büros neben dem von Jeschonnek kam ein Laut. Ich leuchtete mit der Taschenlampe beide Enden des Korridors ab und schlich dann bis zu seiner Tür. Ich kniete nieder und suchte nach Drähten, die mir vielleicht hätten verraten können, ob es eine Alarmanlage gab, doch ich fand keine; ich probierte es erst mit dem einen, dann mit dem anderen Schlüssel. Den zweiten konnte ich fast ganz herumdrehen, also zog ich ihn heraus und glättete die Kanten mit einer kleinen Feile. Ich öffnete die Tür, trat ein und verschloß sie hinter mir, falls der Wachmann auf die Idee kommen sollte, seine Runde zu machen. Ich ließ den Lichtkegel der Taschenlampe über den Schreibtisch, die Bilder und hinüber zur Tür von Jeschonneks Büro wandern. Der Schlüssel drehte sich ohne den geringsten Widerstand im Schloß. Im Geist den Namen meines Schlossers mit Segenswünschen überhäufend, ging ich zum Fenster. Die Neon-Reklameschrift auf dem *Pschorr-Haus* warf einen roten Glanz in Jeschonneks prächtiges Büro, so daß ich die Taschenlampe nicht brauchte. Ich schaltete sie aus.

Ich setzte mich an den Schreibtisch und begann etwas zu suchen, von dem ich nicht wußte, was es war. Die Schubladen waren nicht verschlossen, doch sie enthielten wenig, was für mich von Interesse war. Ein wenig aufgeregt wurde ich, als ich ein in rotes Leder gebundenes Adreßbuch fand, doch als ich es von vorn bis hinten durchblätterte, war mir nur ein einziger Name ein Begriff: der von Hermann Göring; freilich war er nur über die Adresse eines gewissen Gerhard von Greis in der Derfflingerstraße zu erreichen. Ich erinnerte mich, daß Weizmann, der Pfandleiher, gesagt hatte, der dicke Hermann habe einen Agenten, der in seinem Auftrag zuweilen wertvolle Steine kaufte; also schrieb ich mir von Greis' Adresse auf einen Zettel und steckte ihn in die Tasche.

Auch der Aktenschrank war nicht verschlossen, aber ich zog wieder eine Niete: eine Menge Kataloge mit Juwelen und Halbedelsteinen, ein Flugplan der Lufthansa, eine Vielzahl von Umrechnungstabellen für ausländische Währungen, ein paar Rechnungen und Lebensversicherungspolicen, darunter eine von der «Germania».

Währenddessen hockte der massige Safe in der Ecke, undurchdringlich, und schien sich über meine ziemlich kläglichen Bemühungen lustig zu machen, Jeschonneks Geheimnisse zu lüften, wenn er denn welche hatte. Es war nicht schwer, zu begreifen, warum es hier keine Alarmanlage gab. Man hätte diesen Klotz nicht mit einer Wagenladung Dynamit öffnen können. Jetzt war nicht mehr viel übrig, abgesehen vom Papierkorb. Ich leerte seinen Inhalt auf den Schreibtisch und fing an, die Papierschnipsel zu durchwühlen: Einwickelpapier von Wrigley's Kaugummi, der *Völkische Beobachter* von heute morgen, die Hälften zweier Eintrittskarten für das Lessingtheater, eine Quittung vom KaDeWe und ein paar Bälle aus zusammengeknülltem Papier. Ich glättete sie. Auf einem Zettel stand die Telefonnummer des *Adlon* und darunter der Name «Prinzessin Muschmi», der mit einem Fragezeichen versehen und dann mehrmals durchgestrichen war; daneben stand mein eigener Name. Neben meinem Namen stand eine andere Telefonnummer, und diese war so oft umkringelt, daß sie wie die Verzierung auf einer Seite einer mittelalterlichen Bibel aussah. Die Nummer war mir ein Rätsel, obgleich ich erkannte, daß sich der Anschluß im Berliner Westen befand. Ich nahm den Hörer ab und wartete auf die Vermittlung.

«Nummer, bitte?» sagte das Fräulein.

«J 1-90-33.»

«Ich versuche, Sie zu verbinden.» In der Leitung gab es eine kurze Stille, und dann begann es zu läuten.

Ich habe ein ausgezeichnetes Gedächtnis, wenn es darum geht, ein Gesicht oder eine Stimme wiederzuerkennen, aber ich brauchte wohl mehrere Minuten, um die kultivierte Stimme mit dem leichten Frankfurter Akzent, die ich am anderen Ende hörte, einer bestimmten Person zuzuordnen. Im Grunde hatte sich der Mann, unmittelbar nachdem er die Nummer bestätigt hatte, identifiziert.

«Entschuldigung», murmelte ich undeutlich. «Ich habe die falsche Nummer gewählt.» Doch als ich einhängte, wußte ich, daß es mitnichten so war.

9

Es war ein Grab, dicht an der Nordmauer des Nikolai-Friedhofs an der Prenzlauer Allee, und hier, in unmittelbarer Nachbarschaft des Denkmals für den am höchsten verehrten Märtyrer des Nationalsozialismus, Horst Wessel, wurden die Leichen nach einem kurzen Gottesdienst in der Nikolaikirche auf dem nahen Molkenmarkt, gemeinsam in einem Grab beigesetzt.

Ilse Rudel trug einen phantastischen schwarzen Hut, der wie ein Konzertflügel mit hochgestelltem Deckel aussah, und war in Trauerkleidern noch schöner als im Evaskostüm. Ein paarmal fing ich ihren Blick auf, doch mit zusammengepreßten Lippen, als habe sie meinen Nacken zwischen den Zähnen, blickte sie durch mich hindurch, als sei ich ein Stück schmutziges Glas. Six selbst bewahrte einen Ausdruck, der mehr Wut als Schmerz verriet: Mit gerunzelten Augenbrauen und gesenktem Kopf starrte er in das Grab, als wolle er durch eine übernatürliche Willensanstrengung den Körper seiner Tochter lebendig wiederauferstehen lassen. Und dann war da noch Haupthändler, mit der nachdenklichen Miene eines Mannes, für den es wichtigere Angelegenheiten zu geben schien, wie zum Beispiel den Verkauf eines Diamant-Halsbandes. Daß auf demselben Stück Papier in Jeschonneks Papierkorb Haupthändlers private Telefonnummer, die des *Adlon*, mein Name und der der falschen Prinzessin auftauchten, ließ an einen möglichen Kausalzusammenhang denken: Durch meinen Besuch aufgeschreckt und durch meine Geschichte verwirrt, hatte Jeschonnek im *Adlon* angerufen, um sich die Existenz der indischen Prinzessen bestätigen zu lassen. Anschließend hatte er Haupthändler angerufen, um ihn mit ein paar Fakten über das Eigentumsrecht und den Diebstahl der Juwelen zu konfrontieren, die zu der Geschichte, die man vielleicht ursprünglich erzählt hatte, im Widerspruch standen.

Vielleicht. Zumindest war es genug, um daran anzuknüpfen.

Einmal starrte mich Haupthändler ein paar Sekunden gleichmütig an; doch in seinem Gesicht konnte ich nichts lesen: kein Schuldgefühl, keine Furcht, keine Unkenntnis der Verbindung zwischen ihm und Jeschonnek, die ich hergestellt hatte, geschweige denn einen Verdacht. Ich sah nichts, das mich glauben ließ, er sei fähig, einen Doppelmord zu begehen. Aber ein Geldschrankknacker war er bestimmt nicht; hatte er also Frau Pfarr irgendwie überredet, für ihn den Safe zu öffnen? Hatte er mit ihr geschlafen, um an ihre Juwelen ranzukommen? In Anbetracht von Ilse Rudels Verdacht, er könne mit Grete eine Affäre gehabt haben, mußte man das als eine Möglichkeit in Erwägung ziehen.

Es gab noch ein paar andere Gesichter, die ich kannte. Alte Kripo-Gesichter. Reichskriminaldirektor Arthur Nebe; Hans Lobbe, Chef der Kripo; und ein Gesicht, das mit seiner randlosen Brille und dem kleinen Schnurrbart eher zu einem pedantischen kleinen Pauker als zum Kopf des Chefs der Gestapo und Reichsführers-SS zu passen schien. Himmlers Anwesenheit bei der Beerdigung bestätigte Stahleckers Eindruck, daß Paul Pfarr der Musterschüler des Reichsführers gewesen und dieser nicht bereit war, den Mörder ungestraft davonkommen zu lassen.

Von einer Frau, die, wie Bruno angedeutet hatte, die Geliebte Paul Pfarrs hätte gewesen sein können, war nichts zu sehen. Nicht, daß ich wirklich damit gerechnet hatte, sie zu sehen, aber man wußte ja nie.

Nach der Beerdigung hatte Haupthändler ein paar Ratschläge seines und meines Arbeitgebers parat: «Herr Six sieht wenig Nutzen darin, daß Sie sich in etwas eingemischt haben, was in erster Linie eine Familienangelegenheit ist. Außerdem soll ich Sie daran erinnern, daß Sie auf der Basis eines Tageshonorars entlohnt werden.»

Ich sah zu, wie die Trauergäste in ihre großen schwarzen Wagen und dann Himmler und die Kripo-Chefs in die ihren stiegen.

«Hören Sie, Haupthändler», sagte ich, «versuchen Sie nicht, mit mir Schlitten zu fahren. Sagen Sie Ihrem Chef, wenn er denkt, daß er eine Katze im Sack gekauft hat, dann kann er mich jetzt feuern. Ich bin nicht hier, weil ich eine Schwäche für frische Luft und Lobreden habe.»

«Warum sind Sie dann hier?»

«Haben Sie je das *Nibelungenlied* gelesen?»

«Natürlich», erwiderte er.

«Dann werden Sie sich daran erinnern, daß die Nibelungenkrieger den Mord an Siegfried rächen wollten. Doch sie wußten nicht, wen sie zur Rechenschaft ziehen sollten. Also inszenierten sie das Blutgericht. Die burgundischen Krieger gingen einer nach dem anderen an der Bahre des toten Helden vorbei. Und als Hagen, der Mörder, an die Reihe kam, begann aus Siegfrieds Wunden aufs neue Blut zu fließen. Auf diese Weise wurde Hagens Schuld enthüllt.»

Haupthändler lächelte. «Das ist wohl kaum eine Methode moderner Kriminalistik, oder?»

«Bei Nachforschungen sollte man auch auf die kleinen Zeremonien achten, Herr Haupthändler, auch wenn sie offensichtlich anachronistisch sind. Ihnen ist vielleicht aufgefallen, daß ich nicht der einzige Teilnehmer dieser Beerdigung war, der an einer Lösung dieses Falles Interesse hat.»

«Nehmen Sie allen Ernstes an, einer der hier Anwesenden könnte Paul und Grete Pfarr getötet haben?»

«Spielen Sie doch nicht den Spießbürger. Natürlich ist das möglich.»

«Das ist absurd und nichts anderes. Wie auch immer, haben Sie schon jemanden für die Rolle Hagens im Auge.»

«Ich denke noch darüber nach.»

«Dann kann ich ja sicher sein, daß Sie in Kürze imstande sein werden, Herrn Six zu berichten, daß Sie Ihren Mann gefunden haben. Ich wünsche Ihnen einen guten Tag.»

Eines mußte ich zugeben. Falls Haupthändler die Pfarrs getötet hatte, dann war an ihn so schwer ranzukommen wie an eine Schatztruhe, die fünfzig Faden unter der Wasseroberfläche lag.

Ich fuhr über die Prenzlauer Straße zum Alexanderplatz. Ich holte meine Post und ging in mein Büro. Die Putzfrau hatte das Fenster aufgerissen, doch der Schnapsgestank war noch immer da. Sie muß gedacht haben, daß ich mich mit dem Zeug wasche.

Ich fand ein paar Schecks, eine Rechnung und eine Nachricht von Neumann, die er selber gebracht hatte; ich sollte ihn um zwölf im *Café Kranzler* treffen. Ich sah auf meine Uhr. Es war kurz vor halb zwölf.

Vor dem Ehrenmal für die Gefallenen des Ersten Weltkrieges

spielte eine Blaskapelle, und eine Kompanie Reichswehr sorgte dafür, daß die Fußpflegebranche Kundschaft bekam. Manchmal glaube ich, daß es in Deutschland mehr Blaskapellen als Autos gibt. Diese Kapelle spielte den *Kavalleriemarsch des Großen Kurfürsten* und schwenkte in Richtung auf das Brandenburger Tor. Jeder, der zuschaute, betrieb Armgymnastik, also trödelte ich und blieb im Eingang eines Geschäftes stehen, um mich nicht daran beteiligen zu müssen.

Ich ging weiter, folgte der Parade in diskretem Abstand und dachte über die jüngsten Veränderungen der berühmtesten Prachtstraße der Hauptstadt nach: Veränderungen, die die Regierung für notwendig hielt, um die Straße Unter den Linden für Militärparaden geeigneter zu machen. Nicht genug, daß man die meisten der Linden, die der Straße ihren Namen gegeben hatten, entfernt hatte, überdies waren weiße dorische Säulen errichtet worden, auf denen Adler thronten. Man hatte neue Linden gepflanzt, doch sie waren nicht mal so hoch wie die Straßenlaternen. Der Mittelstreifen war verbreitert worden, so daß Militärkolonnen in Zwölferreihen marschieren konnten; außerdem hatte man ihn mit rotem Sand bestreut, damit sie mit ihren Knobelbechern nicht ausrutschten. Und für die bevorstehende Olympiade waren hohe weiße Fahnenmasten aufgestellt worden. Die Straße Unter den Linden war immer pompös gewesen, ohne Ebenmaß in ihrer Mischung der Bauformen und Stile; aber was früher bombastisch gewirkt hatte, bekam jetzt einen brutalen Anstrich. Aus dem Schlapphut des Bohemiens war eine Pickelhaube geworden.

Das *Café Kranzler* an der Ecke Friedrichstraße war bei den Touristen beliebt, und entsprechend hoch waren die Preise. Darum hatte ich nicht erwartet, daß Neumann ausgerechnet dieses Café als Treffpunkt wählen würde. Ich fand ihn mißmutig über einer Tasse Mokka und einem halb verzehrten Stück Torte brütend.

«Was ist los?» fragte ich und nahm Platz. «Ist Ihnen der Appetit vergangen?»

Er zog eine Grimasse und deutete auf seinen Teller. «Genau wie diese Regierung», sagte er. «Sieht verdammt gut aus, aber es schmeckt nach absolut nichts. Lausiger Sahne-Ersatz.» Ich winkte dem Kellner und bestellte zwei Kaffee.

«Hören Sie, Herr Gunther, können wir's kurz machen? Ich will heute nachmittag rüber nach Karlshorst.»

«So? Haben Sie einen Tip bekommen?»

«Nun, um die Wahrheit zu sagen...»

Ich lachte. «Ich würde nicht auf ein Pferd setzen, daß Sie favorisieren, selbst wenn es den Hamburg-Expreß überholen könnte.»

«Dann verpissen Sie sich!» fauchte er.

Wenn er überhaupt ein Angehöriger der menschlichen Rasse war, dann gehörte Neumann zu deren unansehnlichsten Vertretern. Seine Augenbrauen, die sich wanden und zuckten wie zwei vergiftete Raupen, waren durch ein wirres Gekräusel ungleich dichter Haare verbunden. Hinter dicken Brillengläsern, wegen der schmierigen Daumenabdrücke fast undurchsichtig, blickten seine grauen Augen unstet und nervös und waren dauernd damit beschäftigt, den Boden abzusuchen, als ob er erwarte, im nächsten Augenblick platt darauf zu liegen. Zigarettenrauch quoll zwischen seinen Zähnen hervor, die vom Tabak so tiefbraun gefärbt waren, daß sie wie zwei hölzerne Lattenzäune aussahen.

«Sie sind doch nicht in Schwierigkeiten, oder?»

Neumanns Gesicht nahm einen phlegmatischen Ausdruck an. «Ich schulde einigen Leuten ein bißchen Kies, das ist alles.»

«Wieviel?»

«Zwei Hunderter.»

«Also fahren Sie nach Karlshorst und versuchen, ein bißchen davon zu gewinnen, stimmt's?»

Er zuckte die Achseln. «Und wenn ich gewinne?» Er drückte seine Zigarette aus und wühlte in seinen Taschen nach einer neuen. «Haben Sie einen Sargnagel? Ich hab keine mehr.» Ich warf eine Packung auf den Tisch.

«Behalten Sie sie», sagte ich und gab uns Feuer. «Zwei Hunderter, wie? Sie wissen, ich könnte Ihnen vielleicht aus der Klemme helfen. Vielleicht sogar noch was drauflegen. Das heißt, wenn ich die richtige Information kriege.»

Neumann hob die Augenbrauen. «Was für eine Information?»

Ich machte einen tiefen, langen Lungenzug. «Den Namen eines Schränkers. Muß ein erstklassiger Profi sein. Hat vor einer Woche einen Safe geknackt und ein paar Klunkern gestohlen.»

Er schürzte die Lippen und schüttelte langsam den Kopf. «Ich habe nichts gehört, Herr Gunther.»

«Gut, wenn Sie was hören, denken Sie dran, mir Bescheid zu sagen.»

«Andererseits», sagte er und senkte die Stimme, «könnte ich Ihnen was erzählen, das Ihnen Pluspunkte bei der Gestapo verschaffen würde.»

«Was ist das?»

«Ich weiß, wo ein jüdisches U-Boot sich versteckt.» Er lächelte selbstzufrieden.

«Neumann, Sie wissen, daß ich an diesem Mist nicht interessiert bin.» Doch kaum hatte ich es gesagt, als mir meine Klientin, Frau Heine, und ihr Sohn einfielen. «Einen Augenblick», sagte ich. «Wie heißt der Jude?» Neumann nannte mir den Namen und grinste, ein ekelhafter Anblick. Auf der Stufenleiter des Lebens rangierte er nicht höher als der Kalkschwamm. Ich drückte ihm meinen Finger auf die Nase. «Wenn mir zu Ohren kommt, daß man dieses U-Boot geschnappt hat, brauch ich nicht lange zu rätseln, von wem die Information stammt. Ich verspreche Ihnen, Neumann, ich rücke Ihnen auf die Bude und reiß Ihnen den verdammten Arsch auf.»

«Was ist mit Ihnen los?» winselte er. «Seit wann mimen Sie den Ritter ohne Fehl und Tadel?»

«Seine Mutter ist eine Klientin von mir. Bevor Sie vergessen, daß Sie je von ihm gehört haben, will ich seine Adresse, damit ich sie seiner Mutter sagen kann.»

«Schon gut, schon gut. Aber die wird Ihnen doch was wert sein, oder?» Ich nahm meine Brieftasche heraus und gab ihm einen Zwanziger. Dann notierte ich mir die Adresse, die Neumann mir gab.

«Sie würden einen Mistkäfer anekeln», sagte ich. «Also, was ist mit diesem Safeknacker?»

Er warf mir einen wütenden Blick zu. «Habe ich Ihnen nicht gesagt, daß ich nichts weiß?»

«Sie sind ein Lügner.»

«Ehrlich, Herr Gunther, ich weiß nichts. Wenn ich was wüßte, würde ich's Ihnen sagen. Ich brauch das Geld, nicht wahr?» Er schluckte heftig und wischte sich mit einem Taschentuch, das eine Gefährdung der öffentlichen Gesundheit darstellte, den Schweiß von der Stirn. Er vermied meinen Blick und drückte seine Zigarette aus, die erst halb geraucht war.

«Sie verhalten sich nicht wie jemand, der nichts weiß», sagte ich. «Ich glaube, Sie haben vor irgendwas Angst.»

«Nein», sagte er mit ausdrucksloser Stimme.

«Haben Sie mal vom Schwulendezernat gehört?» Er schüttelte den Kopf. «Man könnte vielleicht sagen, das waren früher mal Kollegen von mir. Ich habe gedacht, wenn ich feststelle, daß Sie mir was verheimlichen, könnte ich mit denen mal ein Wörtchen reden. Ich könnte ihnen erzählen, Sie wären ein stinkender, kleiner Hundertfünfundsiebziger.»

«Sehe ich so aus, als würd ich Zitronen lutschen? Ich bin nicht schwul, und Sie wissen, daß ich's nicht bin.»

«Ja, aber die wissen es nicht. Wem werden sie wohl glauben?»

«Das würden Sie nicht tun.» Er packte mein Handgelenk.

«Nach allem, was ich höre, geht's denen, die andersherum sind im KZ nicht besonders gut.» Neumann starrte niedergeschlagen in seinen Kaffee.

«Sie sind ein übler Schweinehund», seufzte er. «Zwei Hunderter, sagten Sie, und etwas drauf?»

«Ein Hunderter jetzt und zwei weitere, wenn die Information in Ordnung ist.» Er begann zu zucken.

«Sie wissen ja nicht, was Sie verlangen, Herr Gunther. Da ist ein Ringverein im Spiel. Die würden mich mit Sicherheit kaltmachen, wenn sie rauskriegen würden, daß ich sie verpfiffen habe.» Die Ringvereine waren Zusammenschlüsse von ehemaligen Sträflingen, die sich offiziell der Rehabilitierung von Verbrechern widmeten. Sie hatten respektable Vereinsnamen, und in ihren Grundsätzen und Statuten war von sportlicher Betätigung und gesellschaftlichen Veranstaltungen die Rede. Es kam nicht selten vor, daß ein Ringverein ein üppiges Bankett ausrichtete (alle Vereine verfügten über viel Geld), zu dem Strafverteidiger und Polizeibeamte als Ehrengäste erschienen. Aber hinter ihren scheinbar ehrenwerten Fassaden waren die Ringvereine nichts anderes als die Einrichtungen des organisierten Verbrechens in Deutschland.

«Welcher Ring ist es?» fragte ich.

«Nennt sich ‹Deutsche Kraft›.»

«Nun, sie werden es nicht rauskriegen. Jedenfalls ist keiner der Ringvereine mehr so mächtig wie früher. Es gibt nur einen Ringverein, der heutzutage gute Geschäfte macht, und der ist die Partei.»

«Bei Prostitution und Drogen sind sie vielleicht ein bißchen aus dem Geschäft», sagte er, «aber die Ringvereine kontrollieren immer noch Glücksspiel, Devisenschmuggel und Wechselstuben, sie haben den Schwarzen Markt, den Handel mit neuen Pässen, und sie haben ihre Hehler und Kredithaie.» Er zündete sich die nächste Zigarette an. «Glauben Sie mir, Herr Gunther, sie sind noch immer mächtig. Kommen Sie ihnen besser nicht in die Quere.» Er senkte die Stimme und beugte sich zu mir. «An dem Gerücht, sie hätten einen alten Junker um die Ecke gebracht, der für Göring arbeitete, ist bestimmt was dran. Wie gefällt Ihnen das? Die Polypen wissen noch nicht mal, daß der Mann schon tot ist.»

Ich zermarterte mir das Hirn, und plötzlich fiel mir der Name ein, den ich mir aus Gert Jeschonneks Adreßbuch abgeschrieben hatte. «Dieser Junker, er hieß nicht zufällig von Greis?»

«Ich habe keinen Namen gehört. Ich weiß bloß, daß er tot ist und die Polizei immer noch nach ihm sucht.» Er schnippte nachlässig die Asche in den Aschenbecher.

«Jetzt erzählen Sie mal von dem Safeknacker.»

«Ja, könnte sein, daß ich was aufgeschnappt habe. Vor ungefähr einem Monat kam ein Bursche namens Kurt Mutschmann nach zwei Jahren Knast in Tegel wieder raus. Nach allem, was ich über ihn hörte, ist Mutschmann ein richtiger Künstler. Er könnte einer Nonne die Beine öffnen, die schon die Leichenstarre hat. Aber die Polypen wissen nichts über ihn. Sehen Sie, er kam hinter Gitter, weil er ein Auto geklaut hatte. Mit seiner wirklichen Arbeit hatte das nichts zu tun. Er ist jedenfalls ein Mann von der ‹Deutschen Kraft›, und als er rauskam, war der Ring zur Stelle, um sich um ihn zu kümmern. Nach einer Weile beauftragten sie ihn mit seinem ersten Job. Ich weiß nicht, was das für 'n Job war. Aber jetzt wird's interessant, Herr Gunther. Der Boss der ‹Deutschen Kraft›, der Rote Dieter, hat auf Mutschmann, der nirgends zu finden ist, mittlerweile einen Spürhund angesetzt. Man munkelt, Mutschmann hätte mit ihm ein falsches Spiel getrieben.»

«Mutschmann war ein Profi, sagen Sie?»

«Einer der besten.»

«Würden Sie sagen, daß bei ihm Mord drin war?»

«Hm», erwiderte Neumann. «Ich kenne den Mann selbst nicht. Aber soviel ich weiß, ist er ein Künstler. Hört sich nicht an, als ob Mord sein Ding wäre.»

«Was ist mit diesem ‹Roten Dieter›?»

«Er ist ein echter Schweinehund. Er nietet einen Mann um, wie sich jemand anders in der Nase bohrt.»

«Wo kann ich ihn finden?»

«Sie werden ihm doch nicht erzählen, daß ich's Ihnen gesagt habe, Herr Gunther? Nicht mal, wenn er Ihnen ein Kanone an den Kopf drücken würde.»

«Nein», log ich. So weit ging die Loyalität nun doch nicht.

«Nun, Sie könnten es im Restaurant *Rheingold* am Potsdamer Platz versuchen. Oder im *Deutschen Haus*. Und wenn Sie meinen Rat wollen: Nehmen Sie eine Kanone mit.»

«Ich bin gerührt über Ihre Sorge um mein Wohlergehen, Neumann.»

«Sie vergessen das Geld», verbesserte er mich. «Sie sagten, ich würde weitere zweihundert bekommen, wenn mein Tip stimmt.» Er machte eine Pause und fügte dann hinzu: «Und hundert Mark jetzt.» Ich zog noch einmal meine Brieftasche und gab ihm zwei Fünfziger. Er hielt die beiden Scheine vor das Fenster, um die Wasserzeichen zu prüfen.

«Sie machen wohl Witze.»

Neumann sah mich gleichmütig an. «Worüber?» Er schob das Geld rasch in die Tasche.

«Vergessen Sie's.» Ich stand auf und ließ ein bißchen Kleingeld auf den Tisch fallen. «Noch was: Können Sie sich erinnern, wann Sie davon gehört haben, daß Mutschmann gesucht wird?» Neumann tat so, als denke er angestrengt nach.

«Nun, wenn ich recht darüber nachdenke, war das letzte Woche, etwa um die Zeit, als ich davon hörte, daß sie diesen Junker um die Ecke gebracht haben.»

Ich ging Unter den Linden entlang zum Pariser Platz und dem *Adlon.*

Ich durchquerte den prächtigen Hoteleingang und schritt in die luxuriöse Halle mit den massigen Säulen aus dunklem, gelbgeflecktem Marmor. Es wimmelte von geschmackvollen *objets d'art*, und aus jeder Ecke schimmerte mir weiterer Marmor entgegen. Ich ging in die Bar, wo sich ausländische Journalisten und Leute von den Botschaften drängten. Ich bat den Barmann, der ein alter Freund von mir war, um ein Bier und fragte, ob ich das Telefon benutzen dürfe. Ich rief Bruno Stahlecker am Alex an.

«Hallo, ich bin's, Bernie.»

«Was willst du, Bernie?»

«Was ist mit Gerhard von Greis?» fragte ich. Es gab eine lange Pause. «Was soll mit ihm sein?» Brunos Stimme klang ein wenig herausfordernd, als sei es unverschämt von mir, mehr zu wissen, als ich sollte.

«Im Augenblick ist er für mich bloß ein Name auf einem Stück Papier.»

«Das ist alles?»

«Nun ja, ich hörte, daß er vermißt wird.»

«Würdest du bitte deutlicher werden.»

«Komm schon, Bruno, warum so wortkarg? Also, mein kleines Singvögelchen hat's mir erzählt, in Ordnung? Vielleicht könnte ich behilflich sein, wenn ich ein bißchen mehr wüßte.»

«Bernie, in dieser Abteilung gibt es im Augenblick zwei kitzlige Fälle, und du scheinst in beide verwickelt zu sein. Das macht mir Sorgen.»

«Falls du dich dann besser fühlst: Ich geh heute früh schlafen. Gib mir 'ne Chance, Bruno.»

«Das sind diese Woche schon zwei.»

«Ich schulde dir was.»

«Da hast du verdammt recht.»

«Also, was ist das für eine Geschichte?»

Stahlecker senkte die Stimme. «Jemals von Walther Funk gehört?»

«Funk? Nein, ich glaube nicht. Warte mal, ist er nicht 'ne große Nummer in der Wirtschaft?»

«Früher war er Hitlers Berater in Wirtschaftsfragen. Jetzt ist er Vizepräsident der Reichskulturkammer. Scheint so, daß er und von Greis sich füreinander erwärmt hatten. Von Greis war Funks Busenfreund.»

«Ich dachte, der Führer könne Schwule nicht ausstehen.»

«Krüppel kann er auch nicht ausstehen. Was wird er wohl machen, wenn er spitzkriegt, daß Goebbels einen Klumpfuß hat?» Es war ein alter Witz, aber ich lachte trotzdem.

«Also ist der Grund für die Heimlichtuerei, daß die Sache Funk kompromittieren und dadurch auch die Regierung in eine peinliche Lage kommen könnte, richtig?»

«Es ist nicht nur das. Von Greis und Göring sind alte Freunde. Sie haben im Krieg zusammen gedient. Göring verhalf von Greis zu seinem ersten Posten bei den I. G. Farben. Und in letzter Zeit hat er als Mittelsmann für Göring gearbeitet. Hat Kunst und so was gekauft. Der Reichskriminaldirektor ist scharf darauf, daß wir von Greis so rasch wie möglich finden. Aber inzwischen ist über eine Woche vergangen, und wir haben keine Spur von ihm. Er und Funk hatten ein geheimes Liebesnest in der Privatstraße, von dem Funks Frau nichts wußte. Aber er ist seit Tagen nicht dort gewesen.» Ich zog den Zettel aus der Tasche, auf dem ich mir eine Adresse aus dem Buch in Jeschonneks Schublade notiert hatte.

«Privatstraße, wie? Gab's noch eine andere Adresse?»

«Soviel wir wissen, nein.»

«Bearbeitest du den Fall, Bruno?»

«Nicht mehr. Dietz hat ihn übernommen.»

«Aber er bearbeitet den Fall Pfarr, oder?»

«Ich denke schon.»

«Na, gibt dir das nicht zu denken?»

«Weiß nicht, Bernie. Ich bin zu sehr damit beschäftigt, den Namen eines Burschen zu finden, dem ein halber Billardstock in der Nase steckt, um ein richtiger Detektiv zu sein wie du.»

«Ist das der Bursche, den man aus dem Fluß gefischt hat?»

Bruno seufzte verärgert. «Weißt du, eines Tages werde ich dir etwas erzählen, wovon du wirklich noch nichts weißt.»

«Illmann hat mir davon erzählt. Habe ihn neulich abends zufällig getroffen.»

«So? Wo war das?»

«Im Leichenschauhaus. Dort bin ich deinem Kunden begegnet. Gut aussehender Knabe. Vielleicht ist es von Greis.»

«Nein, daran habe ich auch gedacht. Von Greis hatte eine Tätowierung am rechten Unterarm: einen kaiserlichen Adler. Hör mal, Bernie, ich muß gehen. Wie ich dir schon hundertmal sagte: Verheimliche mir nichts. Wenn du etwas hörst, laß es mich wissen. So wie der Chef mir auf den Hacken steht, könnte ich einen Tip gebrauchen.»

«Wie ich sagte, Bruno, ich schulde dir einen Tip.»

«Zwei. Du schuldest mir zwei, Bernie.»

Ich hängte ein und machte einen zweiten Anruf. Ich machte einen Termin mit dem Direktor des Zuchthauses Tegel. Dann bestellte ich mir noch ein Bier. Während ich es trank, kritzelte ich auf einem Blatt Papier herum und hoffte, diese Art von Algebra würde mir helfen, klarer zu denken. Am Ende war ich verwirrter als vorher. Algebra war nie meine starke Seite. Ich wußte, ich kam voran, aber wo ich landen würde, darüber, wo das war, würde ich mir erst dann Gedanken machen, wenn ich angekommen war.

10

Die Derfflingerstraße war bequem vom brandneuen Luftfahrtministerium zu erreichen, das am Südende der Wilhelmstraße, Ecke Leipziger Straße, lag, ganz zu schweigen vom Amtssitz des Präsidenten auf dem nahen Leipziger Platz: günstig für von Greis, um seinem Herrn in dessen Eigenschaft als Chef der Luftwaffe und Ministerpräsident von Preußen aufzuwarten.

Von Greis wohnte in der dritten Etage eines eleganten Mietshauses. Da kein Hausmeister zu sehen war, ging ich geradewegs nach oben. Ich betätigte den Türklopfer und wartete. Nachdem etwa zwei Minuten verstrichen waren, bückte ich mich, um durch den Briefschlitz zu spähen. Zu meiner Überraschung drehte sich die Tür in den Angeln, als ich die Klappe zurückschnappen ließ.

Ich brauchte meinen Feldstecher nicht, um zu erkennen, daß die Wohnung von oben bis unten gefilzt worden war. Der Parkettboden der langen Diele war sowohl mit Büchern, Papieren, Umschlägen und leeren Briefordnern als auch mit einer großen Menge Glasscherben übersät, denn die Türen eines großen Bücherschrankes waren zertrümmert worden.

Ich ging an ein paar Türen vorbei und blieb wie angewurzelt stehen, als ich vor mir in einem der Räume einen Stuhl knirschen hörte. Instinktiv griff ich nach meiner Waffe. Mein Pech, daß sie noch im Auto war.

Ich wollte gerade nach einem schweren Kavalleriesäbel greifen, der an der Wand hing, als ich ein Stück Glas unter einem Fuß knakken hörte, und dann traf mich ein schmerzhafter Schlag in den Nakken, und ich stürzte durch ein Loch in der Erde.

Ein paar Minuten, die mir jedoch wie Stunden vorkamen, lag ich am Grund eines tiefen Brunnens. Als ich mich ins Bewußtsein zurücktastete, fühlte ich etwas in meinen Taschen und vernahm dann aus weiter Ferne eine Stimme. Dann spürte ich, wie mich jemand bei den Schultern hochhob, ein paar Kilometer schleifte und mein Gesicht unter einen Wasserfall hielt. Ich schüttelte meinen Kopf und versuchte blinzelnd zu erkennen, wer der Mann war, der mich niedergeschlagen hatte. Er war fast ein Riese, mit einem gewaltigen Mund und dicken Backen, als habe er sie mit vielen Brotscheiben vollgestopft. Um den Nacken hatte er ein Hemd, freilich eines von der Art, das man eigentlich in einem Frisörstuhl trägt, und den Nacken hätte man gut und gerne vor einen Pflug spannen können. Die Ärmel seiner Jacke waren mit mehreren Kilo Kartoffeln ausgestopft, und sie endeten vorzeitig und enthüllten Gelenke und Fäuste von der Größe zweier gekochter Hummer. Ich atmete tief ein und schüttelte den schmerzenden Kopf. Ich richtete mich langsam auf und umklammerte mit beiden Händen meinen Nacken.

«Herrgott noch mal, womit haben Sie mich geschlagen? Mit einem Stück Eisenbahnschiene?»

«Tut mir leid», sagte mein Angreifer, «aber als ich sah, daß Sie sich den Säbel greifen wollten, beschloß ich, Sie ein bißchen zu bremsen.»

«Ich schätze, ich kann von Glück sagen, daß Sie nicht beschlossen, mich auszuknocken, sonst...» Ich deutete auf meine Papiere, die der Riese in seinen großen Tatzen hielt. «Sieht so aus, als wüßten Sie, wer ich bin. Darf ich fragen, wer Sie sind? Mir scheint, ich müßte Sie kennen.»

«Rienacker, Wolf Rienacker, Gestapo. Sie waren früher mal ein Polyp, oder? Am Alex.»

«Stimmt.»

«Und jetzt sind Sie ein Schnüffler. Was haben Sie denn hier gewollt?»

«Ich suche nach Herrn von Greis.» Ich blickte mich im Zimmer um. Es herrschte ein großes Durcheinander, aber wie es schien, fehlte nicht viel. Ein silberner Tafelaufsatz stand unversehrt auf einer Anrichte, deren leere Schubladen auf dem Boden lagen; und mehrere Dutzend Ölgemälde waren säuberlich in Stapeln gegen die Wand gelehnt. Wer immer diese Wohnung verwüstet hatte, er war nicht auf die übliche Beute ausgewesen, sondern hatte etwas Bestimmtes gesucht.

«Verstehe.» Er nickte bedächtig. «Sie wissen, wem diese Wohnung gehört?»

Ich zuckte die Achseln. «Ich nehme an, Herrn von Greis.»

Rienacker schüttelte seinen eimergroßen Kopf. «Er bewohnt sie nur zeitweise. Nein, Besitzer der Wohnung ist Hermann Göring. Wenige Leute wissen davon, sehr wenige.» Er zündete sich eine Zigarette an und warf mir das Päckchen zu. Ich nahm eine und rauchte dankbar. Ich bemerkte, daß meine Hand zitterte.

«Das erste Rätsel ist also», fuhr Rienacker fort, «wie Sie von dieser Wohnung erfahren haben. Das zweite ist, warum Sie überhaupt mit von Greis sprechen wollten. Könnte sein, daß Sie hinter der gleichen Sache her sind wie die Bande, die vor Ihnen hier war. Das dritte Rätsel ist, wo sich von Greis im Augenblick befindet. Vielleicht versteckt er sich, vielleicht hält ihn jemand gefangen, vielleicht ist er tot. Ich weiß es nicht. In diese Wohnung wurde vor mehr als einer Woche eingebrochen. Ich kam heute nachmittag zurück, um mich noch mal umzusehen, für den Fall, daß ich beim ersten Mal was übersehen hatte. Und ich wollte ein bißchen nachdenken, und, was soll ich Ihnen sagen, da kommen Sie hier reingeschneit.» Er nahm einen tiefen Zug aus seiner Zigarette. In seiner speckseitengroßen Faust sah sie aus wie ein Babyzahn. «Es ist meine erste konkrete Spur in diesem Fall. Also, wie wär's, wenn Sie mal anfangen würden zu erzählen?»

Ich setzte mich auf, richtete meinen Schlips und versuchte, meinen durchnäßten Kragen zu glätten. «Ich versuche, das Ganze zu kapieren», sagte ich. «Ich habe diesen Freund am Alex, der mir erzählte, die Polizei wisse nichts von dieser Wohnung, und doch sind Sie hier und überwachen sie. Das läßt mich vermuten, daß ihr oder der, für den Sie arbeiten, das so möchtet. Ich wollte von Greis finden oder zumindest in die Hände bekommen, was ihn so beliebt macht, bevor sie es tun. Nun, es war nicht das Silber, es waren nicht die Gemälde, weil alles noch da ist.»

«Weiter.»

«Dies ist Görings Wohnung, also schätze ich, daß Sie Görings Bluthund sind. Es gibt keinen Grund, warum Göring auf Himmler Rücksicht nehmen sollte. Schließlich hat Himmler ihm die Kontrolle über Polizei und Gestapo abgenommen. Also ist es nur logisch, daß Göring es vermeiden will, Himmlers Leute mehr als nötig hineinzuziehen.»

«Vergessen Sie nicht etwas? Ich arbeite für die Gestapo?»

«Rienacker, ich mag ja leicht niederzuschlagen sein, aber ich bin nicht blöde. Wir wissen beide, daß Göring bei der Gestapo eine Menge Freunde hat. Das ist kaum überraschend, denn er hat sie gegründet.»

«Wissen Sie, Sie hätten Detektiv werden sollen.»

«Über die Verwicklung der Polizei in diesen Fall denkt mein Klient genau wie der Ihre. Das heißt, daß ich offen mit Ihnen reden kann, Rienacker. Mein Mann vermißt ein Gemälde, ein Ölgemälde, das er auf einem nicht ganz legalen Weg erworben hat. Es wäre also das beste, wissen Sie, die Polizei erführe nichts davon.» Der große Bulle sagte nichts, also fuhr ich fort.

«Vor zwei Wochen jedenfalls wurde das Gemälde aus seinem Haus gestohlen. Und jetzt komme ich ins Spiel. Ich habe bei ein paar Händlern auf den Busch geklopft, und dort bekomme ich zu hören, daß Hermann Göring ein leidenschaftlicher Kunstsammler ist – daß er irgendwo in den Tiefen von Karinhall eine Sammlung alter Meister hat, die nicht alle auf legalem Weg erworben sind. Ich erfahre, daß er einen Mittelsmann hat, Herrn von Greis, für alle Angelegenheiten, die den Ankauf von Kunstwerken betreffen. Also beschließe ich, herzukommen und zu sehen, ob ich mit ihm reden kann. Wer weiß, das Gemälde, das ich suche, könnte sehr gut eines von denen sein, die da an der Wand lehnen.»

«Vielleicht», sagte Rienacker. «Immer vorausgesetzt, ich glaube Ihnen. Von wem ist das Bild, und was stellt es dar?»

«Rubens», sagte ich und hatte selber Freude an meiner Erfindungsgabe. «Ein paar nackte Frauen, die an einem Fluß stehen. Es heißt *Die Badenden* oder so ähnlich. In meinem Büro habe ich eine Fotografie.»

«Und wer ist Ihr Klient?»

«Das kann ich Ihnen leider nicht sagen.»

Rienacker hob gemächlich eine Faust. «Ich könnte vielleicht versuchen, Sie umzustimmen.»

Ich zuckte die Achseln. «Ich würde es Ihnen trotzdem nicht sagen. Es ist nicht so, daß ich der ehrbare Typ wäre, der den Ruf seines Klienten schützt, und all dieser Mist. Es ist bloß so, daß ich auf eine ziemlich beträchtliche Wiederbeschaffungsprämie scharf bin. Dieser Fall ist meine große Chance, mal richtig Zaster zu verdienen, und wenn mich das ein paar Beulen und ein paar gebrochene Rippen kostet, dann muß ich das eben in Kauf nehmen.»

«In Ordnung», sagte Rienacker. «Werfen Sie einen Blick auf die Bilder, wenn Sie wollen. Aber wenn es dabei ist, muß ich die Sache erst klären.» Ich erhob mich auf meine wackligen Beine und ging zu den Gemälden. Ich verstehe nicht sehr viel von Kunst. Trotzdem, ich erkenne Qualität, wenn ich sie sehe, und die meisten Bilder in Görings Wohnung gehörten in diese Kategorie. Zu meiner Erleichterung war kein Bild mit einer nackten Frau darunter, so daß es nicht erforderlich war, zu raten, ob Rubens es gemalt hatte oder nicht.

«Es ist nicht dabei», sagte ich schließlich. «Aber vielen Dank, daß ich nachsehen durfte.» Rienacker nickte.

In der Diele stülpte ich meinen Hut auf meinen hämmernden Kopf. Er sagte: «Ich bin im Revier Charlottenstraße, Ecke Französische Straße.»

«Ja», sagte ich. «Ich weiß. Über ‹Lutter und Wegner›, nicht

wahr?» Rienacker nickte. «Und, ja, wenn ich etwas höre, lasse ich's Sie wissen.»

«Denken Sie daran», knurrte er und ließ mich raus.

Als ich zum Alexanderplatz zurückkam, fand ich in meinem Vorzimmer eine Besucherin vor.

Sie war gut gebaut und ziemlich groß und trug ein schwarzes Kostüm, in dem ihre eindrucksvollen Kurven an eine wohlgeformte spanische Gitarre erinnerten. Der Rock war kurz und eng und spannte sich über ihrem üppigen Hinterteil, und die Jacke war eng, tailliert, doch darüber weit genug geschnitten, um ihren prächtigen Busen aufzunehmen. Auf ihrem glänzend schwarzen Haar trug sie einen schwarzen Hut mit aufgebogenem Rand, in ihren Händen hielt sie eine schwarze Stofftasche mit weißem Griff und weißer Schließe und ein Buch, das sie hinlegte, als ich ins Vorzimmer kam.

Die blauen Augen und der perfekt geschminkte Mund lächelten mit entwaffnender Freundlichkeit.

«Herr Gunther, nehme ich an.» Ich nickte stumm. «Ich bin Inge Lorenz. Eine Freundin von Eduard Müller. Von der *Berliner Morgenpost.*» Wir schüttelten uns die Hände. Ich schloß die Tür zu meinem Büro auf.

«Kommen Sie rein und machen Sie es sich bequem», sagte ich. Sie blickte sich im Zimmer um und schnüffelte ein paarmal die Luft. Der Raum roch immer noch wie die Schürze eines Barkeepers.

«Tut mir leid wegen des Gestanks. Ich hatte leider einen kleinen Unfall.» Ich ging zum Fenster und stieß es auf. Als ich mich umdrehte, stand sie neben mir.

«Eine eindrucksvolle Aussicht», bemerkte sie.

«Ja, nicht übel.»

«Berlin Alexanderplatz. Haben Sie Döblins Roman gelesen?»

«Ich habe im Augenblick nicht viel Zeit zum Lesen», sagte ich. «Außerdem gibt es so wenig, was lesenswert wäre.»

«Es ist natürlich ein verbotenes Buch», sagte sie, «aber Sie sollten es lesen, denn es ist gerade wieder im Handel.»

«Ich verstehe nicht», sagte ich.

«Oh, aber ist Ihnen das denn nicht aufgefallen? Verbotene Schriftsteller sind wieder in den Buchhandlungen. Es ist wegen der Olympiade. Damit die Touristen nicht denken, daß hier alles unterdrückt wird, wie man behauptet. Natürlich werden sie wieder verschwinden, sobald alles vorbei ist, aber Sie sollten die Bücher lesen, und wär's nur, weil sie verboten sind.»

«Danke. Ich werd's mir merken.»

«Haben Sie eine Zigarette?»

Ich klappte das Silberkästchen auf meinem Schreibtisch auf und hielt es ihr am Deckel hin. Sie nahm eine Zigarette und ließ sich Feuer geben.

«Neulich habe ich mir in einem Café am Kurfürstendamm in Gedanken eine Zigarette angezündet, da kam so ein Übereifriger zu mir und erinnerte mich an meine Pflichten als deutsche Frau, Gattin oder Mutter. Da besteht aber herzlich wenig Aussicht, dachte ich. Ich bin fast neununddreißig und kaum in dem Alter, um damit anzufangen, neue Parteimitglieder zu produzieren. Ich bin das, was sie einen eugenischen Versager nennen.» Sie nahm in einem meiner Lehnsessel Platz und schlug ihre schönen Beine übereinander. Ich konnte mir nichts vorstellen, worin sie versagen konnte, außer vielleicht in der Wahl der Cafés, die sie besuchte. «Inzwischen sind wir so weit, daß eine Frau, die ein bißchen Make-up trägt, nicht ausgehen kann, aus Furcht, man könnte sie eine Hure nennen.»

«Sie kommen mir nicht wie der Typ vor, der sich viel daraus macht, wie die Leute Sie nennen», sagte ich. «Und zufällig mag ich's, wenn eine Frau wie eine Dame aussieht und nicht wie eine hessische Kuhmagd.»

«Danke, Herr Gunther», lächelte sie. «Das ist sehr nett von Ihnen.»

«Müller sagt, Sie waren früher Reporterin bei der *DAZ**.»

«Ja, das stimmt. Ich verlor meine Stellung im Zuge der Parteikampagne ‹Vertreibt die Frauen aus dem Wirtschaftsleben›. Eine geniale Art, Deutschlands Arbeitslosenproblem zu lösen, meinen Sie nicht auch? Man braucht bloß zu sagen, daß eine Frau bereits

* DAZ = Deutsche Allgemeine Zeitung

einen Beruf hat und dieser darin besteht, sich um Heim und Familie zu kümmern. Und wenn sie keinen Ehemann hat, dann angelt sie sich besser einen, wenn sie weiß, was für sie gut ist. Die Logik ist erschreckend.»

«Und wie kommen Sie jetzt durch?»

«Ich arbeite hier und da als freie Mitarbeiterin. Aber im Augenblick, nun, offen gesagt, Herr Gunther, bin ich blank, und deshalb bin ich hier. Müller sagt, daß Sie nach Informationen über Hermann Six suchen. Ich möchte gern versuchen, das zu verkaufen, was ich weiß. Stellen Sie Ermittlungen über ihn an?»

«Nein. Tatsächlich ist er mein Klient.»

«Oh!» Das schien sie ein wenig zu verblüffen.

«Es war etwas an der Art, wie er mich anheuerte, das mich stutzig machte, und ich wollte gern mehr über ihn wissen», erklärte ich, «und ich meine nicht bloß die Schule, die er besuchte. Man könnte vielleicht sagen, daß er mich verärgerte. Wissen Sie, ich hab's nicht gern, wenn man mir sagt, was ich zu tun habe.»

«In unserer Zeit nicht gerade eine sehr gesunde Einstellung.»

«Ich schätze nicht.» Ich grinste sie an. «Sagen wir also, fünfzig Mark, für das, was Sie wissen.»

«Sagen wir hundert, und Sie werden garantiert nicht enttäuscht?»

«Wie wär's mit fünfundsiebzig und einem Abendessen?»

«Gemacht.» Sie bot mir die Hand, und ich schlug ein.

«Gibt es eine Akte oder etwas ähnliches, Fräulein Lorenz?»

Sie tippte sich an den Kopf. «Bitte nennen Sie mich Inge. Ist alles hier oben drin, bis auf die letzte Einzelheit.»

Und dann begann sie zu erzählen.

«Hermann Six wurde im April 1881 als Sohn einer der reichsten Männer in Deutschland geboren, auf den Tag neun Jahre, bevor unser geliebter Führer zur Welt kam. Weil Sie die Schule erwähnten: Er besuchte das König-Wilhelm-Gymnasium in Berlin. Danach ging er an die Börse, und anschließend trat er natürlich in das Unternehmen seines Vaters ein, die Six-Stahlwerke.

Ebenso wie Fritz Thyssen, Erbe eines anderen großen Familienvermögens, war der junge Six ein glühender Nationalist und organisierte 1923 den passiven Widerstand gegen die französische Besetzung des Ruhrgebiets. Deswegen wurden er und Thyssen verhaftet und eingesperrt. Aber hier ist es mit den Ähnlichkeiten zwischen den beiden vorbei, denn Six hat, anders als Thyssen, für Hitler nie etwas übrig gehabt. Er war ein konservativer Nationalist, niemals ein Nationalsozialist, und jeder Unterstützung, die er der Partei vielleicht zukommen ließ, lagen pragmatische, um nicht zu sagen opportunistische Motive zugrunde.

Inzwischen heiratete er Lisa Vögler, eine frühere Staatsschauspielerin am Berliner Staatstheater. Sie hatten ein Kind, Grete, geboren 1911. Lisa starb 1934 an Tuberkulose, und Six heiratete Ilse Rudel, die Schauspielerin.» Inge Lorenz stand auf und begann, während sie sprach, im Zimmer auf und ab zu gehen. Es war schwierig, sich zu konzentrieren, wenn man ihr zusah: Wandte sie mir den Rücken, klebten meine Blicke an ihrem Hinterteil, und wenn sie mich ansah, ruhten sie auf ihrem Bauch.

«Ich sagte, Six machte sich nichts aus der Partei. Das ist richtig. Doch in der Gewerkschaftsfrage verhält er sich gleichermaßen ablehnend, und er begrüßte die Art, in der die Partei, kaum daß sie zur Macht gekommen war, damit begann, die Gewerkschaften kaltzumachen. Aber es ist der sogenannte Sozialismus der Partei, der ihm zutiefst zuwider ist. Und ihre Wirtschaftspolitik. Six war einer der zahlreichen führenden Bosse, die Anfang 1933 bei einem geheimen Treffen im Präsidentenpalast anwesend waren, bei dem Hitler und Göring die künftige Wirtschaftspolitik der Nationalsozialisten erläuterten. Wie auch immer, diese Bosse waren aufgrund von Hitlers Versprechen, er werde die Bolschewiken ausschalten und das Heer wieder aufbauen, bereit, mehrere Millionen Mark in die Parteikasse zu zahlen. Diese junge Liebe war nicht von Dauer. Wie viele andere deutsche Industrielle, tritt auch Six für Ausweitung des Handels und für industrielles Wachstum ein. Besonders im Hinblick auf die Stahlindustrie, zieht er es vor, seine Rohstoffe im Ausland zu kaufen, weil sie dort billiger sind. Göring ist jedoch anderer Meinung und glaubt, Deutschland könne sich mit Eisenerz, wie mit allen anderen Rohstoffen, selbst versorgen. Er glaubt, Verbrauch und Exporte ließen sich in einem kontrollierten Gleichgewicht halten. Es ist leicht einzusehen, warum.» Sie machte eine

Pause und wartete darauf, daß ich ihr erklärte, was so leicht einzusehen war.

«Ist es das?» fragte ich.

Sie rümpfte die Nase, seufzte und schüttelte zugleich den Kopf. «Natürlich ist das leicht einzusehen. Die Sache ist ganz einfach die, daß Deutschland sich auf einen Krieg vorbereitet und die konventionelle Wirtschaftspolitik deshalb nur geringe oder gar keine Bedeutung hat.»

Ich nickte verständig. «Ja, ich verstehe, was Sie meinen.» Sie setzte sich wieder in den Lehnsessel und verschränkte die Arme.

«Ich habe mit jemandem gesprochen, der noch bei der *DAZ* arbeitet», sagte sie, «und er sagt, es ginge das Gerücht, Göring werde in ein paar Monaten die Kontrolle über den zweiten Vierjahresplan für die Wirtschaft übernehmen. Angesichts seiner erklärten Absicht, staatseigene Fabriken für Rohmaterialien zu errichten, um die Versorgung mit strategischen Vorräten sicherzustellen, wie zum Beispiel Eisenerz, können Sie sich vorstellen, daß Six über diese Möglichkeit alles andere als glücklich ist. Sie müssen wissen, daß die Stahlindustrie während der Depression beträchtliche Überkapazitäten produziert hat. Six zögert, die Investitionen zu billigen, die nötig sind, um Deutschland zum Selbstversorger in Eisenerz zu machen, weil er weiß, daß er, sobald der Boom der Aufrüstung vorüber ist, massiv überkapitalisiert dastehen wird: Er produziert teures Eisen und teuren Stahl, weil seine Produktionskosten hoch sind und er inländisches Eisenerz verwenden muß. Wegen seines hohen Preises wird er nicht in der Lage sein, deutschen Stahl im Ausland zu verkaufen. Natürlich versteht es sich von selbst, daß Six Geschäfte machen will, um die Initiative in der deutschen Wirtschaft zu behalten. Und ich schätze, daß er alles dransetzen wird, die anderen führenden Industriellen dazu zu überreden, sich seinem Widerstand gegen Göring anzuschließen. Niemand kann sagen, wozu er fähig ist, wenn sie ihn nicht unterstützen sollten. Er ist sich nicht zu fein, auch schmutzige Methoden anzuwenden. Ich habe den Verdacht, wohlgemerkt, es ist bloß ein Verdacht, daß er Kontakte zur Unterwelt hat.»

Die Ausführungen über die deutsche Wirtschaftspolitik waren mehr oder weniger unwichtig, dachte ich, aber Six und die Unterwelt, das interessierte mich wirklich.

«Wie kommen Sie zu diesem Verdacht?»

«Nun, zuerst gab es da einen Streikbruch, der sich während des Stahlstreiks ereignete», sagte sie. «Einige der Männer, die Arbeiter zusammenschlugen, hatten Verbindungen zur Unterwelt. Viele von ihnen waren ehemalige Straftäter, Mitglieder eines Ringvereins, einer dieser Gesellschaften zur Rehabilitierung Krimineller, Sie wissen schon.»

«Können Sie sich an den Namen dieses Ringvereins erinnern?» Sie schüttelte den Kopf.

«Er hieß nicht zufällig ‹Deutsche Kraft›?»

«Ich erinnere mich nicht.» Sie dachte nach. «Ich könnte eventuell die Namen der verwickelten Leute rauskriegen, wenn Ihnen das hilft.»

«Versuchen Sie's», sagte ich, «und alles, was Sie sonst noch über diesen Streikbruch rauskriegen können, wenn's Ihnen nichts ausmacht.»

Sie erzählte noch viel mehr, aber ich hatte für meine fünfundsiebzig Mark bereits genug gehört. Jetzt, da ich mehr über meinen zurückgezogenen, verschwiegenen Klienten wußte, hatte ich das Gefühl, mich richtig ins Zeug legen zu können. Und jetzt, nachdem ich sie hatte ausreden lassen, kam mir der Gedanke, daß sie mir von Nutzen sein konnte.

«Wie würde es Ihnen gefallen, für mich zu arbeiten? Ich brauche jemanden als Assistenten, der in offiziellen Unterlagen buddelt und hin und wieder da ist. Ich glaube, das würde Ihnen zusagen. Ich würde Ihnen, sagen wir, sechzig Mark die Woche zahlen. Bar auf die Hand, dann brauchen wir das Arbeitsamt nicht zu informieren. Vielleicht mehr, wenn die Dinge sich entwickeln. Was sagen Sie?»

«Nun, wenn Sie meinen...» Sie zuckte die Achseln. «Das Geld könnte ich bestimmt gut gebrauchen.»

«Dann wäre das geregelt.» Ich dachte eine Minute nach. «Sie haben vermutlich immer noch ein paar Kontakte zu Zeitungen, zu Regierungsstellen?» Sie nickte. «Kennen Sie zufällig jemanden bei der Deutschen Arbeitsfront?»

Sie dachte eine Weile nach und spielte mit den Knöpfen ihrer Jacke. «Da war mal jemand», sagte sie nachdenklich. «Ein Ex-Freund, ein SA-Mann. Warum fragen Sie?»

«Rufen Sie ihn an und bitten Sie ihn, Sie heute abend auszuführen.»

«Aber ich habe ihn seit Monaten nicht gesehen oder gesprochen», sagte sie. «Und beim letzten Mal war es schwierig genug, ihn dazu zu bringen, mich in Ruhe zu lassen. Er ist eine echte Klette.» Ihre blauen Augen blickten mich besorgt an.

«Ich will, daß Sie alles darüber rausfinden, was Six' Schwiegersohn, Paul Pfarr, so sehr interessierte, daß er mehrere Male in der Woche dort auftauchte. Außerdem hatte er eine Geliebte, also interessiert mich auch alles, was sie betrifft. Und ich meine, alles.»

«Dann ziehe ich besser ein zweites Paar Schlüpfer an», sagte sie. «Der hat Hände, von denen er glaubt, sie hätten ihn zu einer guten Hebamme gemacht.» Sekundenlang verspürte ich einen Stich von Eifersucht, als ich mir vorstellte, wie er bei ihr herumfummelte. Vielleicht würde ich irgendwann einmal dasselbe tun.

«Ich werde ihn bitten, mich in eine Revue zu führen», sagte sie und riß mich aus meinen erotischen Tagträumen. «Vielleicht mache ich ihn sogar ein bißchen betrunken.»

«Keine schlechte Idee», sagte ich. «Und wenn das nicht klappt, bieten Sie dem Kerl Geld an.»

11

Das Zuchthaus Tegel im Nordwesten Berlins grenzt an einen kleinen See und an die Werkssiedlung der Firma Borsig. Als ich in die Seidelstraße einbog, schoben sich die roten Ziegelmauern ins Blickfeld wie die schlammigen Flanken eines hornhäutigen Dinosauriers. Und als das schwere Holztor hinter mir zukrachte und der blaue Himmel verschwand, als wäre er wie eine Lampe ausgeknipst worden, begann ich für die Insassen ein gewisses Mitgefühl zu empfinden, denn Tegel gilt als eines der härtesten Gefängnisse in Deutschland.

Eine Menagerie von Wärtern lungerte am Haupteingang herum und einer davon, ein Mann mit einem Mopsgesicht, der stark nach Karbolseife roch und ein Schlüsselband von der Größe eines durchschnittlichen Autoreifens trug, führte mich durch ein kretisches Labyrinth schmutzig-gelber, gekachelter Gänge auf einen kleinen gepflasterten Hof, in dessen Mitte die Guillotine stand. Sie ist ein furchteinflößendes Gerät und jagt mir immer, wenn ich es wiedersehe, einen Schauer über den Rücken. Seit die Partei an die Macht kam, ist sie ziemlich viel benutzt worden, und sie wurde auch im Augenblick gerade überprüft, ohne Zweifel im Zuge der Vorbereitungen für die zahlreichen Hinrichtungen, die, wie am Tor angeschlagen, für den frühen Morgen des folgenden Tages geplant waren.

Der Wärter führte mich durch eine Eichentür und ein mit Teppichen ausgelegtes Treppenhaus in einen Flur. Am Ende des Flurs blieb er vor einer polierten Mahagonitür stehen und klopfte. Er wartete eine oder zwei Sekunden, und dann ließ er mich eintreten. Der Gefängnisdirektor, Dr. Konrad Spiedel, erhob sich hinter seinem Schreibtisch, um mich zu begrüßen. Es war mehrere Jahre her, seit ich zum ersten Mal seine Bekanntschaft gemacht hatte. Damals war er Direktor des Gefängnisses von Brauweiler in der Nähe von Köln gewesen, doch er hatte unsere Begegnung nicht vergessen:

«Sie suchten nach Informationen über den Zellengenossen eines Gefangenen», erinnerte er sich und deutete einladend auf einen Lehnsessel. «Hatte was mit einem Bankraub zu tun.»

«Sie haben ein gutes Gedächtnis, Doktor Spiedel», sagte ich.

«Ich gestehe, daß mein Gedächtnis nicht rein zufällig so gut funktioniert», sagte er. «Derselbe Mann sitzt jetzt hier wegen einer anderen Sache.» Spiedel war ein großer, breitschultriger Mann um die Fünfzig. Er trug einen Schillerkragen, eine olivgrüne Trachtenjacke, und die schwarz-weiße Schleife mit den gekreuzten Schwertern in seinem Knopfloch wies ihn als Kriegsveteranen aus.

«Merkwürdigerweise führt mich ein ähnliches Anliegen her», erklärte ich. «Ich glaube, bis vor kurzem hatten Sie hier einen Gefangenen namens Kurt Mutschmann. Ich hoffe, Sie könnten mir etwas über ihn erzählen.»

«Mutschmann, ja, ich erinnere mich an ihn. Was kann ich Ihnen schon sagen? Solange er hier war, hielt er sich aus allem raus und schien ein ganz vernünftiger Bursche zu sein.» Spiedel stand auf, ging zu seinem Aktenschrank und durchstöberte verschiedene Ablagen. «Ja, da haben wir ihn. Mutschmann, Kurt Hermann, 37. Verurteilt wegen Autodiebstahls April 1934 zu zwei Jahren Gefängnis. Als Adresse ist angegeben Cicerostraße 29, Halensee.»

«Ging er nach seiner Entlassung dorthin?»

«Da bin ich leider überfragt. Mutschmann hatte eine Frau, aber während seiner Haft scheint sie ihn nach unseren Unterlagen nur einmal besucht zu haben. Sieht nicht so aus, als ob es draußen viel gab, worauf er sich hätte freuen können.»

«Hatte er andere Besucher?»

Spiedel blickte in die Akte. «Bloß den einen von der Vereinigung der Ex-Sträflinge. Eine Wohltätigkeitsorganisiation, wie sie uns glauben machen will, obwohl ich an ihrer Echtheit meine Zweifel habe. Es war ein Mann namens Kaspar Tillessen. Er besuchte Mutschmann zweimal.»

«Hatte Mutschmann einen Zellengenossen?»

«Ja, er saß mit Nummer 7888319, einem gewissen Bock, in einer Zelle.» Er zog eine andere Akte aus der Lade. «Hans Jürgen Bock, Alter 38. Schuldig gesprochen des tätlichen Angriffs und der Verkrüppelung eines Mitgliedes der früheren Stahlarbeitergewerkschaft im März 1930, verurteilt zu sechs Jahren Gefängnis.»

«Glauben Sie, daß er ein Streikbrecher war?»

«Ja.»

«Sie haben nicht zufällig die näheren Umstände dieses Falles zur Hand?»

Spiedel schüttelte den Kopf. «Leider nicht. Die Akte ist ins Kriminalarchiv am Alex zurückgeschickt worden.» Er hielt inne. «Hm. Das könnte Ihnen vielleicht trotzdem helfen. Bei seiner Entlassung gab Bock an, er werde unter dieser Adresse zu erreichen sein: ‹*Pension Tillessen*, Chamissoplatz 17, Kreuzberg.› Nicht nur das, sondern eben dieser Kaspar Tillessen besuchte Bock im Auftrag der Vereinigung der Ex-Sträflinge.» Er blickte mich fragend an. «Das ist leider alles.»

«Ich denke, ich habe genug erfahren», sagte ich strahlend. «Es war freundlich von Ihnen, mir ein wenig von Ihrer Zeit zu schenken.»

Spiedels Gesicht nahm den Ausdruck großen Ernstes an, und er sagte mit gewisser Feierlichkeit: «Mein Herr, es war mir ein Vergnügen, dem Manne zu helfen, der Gormann vor den Richter brachte.»

Ich schätze, ich werde noch in zehn Jahren aus dieser Gormann-Sache Kapital schlagen können.

Wenn ein Mann zwei Jahre lang im Knast sitzt, und seine Frau besucht ihn in dieser Zeit nur ein einziges Mal, dann backt sie ihm keinen Biskuitkuchen, um seine Freiheit zu feiern. Doch es war denkbar, daß Mutschmann sie nach seiner Entlassung aufgesucht hatte, und sei es nur, um ihr eine Tracht Prügel zu verabreichen; also beschloß ich, sie auf jeden Fall zu überprüfen.

Weder Mutschmann noch seine Frau wohnten noch unter der angegebenen Adresse in der Cicerostraße. Die Nachbarin, mit der ich sprach, erzählte mir, Frau Mutschmann hätte sich wieder verheiratet und wohne in der Ohmstraße in der Siemens-Werkssiedlung. Ich fragte sie, ob sich sonst noch jemand nach Frau Mutschmann erkundigt hätte, doch das verneinte sie.

Es war mittlerweile halb acht, als ich zur Siemens-Werkssiedlung kam. Sie umfaßt nicht weniger als tausend Häuser, jedes aus denselben weißgetünchten Ziegeln errichtet, und bietet den Familien der Betriebsangehörigen der Siemens AG Unterkunft. Ich stellte es mir alles andere als angenehm vor, in einem Haus zu wohnen, das wie ein Stück Würfelzucker aussah; doch ich wußte, daß im Dritten Reich im Namen des Fortschritts vieles geschah, was schlimmer war als die Vereinheitlichung von Arbeiterhäusern.

Als ich vor der Eingangstür stand, stieg mir der Geruch von gekochtem Schweinefleisch in die Nase, und mir wurde plötzlich bewußt, wie hungrig ich war und wie müde. Ich wäre gern zu Hause oder mit Inge in irgendeiner anspruchslosen, hirnlosen Revue gewesen. Ich wäre an jedem anderen Ort lieber gewesen als hier, wo ich einer hartgesichtigen, brünetten Frau gegenüberstand, die die Tür öffnete.

«Frau Buverts?» fragte ich, ihren neuen Namen benutzend, und hoffte fast, daß sie's nicht sein möge.

«Ja», sagte sie abweisend. «Und wer sind Sie? Nicht, daß ich danach fragen müßte. Sie sind ein Bulle, das sieht ein Blinder. Also werd ich's Ihnen einmal sagen, und dann können Sie verduften. Ich habe ihn mehr als achtzehn Monate nicht mehr gesehen. Und wenn Sie ihn finden sollten, dann sagen Sie ihm, er soll sich bei mir nicht blicken lassen. Er ist hier so willkommen wie ein Jude, der Göring in den Arsch piekt. Und das gilt auch für Sie.»

Es sind die kleinen Offenbarungen volkstümlichen Humors und alltäglicher Höflichkeit, die mir die Arbeit so versüßen.

Später in der Nacht, zwischen elf und halb zwölf, klopfte es laut an meine Wohnungstür. Ich hatte nichts getrunken, doch so tief geschlafen, daß ich das Gefühl hatte, ich sei blau gewesen. Ich ging unsicher in die Diele, wo der schwache Kreideumriß von Walther Kolbs Leiche auf dem Boden mich aus meiner schläfrigen Benommenheit riß und dazu veranlaßte, zurückzugehen und meine Ersatzpistole zu holen. Es klopfte abermals, dieses Mal lauter, und eine Männerstimme sagte:

«He, Gunther, ich bin's, Rienacker. Kommen Sie, machen Sie auf, ich will mit Ihnen reden.»

«Ich habe noch an unserem letzten kleinen Geplauder zu knabbern.»

«Sie sind doch wohl nicht immer noch sauer deswegen, oder?»

«Ich hab's überlebt, aber soweit mein Nacken betroffen ist, sind Sie ausgesprochen *persona non grata*. Besonders mitten in der Nacht.»

«He, nun seien Sie nicht vergrätzt, Gunther», sagte Rienacker. «Hören Sie, es ist wichtig. Ist 'ne Menge Geld drin.» Es gab eine lange Pause, und als Rienacker dann wieder sprach, war eine Spur Verärgerung in seiner Baßstimme. «Kommen Sie, Gunther, machen Sie schon auf. Wovor haben Sie Angst, verdammt noch mal? Wenn ich Sie verhaften wollte, hätte ich längst die Tür eingetreten.» Das ist nicht ganz von der Hand zu weisen, dachte ich; also öffnete ich die Tür und stand seiner massigen Gestalt gegenüber. Er warf einen gleichmütigen Blick auf die Waffe in meiner Hand und nickte, als gebe er zu, daß ich im Augenblick im Vorteil war.

«Sie haben mich also nicht erwartet», sagte er trocken.

«Oh, ich wußte genau, daß Sie es waren, Rienacker. Ich hörte ihren Schlagring auf der Treppe klappern.»

Sein schnaubendes Lachen bestand hauptsächlich aus Tabakqualm. «Ziehen Sie sich an, wir machen eine kleine Fahrt. Und Ihre Kanone lassen Sie besser hier.»

Ich zögerte. «Was ist los?»

Er grinste über meine Verlegenheit. «Trauen Sie mir nicht?»

«Also warum sagen Sie das? Der nette Mann von der Gestapo klopft um Mitternacht an meine Tür und fragt mich, ob ich in seinem glänzend schwarzen Auto eine Spritztour machen möchte. Natürlich krieg ich gleich weiche Knie, weil ich weiß, daß Sie für uns den besten Tisch bei Horcher haben reservieren lassen.»

«Eine wichtige Persönlichkeit möchte Sie sprechen», gähnte er. «Eine sehr wichtige.»

«Sie haben mich für die Olympiamannschaft im Scheißewerfen nominiert, stimmt's?» Rienacker wurde rot im Gesicht, und seine Nüstern blähten und zogen sich zusammen wie zwei sich leerende Wärmflaschen. Er fing an, ungeduldig zu werden.

«Schon gut, schon gut», sagte ich. «Schätze, ich muß mit, ob ich will oder nicht. Ich werde mich anziehen.»

Es war ein großer schwarzer Mercedes, und ich stieg wortlos ein. Auf den Vordersitzen hockten zwei Typen von grotesker Häßlichkeit, und hinten lag auf dem Wagenboden, die Hände auf dem Rükken gefesselt und nur halb bei Bewußtsein, ein Mann. Es war dunkel, aber sein Stöhnen verriet mir, daß sie ihn ziemlich heftig in die Mangel genommen hatten. Als der Wagen sich in Bewegung setzte, rührte sich der Mann auf dem Boden und machte einen Versuch, sich aufzurichten. Das brachte ihm nicht mehr ein, als einen Tritt von Rienackers Stiefelspitze gegen sein Ohr.

«Was hat er ausgefressen? Stand sein Hosenschlitz offen?»

«Er ist ein Kommunistenschwein», sagte Rienacker so wütend, als habe er einen Schwerverbrecher, der gewohnheitsmäßig Kinder belästigte, verhaftet. «Ein verdammter Mitternachtspostbote. Wir haben ihn auf frischer Tat erwischt, als er in seinem Bezirk Flugblätter der KPD in die Briefkästen steckte.»

Ich schüttelte den Kopf. «Ich sehe schon, der Job bei der Post ist genauso gefährlich, wie er es immer war.»

Er nahm keine Notiz von dieser Bemerkung und rief dem Fahrer zu: «Wir laden diesen Schweinehund ab, und dann direkt zur Leipziger Straße. Seine Majestät darf man nicht warten lassen.»

«Abladen, wo? Schöneberger Brücke?»

Rienacker lachte. «Vielleicht.» Er zog einen Flachmann aus seiner Manteltasche und nahm einen tiefen Schluck. Am vergangenen Abend hatte man auch mir ein solches Flugblatt in den Briefkasten gesteckt. Es befaßte sich im wesentlichen damit, keinen Geringeren als den Preußischen Ministerpräsidenten lächerlich zu machen. Ich wußte, daß die Gestapo in den Wochen vor Beginn der Olympiade energische Anstrengungen unternahm, den kommunistischen Untergrund in Berlin zu zerschlagen. Tausende von Kommunisten waren verhaftet und in Konzentrationslager wie Oranienburg, Dachau und Buchenwald eingeliefert worden. Ich zählte zwei und zwei zusammen, und mit Entsetzen wurde mir klar, wer diese Person war, zu der ich unterwegs war.

Am Polizeirevier Grolmannstraße hielt der Wagen, und einer der beiden Ausbunde an Häßlichkeit zerrte den Gefangenen unter unseren Füßen hervor. Ich glaubte nicht, daß er große Chancen hatte. Wenn ich je seinen Mann sah, der dazu bestimmt war, in tiefer Nacht im Landwehrkanal Schwimmunterricht zu nehmen, dann war er es. Dann fuhren wir auf der Berliner Straße und der Charlottenburger Chaussee nach Osten. Die Ost-West-Achse Berlins war zur Feier der bevorstehenden Olympischen Spiele mit einer Unzahl schwarz-weiß-roter Fahnen geschmückt. Rienacker beäugte grimmig die Pracht.

«Diese beschissenen Olympischen Spiele», höhnte er. «Nichts als verdammte Geldverschwendung.»

«Ich sehe mich gezwungen, Ihnen recht zu geben», sagte ich.

«Ich möchte wissen, wozu das alles gut sein soll. Wir sind, was wir sind, also warum so tun, als wären wir's nicht? Sie kommandieren sogar Nutten aus München und Hamburg ab, weil die Notverordnungen den Weibermarkt in Berlin so hart getroffen haben. Und Niggerjazz ist wieder legal. Was halten Sie davon, Gunther?»

«Das eine sagen, und das andere tun. Da haben Sie diese Regierung in ihrer ganzen Größe.» Er sah mich mit zusammengekniffenen Augen an. «Wenn ich Sie wäre, würde ich nicht rumlaufen und so was sagen», sagte er.

Ich schüttelte den Kopf. «Es spielt keine Rolle, was ich sage, Rienacker, das wissen Sie. Genau so lange, wie ich Ihrem Boss von

Nutzen sein kann. Es würde ihn nicht jucken, wenn ich Karl Marx und Moses in einer Person wäre, solange er glaubt, daß ich ihm einen Dienst erweisen kann.»

«Dann sollten Sie das Beste daraus machen. Sie werden nie mehr einen Klienten kriegen, der so wichtig ist wie dieser.»

«Das sagen sie alle.»

Kurz vor dem Brandenburger Tor bog der Wagen nach Süden in die Hermann-Göring-Straße ein. In der britischen Botschaft brannten alle Lichter, und mehrere Dutzend Limousinen waren vorgefahren. Als der Wagen langsam die Auffahrt des danebenliegenden großen Gebäudes hinauffuhr und der Fahrer die Scheibe herunterkurbelte, damit der wachhabende SA-Mann uns identifizieren konnte, hörten wir quer über den Rasen den Lärm einer großen Gesellschaft.

Rienacker und ich warteten in einem Raum von der Größe eines Tennisplatzes. Nach kurzer Zeit erschien ein großer, dünner Mann in der Uniform eines Offiziers der Luftwaffe und teilte uns mit, Göring sei beim Umkleiden und werde uns in zehn Minuten empfangen.

Es war ein düsterer Palast, anmaßend und bombastisch, der eine ländliche Idylle vorzutäuschen suchte, die zur großstädtischen Umgebung im Widerspruch stand. Rienacker nahm auf einem mittelalterlich aussehenden Stuhl Platz, sagte kein Wort, als ich mich im Raum umsah, behielt mich aber scharf im Auge.

«Heimelig», sagte ich. Ich stand vor einem Gobelin mit zahlreichen Jagdszenen, der so groß war, daß er mit Leichtigkeit einer Abbildung der «Hindenburg» in natürlicher Größe Platz geboten hätte. Das einzige Licht im Raum kam von einer Lampe auf dem riesigen, auf Renaissance getrimmten Schreibtisch, die aus zwei silbernen Armleuchtern mit Pergamentschirmen bestand. Die Lampe erleuchtete einen kleinen Reliquienschrein von Fotografien: eine zeigte Hitler als SA-Mann mit Braunhemd und dem Lederriemen quer über der Brust, und er sah darauf einem Pfadfinder überaus ähnlich. Die anderen zeigten zwei Frauen, von denen die eine, wie ich vermutete, Görings tote Frau, Karin, die andere seine zweite Frau, Emmy, war. Neben den Fotografien lag ein großes, in Leder gebundenes Buch, auf dessen Vorderseite ein Wappen zu sehen war, vermutlich das von Göring. Es zeigte eine gepanzerte Faust, die eine Keule umklammerte, und mir kam der Gedanke, daß dieses Zeichen viel besser zu den Nationalsozialisten gepaßt hätte als das Hakenkreuz.

Ich nahm neben Rienacker Platz, der ein Päckchen Zigaretten aus der Tasche zog. Wir warteten eine Stunde, vielleicht länger, ehe wir von draußen Stimmen hörten, und als die Tür geöffnet wurde, standen wir auf. Zwei Männer in der Uniform der Luftwaffe folgten Göring in den Raum. Zu meiner Verwunderung sah ich, daß er ein Löwenjunges auf dem Arm trug. Er küßte es auf den Kopf, zog es bei den Ohren und ließ es auf den seidenen Vorleger fallen.

«Ab mit dir, geh spielen, Mucki, sein ein liebes, kleines Kerlchen.» Das Tierchen knurrte fröhlich und hüpfte zum Fenster hinüber, wo es anfing, mit der Quaste eines der schweren Vorhänge zu spielen.

Göring war kleiner, als ich ihn mir vorgestellt hatte, und das ließ ihn um so massiger erscheinen. Er trug eine ärmellose Jagdweste aus grünem Leder, ein weißes Flanellhemd, weiße Drillichhosen und weiße Tennisschuhe.

«Hallo», sagte er, mit breitem Grinsen meine Hand schüttelnd. Er hatte etwas leicht Animalisches an sich, und seine durchdringenden blauen Augen verrieten Intelligenz. An der Hand trug er zahlreiche Ringe, einer davon war mit einem großen Rubin geschmückt. «Danke, daß Sie gekommen sind. Tut mir leid, daß Sie warten mußten. Staatsgeschäfte, Sie verstehen.» Ich sagte, das sei ganz in Ordnung, obwohl ich in Wahrheit kaum wußte, was ich sagen sollte. Aus der Nähe gesehen, verblüffte mich die Glätte seiner Haut, die an die eines Säuglings erinnerte, so daß ich mich fragte, ob sie gepudert sei. Wir nahmen Platz. Mehrere Minuten schien er, auf fast kindische Weise, über meine Anwesenheit entzückt zu sein, so daß er sich nach einer Weile zu einer Erklärung verpflichtet fühlte.

«Ich wollte schon immer mal einen echten Privatdetektiv kennenlernen», sagte er. «Sagen Sie, haben Sie je eine von Dashiell Hammetts Detektivgeschichten gelesen? Er ist Amerikaner, aber ich finde ihn wunderbar.»

«Leider, nein, Herr Ministerpräsident.»

«Oh, aber das sollten Sie. Ich werde Ihnen eine deutsche Ausgabe von *Rote Ernte* leihen. Wird Ihnen gefallen. Und tragen Sie eine Waffe, Herr Gunther?»

«Manchmal, Herr Ministerpräsident, wenn ich glaube, ich könnte sie brauchen.»

Göring strahlte wie ein aufgeregter Schuljunge. «Und tragen Sie sie jetzt?»

Ich schüttelte den Kopf. «Rienacker war der Ansicht, ich könnte die Katze erschrecken.»

«Schade», sagte Göring. «Ich hätte zu gern die Waffe eines richtigen Schnüfflers gesehen.» Er lehnte sich in seinem Sessel zurück, der so aussah, als hätte er einmal einem riesenhaften Medici-Papst gehört, und winkte mit der Hand.

«Also dann zum Geschäft», sagte er. Einer seiner Begleiter brachte eine Akte und legte sie seinem Meister vor. Göring öffnete sie und studierte sie ein paar Sekunden. Ich vermutete, daß es um mich ging. In diesen Tagen gab es so viele Akten über mich, daß ich anfing, mir wie eine medizinische Fallgeschichte vorzukommen.

«Es heißt hier, daß Sie früher Polizist waren», sagte er, «dazu noch einer mit einer recht beeindruckenden Karriere. Zuletzt waren Sie Kommissar. Warum quittierten Sie den Dienst?» Er zog ein kleines lackiertes Pillendöschen aus der Jacke, schüttelte zwei Pillen in seinen fetten Handteller, während er auf meine Antwort wartete. Er schluckte sie mit einem Glas Wasser.

«Ich machte mir nicht viel aus der Polizeikantine, Herr Ministerpräsident.» Er lachte laut. «Aber, mit Verlaub, ich bin sicher, daß Sie sehr wohl wissen, warum ich wegging, weil Sie zu jener Zeit selber das Kommando über die Polizei hatten. Ich erinnere mich nicht, aus meinem Widerstand gegen die Ausmerzung von sogenannten unzuverlässigen Polizeibeamten ein Geheimnis gemacht zu haben. Viele dieser Männer waren meine Freunde. Viele von ihnen verloren ihre Pensionsansprüche. Ein paar verloren sogar ihre Köpfe.»

Göring lächelte träge. Mit seiner breiten Stirn, den kalten Augen, der leise grollenden Stimme, dem räuberischen Grinsen und dem massigen Bauch erinnerte er mich an nichts so sehr wie an einen großen, fetten, menschenfressenden Tiger. Und als sei ihm durch

Gedankenübertragung bewußt, welchen Eindruck er auf mich machte, beugte er sich in seinem Sessel vor, nahm den kleinen Löwen vom Boden auf und bettete ihn auf seinen sofagroßen Schoß. Das Tier blinzelte schläfrig und rührte sich kaum, als sein Besitzer es am Kopf streichelte und an den Ohren zupfte. Er sah aus, als bewundere er sein eigenes Kind.

«Da sehen Sie's», sagte er. «Er steht nicht im Schatten eines anderen. Und er hat keine Angst, seine Meinung zu sagen. Das ist die große Tugend der Unabhängigkeit. Es gibt auf der Welt keinen Grund, warum dieser Mann mir einen Dienst erweisen sollte. Er hat den Schneid, mich daran zu erinnern, während ein anderer Mann geschwiegen hätte. Einem solchen Mann kann ich trauen.»

Ich deutete auf die Akte, die auf dem Tisch lag. «Ich möchte wetten, daß es Diels war, der das zusammengestellt hat.»

«Und Sie hätten recht. Ich erbte diese Akte, Ihre Akte, zusammen mit vielen anderen, als er seine Stellung als Gestapochef an diesen kleinen Scheißkerl von Geflügelzüchter verlor. Es war der letzte große Dienst, den er mir erweisen sollte.»

«Hätten Sie was dagegen, mir zu sagen, was aus ihm wurde?»

«Nicht im geringsten. Er arbeitet noch immer für mich, wenngleich er eine niedrigere Stellung bekleidet. Er ist Verwalter der Binnenschiffahrt bei den Hermann-Göring-Werken in Köln.» Göring wiederholte seinen eigenen Namen, ohne die kleinste Spur von Zögern oder Verlegenheit; er mußte es für die natürlichste Sache in der Welt halten, daß eine Fabrik seinen Namen trug.

«Sie sehen», sagte er stolz, «ich sorge für die Leute, die mir einen Dienst erwiesen haben. Stimmt das, Rienacker?»

Der große Mann schoß seine Antwort mit der Geschwindigkeit eines Tennisballes ab. «Ja, Herr Ministerpräsident, das tun Sie ohne Zweifel.» In jeder Hinsicht, dachte ich, während ein Diener, der ein großes Tablett mit Kaffee, Mosel und «Eiern Benedikt» für Göring trug, den Raum betrat. Dieser langte zu, als hätte er den ganzen Tag nichts gegessen.

«Ich bin nicht mehr Chef der Gestapo», sagte er, «aber in den Reihen der Sicherheitspolizei gibt es viele, wie Rienacker hier, die noch immer lieber mir die Treue halten als Himmler.»

«Sehr viele», flötete Rienacker ergeben.

«Sie halten mich darüber auf dem laufenden, was die Gestapo tut.» Er tupfte sich den großen Mund geziert mit einer Serviette ab. «Nun denn», sagte er. «Rienacker berichtet mir, daß Sie heute nachmittag in meiner Wohnung in der Derfflingerstraße aufgekreuzt seien. Es handelt sich, wie er Ihnen vielleicht bereits gesagt hat, um eine Wohnung, die ich einem Mann zur Verfügung gestellt habe, der in gewissen Angelegenheiten als mein vertraulicher Mittelsmann fungiert. Sein Name ist, wie Sie ja wohl wissen, Gerhard von Greis, und er ist seit über einer Woche verschwunden. Rienacker sagt, nach Ihrer Meinung sei es denkbar, daß jemand an ihn herangetreten sei, der ein gestohlenes Gemälde verkaufen wollte, einen Akt von Rubens, um genau zu sein. Was veranlaßte Sie, zu glauben, ein Besuch bei meinem Mittelsmann könne sich lohnen, und wie gelang es Ihnen, ihn unter dieser besonderen Adresse aufzuspüren. Ich kann's mir nicht erklären. Aber Sie machen mir Eindruck, Herr Gunther.»

«Vielen Dank, Herr Ministerpräsident.» Wer weiß, dachte ich, mit ein bißchen Übung könnte ich bald genauso säuseln wie Rienacker.

«Ihre Laufbahn als Polizeibeamter spricht für sich, und ich zweifle nicht, daß Sie als Privatdetektiv genauso tüchtig sind.» Er beendete seine Mahlzeit, stürzte ein Glas Mosel herunter und zündete sich eine dicke Zigarre an. Er zeigte, im Gegensatz zu seinen Begleitern und zu Rienacker, keine Zeichen von Müdigkeit, und ich begann mich zu fragen, was die rosa Pillen wohl enthielten. Er blies einen gewaltigen Rauchring.

«Gunther, ich möchte Ihr Klient werden. Ich will, daß Sie Gerhard von Greis finden, am besten, bevor es die Sipo tut. Nicht, daß er irgendein Verbrechen begangen hätte, verstehen Sie mich recht. Es ist bloß so, daß er der Verwahrer gewisser vertraulicher Informationen ist und ich nicht wünsche, daß sie Himmler in die Hände fallen.»

«Welcher Art sind diese vertraulichen Informationen, Herr Ministerpräsident?»

«Das kann ich Ihnen leider nicht sagen.»

«Sehen Sie», erwiderte ich. «Wenn ich das Boot rudern soll, möchte ich gern wissen, ob es Lecks hat. Das ist der Unterschied zwischen mir und einem richtigen Polypen. Er hat nicht zu fragen, warum. Ich kann fragen, das ist das Privileg der Unabhängigkeit.»

Göring nickte. «Ich bewundere Offenheit», sagte er. «Ich sage einfach nicht, daß ich etwas tun werde, ich mache es und mache es gründlich. Ich glaube nicht, daß es Sinn macht, Sie anzuheuern und Sie nicht völlig ins Vertrauen zu ziehen. Doch Sie müssen verstehen, daß Ihnen das gewisse Verpflichtungen auferlegt, Herr Gunther. Wer mein Vertrauen mißbraucht, zahlt einen hohen Preis.»

Daran zweifelte ich nicht eine Minute. In der letzten Zeit bekam ich so wenig Schlaf, dachte ich, daß es aufgrund dessen, was ich über Göring wußte, keinen Unterschied machen würde, wenn ich noch ein bißchen mehr Schlaf einbüßte. Ich konnte keinen Rückzieher mehr machen. Außerdem war bei der Sache möglicherweise gutes Geld zu verdienen, und ich versuche, vor Geld nicht davonzulaufen, es sei denn, es läßt sich wirklich nicht vermeiden. Er nahm abermals zwei der kleinen rosa Pillen. Er schien sie so selbstverständlich zu schlucken, wie ich Zigaretten rauchte.

«Herr Ministerpräsident, Rienacker wird Ihnen berichtet haben, daß er, als wir uns heute nachmittag in Ihrer Wohnung begegneten, mich aufforderte, ihm den Namen des Mannes zu nennen, für den ich arbeite. Es ist der Mann, dem der Rubens gehört. Ich wollte den Namen nicht nennen. Er drohte, ihn aus mir herauszuprügeln. Ich wollte ihn auch dann nicht nennen.»

Rienacker beugte sich vor. «Das stimmt, Herr Ministerpräsident», sagte er beflissen.

Ich ließ meine Platte weiterlaufen: «Alle meine Klienten werden gleich behandelt: Diskretion und Vertraulichkeit. Ich könnte mich nicht lange in meinem Gewerbe halten, wenn's anders wäre.»

Göring nickte. «Das nenne ich Offenheit», sagte er. «Dann lassen Sie mich ebenso offen sein. Bei der Besetzung vieler Posten in der Bürokratie des Reichs habe ich das erste Wort. Folglich tritt oft ein früherer Kollege oder ein Geschäftsfreund an mich heran und bittet mich um einen kleinen Gefallen. Nun, ich mache den Leuten keinen Vorwurf, wenn sie versuchen, vorwärtszukommen. Wenn ich helfen kann, helfe ich ihnen. Aber natürlich bitte ich sie im Gegenzug ebenfalls um einen Gefallen. So funktioniert die Welt nun mal. Gleichzeitig habe ich einen großen Vorrat an Erkenntnissen angesammelt. Es ist ein Speicher an Informationen, die ich einhole, um etwas zuwege zu bringen. Da ich weiß, was ich weiß, ist es leichter, Leute zu überzeugen, meine Ansicht zu teilen. Zum Wohle unseres Vaterlandes muß ich den größeren Überblick haben. Gerade jetzt gibt es viele einflußreiche und mächtige Männer, die nicht mit dem übereinstimmen, was der Führer und ich als vordringlich für das angemessene Wachstum Deutschlands erkannt haben, damit dieses, unser wundervolles Land seinen rechtmäßigen Platz in der Welt einnehmen kann.» Er hielt inne. Vielleicht erwartete er von mir, daß ich aufsprang, den Arm zum Hitlergruß hob und ein paar Strophen des «Horst-Wessel-Liedes» sang; doch ich rührte mich nicht, nickte geduldig und wartete darauf, daß er zur Sache kam.

«Von Greis war sowohl das Werkzeug meines Willens», sagte er ölig, «als auch meiner kleinen Schwäche. Er war mein Einkäufer und mein Geldbeschaffer.»

«Sie meinen, er verstand sich darauf, bessere Herrschaften zu schröpfen?»

Göring wand sich und lächelte zugleich. «Herr Gunther, es gereicht Ihnen sehr zu Ehre, daß Sie so aufrichtig und vorurteilslos sind, aber bitte versuchen Sie, das nicht zwanghaft werden zu lassen. Ich bin selber ein Mann, der kein Blatt vor den Mund nimmt, aber ich mache keine Tugend daraus. Sie müssen folgendes begreifen: Im Dienste des Staates ist alles gerechtfertigt. Manchmal muß man hart sein. Es war, glaube ich, Goethe, der sagte, man müsse entweder siegen und herrschen oder dienen und verlieren, leiden oder triumphieren, Amboß oder Hammer sein. Begreifen Sie?»

«Ja, Herr Ministerpräsident. Freilich würde es mir helfen, wenn ich wüßte, mit wem von Greis zu tun hatte.»

Göring schüttelte den Kopf. «Das kann ich Ihnen wirklich nicht sagen. Jetzt bin ich an der Reihe, aufs Podest zu steigen und Diskretion und Vertraulichkeit zu predigen. Unter den gegebenen Umständen werden Sie im Dunklen arbeiten müssen.»

«In Ordnung, ich werde mein Bestes tun. Haben Sie ein Foto des Herrn?»

Er langte in eine Schublade und entnahm ihr einen kleinen Schnappschuß, den er mir gab. «Dieses Foto wurde vor fünf Jahren aufgenommen», sagte er. «Er hat sich nicht sonderlich verändert.»

Ich betrachtete den Mann auf dem Foto. Wie viele deutsche Männer hatte er sich sein helles Haar rücksichtslos kurz scheren lassen, ausgenommen eine lächerliche Schmachtlocke, die seine breite Stirn zierte. Das Gesicht, an vielen Stellen zerknittert wie eine alte Zigarettenpackung, trug einen gewachsten Schnurrbart, und der allgemeine Eindruck entsprach dem Klischee «Deutscher Junker», wie es auf den Seiten alter Ausgaben der *Jugend* zu finden war.

«Außerdem hat er eine Tätowierung», fügte Göring hinzu. «Auf seinem rechten Arm. Ein kaiserlicher Adler.»

«Sehr patriotisch», sagte ich. Ich steckte das Foto in meine Tasche und bat um eine Zigarette. Einer der Begleiter Görings reichte mir das große Silberkästchen und gab mir mit seinem Feuerzeug Feuer.

«Ich glaube, daß die Polizei von der Annahme ausgeht, sein Verschwinden könnte etwas mit seiner homosexuellen Veranlagung zu tun haben.» Ich sagte nichts von der Information, die ich von Neumann hatte, betreffend einen namenlosen Adligen, den der Ringverein «Deutsche Kraft» ermordet haben sollte. Bis ich diese Geschichte nachprüfen konnte, hatte ich keinen Anlaß, eine Karte auszuspielen, die sich unter Umständen als Joker erweisen konnte.

«Das ist in der Tat eine Möglichkeit», sagte Göring, und er schien sich bei diesem Zugeständnis unbehaglich zu fühlen. «Es ist wahr, seine Homosexualität führte ihn an einige gefährliche Orte und hatte in einem Fall sogar zur Folge, daß die Polizei auf ihn aufmerksam wurde. Ich konnte jedoch erreichen, daß man die Anklage fallenließ. Durch das, was für ihn eine heilsame Erfahrung hätte sein müssen, ließ sich Gerhard jedoch nicht abschrecken. Es gab sogar eine Beziehung zu einem prominenten Beamten, die zu regeln war. Törichterweise ließ ich zu, daß die beiden sie fortsetzten, in der Hoffnung, Gerhard werde dadurch gezwungen, diskreter vorzugehen.»

Ich nahm diese Mitteilung mit gehörigem Vorbehalt zur Kenntnis. Ich hielt es für viel wahrscheinlicher, daß Göring die Beziehung hatte weiterbestehen lassen, um unter Umständen Funk zu kompromittieren – einen kleineren politischen Rivalen – mit dem Ziel, Funk in die Tasche zu stecken. Das heißt, falls er nicht schon drin war.

«Hatte von Greis andere Männerbekanntschaften?» Göring zuckte die Achseln und blickte Rienacker an, der aufschreckte und sagte: «Soweit wir wissen, hatte er keinen festen Freund. Doch es ist schwierig, das mit Sicherheit zu sagen. Die meisten der warmen Brüder sind durch die Notverordnungen in den Untergrund getrieben worden. Und die meisten der alten Schwulentreffs wie das *Eldorado* sind geschlossen. Wie auch immer, Herr von Greis unterhielt trotzdem eine Anzahl flüchtiger Liebschaften.»

«Es besteht die Möglichkeit», sagte ich, «daß der Herr seines Vergnügens wegen einen nächtlichen Besuch in einem abgelegenen Winkel der Stadt machte, dort von der Kripo hoppgenommen, verprügelt und in ein KZ verfrachtet wurde. Es können mehrere Wochen vergehen, ehe man vielleicht davon erfährt.» Die Ironie der Situation entging mir nicht: Ich erörterte das Verschwinden eines Dieners jenes Mannes, der selber für das Verschwinden so vieler anderer Personen verantwortlich war. Ich fragte mich, ob er das wohl auch so sah. «Offen gesagt, Herr Ministerpräsident, wenn heutzutage in Berlin jemand eine Woche lang oder zwei verschwunden bleibt, ist das keine lange Zeit.»

«Ermittlungen in dieser Richtung sind bereits angestellt worden», sagte Göring. «Aber Sie haben recht, das zu erwähnen. Davon abgesehen, liegt es jetzt an Ihnen. Aus den Erkundigungen, die Rienacker über Sie eingeholt hat, geht hervor, daß verschwundene Personen Ihre Spezialität zu sein scheinen. Mein Adjutant wird Sie mit Geld und allem anderen, was Sie benötigen, ausstatten. Gibt es sonst noch etwas?»

Ich dachte einen Augenblick nach. «Ich möchte gern ein Telefon anzapfen lassen.»

Ich wußte, daß das Forschungsamt, das Direktorium für Wissenschaftliche Forschung, das Abhöraktionen überwachte, Göring unterstellt war. Von diesem Amt, das im alten Gebäude des Luftfahrtministeriums untergebracht war, erzählte man sich, daß selbst Himmler Görings Genehmigung einholen mußte, wenn er jemanden abhören lassen wollte. Und ich hatte den starken Verdacht, daß es diese besondere Einrichtung war, die es Göring ermöglichte, seinen «Speicher an Informationen» weiterhin zu vergrößern, den Diels seinem ehemaligen Herrn hinterlassen hatte.

Göring lächelte. «Sie sind gut informiert. Wie Sie wünschen.» Er drehte sich um und sprach mit seinem Adjutanten. «Kümmern Sie sich darum. Der Sache muß Priorität eingeräumt werden. Und sorgen Sie dafür, daß Herr Gunther täglich eine Abschrift erhält.»

«Ja, Herr Ministerpräsident», sagte der Mann. Ich schrieb zwei Telefonnummern auf ein Stück Papier und gab ihm den Zettel. Dann stand Göring auf.

«Dies ist Ihr wichtigster Fall», sagte er und legte mir leicht die Hand auf die Schulter. Er brachte mich zur Tür. Rienacker folgte in kurzem Abstand. «Und wenn Sie erfolgreich sind, werden Sie feststellen, daß es mir an Großzügigkeit nicht mangelt.»

Und wenn ich nicht erfolgreich war? Für den Augenblick zog ich es vor, diese Möglichkeit zu vergessen.

12

Als ich in meine Wohnung zurückkehrte, war es fast hell. Das «Reinigungskommando» war auf den Straßen emsig damit beschäftigt, die nächtlichen Schmierereien der KPD zu entfernen – *Rotfront wird siegen*, *Lang lebe Thälmann* und *Lang lebe Torgler* –, ehe ein neuer Tag für die Stadt anbrach.

Ich hatte nicht länger als zwei Stunden geschlafen, als das Geräusch von Sirenen und Trillerpfeifen mich grausam aus meinem friedlichen Schlummer riß: Luftschutzübung.

Ich vergrub meinen Kopf unter dem Kissen und versuchte zu überhören, daß der Luftschutzwart an meine Tür hämmerte. Doch ich wußte, daß ich später meine Abwesenheit würde begründen müssen. Hatte ich dann keine beweisbare Erklärung parat, mußte ich mit einer Geldstrafe rechnen.

Dreißig Minuten später, als die Trillerpfeifen verstummten und die Sirenen jaulend «Entwarnung» gaben, erschien es mir wenig sinnvoll, wieder zu Bett zu gehen. Also kaufte ich beim Milchmann von «Bolle» einen Extraliter Milch und machte mir ein riesiges Omelett.

Inge kam kurz nach neun in mein Büro. Ohne große Umstände nahm sie auf der anderen Seite meines Schreibtisches Platz und sah zu, wie ich rasch noch ein paar Notizen machte.

«Haben Sie Ihren Freund getroffen?» fragte ich dann.

«Wir waren im Theater.»

«Ja? Was haben Sie gesehen?» Ich stellte fest, daß ich alles wissen wollte, selbst Einzelheiten, die mit dem möglichen Wissen dieses Mannes über Paul Pfarr nichts zu tun hatten.

«*Der Etappenhase*. Es war ziemlich schwach, aber Otto schien es zu gefallen. Er wollte unbedingt die Karten bezahlen, also brauchte ich meine Kröten nicht.»

«Und was machten Sie anschließend?»

«Wir gingen in das Bierlokal *Baarz*. Ich hasse es. Ein richtiges Nazinest. Jeder stand auf und salutierte vor dem Radio, wenn es das *Horst-Wessel-Lied* oder das *Deutschlandlied* spielte. Ich mußte mitmachen, und ich hasse es zu grüßen. Ich komme mir dann immer vor, als winkte ich einem Taxi. Otto trank ziemlich viel und wurde sehr gesprächig. Um ehrlich zu sein, trank ich auch 'ne ganze Menge – ich fühl mich ein bißchen mies heute morgen.» Sie steckte sich eine Zigarette an. «Otto war jedenfalls flüchtig mit Pfarr bekannt. Er sagt, bei der DAF hätte man Pfarr ungefähr so gern gesehen wie ein Frettchen in einem Gummistiefel. Pfarr untersuchte Korruption und Schwindel in der Gewerkschaft. Seine Nachforschungen führten dazu, daß hintereinander zwei Kassenwarte der Transportarbeiter-Gewerkschaft entlassen und ins KZ geschickt wurden; der Vorsitzende des Betriebsrates bei Ullstein in der Kochstraße wurde für schuldig befunden, Gelder entwendet zu haben, und wurde hingerichtet; Rolf Togotzes, der Kassierer der Metallarbeitergewerkschaft wurde nach Dachau geschickt; und dazu noch vieles andere. Wenn je ein Mann Feinde hatte, war es Paul Pfarr. Offenbar gab es in der Dienststelle eine Menge fröhlicher Gesichter, als bekannt wurde, daß Pfarr tot war.»

«Haben Sie eine Ahnung, woran er zur Zeit seines Todes arbeitete?»

«Nein. Offenbar arbeitete er mit verdeckten Karten. Er benutzte Informanten und sammelte Beweismaterial, bis er in der Lage war, offiziell Anklage zu erheben.»

«Hatte er dort Mitarbeiter?»

«Bloß eine Stenographin, ein Mädchen namens Marlene Sahm. Otto, mein Freund, wenn man ihn so nennen will, hatte ein Auge auf sie geworfen und ging ein paarmal mit ihr aus. Kam nicht viel dabei raus. Das ist sein Schicksal, fürchte ich. Aber er erinnerte sich trotzdem an ihre Adresse.» Inge öffnete ihre Handtasche und zog ein kleines Notizbuch zu Rate. «Nollendorfstraße 23. Sie wird vermutlich wissen, welcher Sache er auf der Spur war.»

«Hört sich ein bißchen so an, als wär er ein Frauenheld, Ihr Freund Otto.»

Inge lachte. «Das sagte Otto von Paul Pfarr. Er war ziemlich sicher, daß Pfarr seine Frau betrog und eine Geliebte hatte. Er sah ihn mehrere Male mit einer Frau im selben Nachtclub. Er sagte, Pfarr sei sehr verlegen gewesen, als er sich ertappt sah. Otto sagte, die Frau sei eine ziemliche Schönheit, freilich ein bißchen aufgedonnert. Er glaubt, daß sie Vera oder Eva heißt oder so ähnlich.»

«Hat er das der Polizei gesagt?»

«Nein. Er sagt, daß er nie befragt wurde. Alles in allem hätte er nicht gern mit der Gestapo zu tun, es sei denn, es bliebe ihm nichts anderes übrig.»

«Sie meinen, daß man ihn nie verhört hat?»

«Offenbar nicht.»

Ich schüttelte den Kopf. «Ich möchte wissen, was die für ein Spiel spielen.» Ich dachte eine Minute nach und fügte hinzu: «Übrigens, vielen Dank, daß Sie das getan haben. Ich hoffe, es war nicht allzu unangenehm.»

Sie schüttelte den Kopf. «Wie geht's Ihnen? Sie sehen müde aus.»

«Ich habe lange gearbeitet. Und ich habe nicht so gut geschlafen. Heute morgen war so eine verdammte Luftschutzübung.» Ich massierte meinen Kopf und versuchte, meinen Grips in Gang zu setzen. Von meinem Besuch bei Göring erzählte ich ihr nichts. Es war nicht nötig, daß sie mehr wußte als notwendig. Das war sicherer für sie.

Heute morgen trug sie ein dunkelgrünes Baumwollkleid mit einem Rüschenkragen und Stulpenärmeln aus steifer weißer Spitze. Für einen kurzen Augenblick malte ich mir aus, wie ich ihr Kleid hochhob und die Kurve ihrer Hinterbacken erkundete.

«Diese Frau, Pfarrs Geliebte. Werden wir versuchen, sie zu finden?»

Ich schüttelte den Kopf. «Die Polypen würden bestimmt Wind davon bekommen. Und dann könnte es unangenehm werden. Sie sind selber ganz scharf drauf, sie zu finden, und ich will nicht anfangen, mit dem Finger in einer Nase zu bohren, in der schon einer steckt.» Ich nahm das Telefon und ließ mich mit Six' Haus verbinden. Es meldete sich Farraj, der Butler.

«Ist Herr Six oder Herr Haupthändler im Haus? Hier ist Bernhard Gunther.»

«Tut mir leid, mein Herr, aber sie sind beide heute morgen auf einer Sitzung. Anschließend werden sie, glaube ich, der Eröffnungsfeier der Olympiade beiwohnen. Kann ich einem von beiden etwas ausrichten?»

«Ja», sagte ich. «Sagen Sie den beiden, ich sei dicht dran.»

«Ist das alles?»

«Ja, sie werden wissen, was ich meine. Und vergessen Sie nicht, es beiden zu sagen, Farraj, ja?»

«Ja, mein Herr.»

Ich stellte das Telefon hin. «In Ordnung», sagte ich. «Es wird Zeit, daß wir uns auf die Socken machen.»

Zehn Pfennig kostete die U-Bahn-Fahrkarte zum Bahnhof Zoo, dem man für die olympischen vierzehn Tage einen neuen Anstrich verpaßt hatte. Sogar die Mauern der angrenzenden Häuser waren frisch geweißt worden. Doch hoch über der Stadt, wo das Luftschiff «Hindenburg» geräuschvoll brummend eine olympische Fahne hinter sich herzog, hatte sich am Himmel eine düstere Gruppe dunkelgrauer Wolken zusammengezogen. Als wir den Bahnhof verließen, warf Inge einen Blick nach oben und sagte: «Es geschähe ihnen recht, wenn es regnete. Es wäre noch besser, wenn's die ganzen vierzehn Tage schütten würde.»

«Das ist das einzige, was sie nicht in den Griff kriegen können», sagte ich. Wir näherten uns dem Ende der Kurfürstenstraße. «Also dann, während Herr Haupthändler mit seinem Chef unterwegs ist, werde ich einen Blick in seine Gemächer werfen. Warten Sie bei *Aschinger* auf mich.» Inge begann zu protestieren, aber ich fuhr fort:

«Einbruch ist ein schweres Delikt, und ich will Sie nicht dabeihaben, wenn es mulmig wird. Verstanden?»

Sie runzelte die Stirn, dann nickte sie. «Gemein», murrte sie, als ich fortging.

Das Gebäude Nummer 120 war ein fünfgeschossiges Haus mit teuer aussehenden Wohnungen, denn jede davon hatte eine massive schwarze Tür, die so makellos poliert war, daß man sie als Spiegel in der Garderobe einer Neger-Jazzband hätte benutzen können. Ich rief mit dem riesigen Messingtürklopfer, der wie ein Steigbügel geformt war, den winzigen Hausmeister herbei. Er sah ungefähr so aufgeweckt aus wie ein eingeschläfertes Faultier. Ich ließ die Gestapomarke vor seinen kleinen, wäßrigen Augen aufblitzen. Gleichzeitig schnauzte ich «Gestapo», stieß ihn grob beiseite und trat rasch in die Halle. Der Hausmeister schwitzte vor Angst aus all seinen teigigen Poren.

«Wo ist Herrn Haupthändlers Wohnung?»

Als ihm klar wurde, daß er nicht verhaftet und in ein KZ gesteckt werden würde, erholte sich der Hausmeister ein wenig.

«Zweite Etage, Wohnung fünf. Aber er ist im Augenblick nicht zu Hause.»

Ich schnippte mit den Fingern. «Ihren Hauptschlüssel, her damit.»

Mit emsigen, bereitwilligen Händen zog er ein kleines Schlüsselbund hervor und löste einen Schlüssel vom Ring. Ich schnappte ihn aus seinen zitternden Fingern.

«Sollte Herr Haupthändler zurückkommen, lassen Sie das Telefon in seiner Wohnung einmal klingeln, und dann legen Sie auf. Ist das klar?»

«Ja», sagte er, hörbar schluckend.

Haupthändlers Domizil war eine große, beeindruckende Zimmerflucht auf zwei Ebenen, mit Rundbögen und einem glänzenden Parkettboden, der mit dicken Orientteppichen belegt war. Alles sah so sauber und gepflegt aus, daß man den Eindruck gewinnen konnte, die Wohnung sei kaum bewohnt. Im Schlafzimmer stand ein großes Doppelbett, ein Toilettentisch und ein rundes Sitzpolster. Der Raum war in den Farben Pfirsich, Jadegrün und Grau gehalten, wobei die erste Farbe überwog. Mir gefiel's nicht. Auf jedem der beiden Betten lag ein geöffneter Koffer, auf dem Boden waren leere Einkaufstaschen verschiedener Warenhäuser, darunter C & A, Grünfeld, Gerson und Tietz, verstreut. Ich durchsuchte die Koffer. Der erste gehörte einer Frau, und was mich verblüffte, war die Tatsache, daß jedes Stück, das er enthielt, brandneu war oder zumindest so aussah. Einige Kleider trugen noch die Preisschilder, und selbst die Sohlen der Schuhe waren nicht abgenutzt. Dagegen enthielt der andere Koffer, der Haupthändler gehören mußte, außer einigen Toilettenartikeln nichts Neugekauftes. Ein Diamanthalsband war nicht zu finden. Doch auf dem Toilettentisch lag ein Heftchen, so groß wie eine Brieftasche, das zwei Flugscheine der Deutschen Lufthansa nach Croydon, London, einschließlich Rückflug, enthielt. Der Flug war für Montag abend auf die Namen Herr und Frau Teichmüller gebucht.

Bevor ich Haupthändlers Wohnung verließ, rief ich im Hotel *Adlon* an. Als Hermine sich meldete, dankte ich ihr für die Hilfe bei der Prinzessin-Muschmi-Geschichte. Ich konnte nicht feststellen, ob Görings Leute im Forschungsamt das Telefon bereits angezapft hatten. Es gab weder ein hörbares Klicken, noch hatte Hermines Stimme einen speziellen Widerhall. Doch ich wußte, daß ich, wenn sie Haupthändlers Telefon wirklich abhörten, später eine Abschrift meines Gesprächs mit Hermine erhalten mußte. Es war nicht die schlechteste Möglichkeit, herauszubekommen, wie es wirklich um die Kooperation des Ministerpräsidenten bestellt war.

Ich verließ Haupthändlers Wohnung und kehrte in das Erdgeschoß zurück. Der Hausmeister kam aus seinem Büro und nahm seinen Hauptschlüssel wieder in Besitz.

«Zu niemandem ein Wort darüber, daß ich hier war. Andernfalls könnte es böse für Sie enden. Ist das klar?» Er nickte stumm. Ich salutierte schneidig, etwas, was die Gestapo sich immer verkneift, denn sie zieht es vor, so unauffällig wie möglich zu arbeiten, doch ich trug um des Effektes willen so dick auf.

«Heil Hitler», sagte ich.

«Heil Hitler», sagte der Hausmeister, und als er den Gruß erwiderte, ließ er prompt die Schlüssel fallen.

«Wir haben Zeit bis Montag abend, um hinter diese Sache zu kommen», sagte ich und nahm an Inges Tisch Platz. Ich erzählte ihr von den Flugscheinen und den zwei Koffern. «Das Komische dabei war, daß der Koffer der Frau nur neue Sachen enthielt.»

«Ihr Herr Haupthändler scheint zu wissen, wie man für ein Mädchen sorgt.»

«Alles war neu. Der Strumpfhalter, die Handtasche, die Schuhe. In dem ganzen Koffer war nicht ein Stück, das so aussah, als wär's schon mal getragen worden. Also, was folgern Sie daraus?»

Inge zuckte die Achseln. Sie war immer noch ein wenig sauer, weil ich sie nicht mitgenommen hatte. «Vielleicht hat er einen neuen Job und verkauft jetzt Frauenkleider an den Haustüren.»

Ich hob die Augenbrauen.

«Also schön», sagte sie. «Vielleicht hat diese Frau, die er mit nach London nimmt, keine hübschen Sachen.»

«Sieht eher so aus, als hätte sie überhaupt keine Kleider», sagte ich. «Ziemlich merkwürdige Art Frau, meinen Sie nicht?»

«Bernie, kommen Sie einfach mit mir nach Hause. Ich zeige Ihnen eine Frau ohne Kleider.»

Sekundenlang spielte ich mit diesem Gedanken. Doch ich sprach weiter: «Nein, ich bin davon überzeugt, daß Haupthändlers mysteriöse Freundin mit einer komplett neuen Garderobe, von Kopf bis Fuß, zu dieser Reise aufbricht. Wie eine Frau ohne Vergangenheit.»

«Oder», sagte Inge, «wie eine Frau, die von vorn anfängt.» Die Theorie nahm, während sie sprach, in ihrem Kopf Gestalt an. Immer mehr davon überzeugt, fuhr sie fort: «Eine Frau, die die Verbindung zu ihrer früheren Existenz auflösen mußte. Eine Frau, die nicht nach Hause gehen und ihre Sachen holen konnte, weil sie dazu keine Zeit hatte. Nein, das kann nicht stimmen. Immerhin hat sie bis Montag abend Zeit. Also fürchtet sie sich vielleicht, heimzukehren, weil dort jemand auf sie warten könnte.» Ich nickte zustimmend und wollte den Gedankengang fortspinnen, stellte jedoch fest, daß sie bereits weitergedacht hatte. «Vielleicht», sagte sie, «war diese Frau Pfarrs Geliebte. Diese Eva oder Vera, ich weiß nicht mehr, die von der Polizei gesucht wird.»

«Haupthändler mit ihr unter einer Decke? Ja», sagte ich nachdenklich, «das könnte passen. Möglich, daß Pfarr seiner Geliebten den Laufpaß gegeben hat, als er feststellte, daß seine Frau schwanger war. Die Aussicht auf Vaterschaft hat bekanntlich schon manchen Mann zur Vernunft gebracht. Aber das könnte auch die Pläne Haupthändlers vereitelt haben, der seinerseits Ambitionen hatte, was Frau Pfarr anging. Vielleicht taten sich Haupthändler und diese Eva zusammen und beschlossen, die Rolle der gekränkten Geliebten zu spielen – sozusagen als Tandem – und bei diesem Handel ein bißchen Geld rauszuschlagen. Es ist nicht unwahrscheinlich, daß Pfarr seiner Geliebten vom Schmuck seiner Frau erzählt hat.» Ich trank aus und stand auf.

«Dann ist es möglich, daß Haupthändler Eva irgendwo versteckt.»

«Dann wären wir beim dritten ‹vielleicht›. Das sind mehr als ich zur Mittagszeit vertrage. Noch eines mehr, und mir wird übel.» Ich blickte auf meine Uhr. «Kommen Sie, wir können unterwegs weiter darüber nachdenken.»

«Unterwegs wohin?»

«Kreuzberg.»

Sie hob einen manikürten Finger. «Und dieses Mal werde ich nicht irgendwo ‹in Sicherheit› hocken, während Sie den ganzen Spaß haben. Verstanden?»

Ich grinste sie an und zuckte die Achseln. «Verstanden.»

Im Stadtbezirk Kreuzberg, im Viktoriapark versammeln sich Berlins Maler, um ihre Bilder zu verkaufen. Nur ein paar Häuserblocks vom Park entfernt liegt der Chamissoplatz, der von hohen, festungsähnlichen Wohnhäusern umgeben ist. Die *Pension Tillessen* befand sich im Eckhaus Nr. 17, doch mit ihren geschlossenen Rollladen, bedeckt mit Parteiplakaten und KPD-Schmierereien, sah sie nicht so aus, als habe sie seit der Bismarckzeit Gäste beherbergt. Ich ging zur Eingangstür und fand sie verschlossen. Ich beugte mich nieder und spähte durch den Briefschlitz, doch von Bewohnern entdeckte ich keine Spur.

Nebenan, vor dem Büro des «Deutschen Steuerberaters» Heinrich Billinger, schleppte der Kohlenmann auf einer Art Backtrog einige Braunkohlenbriketts ins Haus. Ich fragte ihn, ob er sich erinnern könne, wann die Pension geschlossen worden sei. Er wischte sich die rußige Stirn und spie aus, während er sich zu erinnern versuchte.

«Die Bude war nie das, was Sie eine regelrechte Pension nennen würden», erklärte er schließlich. Er blickte unsicher auf Inge, wählte seine Worte sorgfältig und fuhr fort: «Eher das, was Sie ein übel beleumdetes Haus nennen würden. Kein ausgesprochenes richtiges Bordell, verstehen Sie. Einfach ein Haus, in das eine Hure ihren Freier abschleppte. Mir fällt ein, daß ich erst vor zwei Wochen ein paar Männer rauskommen sah. Der Boss kaufte nie regelmäßig Kohlen. Nur ab und zu einen Trog, der übriggeblieben war. Aber wann sie zugemacht haben, kann ich ihnen nicht sagen. Vorausgesetzt, sie haben zugemacht. So wie das Haus aussieht, läßt sich das schwer sagen. Kommt mir so vor, als wär's immer in diesem Zustand gewesen.»

Ich führte Inge zur Rückseite in eine kleine gepflasterte Gasse, gesäumt von Garagen und Verschlägen. Streunende Katzen hockten in räudiger Zurückhaltung auf den Kronen der Ziegelmauern; eine vergammelte Matratze lag in einem Torweg, die eisernen Spiralfedern auf dem Boden verstreut; jemand hatte versucht, sie zu verbrennen, und ich wurde an die gerichtsmedizinischen Fotos erinnert, die Illmann mir gezeigt hatte. Neben der Garage, die zur Pension zu gehören schien, blieben wir stehen und blickten durch das schmutzige Fenster, doch es war nichts zu erkennen.

«Ich bin in einer Minute zurück», sagte ich zu Inge, kletterte an der Schmalseite der Garage am Abflußrohr hoch und gelangte auf das Wellblechdach.

«Hoffentlich», rief sie.

Ich kroch auf allen vieren über das stark durchgerostete Dach und wagte nicht, mich aufzurichten oder mein Gewicht auf einen Punkt zu konzentrieren. An der Rückseite des Daches blickte ich in einen kleinen Hof hinunter, der zur Pension führte. Die meisten Zimmerfenster waren mit schmutzigen Stores verhängt, und dahinter gab es kein Anzeichen von Leben. Ich suchte einen Weg nach unten, doch hier gab es kein Abflußrohr, und die Mauer zum angrenzenden Grundstück, dem des Steuerberaters, war zu niedrig, um von Nutzen zu sein. Zum Glück verdeckte die Rückseite der Pension jemandem, der vielleicht zufällig vom Brüten über einigen langweiligen Steuererklärungen aufsah, den Blick auf die Garage. Ich hatte keine andere Wahl, als zu springen, obwohl die Höhe mehr als vier Meter betrug. Ich schaffte es, wenngleich mir noch Minuten später die Fußsohlen stachen, als hätte man sie mit einem Stück Gummischlauch traktiert. Die hintere Tür der Garage war nicht verschlossen und der Raum, bis auf einen Stapel alter Autoreifen, leer. Ich entriegelte die Flügeltür und ließ Inge herein. Dann verschloß ich die Tür. Einen Augenblick standen wir stumm da, blickten einander im Halbdunkel an, und ich war kurz davor, sie zu küssen. Aber es gab bessere Orte, ein hübsches Mädchen zu küssen, als eine nicht mehr benutzte Garage in Kreuzberg.

Wir überquerten den Hof, und als wir den Hintereingang der Pension erreichten, drückte ich die Klinke herunter. Die Tür war verschlossen.

«Was nun?» fragte Inge. «Eine Haarnadel? Ein Dietrich?»

«Etwas in der Art», sagte ich und trat die Tür ein.

«Sehr subtil», sagte sie und sah zu, wie die Tür sich in den Angeln drehte. «Ich nehme an, Sie sind davon überzeugt, daß niemand da ist.»

Ich grinste sie an. «Als ich durch den Briefschlitz guckte, sah ich einen Haufen ungeöffneter Post auf der Fußmatte.» Ich trat ein. Sie zögerte so lange, daß ich mich nach ihr umdrehte. «Alles in Ordnung. Keiner da. Hier ist seit einiger Zeit niemand gewesen, darauf wette ich.»

«Was machen wir dann hier?»

«Wir schauen uns ein bißchen um, das ist alles.»

«Sie sagen das so, als wären wir in Grünfelds Warenhaus», sagte sie und folgte mir durch den düsteren Korridor. Das einzige Geräusch war das unserer Schritte, kräftig und entschlossen die meinen, nervös und halb auf Zehenspitzen die ihren.

Am Ende des Korridors blieb ich stehen und spähte in eine große und überaus übelriechende Küche. Schmutziges Geschirr war unordentlich aufgestapelt. Käse und Fleisch lagen faulend auf dem Küchentisch. Ein aufgedunsenes Insekt summte an meinem Ohr vorbei. Ein Schritt weiter, und der Gestank war überwältigend. Hinter mir hörte ich Inge husten, als müsse sie sich im nächsten Augenblick erbrechen. Ich eilte ans Fenster und stieß es auf. Einen Augenblick standen wir dort und genossen die reine Luft. Als ich anschließend zu Boden blickte, sah ich vor dem Kochherd ein paar Papiere. Eine der Ofentüren stand offen, und ich beugte mich vor, um hineinzusehen. Innen war der Ofen mit verbrannten Papieren gefüllt, die meisten nur mehr Asche; doch hier und da fanden sich Ränder und Ecken, die von den Flammen nicht ganz verzehrt waren.

«Versuchen Sie mal, ob Sie etwas davon retten können», sagte ich. «Es sieht so aus, als hätte es jemand sehr eilig gehabt, seine Spuren zu verwischen.»

«Soll ich nach etwas Bestimmtem suchen?»

«Nach allem, was man noch lesen kann, denke ich.» Ich ging zur Küchentür.

«Wohin wollen Sie?»

«Ich werde mich oben mal umsehen.» Ich zeigte auf den Speisenaufzug. «Wenn Sie mich brauchen, rufen Sie einfach in diesen Schacht.» Sie nickte stumm und streifte die Ärmel hoch.

In den oberen Räumen, die mit der Eingangstür auf einem Niveau lagen, war das Durcheinander noch größer. Hinter der Rezeption waren die Schubladen geleert und ihr Inhalt auf dem fadenscheinigen Teppich verstreut; und die Türen aller Schränke waren aus den Angeln gerissen. Ich fühlte mich an die Unordnung in Görings Wohnung in der Derfflingerstraße erinnert. Im Schlafzimmer waren die meisten Dielenbretter herausgebrochen, und einige der Kamine waren offensichtlich mit einem Besen abgesucht worden. Dann ging ich ins Speisezimmer. Auf der weißen Tapete war ein Blutspritzer, einer riesigen Schramme ähnlich, und auf dem Teppich ein Blutfleck von der Größe eines Eßtellers. Ich stand auf einem harten Gegenstand, bückte mich und hob ihn auf. Er sah aus wie ein Geschoß, war aber ein mit verkrustetem Blut bedecktes Bleigewicht. Ich wog es in der Hand und schob es dann in meine Jackentasche.

Auf dem Sims des Speisenaufzugs entdeckte ich noch mehr Blut. Ich steckte den Kopf in den Schacht, um Inge etwas zuzurufen und mußte mich sogleich übergeben, so durchdringend war der Verwesungsgestank. In dem Schacht steckte etwas, und es war kein verspätetes Frühstück. Ich bedeckte Nase und Mund mit einem Taschentuch und steckte meinen Kopf noch einmal in den Schacht. Beim Herunterblicken stellte ich fest, daß der Aufzug zwischen den

Etagen festsaß. Als ich nach oben spähte, sah ich, daß eines der Seile, die den Aufzug hielten, dort, wo es über die Rolle lief, mit einem Stück Holz festgeklemmt war. Auf dem Sims hockend, die obere Körperhälfte im Schacht, griff ich nach oben und zog das Stück Holz heraus. Das Seil zischte an meinem Gesicht vorbei, und unter mir stürzte der Aufzug mit einem lauten Krachen in die Küche hinunter. Ich hörte Inges entsetzten Schrei; und dann schrie sie wieder, nur daß es diesmal ein lauteres und anhaltendes Schreien war.

Ich flitzte aus dem Eßzimmer die Treppe hinunter ins Erdgeschoß, wo ich sie im Korridor fand, wo sie kraftlos an der Wand außerhalb der Küche lehnte. «Sind Sie in Ordnung?»

Sie schluckte laut. «Es ist entsetzlich!»

«Was?» Ich trat durch die Tür. Ich hörte Inge sagen: «Gehen Sie da nicht rein, Berni.» Doch es war zu spät.

Zur Seite geneigt, saß die Leiche im Aufzug, fötal zusammengekrümmt wie ein Tollkühner, der sich in einem Bierfaß in die Niagarafälle stürzen will. Als ich die Leiche anstarrte, schien ihr Kopf sich zu bewegen, und ich brauchte einen Augenblick, bis mir bewußt wurde, daß er mit Maden bedeckt war, einer schimmernden Maske von Gewürm, das sich in sein geschwärztes Gesicht fraß. Ich schluckte mehrere Male schwer. Abermals schützte ich Mund und Nase und trat vor, um genauer sehen zu können, so nahe, daß ich das leise, raschelnde Geräusch Hunderter von Freßwerkzeugen hören konnte, wie eine sanfte Brise durch feuchte Blätter. Dank meiner spärlichen Kenntnisse in der Gerichtsmedizin wußte ich, daß die Fliegen bald nach Eintritt des Todes ihre Eier nicht nur in die weichen Teile einer Leiche, wie in Augen und Mund, sondern auch in offene Wunden legen. Angesichts der großen Zahl von Maden auf dem oberen Teil des Schädels und der rechten Schläfe war es mehr als wahrscheinlich, daß das Opfer totgeschlagen worden war. Der Kleidung nach war es ein Mann und, wie sich aus der unübersehbaren Qualität seiner Schuhe schließen ließ, ein ziemlich gut betuchter. Ich schob meine Hand in seine rechte Jackettasche und stülpte das Futter nach außen. Etwas Kleingeld und ein paar Papierschnipsel fielen zu Boden, doch ich fand nichts, das ihn hätte identifizieren können. Ich tastete die Gegend um die Brusttasche ab, doch diese schien leer zu sein, und mir war nicht danach zumute, meine Hand zwischen seine Knie und den madenbedeckten Kopf zu quetschen, um mich zu vergewissern. Als ich zum Fenster zurücktrat, um tief einzuatmen, kam mir ein Gedanke.

«Was tun Sie da, Bernie?» Ihre Stimme erschien mir jetzt kräftiger.

«Bleiben Sie, wo Sie sind», rief ich. «Es dauert nicht lange. Ich möchte nur sehen, ob ich feststellen kann, wer unser Freund ist.» Ich hörte sie tief einatmen und dann das Kratzen eines Streichholzes, als sie sich eine Zigarette anzündete. Ich fand eine Küchenschere, kehrte zum Speisenaufzug zurück und schnitt den Jackettärmel am Unterarm des toten Mannes der Länge nach auf. Von der grünlichen-rötlichen Färbung der Haut und den marmorierten Adern hob sich deutlich die Tätowierung ab, an seinem Unterarm klebend wie ein großes schwarzes Insekt, das, anstatt sich zusammen mit kleineren Fliegen und Würmern am Kopf zu mästen, beschlossen hatte, allein zu speisen und eine größere Portion Aas zu verzehren. Ich habe nie verstehen können, warum Männer sich tätowieren lassen. Man sollte denken, es gebe Besseres zu tun, als den eigenen Körper zu entstellen. Andererseits wird es einem dadurch relativ einfach gemacht, wenn man jemanden identifizieren will, und mir kam der Gedanke, die Zeit sei vielleicht nicht mehr fern, wo sich jeder deutsche Bürger einer zwangsweisen Tätowierung würde unterziehen müssen. Doch im Augenblick identifizierte der Reichsadler Gerhard von Greis mit derselben Sicherheit, als hätte ich seinen Parteiausweis und seinen Paß in Händen gehalten.

Inge lugte um die Ecke. «Haben Sie eine Ahnung, wer er ist?» Ich krempelte einen Ärmel auf und langte in die Brennkammer. «Ja», sagte ich und tastete in der kalten Asche herum. Meine Finger berührten einen harten, langen Gegenstand. Ich zog ihn heraus und betrachtete ihn eingehend. Er war vom Feuer so gut wie unversehrt. Nicht die Art Holz, die leicht brennt. Am dickeren Ende war er gespalten, und ich erkannte ein zweites Bleigewicht und eine leere Fassung für jenes Gewicht, das ich oben im Eßzimmer auf dem Teppich gefunden hatte. «Sein Name war Gerhard von Greis, und er war ein erstklassiger Erpressungskünstler. Sieht so aus, als sei er ausgezahlt worden, für immer. Jemand hat ihm damit das Haar gekämmt.»

«Was ist das?»

«Ein Stück von einem zerbrochenen Billardstock», sagte ich und warf das Stück Holz wieder in den Ofen.

«Sollten wir nicht die Polizei verständigen?»

«Wir haben nicht die Zeit, den Burschen auf die Sprünge zu helfen. Jedenfalls nicht im Augenblick. Wir würden bloß den Rest des Wochenendes damit verbringen, blöde Fragen zu beantworten.» Ich dachte auch daran, daß ich das Honorar für ein paar weitere Tage gern von Göring kassieren würde, aber das behielt ich für mich.

«Was wird mit ihm – dem toten Mann?»

Ich warf einen Blick auf von Greis' madenbedeckten Leichnam und zuckte die Achseln. «Er hat's nicht eilig», sagte ich. «Außerdem würden Sie sich doch wohl nicht gern den Appetit verderben, oder?»

Wir sammelten die Papierschnipsel ein, die Inge aus der Brennkammer hatte retten können, und fuhren mit einem Taxi ins Büro zurück. Ich goß uns zwei große Cognacs ein. Inge trank den ihren dankbar und umfaßte ihr Glas mit beiden Händen wie ein kleines Kind, das gierig auf seine Limonade ist. Ich setzte mich auf die Armlehne ihres Sessels, legte meinen Arm um ihre zitternden Schultern und zog sie an mich. Von Greis' Tod beschleunigte unser wachsendes Verlangen, einander nahe zu sein.

«Ich fürchte, ich bin an Leichen nicht gewöhnt», sagte sie mit einem verlegenen Lächeln. «Am allerwenigsten an halb verweste, die unerwartet in Speiseaufzügen auftauchen.

«Ja, es muß ein ziemlicher Schock für Sie gewesen sein. Tut mir leid, daß Sie das sehen mußten. Ich muß zugeben, er hat sich ein bißchen gehenlassen.»

Sie erschauerte leicht. «Es ist schwer zu glauben, daß das je etwas Menschliches war. Es sah so aus . . . wie Gemüse; wie ein Sack verfaulter Kartoffeln.» Ich widerstand der Versuchung, eine weitere geschmacklose Bemerkung zu machen. Statt dessen ging ich zum Schreibtisch, breitete die Papierschnipsel aus Tillessens Küchenherd aus und überflog sie. Es waren meist Rechnungen, doch es gab einen Schnipsel, von den Flammen fast unversehrt, der mich lebhaft interessierte.

«Was ist das?» fragte Inge.

Ich hob das Stück Papier mit spitzen Fingern hoch. «Ein Lohnstreifen.» Sie stand auf und betrachtete den Fetzen genauer. «Aus einer Lohntüte der Reichsautobahn-Gesellschaft für einen ihrer Bauarbeiter.»

«Für wen?»

«Einen Burschen namens Hans Jürgen Bock. Bis vor kurzem war er im Knast, zusammen mit einem gewissen Kurt Mutschmann, einem Safeknacker.»

«Und Sie glauben, daß dieser Mutschmann vielleicht der Mann sein könnte, der den Safe der Pfarrs geöffnet hat, stimmt's?»

«Er und Bock waren Mitglieder im selben Ringverein, genauso wie der Besitzer der sogenannten Pension, die wir gerade besucht haben.»

«Aber wenn Bock zusammen mit Mutschmann und Tillessen in einem Ringverein ist, warum arbeitet er dann beim Autobahnbau?»

«Das ist eine gute Frage», sagte ich achselzuckend und fügte hinzu. «Wer weiß, vielleicht versucht er, anständig zu werden. Egal, wir müssen mit ihm reden.»

«Vielleicht kann er uns sagen, wo wir Mutschmann finden können.»

«Schon möglich.»

«Und Tillessen.»

Ich schüttelte den Kopf. «Tillessen ist tot», erklärte ich. «Von Greis wurde getötet, erschlagen mit einem zerbrochenen Billardstock. Vor ein paar Tagen sah ich im Leichenschauhaus der Polizei, was mit der anderen Hälfte des Stocks passierte. Sie wurde Tillessen durch die Nase ins Hirn gerammt.»

Inge zog eine gequälte Grimasse. «Aber woher wissen Sie, daß es Tillessen war?»

«Ich weiß es nicht sicher», gab ich zu. «Aber ich weiß, daß Mutschmann sich versteckt und daß es Tillessen war, den er wegen einer Bleibe aufsuchte, als er aus dem Knast kam. Ich kann mir nicht vorstellen, daß Tillessen in seiner eigenen Pension eine Leiche hätte rumliegen lassen, wenn sich das irgendwie vermeiden ließ. Das letzte, das ich hörte, war, daß die Polizei die Leiche immer noch nicht endgültig identifiziert hatte, also nehme ich an, daß es Tillessen gewesen sein muß.»

«Aber es könnte doch auch Mutschmann sein.»

«Das sehe ich nicht so. Vor zwei Tagen erzählte mir mein Informant, der Ringverein habe einen Killer auf Mutschmann angesetzt. Zu dieser Zeit hatte man die Leiche mit dem Billardstock in der Nase bereits aus dem Landwehrkanal gefischt. Nein, es kann nur Tillessen sein.»

«Und von Greis? War er auch Mitglied dieses Ringvereins?»

«Diesem Ring gehörte er nicht an, sondern einem anderen, der um vieles mächtiger ist. Er arbeitete für Göring. Ich kann mir trotzdem nicht erklären, was er dort zu suchen hatte.» Ich spülte meinen Mund ein wenig mit Cognac aus, als wäre er ein Mundwasser, und nachdem ich ihn runtergeschluckt hatte, nahm ich das Telefon und rief bei der Reichsautobahn-Gesellschaft an. Ich bekam einen Angestellten im Lohnbüro an die Strippe.

«Mein Name ist Rienäcker», sagte ich. «Kriminalinspektor Rienacker, Gestapo. Wir versuchen den Aufenthaltsort eines Bauarbeiters namens Hans Jürgen Bock zu ermitteln, Lohn-Nummer 30-4-232564. Er kann uns unter Umständen helfen, einen Feind des Reichs zu fassen.»

«Ja», sagte der Angestellte unterwürfig. «Was möchten Sie wissen?»

«In erster Linie, an welchem Autobahnabschnitt er arbeitet. Und ob er heute auf der Baustelle ist oder nicht.»

«Wenn Sie bitte eine Minute warten wollen, ich werde in den Unterlagen nachsehen.» Einige Minuten verstrichen.

«Ganz hübsche Nummer, die Sie da abziehen», sagte Inge.

Ich verdeckte das Telefon mit der Hand. «Ein tapferer Mann ist, wer sich weigert, einem Anrufer behilflich zu sein, der behauptet, von der Gestapo zu sein.»

Der Angestellte kam ans Telefon zurück und erzählte mir, daß Bock außerhalb von Groß-Berlin an einem Teilstück der Strecke Berlin–Hannover beschäftigt sei. «Um genau zu sein, am Abschnitt zwischen Lehnin und Brandenburg. Ich schlage vor, daß Sie das Baubüro aufsuchen. Von hier aus liegt es ein paar Kilometer vor

Brandenburg, es sind etwa siebzig Kilometer zu fahren. Sie fahren nach Potsdam, dann nehmen Sie die Zeppelinstraße. Nach etwa vierzig Kilometern fahren Sie bei Lehnin auf die Autobahn.»

«Danke», sagte ich. «Und ist es wahrscheinlich, daß er heute arbeitet?»

«Das weiß ich leider nicht», sagte der Mann. «Viele Arbeiter arbeiten sonntags. Doch selbst wenn er nicht arbeitet, werden Sie ihn wahrscheinlich in den Baracken der Arbeiter finden. Sie wohnen auf der Baustelle, wissen Sie.»

«Sie sind außerordentlich hilfsbereit gewesen», sagte ich und fügte mit der für Gestapo-Leute typischen Aufgeblasenheit hinzu: «Ich werde Ihren Vorgesetzten von Ihrer Tüchtigkeit in Kenntnis setzen.»

13

«Es ist wieder mal typisch für diese verdammten Nazis», sagte Inge, «den Leuten erst die Straßen und dann die Autos zu bauen.»

Wir fuhren auf der Avus in Richtung Potsdam, und Inge sprach über den sogenannten Volkswagen, der so lange auf sich warten ließ. Es war ein Thema, über das sie sich offenbar sehr aufregte.

«Wenn Sie mich fragen, spannen sie den Karren vor das Pferd. Ich meine, wer braucht diese gigantischen Autobahnen? Es ist doch nicht so, daß die Straßen, die wir jetzt haben, nicht in Ordnung wären? Es ist doch nicht so, als ob es in Deutschland zu viele Autos gäbe.» Sie drehte sich in ihrem Sitz zur Seite, um mich anzuschauen, während sie sprach. «Ich habe einen Freund, einen Ingenieur, und er erzählt mir, daß sie eine Autobahn geradewegs durch den polnischen Korridor bauen, und daß eine weitere durch die Tschechoslowakei geplant ist. Warum sonst würde man das machen, wenn man nicht eine Armee transportieren wollte?»

Ich räusperte mich, ehe ich antwortete; so hatte ich ein paar Sekunden Zeit, um nachzudenken. «Ich denke nicht, daß die Autobahnen von großem militärischem Wert sind. Im übrigen gibt es keine westlich des Rheins, Richtung Frankreich. Jedenfalls bildet eine Kolonne von Lastwagen auf einem langen, geraden Straßenstück ein leichtes Ziel für einen Luftangriff.»

Diese Bemerkung entlockte meiner Begleiterin ein kurzes, spöttisches Lachen. «Das ist ja der Grund, warum sie die Luftwaffe aufbauen – um die Kolonnen zu schützen.»

Ich zuckte die Achseln. «Vielleicht. Aber wenn Sie nach dem wirklichen Grund suchen, warum Hitler diese Straßen baut, dann stellt er sich viel simpler dar: Es ist eine bequeme Möglichkeit, die Arbeitslosenzahlen zu senken. Ein Mann, der Unterstützung vom Staat bekommt, riskiert, sie zu verlieren, wenn er das Angebot ablehnt, an den Autobahnen zu arbeiten. Also nimmt er es an. Wer weiß, ob das nicht auch Bock so gegangen ist.»

«Sie sollten hin und wieder mal einen Blick nach Neukölln und Wedding werfen», sagte sie.

«Ja, natürlich, in diesen letzten Trutzburgen der KPD wissen sie alles über die miserablen Löhne und Arbeitsbedingungen an den Autobahnen. Ich schätze, eine Menge von denen glauben, daß es besser ist, überhaupt keine Stütze zu beantragen, als es zu riskieren, zum Autobahnbau geschickt zu werden.» Auf der neuen Königstraße fuhren wir nach Potsdam hinein.

Potsdam: ein Schrein, wo die älteren Einwohner der Stadt für die ruhmreichen vergangenen Tage des Vaterlandes und ihrer Jugend die Kerzen anzünden; das stumme, abgeworfene Schneckenhaus des kaiserlichen Preußen. Der Ort, der eher französisch als deutsch wirkt, ist ein Museum, in dem die alte Sprechweise und Gedankenwelt ehrfürchtig aufbewahrt sind, wo der Konservativismus höchstes Gesetz ist und die Fensterscheiben ebenso sauber geputzt sind wie das Glas der Kaiserbilder.

Ein paar Kilometer weiter, auf der Straße nach Lehnin, wich das Pittoreske mit einem Schlag dem Chaotischen. Wo sich früher eine der schönsten Landschaften außerhalb Berlins befunden hatte, erblickte man jetzt Erdbewegungsmaschinen und das zerklüftete braune Tal des halb fertiggestellten Teilstücks der Autobahn Lehnin–Brandenburg. Bei einer Ansammlung von hölzernen Baracken und stillstehenden Baggern, näher bei Brandenburg, hielt ich an und fragte einen Arbeiter nach der Baracke des Vorarbeiters. Er deutete auf einen Mann, der nur ein paar Meter entfernt stand.

«Wenn Sie was von ihm wollen, der da ist der Vorarbeiter.» Ich bedankte mich und parkte den Wagen. Wir stiegen aus.

Der Vorarbeiter war ein stämmiger, rotgesichtiger Mann mittlerer Größe. Sein Bauch war größer als der einer Schwangeren kurz vor der Niederkunft: Er hing über den Rand seiner Hose wie der Rucksack eines Bergsteigers. Als wir näher kamen, drehte er uns das Gesicht zu, benahe so, als mache er sich bereit, mit mir einen Boxkampf zu beginnen, zog sich die Hosen hoch, wischte sich mit der schaufelgroßen Hand über das stoppelige Kinn und verlagerte den größten Teil seines Gewichts auf sein Standbein.

«Hallo, Sie», rief ich, ehe wir direkt vor ihm standen. «Sind Sie der Vorarbeiter?» Er sagte nichts. «Mein Name ist Gunther, Bernhard Gunther. Ich bin Privatdetektiv, und dies ist meine Assistentin, Fräulein Inge Lorenz.» Ich reichte ihm meinen Ausweis. Der Vorarbeiter nickte Inge zu und richtete seinen Blick wieder auf meinen Ausweis. Er kam mir fast so buchstabengläubig vor wie ein Affe.

«Peter Welser», sagte er. «Was kann ich für euch tun, Leute?»

«Ich möchte mit Herrn Bock sprechen. Ich hoffe, daß er uns helfen kann. Wir suchen nach einer vermißten Person.»

Welser kicherte und zog abermals seine Hosen hoch. «Du lieber Gott, das ist ja ein Witz.» Er schüttelte den Kopf und spuckte aus. «Allein in dieser Woche sind mir drei Arbeiter verschwunden. Vielleicht sollte ich Sie einstellen, damit Sie versuchen, sie zu finden, he?» Er lachte wieder.

«War Bock einer davon?»

«Guter Gott, nein», sagte Welser. «Er ist ein verdammt guter Arbeiter. Ex-Sträfling, der versucht, ein ehrliches Leben zu führen. Ich hoffe, Sie machen ihm das nicht kaputt.»

«Herr Welser, ich will ihm bloß eine oder zwei Fragen stellen. Ich will ihm nicht an den Kragen und ihn mit meiner Karre nach Tegel zurückbringen. Ist er jetzt da?»

«Ja, er ist hier. Sehr wahrscheinlich in seiner Baracke. Ich bring Sie rüber.» Wir folgten ihm zu einer der zahlreichen langen, einstöckigen Holzbaracken, die man dort aufgeschlagen hatte, wo früher Wald gewesen war und bald Autobahn sein würde. Am Fuß der Barackentreppe drehte der Vorarbeiter sich um und sagte: «Sie sind ein bißchen rauhbeinig, diese Jungens. Vielleicht wär's besser, wenn die Dame nicht mit reinkommt. Sie müssen diese Männer nehmen, wie sie sind. Kann sein, daß einige nicht angezogen sind.»

«Ich werde im Wagen warten, Bernie», sagte Inge. Ich warf ihr einen Blick zu und zuckte entschuldigend die Achseln, ehe ich Welser die Treppe hinauf folgte. Er schob den hölzernen Schnappriegel hoch, und wir gingen durch die Tür.

Drinnen waren Wände und Fußboden mit einer verwaschenen gelben Farbe gestrichen. An den Wänden standen Schlafkojen für zwölf Arbeiter, drei davon ohne Matratze, drei weitere von Männern belegt, die lediglich ihre Unterwäsche trugen. In der Mitte der Baracke stand ein Kanonenofen aus schwarzem Schmiedeeisen, dessen Rohr direkt durch das Dach führte, und daneben ein großer Holztisch. Daran saßen vier Männer und spielten Skat um ein paar Pfennig. Welser wandte sich an einen der Kartenspieler.

«Dieser Bursche kommt aus Berlin», sagte er. «Er möchte dir ein paar Fragen stellen.»

Der Mann, ein solider Klotz mit einem Kopf von der Größe eines Baumstumpfes, studierte sorgfältig die Innenbläche seiner großen Hand, sah zum Vorarbeiter hoch und blickte darauf mich argwöhnisch an. Ein andrer Mann stieg aus seiner Koje und begann lässig, mit einem Besen den Fußboden zu fegen.

Ich war in meinem Leben schon besser vorgestellt worden, und ich war nicht überrascht, daß diese Art Bock nicht gerade mit Vertrauen erfüllte. Ich wollte gerade meinen eigenen Zusatz zu Welsers ungemessenem Hinweis machen, als Bock von seinem Stuhl aufsprang und meinen Kiefer, der ihm im Weg war, mit einem gezielten Haken beiseite schleuderte. Es war kein richtiger Schlag, doch hart genug, mir einen kleinen Dampfkessel zwischen die Ohren zu pflanzen und mich von den Beinen zu holen. Eine oder zwei Sekunden später hörte ich ein kurzes, dumpfes Klirren, als schlage jemand mit einer Suppenkelle gegen einen Zinnteller. Als ich wieder klar sehen konnte, drehte ich mich um und sah Welser, der über dem wie tot daliegenden Körper Bocks stand. In der Hand hielt er eine Kohlenschaufel, mit der er dem großen Mann offenbar den Schädel gestreichelt hatte. Stühle und Tischbeine scharrten, als Bocks Mitspieler auf die Füße sprangen.

«Regt euch ab, alle», schrie Welser. «Dieser Bursche ist kein verdammter Polyp, er ist Privatdetektiv. Er ist nicht hier, um Hans zu verhaften. Er will ihm bloß ein paar Fragen stellen, das ist alles. Er sucht nach einer vermißten Person.» Er zeigte auf einen der Skatbrüder. «Du da, hilf mir mal.» Dann blickte er mich an. «Sind Sie in Ordnung?» Ich nickte benommen. Welser und der andere Mann bückten sich und hoben Bock, der im Eingang lag, hoch. Ich konnte sehen, daß es nicht leicht war; der Mann sah schwer aus. Sie setzten ihn auf einen Stuhl und warteten, bis er sich den Kopf klar geschüttelt hatte. Währenddessen sagte der Vorarbeiter den übrigen Männern in der Baracke, sie sollten für zehn Minuten rausgehen. Die Männer in den Kojen erhoben keinen Widerspruch, und ich begriff, daß Welser ein Mann war, der es gewohnt war, daß man ihm ohne Murren gehorchte.

Als Bock zu sich kam, sagte ihm Welser, was er den anderen bereits gesagt hatte. Es wäre mir lieber gewesen, er hätte das gleich zu Anfang getan.

«Ich bin draußen, wenn Sie mich brauchen», sagte Welser, schob die letzten Männer aus der Baracke und ließ uns beide allein.

«Wenn Sie kein Polyp sind, müssen Sie einer von Dieters Jungens sein.» Bocks Stimme kam seitlich aus seinem Mund, und ich sah, daß seine Zunge für seinen Mund um vieles zu groß war. Ihre Spitze blieb irgendwo in der Backe verborgen, so daß ich nur ihren dicksten Teil, die große, rosafarbene Unterseite, sah.

«Hören Sie, ich bin kein kompletter Idiot», sagte er heftiger. «Ich bin nicht so verrückt, daß ich mich umbringen laß, um Kurt zu decken. Ich hab wirklich keine Ahnung, wo er ist.» Ich nahm mein Zigarettenetui heraus und bot ihm eine an. Schweigend gab ich uns beiden Feuer.

«Passen Sie mal auf. Erstens, ich bin keiner der Jungens vom Roten Dieter. Ich bin wirklich Privatdetektiv, wie der Mann gesagt hat. Aber mir tut der Kiefer weh, und wenn Sie nicht alle meine Fragen beantworten, wird Ihr Name derjenige sein, den die Burschen vom Alex aus dem Hut ziehen, wenn sie auf das Pökelfleisch in der *Pension Tillessen* stoßen.» Bock erstarrte auf seinem Stuhl. «Und wenn Sie sich von diesem Stuhl bewegen, dann werde ich Ihnen den verdammten Hals brechen.» Ich zog mir einen Stuhl heran und setzte einen Fuß auf die Sitzfläche, so daß ich mich auf mein Knie stützen und ihn beobachten konnte.

«Sie können nicht beweisen, daß ich in der Nähe war», sagte er.

Ich grinste ihn an. «Kann ich nicht?» Ich nahm einen tiefen Zug und blies ihm den Rauch ins Gesicht. «Bei Ihrem letzten Besuch in Tillessens Bude haben Sie freundlicherweise Ihren Lohnstreifen liegenlassen. Ich fand ihn im Ofen, neben der Mordwaffe. Deshalb ist es mir gelungen, Sie hier aufzustöbern. Natürlich ist der Streifen jetzt nicht dort, aber ich könnte ihn leicht zurückbringen. Die Polizei hat die Leiche noch nicht gefunden, aber nur, weil ich nicht die Zeit hatte, sie zu informieren. Dieser Lohnstreifen bringt Sie in eine peinliche Lage. Neben der Mordwaffe, das ist mehr als genug, um Sie aufs Schafott zu bringen.»

«Was wollen Sie?»

Ich nahm ihm gegenüber Platz. «Antworten», sagte ich. «Hören Sie, Freundchen, wenn ich Sie auffordere, mir den Namen der Hauptstadt der Mongolei zu nennen, geben Sie mir besser eine Antwort, oder ich sorge dafür, daß man Sie einen Kopf kürzer macht. Verstehen Sie?» Er zuckte die Achseln.

«Aber fangen wir mit Karl Mutschmann an und mit dem, was ihr beide gemacht habt, als ihr aus dem Knast in Tegel entlassen wurdet.»

Bock seufzte schwer und nickte dann. «Ich kam als erster raus. Ich beschloß, es zu probieren und ehrlich zu werden. Das hier ist kein toller Job, aber es ist ein Job. Ich wollte nicht wieder in den Knast. An den freien Wochenenden fuhr ich immer nach Berlin, wissen Sie. Ging in Tillessens Puff. Er ist ein Zuhälter, oder er war einer. Hin und wieder besorgte er mir 'ne Nutte.» Er schob die Zigarette in einen Mundwinkel und rieb sich den Schädel. «Egal, ein paar Monate nach meiner Entlassung hatte Kurt seine Strafe abgebrummt und quartierte sich bei Tillessen ein. Ich ging hin, um ihn zu besuchen, und er erzählte mir, der Ring würde ihm zu seiner ersten Arbeit verhelfen, es ging um Einbruch.

Ja, am selben Abend, als ich mit ihm sprach, tauchten der Rote Dieter und seine Jungens auf. Er hat im Ring mehr oder weniger das Sagen, verstehen Sie? Sie hatten diesen älteren Knaben bei sich, und im Eßzimmer fingen sie an, ihn in die Mangel zu nehmen. Ich hielt mich raus und blieb in meinem Zimmer. Nach einer Weile kommt der Rote rein und sagt zu Kurt, daß er für ihn einen Safe aufmachen und daß ich fahren soll. Na ja, keiner von uns beiden war sehr froh darüber. Ich nicht, weil ich von solchen Dingern die Nase voll hatte. Und Kurt nicht, weil er ein Profi ist. Er mag keine Gewalt, keine Schweinereien, wissen Sie. Außerdem nimmt er sich gern Zeit. Er geht nicht bloß einfach drauflos und macht 'ne Arbeit ohne richtige Planung.»

«Dieser Safe: Es war der Mann im Eßzimmer, durch den der Rote Dieter davon erfuhr, der Mann, der zusammengeschlagen wurde, nicht wahr?» Bock nickte.

«Was passierte dann?»

«Ich hatte beschlossen, daß ich damit nichts zu tun haben wollte. Also verduftete ich durch das Fenster, verbrachte die Nacht in 'ner Absteige in der Frobenstraße und kehrte dann zurück. Der alte Knabe, der, den sie zusammengeschlagen hatten, war noch am Leben, als ich abhaute. Sie ließen ihn so lange leben, bis sie festgestellt hatten, daß er die Wahrheit gesagt hatte.» Er nahm den Zigarettenstummel aus dem Mund, ließ ihn auf den Holzfußboden fallen und zertrat ihn mit seinem Absatz. Ich gab ihm eine neue.

«Ja, das nächste, was ich höre, war, daß der Job schiefging. Offenbar machte Tillessen den Fahrer. Anschließend haben ihn Dieters Jungens gekillt. Kurt hätten sie auch um die Ecke gebracht, bloß daß er verduftete.»

«Haben sie den Roten beschissen?»

«Niemand ist so blöde.»

«Und warum singen Sie jetzt?»

«Als ich im Knast in Tegel war, habe ich viele Männer auf der Guillotine sterben sehen», sagte er ruhig. «da riskier ich's lieber mit dem Roten. Wenn ich abkratze, dann in einem Stück.»

«Erzählen Sie mir mehr über den Job.»

«‹Issn Kinderspiel›, sagte der Rote. Macht ein richtiger Profi wie Kurt mit links. Könnte Hitlers Herz knacken. Sollte in der Nacht passieren. Den Safe aufmachen und ein paar Papiere rausnehmen. Das ist alles.»

«Keine Diamanten?»

«Diamanten? Er hat nie was von Klunkern gesagt.»

«Sind Sie sicher?»

«Natürlich bin ich sicher. Er sollte nur die Papiere klemmen. Sonst nichts.»

«Wissen Sie, was das für Papiere waren?»

Bock schüttelte den Kopf. «Bloß Papiere.»

«Was war mit den Morden?»

«Von Mord war nicht die Rede. Kurt hätte den Job nie übernommen, wenn man ihm gesagt hätte, er soll jemand wegputzen. Er ist nicht der Typ, der so was macht.»

«Wie steht's mit Tillessen? War er der Typ, der Leute in ihren Betten erschießt?»

«Nie und nimmer. Das war überhaupt nicht sein Stil. Tillessen war bloß ein armseliger Lude. Nutten verprügeln, das war das einzige, wofür er gut war. Man brauchte ihm bloß 'ne Kanone unter die Nase zu halten, und schon nahm er Reißaus wie ein Hase.»

«Vielleicht wurden sie gierig und rissen sich mehr unter den Nagel, als sie sollten.»

«Verraten Sie's mir. Sie sind doch der verdammte Detektiv.»

«Und haben Sie Kurt seitdem gesehen oder von ihm gehört?»

«Er ist zu gerissen, um mit mir Kontakt aufzunehmen. Wenn er für'n Fünfer Grips hat, ist er inzwischen untergetaucht.»

«Hat er Freunde?»

«Ein paar. Aber ich kenne Sie nicht. Seine Frau hat ihn verlassen, die können Sie also vergessen. Sie legte jeden Pfennig auf die hohe Kante, den er verdiente, und als sie genug hatte, haute sie mit einem anderen Mann ab. Er würde eher sterben, als diese Schlampe um Hilfe bitten.»

«Vielleicht ist er schon tot», sagte ich nachdenklich.

Bock schien diese Vorstellung nicht zu behagen: «Nicht Kurt», sagte er. «Der ist ausgeschlafen. Einfallsreich. Der findet einen Ausweg.»

«Vielleicht», sagte ich. «Eine Sache kapiere ich nicht: Wie wollen Sie ehrlich bleiben, vor allen Dingen dann, wenn Sie weiter hier arbeiten. Wieviel verdienen Sie in der Woche?»

Bock machte eine wegwerfende Bewegung. «Ungefähr vierzig Mark.» Er las mir die stumme Überraschung vom Gesicht ab. «Nicht viel, oder?»

«Also was soll das? Warum schlagen Sie für den Roten Dieter nicht ein paar Schädel ein?»

«Wer sagt, daß ich das je getan habe?»

«Sie kamen in den Knast, weil Sie Streikposten der Stahlarbeiter zusammengeschlagen haben, nicht wahr?»

«Das war ein Fehler. Ich brauchte das Geld.»

«Wer hat Sie bezahlt?»

«Der Rote.»

«Und was war für ihn drin?»

«Geld, genau wie bei mir. Bloß mehr. Diese Typen werden nie erwischt. Das ist mir im Knast klargeworden. Das Schlimmste ist, daß jetzt, wo ich sauber bleiben will, der Rest des Landes beschlossen zu haben scheint, dreckig zu werden. Ich wandere in den Knast, komme wieder raus und stelle fest, daß diese blöden Scheißkerle eine Gangsterbande gewählt haben. Wie gefällt Ihnen das?»

«Nun, geben Sie mir nicht die Schuld, mein Freund, ich habe die Sozis gewählt. Sind Sie je dahintergekommen, wer den Roten Dieter dafür bezahlt hat, den Stahlstreik kaputtzumachen? Vielleicht irgendwelche Namen gehört?»

Er zuckte die Achseln. «Die Bosse, schätze ich. Da braucht man kein Detektiv zu sein, um darauf zu kommen. Aber Namen habe ich nie gehört.»

«Aber die Sache war eindeutig organisiert.»

«O ja, prima organisiert. Und es funktionierte sogar. Sie gingen wieder an die Arbeit, oder?»

«Und Sie gingen ins Gefängnis.»

«Ich wurde erwischt. Habe nie viel Glück gehabt. Daß Sie hier aufgetaucht sind, ist der beste Beweis dafür.»

Ich nahm meine Brieftasche heraus und schob ihm einen Fünfziger zu. Er öffnete den Mund, um mir zu danken.

«Lassen Sie's gut sein.» Ich stand auf und ging zur Barackentür. Ich drehte mich um und sagte: «War Ihr Kurt eigentlich der Typ, einen Safe, den er geknackt hatte, offenstehen zu lassen?»

Bock faltete den Fünfziger zusammen und schüttelte den Kopf. «Nie hat jemand sauberer gearbeitet als Kurt Mutschmann.»

Ich nickte. «Das habe ich mir gedacht.»

«Sie werden morgen früh ein hübsches Veilchen haben», sagte Inge. Sie ergriff mein Kinn und drehte meinen Kopf, um die Beule an meinem Wangenknochen besser betrachten zu können. «Ich lege besser etwas drauf.» Sie ging ins Badezimmer. Wir hatten auf unserem Rückweg von Brandenburg in meiner Wohnung haltgemacht. Ich hörte, wie sie eine Weile das Wasser laufen ließ, und als sie zurückkam, preßte sie ein kaltes Tuch auf mein Gesicht. Als sie dastand, streifte ihr Atem mein Ohr, und ich atmete tief den Parfümduft ein, in dem sie sich bewegte.

«Vielleicht stoppt das die Schwellung», sagte sie.

«Danke. Ein verbeultes Gesicht ist schlecht fürs Geschäft. Andererseits denken die Leute vielleicht bloß, ich wäre der entschlossene Typ – wissen Sie, einer, der bei einem Fall nie aufgibt.»

«Halten Sie still», sagte sie ungeduldig. Ihr Bauch streifte den meinen, und ich stellte ein wenig überrascht fest, daß ich eine Erektion hatte. Sie blinzelte kurz, und ich nahm an, sie hatte sie ebenfalls bemerkt; doch sie trat nicht zurück. Statt dessen streifte sie mich, halb unfreiwillig, noch einmal, bloß mit stärkerem Druck als vorher. Ich hob meine Hand und wölbte meine Handfläche um ihre üppige Brust. Nach etwa einer Minute nahm ich die Brustwarze zwischen Zeigefinger und Daumen. Sie war nicht schwer zu finden. Sie war so hart wie der Deckelknopf einer Teekanne, und genausogroß. Dann wandte sie sich ab.

«Vielleicht sollten wir jetzt aufhören», sagte sie.

«Wenn du vorhast, die Schwellung zu stoppen, kommst du zu spät», sagte ich. Sie streifte mich mit einem flüchtigen Blick, als ich das sagte. Sie errötete ein wenig, kreuzte die Arme über der Brust und bog ihren langen Hals weit zurück.

Die bewußte Bedächtigkeit meiner Handlungen genießend, trat ich dicht vor sie und ließ meinen Blick langsam von ihrem Gesicht, über ihre Brüste, ihren Bauch, ihre Schenkel bis zum Saum des grünen Baumwollkleides gleiten. Ich bückte mich und ergriff ihn. Unsere Finger berührten sich, als sie mir den Saum abnahm und an ihren Hüften festhielt, wohin ich ihn geschoben hatte. Dann kniete ich vor ihr, und mein Blick ruhte lange Sekunden auf ihrer Unterwäsche, ehe ich ihren Schlüpfer bis zu den Knöcheln herabstreifte. Sie stützte sich mit einer Hand auf meine Schulter und befreite sich mit einer Bewegung, bei der ihre langen, glatten Schenkel ein wenig zitterten, ganz von ihm. Ich genoß den Anblick, nach dem ich so verrückt gewesen war, blickte dann hinauf in ein Gesicht, das lächelte und wieder verschwand, als sie das Kleid über ihren Kopf zog, ihre Brüste enthüllte, ihren Hals und abermals ihren Kopf, der eine wilde Flut glänzend schwarzer Haare schüttelte wie ein Vogel, der die Federn seiner Flügel aufplustert. Sie ließ das Kleid zu Boden fallen und stand vor mir, nackt bis auf den Strumpfgürtel, die Strümpfe und die Schuhe. Ich ging in die Hocke, und mit einer Erregung, die darauf brannte, erlöst zu werden, sah ich, wie sie sich langsam vor mir drehte. Sie zeigte mir die Kontur ihres Schamhaars und ihre aufgerichteten Brustwarzen, die lange Kurve ihres Rükkens, ihre beiden perfekt zueinander passenden Gesäßbacken und dann noch einmal die Wölbung des Bauchs, den dunklen Haarzipfel, der sich vor Erregung in die Luft zu bohren schien, und die glatten, bebenden Unterschenkel.

Ich hob sie hoch und trug sie ins Schlafzimmer, wo wir den Nachmittag damit verbrachten, uns zu lieben, jeder voll Wonne den Körper des anderen erkundete und sich daran ergötzte.

Der Nachmittag ging, unterbrochen von leichtem Schlaf und zärtlichen Worten, allmählich in den Abend über; und als wir uns nach gestillter Lust von meinem Bett erhoben, stellten wir fest, daß wir rasenden Hunger hatten.

Wir gingen zum Abendessen in den *Peltzer-Grill* und anschließend zum Tanzen ins *Deutsche Haus*, in der nahen Hardenbergstraße. Dort traf sich die elegante Welt Berlins, viele der Männer in Uniform. Inge bestaunte die blauen Glaswände, die mit blauen Sternen verzierte Decke, die von Säulen aus brüniertem Kupfer getragen wurde, und die dekorativen Wasserbecken mit ihren Wasserlilien und lächelte aufgeregt.

«Ist das nicht einfach wunderbar?»

«Ich hätte nicht gedacht, daß das ein Plätzchen nach deinem Geschmack wäre», sagte ich zögernd. Doch sie hörte mich nicht. Sie nahm mich bei der Hand und zog mich auf die weniger bevölkerte der zwei runden Tanzflächen.

Es war eine gute Band, und ich drückte Inge an mich und atmete durch ihr Haar. Ich beglückwünschte mich, daß ich sie hierher gebracht hatte und nicht in einen der Clubs mitgenommen hatte, die ich besser kannte, wie *Jchnnys's* oder das *Goldene Hufeisen*. Da fiel mir ein, daß Neumann gesagt hatte, das *Deutsche Haus* sei eines der Lieblingslokale des Roten Dieter. Als Inge auf die Damentoilette verschwand, rief ich den Kellner an unseren Tisch und schob ihm einen Fünfer zu.

«Dafür krieg ich ein paar Antworten auf ein paar einfache Fragen, richtig?» Er zuckte die Achseln und ließ den Fünfer verschwinden. «Ist Dieter Helfferich heute abend hier?»

«Der Rote Dieter?»

«Sehen Sie hier noch andere Farben?» Da er's nicht kapierte, beließ ich es dabei. Er schien einen Augenblick darüber nachzudenken, ob der Boss der ‹Deutschen Kraft› wohl etwas dagegen haben würde, auf diese Weise identifiziert zu werden. Er traf die richtige Entscheidung.

«Ja, er ist heute abend hier.» Meine nächste Frage vorwegnehmend, machte er mit dem Kopf eine Bewegung zur Bar hinüber. «Er sitzt in der Nische, die am weitesten von der Band entfernt ist.» Er sammelte ein paar leere Gläser vom Tisch ein, senkte die Stimme und fügte hinzu: «Es ist nicht angebracht, zu viele Fragen über den Roten Dieter zu stellen. Und diese Auskunft ist umsonst.»

«Nur noch eine Frage», sagte ich. «Was ist sein gewöhnliches Gesöff?» Der Kellner, der den süffisanten Ausdruck eines Schwulen hatte, blickte mich mitleidig an, als brauche man eine solche Frage gar nicht erst zu stellen.

«Er trinkt nichts anderes als Champagner.»

«Je gewöhnlicher das Leben, desto anspruchsvoller der Geschmack, wie? Bringen Sie ihm eine Flasche an seinen Tisch, mit meinen Empfehlungen.» Ich reichte ihm meine Karte und einen Schein. «Und behalten Sie das Wechselgeld, falls was übrigbleibt.» Er musterte Inge von Kopf bis Fuß, als sie von der Toilette zurückkam. Ich machte ihm keinen Vorwurf, und er war nicht der einzige; an der Bar saß ein Mann, der sie ebenfalls bemerkenswert zu finden schien.

Wir tanzten wieder, und ich beobachtete, wie der Kellner die Flasche Champagner an den Tisch des Roten Dieter brachte. Ich konnte ihn an seinem Platz nicht sehen, doch ich sah, wie meine Karte hinübergereicht wurde und der Kellner in meine Richtung nickte.

«Hör mal», sagte ich, «ich muß etwas erledigen. Es wird nicht lange dauern, aber ich muß dich für kurze Zeit allein lassen. Wenn du irgendwas möchtest, sag's einfach dem Kellner.» Sie blickte mich ängstlich an, als ich sie zum Tisch zurückbegleitete. «Aber wohin gehst du?»

«Ich muß jemanden sprechen, der hier ist. Es dauert bloß ein paar Minuten.»

Sie lächelte mir zu und sagte: «Bitte sei vorsichtig.»

Ich beugte mich vor und küßte sie auf die Wange. «Als ginge ich auf einem Drahtseil.»

Der einsame Gast in der letzten Nische sah ein bißchen aus wie Schweinchen Schlau. Sein fetter Nacken ruhte auf ein paar mächtigen Speckrollen, die der Kragen seines Frackhemdes zusammenpreßte. Das Gesicht war so rot wie ein gekochter Schinken, und ich fragte mich, ob das die Erklärung für seinen Spitznamen war. Dieter Helfferichs Mund stand so hartnäckig schief, als habe er immer an einer dicken Zigarre kauen müssen. Wenn er sprach, glaubte man die Stimme eines mittelgroßen Braunbären zu hören, der aus dem Inneren einer kleinen Höhle knurrte. Er schien ständig kurz vor einem Wutausbruch zu stehen, und wenn er grinste, war sein Mund eine Kreuzung aus Früh-Maya und Hochgotik.

«Ein Privatdetektiv, eh? Ich bin nie einem begegnet.»

«Das beweist nur, daß es von uns nicht genug gibt. Was dagegen, wenn ich mich setze?»

Er warf einen Blick auf das Etikett der Flasche. «Das ist guter Champagner. Das wenigste, was ich tun kann, ist, Sie anzuhören. Setzen Sie sich...» Er hob die Hand und blickte noch einmal, um Eindruck zu machen, auf meine Karte – Herr Gunther.» Er schenkte uns beiden ein und hob sein Glas zu einem Toast. Überschattet von Augenbrauen von der Größe und der Gestalt waagerechter Eiffeltürme, waren Augen, die für meine Bedürfnisse zu groß waren und die beide als Iris einen abgebrochenen Bleistift hatten.

«Auf abwesende Freunde», sagte er.

Ich nickte und trank. «Wie Karl Mutschmann, zum Beispiel.»

«Abwesend, aber nicht vergessen.» Er stieß ein aufdringliches, hämisches Lachen aus und nippte an seinem Glas. «Es scheint, daß wir beide gern wüßten, wo er ist. Bloß um uns zu beruhigen, natürlich. Damit wir aufhören können, uns Sorgen um ihn zu machen, wie?»

«Sollten wir uns Sorgen machen?» fragte ich.

«Es sind gefährliche Zeiten für einen Mann in Kurts Branche. Na, ich bin sicher, das muß ich Ihnen nicht erzählen. Sie wissen alles darüber, nicht wahr, Sie kleine Wanze, Sie sind ja ein Ex-Polyp.» Er nickte anerkennend. «Das muß ich Ihrem Klienten lassen, Wanze, er hat richtige Intelligenz bewiesen, daß er Ihnen mehr zugetraut hat als Ihren früheren Kollegen. Er will nichts anderes als seine Klunkern zurück, ohne daß Fragen gestellt werden. Sie kommen dichter ran. Sie können verhandeln. Vielleicht zahlt er Ihnen sogar 'ne kleine Belohnung, wie?»

«Sie sind gut informiert.»

«Das bin ich, wenn das alles ist, was Ihr Klient will; und in gewissem Grad werde ich Ihnen sogar helfen, wenn ich kann.» Sein Gesicht verfinsterte sich. «Aber Mutschmann – er gehört mir. Wenn Ihr Knabe irgendwelche unangebrachten Rachepläne hegt, sagen Sie ihm, daß er sie vergessen kann. Das ist mein Revier. Es ist einfach eine Sache ordentlichen Geschäftsgebarens.»

«Ist das alles, was Sie wollen? Bloß den Laden aufräumen? Sie haben eine Kleinigkeit vergessen, nicht wahr? Von Greis' Papiere – ihre Jungens waren doch so scharf darauf, mit ihm darüber zu sprechen. Wo er sie versteckt oder wem er sie gegeben hätte. Was wollten Sie mit den Papieren anfangen, wenn Sie sie in die Finger gekriegt hätten? Eine kleine Erpressung in besseren Kreisen? Haben Sie an Leute wie meinen Klienten gedacht? Oder wollten Sie für schlechte Zeiten ein paar Politiker in die Tasche stecken?»

«Sie sind auch ganz gut informiert, Wanze. Wie ich sagte, Ihr Klient ist ein kluger Mann. Es ist ein Glück für mich, daß er Sie ins Vertrauen gezogen hat und nicht die Polizei. Glück für mich und Glück für Sie; wenn Sie nämlich ein Greifer wären und mir erzählten, was Sie mir gerade erzählt haben, wären Sie schon so gut wie tot.»

Ich warf aus der Nische einen Blick auf Inge, um zu prüfen, ob alles in Ordnung war. Ich konnte ihr glänzend schwarzes Haar leicht ausmachen. Sie ließ gerade einen uniformierten Nachtschwärmer abblitzen, der es vergeblich mit seiner besten Masche versuchte.

«Danke für den Champagner, Wanze. Sie haben ziemlich viel riskiert, mit mir zu sprechen. Und Ihr Versuch hat sich nicht sonderlich ausgezahlt. Aber Sie nehmen ja wenigstens Ihren Einsatz wieder mit.» Er grinste.

«Nun, dieses Mal war der Kitzel des Spielens alles, was ich wollte.»

Der Gangster schien das komisch zu finden. «Eine zweite Chance wird's nicht geben, verlassen Sie sich darauf.»

Ich stand auf, um zu gehen, doch er hielt mich am Ärmel zurück. Ich rechnete damit, daß er mir drohen würde, aber statt dessen sagte er:

«Hören Sie zu, ich hätte was dagegen, wenn Sie glauben würden, ich hätte Sie reingelegt. Fragen Sie mich nicht, warum, aber ich werde Ihnen einen Gefallen tun. Vielleicht weil mir Ihre Chuzpe gefällt. Drehen Sie sich nicht um, aber an der Bar sitzt ein großer, schwerer Bursche, brauner Anzug, Igelputz. Schauen Sie ihn genau an, wenn Sie zu Ihrem Tisch zurückgehen. Er ist ein Profi-Killer. Er ist Ihnen und Ihrem Mädchen hierher gefolgt. Sie müssen jemandem auf die Hühneraugen getreten haben. Sieht so aus, als sollten Sie diese Woche die Miete für ihn bezahlen. Ich zweifle, ob er es hier drin probieren wird, aus Respekt vor mir, verstehen Sie. Aber draußen... Tatsache ist, daß ich's nicht besonders gut leiden kann, wenn billige Revolverhelden hier reinkommen. Macht einen schlechten Eindruck.»

«Danke für den Tip. Ich weiß das zu schätzen.» Ich zündete mir eine Zigarette an. «Gibt es hier einen Hinterausgang? Ich will nicht, daß mein Mädchen verletzt wird.»

Er nickte. «Durch die Küche und dann die Nottreppe runter. Unten ist eine Tür, die auf eine Gasse führt. Es ist ruhig da. Bloß ein paar geparkte Wagen. Einer davon, der hellgraue Sportwagen, gehört mir.» Er schob mir ein Paar Schlüssel zu. «Im Handschuhfach ist eine Kanone, falls Sie eine brauchen. Die Schlüssel lassen Sie nachher einfach im Auspuffrohr, und passen Sie auf, daß Sie mir keine Schramme in den Lack machen.»

Ich steckte die Schlüssel ein und stand auf. «War nett, mit Ihnen zu plaudern, Roter. Es ist komisch mit diesen Wanzen: Wenn man gebissen wird, achtet man kaum darauf, aber nach einer Weile juckt es wie verrückt.»

Der Rote Dieter runzelte die Stirn. «Machen Sie, daß Sie hier rauskommen, Gunther, bevor ich meine Meinung über Sie ändere.»

Auf dem Weg zurück zu Inge warf ich einen Blick zur Bar hinüber. Der Mann im braunen Anzug war leicht auszumachen, und ich erkannte in ihm den Mann wieder, der vorhin Inge angestarrt hatte. Inge fand es leicht, wenn auch nicht besonders amüsant, dem spärlichen Charme eines gutaussehenden, aber ein wenig klein geratenen SS-Offiziers zu widerstehen. Ich zog sie rasch hoch und wollte mich mit ihr aus dem Staub machen. Der Offizier hielt mich am Arm fest. Ich blickte auf seine Hand und dann in sein Gesicht.

«Zieh Leine, Kleiner», sagte ich, über seiner winzigen Gestalt aufragend wie eine Fregatte, die bei einem Fischerboot längsseits geht, «oder ich dekoriere dir die Lippe; und es wird kein Ritterkreuz mit Eichenlaub sein.» Ich zog einen zerknüllten Fünfmarkschein aus der Tasche und ließ ihn auf den Tisch fallen.

«Ich habe gar nicht gewußt, daß du einer von der eifersüchtigen Sorte bist», sagte sie, als ich sie zur Tür schob.

«Steig in den Lift und fahr direkt nach unten», sagte ich. «Wenn du rauskommst, gehst du zum Wagen und wartest auf mich. Unter dem Sitz ist ein Revolver. Sieh zu, daß er schußbereit ist, bloß für den Fall.» Ich schielte zur Bar hinüber, wo der Mann für seinen Drink bezahlte. «Ich habe jetzt keine Zeit für Erklärungen, aber es hat mit unserem eleganten kleinen Freund da hinten nichts zu tun.»

«Und wo willst du hin?» fragte sie. Ich gab ihr meine Wagenschlüssel.

«Ich geh hinten raus. Da ist ein großer Mann in einem braunen Anzug, der versucht, mich umzubringen. Wenn du ihn auf den Wagen zukommen siehst, fahr nach Hause und ruf Kriminalinspektor Bruno Stahlecker am Alex an. Verstanden?» Sie nickte.

Einen Augenblick tat ich so, als folgte ich ihr, doch dann scherte ich plötzlich aus und ging rasch durch die Küche und durch die Feuertür.

Ich war drei Absätze weit gekommen, als ich in der fast pechschwarzen Dunkelheit des Treppenhauses Schritte hinter mir hörte. Während ich blindlings abwärts stolperte, fragte ich mich, wie ich es mit ihm aufnehmen sollte; immerhin war ich, im Gegensatz zu ihm, nicht bewaffnet. Und was noch schwerer wog: Er war ein Profi. Ich strauchelte und fiel, rappelte mich, als ich auf dem Absatz landete, wieder hoch, griff nach dem Geländer und schleppte mich eine weitere Treppe hinunter, ohne auf den Schmerz in meinen Ellenbogen und Unterarmen zu achten, mit denen ich den Sturz abgefangen hatte. Am Ende der letzten Treppe sah ich Licht unter einer Tür und sprang. Es war weiter, als ich dachte, aber ich landete heil auf allen vieren. Ich schlug gegen die Riegel der Tür und stürzte auf die Gasse.

Dort waren zahlreiche Wagen säuberlich in einer Reihe geparkt, doch es war nicht schwer, den grauen «Bugatti Royal» des Roten Dieter auszumachen. Ich schloß die Tür auf und öffnete das Handschuhfach. Darin waren einige kleine Papiertütchen mit weißem Pulver und ein großer Revolver mit langem Lauf, von der Sorte, mit der man ein Fenster in eine acht Zentimeter dicke Mahagonitür pusten kann. Ich hatte keine Zeit, nachzusehen, ob die Waffe geladen war, aber ich konnte mir nicht vorstellen, daß der Rote Dieter eine Waffe mit sich führte, weil er gern Cowboys und Indianer spielte.

Ich ließ mich zu Boden fallen und rollte unter das Trittbrett des Wagens, der neben dem Bugatti parkte; es war ein großes Mercedes Kabriolett. In diesem Augenblick kam mein Verfolger durch die Tür des Notausgangs und suchte Deckung, indem er sich an die im Schatten liegende Mauer drückte. Ich lag mucksmäuschenstill und wartete darauf, daß er in die mondhelle Mitte der Gasse trat. Minuten vergingen ohne ein Geräusch oder eine Bewegung im Schatten, so daß ich nach einer Weile zu dem Schluß kam, er schleiche im Schutz des Schattens an der Mauer entlang, bis er von den Wagen weit genug entfernt war, um die Gasse sicher überqueren und zurückflitzen zu können. Hinter mir kratzte ein Absatz auf dem Pflasterstein, und ich hielt den Atem an. Nur mein Daumen bewegte sich, der langsam und behutsam, mit einem kaum hörbaren Klikken den Revolver spannte und entsicherte. Langsam drehte ich mich um und spähte nach hinten über meinen Körper hinweg. Ich sah direkt hinter mir ein Paar Schuhe, sauber eingerahmt von den beiden Hinterrädern des Wagens. Dann bewegten sie sich nach rechts, hinter den Bugatti, und da mir klar wurde, daß er auf die halb offene Tür des Bugattis zusteuerte, schob ich mich nach links in die entgegengesetzte Richtung und kroch unter dem Mercedes hervor. Ich blieb in gebückter Haltung, hielt mich unterhalb der Wagenfenster, schlich zum Heck und spähte um die mächtige Karosserie. Beinahe in derselben Haltung wie ich, kauerte eine Gestalt im braunen Anzug neben dem Hinterrad des Bugattis, blickte jedoch in die entgegengesetzte Richtung. Er war kaum weiter als zwei Meter von mir entfernt. Ich trat lautlos bis auf Armlänge an ihn heran und richtete den großen Revolver von hinten auf seinen Hut.

«Laß ihn fallen», sagte ich, «oder ich puste dir ein Loch in deinen verdammten Schädel, so wahr mir Gott helfe.» Der Mann erstarrte, aber er behielt die Pistole in seiner Hand.

«Kein Problem, mein Freund», erwiderte er und ließ den Griff seiner Mauser Automatic los, so daß sie am Abzugsbügel von seinem Zeigefinger baumelte. «Was dagegen, wenn ich die Sicherung umlege? Dieses kleine Baby geht furchtbar leicht los.» Die Stimme war schleppend und kühl.

«Zuerst zieh dir die Hutkrempe ins Gesicht», sagte ich. «Dann leg die Sicherung um, als hättest du deine Hand in einem Sandsack. Denk dran, auf diese Entfernung kann ich dich kaum verfehlen. Und es wäre zu ungezogen, Dieters schönen Lack mit deinem Gehirn zu versauen.» Er zog an seinem Hut, bis er ihm bis über die Augen reichte, und nachdem er die Mauser gesichert hatte, ließ er sie zu Boden fallen, wo sie harmlos auf die Steine klirrte.

«Hat der Rote dir erzählt, das ich dir folgte?»

«Maul halten und rumdrehen», herrschte ich ihn an. «Und die Hände schön in die Luft.» Der braune Anzug drehte sich um und ließ seinen Kopf bis auf die Schultern sinken, um unter der Krempe seines Hutes hervorspähen zu können.

«Wirst du mich umlegen?» fragte er.

«Hängt davon ab.»

«Wovon?»

«Davon, ob du mir erzählst, wer deine Unkosten bezahlt, oder nicht.»

«Vielleicht können wir einen Handel machen.»

«Ich wüßte nicht, was du anzubieten haben könntest», sagte ich. «Entweder du redest oder ich puste dich weg. So einfach ist das.»

Er grinste. «Du würdest mich nicht kaltblütig erschießen», sagte er.

«Oh, wirklich nicht?» Ich stieß die Waffe heftig gegen sein Kinn, und dann zog ich den Lauf über seine Gesichtshaut, um sie unter seinen Wangenknochen zu bohren. «Sei nicht so sicher. Du hast mir Laune gemacht, das Ding zu benutzen. Es wäre also besser, du machst jetzt den Mund auf, oder du tust es nie wieder.»

«Aber wenn ich singe, was dann? Läßt du mich gehen?»

«Damit du mich noch mal aufspüren kannst? Du mußt mich für bescheuert halten.»

«Womit kann ich dich überzeugen, daß ich's nicht tun würde?»

Ich trat von ihm weg und dachte einen Augenblick nach. «Schwör's beim Leben deiner Mutter.»

«Ich schwöre beim Leben meiner Mutter», sagte er bereitwillig.

«Schön. Also, wer ist dein Auftraggeber?»

«Du läßt mich gehen, wenn ich's dir sage?»

«Ja.»

«Schwör's beim Leben deiner Mutter.»

«Ich schwör's.»

«Also gut», sagte er. «Es war ein Bursche namens Haupthändler.»

«Wieviel bezahlt er dir?»

«Dreihundert jetzt und...» Er brachte den Satz nicht zu Ende. Ich machte einen Schritt nach vorn und schlug ihn mit dem Kolben des Revolvers bewußtlos. Es war ein grausamer Schlag, mit genügend Wucht ausgeführt, um ihn für eine lange Zeit ins Land der Träume zu schicken.

«Meine Mutter ist tot», sagte ich. Dann hob ich seinen Revolver auf, steckte beide Waffen ein und lief zum Wagen zurück. Inge machte große Augen, als sie sah, daß Schmutz und Öl meinen Anzug bedeckten. Es war mein bester Anzug.

«Ist der Lift nicht gut genug für dich? Was hast du gemacht, bist du runtergesprungen?»

«So etwas Ähnliches», sagte ich. Ich griff unter den Fahrersitz, wo ich neben meiner Waffe ein Paar Handschellen aufbewahrte. Dann fuhr ich die etwa siebzig Meter zur Gasse zurück.

Der braune Anzug lag bewußtlos dort, wo ich ihn hatte fallen lassen. Ich stieg aus und schleifte ihn zu einer Mauer, ein kurzes Stück die Gasse hinauf, wo ich ihn an ein paar Eisenstäben ankettete, die ein Fenster schützten. Er stöhnte ein wenig, als ich ihn bewegte. Ich wußte also, daß ich ihn nicht getötet hatte. Ich ging zum Bugatti zurück und verstaute die Waffe des Roten im Handschuhfach. Gleichzeitig nahm ich die kleinen Papiertütchen mit dem weißen Pulver an mich. Ich konnte mir nicht vorstellen, daß der Rote Dieter ein Mann war, der Kochsalz in seinem Handschuhfach aufbewahrte, aber auf jeden Fall schnüffelte ich daran. Es war eindeutig Kokain. Es waren nicht viele Tütchen. Nicht mehr wert als ein paar hundert Mark. Und es sah so aus, als seien sie für den persönlichen Gebrauch des Roten Dieter bestimmt.

Ich schloß den Wagen ab und schob die Schlüssel in den Auspuff, wie er es verlangt hatte. Dann kehrte ich zum braunen Anzug zurück und steckte ihm ein paar der Tütchen in die Jackentasche.

«Das dürfte die Burschen am Alex interessieren», sagte ich. Außer ihn kaltblütig umzubringen, konnte ich mir keinen sichereren Weg denken, um sicherzustellen, daß er den Job, den er angefangen hatte, nicht zu Ende bringen würde.

Handeln konnte man nur mit Leuten, die in ihrer rechten Hand nichts Tödlicheres hatten als ein Gläschen Schnaps.

14

Am nächsten Morgen nieselte es, ein warmer, feiner Regen wie das Sprühwasser aus einem Rasensprenger. Ich stand auf, fühlte mich hellwach und ausgeruht und schaute aus dem Fenster. Ich verspürte soviel Lebenskraft wie ein Rudel Schlittenhunde.

Wir frühstückten eine Kanne ‹Mexikanische Mischung› und zwei Zigaretten. Ich glaube, ich pfiff sogar, als ich mich rasierte. Sie kam ins Badezimmer und betrachtete mich. Das schienen wir ziemlich ausgiebig zu tun.

«Wenn man bedenkt, daß gestern nacht jemand versucht hat, dich umzubringen», sagte sie, «bist du heute morgen in erstaunlich guter Stimmung.»

«Ich sage immer, ein Zusammenstoß mit dem Sensenmann ist das Beste, um neuen Geschmack am Leben zu finden.» Ich lächelte sie an und fügte hinzu: «Das und eine gute Frau.»

«Du hast mir noch immer nicht erzählt, warum er es getan hat.»

«Weil er dafür bezahlt wurde», gab ich zur Antwort.

«Von wem? Von dem Mann im Club?» Ich fuhr über meine Gesichtshaut und hielt Ausschau nach übersehenen Stoppeln. Da ich keine fand, legte ich den Rasierapparat weg.

«Erinnerst du dich, daß ich gestern morgen in Six' Haus anrief und den Butler bat, sowohl seinem Chef als auch Haupthändler etwas auszurichten?»

Inge nickte. «Ja. Er sollte ihnen sagen, du wärst dicht dran.»

«Ich hoffte, das würde Haupthändler genügend Furcht einjagen, um sich eine Blöße zu geben. Nun, es klappte. Bloß erheblich schneller, als ich erwartet hatte.»

«Du glaubst also, er bezahlte den Killer?»

«Ich weiß es.» Inge folgte mir ins Schlafzimmer, wo ich ein Hemd anzog. Sie sah mir zu, wie ich mich mit dem Manschettenknopf an dem Arm abplagte, den ich mir abgeschürft und den sie verbunden hatte. «Weißt du», sagte ich, «die Sache gestern nacht hat viele Fragen beantwortet, aber genauso viele aufgeworfen. Es ist keine Logik in dem Ganzen, nicht die geringste. Es ist, als würde man versuchen, aus den Stücken zweier Puzzles ein einziges zusammenzusetzen. Aus dem Safe der Pfarrs wurden zwei Dinge gestohlen: ein paar Juwelen und ein paar Papiere. Aber beides scheint überhaupt nicht zusammenzupassen. Und dann sind da noch die Stücke, die zu einem Mord gehören und die man nicht mit denen in Übereinstimmung bringen kann, die zum Diebstahl gehören.»

Inge blinzelte langsam wie eine schlaue Katze und blickte mich mit jenem Ausdruck an, der einen Mann ganz krank machen kann, weil er nicht zuerst darauf gekommen ist. Ich ärgerte mich, doch als sie sprach, wurde mir sofort klar, wie beschränkt ich tatsächlich war.

«Vielleicht hat es nie bloß *ein* Puzzle gegeben», sagte sie. «Vielleicht hast du versucht, ein Puzzle zusammenzusetzen, während es die ganze Zeit über zwei gab.» Ich brauchte eine kleine Weile, um das zu verdauen, bis ich mir schließlich mit der flachen Hand vor die Stirn schlug.

«Mist, natürlich, du hast recht.» Ihre Bemerkung wirkte wie eine Offenbarung. Es war nicht *ein* Verbrechen, dem ich gegenüberstand und das ich zu begreifen versuchte. Es waren zwei.

Wir parkten am Nollendorfplatz im Schatten der S-Bahn. Über unseren Köpfen donnerte ein Zug mit einem Getöse über die Brücke, das den ganzen Platz beherrschte. Es war laut; doch das reichte nicht, um den Ruß aus den hohen Fabrikschornsteinen von Tempelhof und Neukölln zu beeindrucken, der die Mauern der Gebäude, die den Platz umgaben, mit einer Kruste überzog, Gebäude, die viele bessere Tage gesehen hatten. Wir gingen zu Fuß nach Westen ins kleinbürgerliche Schöneberg, fanden in der Nollendorfstraße das viergeschossige Mietshaus, in dem Marlene Sahm wohnte, und stiegen in die vierte Etage hinauf.

Der junge Mann, der uns die Tür öffnete, trug Uniform – irgendeine besondere Truppe der SA, die ich nicht kannte. Ich fragte ihn, ob Fräulein Sahm hier wohne, und er erwiderte, sie wohne hier, und er sei ihr Bruder.

«Und wer sind Sie?» Ich gab ihm meine Karte und fragte, ob ich seine Schwester vielleicht sprechen könne. Dieses Anliegen schien ihn ziemlich aus der Fassung zu bringen, und ich fragte mich, ob er gelogen hatte, als er sagte, sie sei seine Schwester. Er fuhr mit der

Hand durch einen mächtigen Schopf strohfarbener Haare und warf einen Blick über die Schulter nach hinten, ehe er beiseite trat.

«Meine Schwester hat sich gerade ein bißchen hingelegt», erklärte er. «Aber ich werde sie fragen, ob sie mit Ihnen sprechen möchte, Herr Gunther.» Er schloß die Tür hinter uns und versuchte, ein freundlicheres Gesicht aufzusetzen. Sein breiter, dicklippiger Mund war fast negroid. Er lächelte jetzt, aber ganz ohne Beteiligung beider kalten, blauen Augen, die sich abwechselnd rasch auf Inge und auf mich richteten, als folgten sie dem Flug eines Pingpong-Balles.

«Bitte warten Sie hier einen Augenblick.»

Als er uns in der Diele allein ließ, zeigte Inge auf die Anrichte, über der nicht eines, sondern drei Bilder des Führers hingen. Sie lächelte. «Sieht nicht so aus, als würden sie ein Risiko eingehen, wenn's um ihre Staatstreue geht.»

«Hast du das nicht gewußt?» sagte ich. «Die gibt es bei Woolworth im Sonderangebot. Kaufen Sie zwei Diktatoren, und Sie bekommen einen umsonst.»

Sahm kehrte zurück, in Begleitung seiner Schwester Marlene, einer großgewachsenen, stattlichen Blondine mit einer melancholischen Hängenase und einem vorstehenden Unterkiefer, was ihrem Gesicht eine gewisse Bescheidenheit verlieh. Aber ihr Nacken war so muskulös und ausgeprägt, daß er fast unbeugsam erschien; und ihre bronzefarbenen Unterarme ließen an Bogenschießen oder Tennis denken. Als sie in den Durchgang schritt, wirkte sie auf mich wie ein durchtrainiertes Kalb in Gestalt einer Glühbirne. Sie war gebaut wie ein Rokokokamin.

Sie führten uns in ein bescheidenes kleines Wohnzimmer, und mit Ausnahme des Bruders, der sich an den Türrahmen lehnte und mich und Inge mit unverhülltem Argwohn beäugte, nahmen wir alle auf einer billigen braunen Ledergarnitur Platz. Hinter den Glastüren eines großen Walnußschrankes waren genügend Trophäen für ein paar Schul-Preisverleihungen versammelt.

«Das ist ja eine ziemlich eindrucksvolle Sammlung, die Sie da haben», sagte ich ein wenig linkisch, ohne eine bestimmte Person anzublicken. Manchmal glaube ich, daß meine Plaudereien ein paar Zentimeter hinter den Erwartungen zurückbleiben.

«Ja, in der Tat», sagte Marlene mit einem unaufrichtigen Ausdruck, den man für Bescheidenheit hätte halten können. Ihr Bruder schien in diesem Punkt weniger zurückhaltend zu sein: «Meine Schwester ist Sportlerin. Wäre sie nicht unglücklicherweise verletzt, würde sie bei der Olympiade für Deutschland laufen.» Inge und ich bekundeten unser Mitgefühl. Dann nahm Marlene meine Karte und las sie noch einmal.

«Womit kann ich Ihnen helfen, Herr Gunther?» fragte sie.

Ich lehnte mich auf dem Sofa zurück und schlug die Beine übereinander, ehe ich meinen Text herunterrasselte. «Ich bin von der Germania-Lebensversicherungsgesellschaft beauftragt worden, Nachforschungen über den Tod von Paul Pfarr und seiner Frau anzustellen. Jeder, der sie kannte, könnte uns helfen, herauszufinden, was wirklich passierte, damit mein Klient eine zügige Regelung treffen kann.»

«Ja», sagte Marlene mit einem langen Seufzer. «Ja, gewiß.»

Ich wartete darauf, daß sie etwas sagte, bevor ich sie schließlich drängte. «Ich glaube, Sie waren Herrn Pfarrs Sekretärin im Innenministerium.»

«Ja, das war ich, das ist richtig.» Sie ließ sich ebensowenig in die Karten sehen wie ein Pokerspieler.

«Arbeiten Sie immer noch dort?»

«Ja», sagte sie mit einem gleichgültigen Achselzucken.

Ich riskierte einen Blick zu Inge, die anstelle einer Antwort nur eine perfekt nachgezogene Augenbraue hob. «Existiert Herr Pfarrs Abteilung, die Korruption im Reich und in der DAF untersuchte, noch immer?»

Sie betrachtete eine Sekunde die Spitzen ihrer Schuhe, und dann blickte sie mich zum ersten Mal, seit wir hier waren, offen an. «Wer hat Ihnen davon erzählt?» fragte sie. Ihre Stimme war ruhig, aber ich konnte merken, daß sie bestürzt war.

Ich überging ihre Frage und versuchte, sie aus der Reserve zu locken. «Glauben Sie, er wurde deshalb getötet – weil jemandem nicht gefiel, daß er herumschnüffelte und Leute anschwärzte?»

«Ich ... ich habe keine Ahnung, warum er getötet wurde. Hören Sie, Herr Gunther, ich glaube ...»

«Haben Sie je von einem Mann namens Gerhard von Greis gehört? Er ist ein Freund des Ministerpräsidenten, aber auch ein Erpresser. Sie müssen wissen, was immer er an Ihren Chef weitergegeben hat, es kostete ihn das Leben.»

«Ich glaube das nicht...», sagte sie, und dann riß sie sich zusammen. «Ich kann keine Ihrer Fragen beantworten.»

Aber ich machte weiter. «Was ist mit Pauls Geliebter, Eva oder Vera oder wie immer ihr Name ist? Haben Sie eine Ahnung, wo sie sich versteckt haben könnte? Wer weiß, vielleicht ist sie auch tot.»

Ihre Augen bebten wie eine Tasse auf einer Untertasse in einem Speisewagen. Sie atmete schwer und stand auf, die Hände fest auf die Hüften gepreßt. «Bitte», sagte sie, und Tränen begannen ihr in die Augen zu steigen. Der Bruder löste sich vom Türrahmen und schob sich wie ein Ringrichter, der einen Boxkampf unterbricht, zwischen sie und mich.

«Das reicht wohl, Herr Gunther», sagte er. «Ich sehe keinen Grund, warum ich Ihnen erlauben sollte, meine Schwester auf diese Weise zu verhören.»

«Warum nicht?» fragte ich aufstehend. «Ich wette, so etwas erlebt sie bei der Gestapo dauernd. Und dazu noch 'ne Menge Schlimmeres.»

«Trotzdem», sagte er, «es scheint mir ganz klar, daß sie Ihre Fragen nicht zu beantworten wünscht.»

«Komisch», sagte ich. «Zu etwa demselben Schluß bin ich auch gekommen.» Ich nahm Inge beim Arm, und wir gingen zur Tür. Doch bevor wir das Zimmer verließen, drehte ich mich um und sagte: «Ich bin nicht auf irgend jemands Seite, und das einzige, was ich herauszufinden versuche, ist die Wahrheit. Falls Sie Ihre Meinung ändern sollten, zögern Sie nicht, mit mir Verbindung aufzunehmen. Ich habe mich auf diesen Fall nicht eingelassen, um jemand den Wölfen vorzuwerfen.»

«Ich habe dich noch nie als einen von der großzügigen Sorte erlebt», sagte Inge, als wir wieder draußen waren.

«Ich? Jetzt warte mal: Ich habe die Don-Quijote-Schule für Detektive besucht. Ich bekam eine Zwei plus in Edler Gesinnung.»

«Zu schade, daß du nicht eine gute Note in Befragung bekommen hast», erwiderte sie. «Du weißt, daß sie völlig aus der Fassung geriet, als du angedeutet hast, Pfarrs Geliebte könnte tot sein.»

«Na schön, was hätte ich deiner Meinung nach tun sollen – es mit der Pistole aus ihr rauskitzeln?»

«Ich meine bloß, daß es zu schade war, daß sie nicht reden wollte, das ist alles. Vielleicht wird sie ihre Meinung ändern.»

«Darauf würde ich nicht wetten», sagte ich. «Wenn sie für die Gestapo arbeitet, ist doch wohl klar, daß sie nicht zu der Sorte gehört, die Verse in ihrer Bibel unterstreicht. Und hast du diese Muskeln gesehen? Ich wette, sie ist ihr bester Mann mit einer Peitsche oder einem Gummiknüppel.»

Wir stiegen in den Wagen und fuhren über die Bülowstraße nach Osten. Am Viktoriapark hielt ich an.

«Komm», sagte ich. «Laß uns ein Stück gehen. Ich kann ein bißchen frische Luft brauchen.»

Inge schnüffelte argwöhnisch die Luft, die vom Gestank der nahen Schultheiß-Brauerei geschwängert war. «Erinnere mich daran, daß ich mir von dir nie ein Parfüm schenken lasse», sagte sie.

Wir gingen den Hügel hinauf zum Bildermarkt, wo Berlins junge Möchtegern-Künstler ihre untadelig idyllischen Werke zum Verkauf anboten. Wie vorauszusehen, hatte Inge bloß Verachtung dafür übrig.

«Hast du jemals so einen absoluten Mist gesehen?» schnaubte sie. «Wenn du alle diese Bilder von muskelbepackten Bauern siehst, die Garben binden oder Felder pflügen, könntest du meinen, daß wir in einem Märchen der Brüder Grimm leben.»

Ich nickte langsam. Ich mochte es, wenn sie sich über ein Thema aufregte, selbst wenn ihre Stimme laut wurde und ihre Ansichten dazu angetan waren, uns beide ins KZ zu bringen.

Wer weiß, mit ein bißchen mehr Zeit und Geduld hätte sie mich vielleicht so weit gebracht, meine ziemlich prosaische Meinung über den Wert von Kunst zu überprüfen. Doch wie die Dinge lagen, hatte ich etwas anderes im Kopf. Ich nahm sie beim Arm und bugsierte sie zu einer Ansammlung von Gemälden, die stahlharte SA-Männer darstellten und die ein Künstler vor sich aufgebaut hatte, der alles andere als arisch aussah. Ich sprach leise.

«Seit wir die Wohnung der Sahms verließen, habe ich das Gefühl, daß wir verfolgt werden», sagte ich. Sie blickte verstohlen in die Runde. Es waren ein paar Leute in der Nähe, doch es war niemand darunter, der ein besonderes Interesse an uns zu nehmen schien.

«Ich zweifle, daß du ihn erkennen wirst», sagte ich. «Nicht, wenn er gut ist.»

«Glaubst du, daß es die Gestapo ist?» fragte sie.

«Sie sind nicht die einzige Meute von Spürhunden in dieser Stadt», sagte ich, «aber ich schätze, sie wittern das schnelle Geld. Sie wissen, daß ich an dieser Sache beteiligt bin, und ich würde ihnen ohne weiteres zutrauen, daß sie nichts dagegen haben, wenn ich Ihnen die Laufarbeit abnehme.»

«Also, was machen wir?» Ihr Gesicht sah ängstlich aus, doch ich grinste zurück.

«Weißt du, ich sage immer, nichts macht soviel Spaß, wie zu versuchen, eine Klette abzuschütteln. Besonders, wenn sich dann noch herausstellt, daß sie von der Gestapo ist.»

15

Die Morgenpost enthielt nur zwei Briefe, und beide waren durch Boten zugestellt worden. Außer Sichtweite von Grubers forschendem Blick, der mich anstarrte wie eine hungrige Katze, öffnete ich sie und fand im kleineren der beiden Umschläge nur ein rechteckiges Stück Karton, eine Eintrittskarte für die heutigen olympischen Leichtathletikwettbewerbe. Ich drehte sie um und las, was auf die Rückseite geschrieben war: die Initialen «M. S.» und «14 Uhr». Der größere Umschlag trug das Siegel des Luftfahrtministeriums und enthielt eine Abschrift der Anrufe, die Haupthändler und Jeschonnek im Laufe des Sonnabends gemacht oder erhalten hatten: Abgesehen von dem einen Gespräch, das ich selbst von Haupthändlers Wohnung aus geführt hatte, war kein weiteres verzeichnet. Ich warf den Umschlag und seinen Inhalt in den Papierkorb, setzte mich hin und überlegte, ob Jeschonnek das Halsband bereits gekauft hatte und was ich wohl tun würde, wenn ich gezwungen war, Haupthändler heute abend zum Flughafen Tempelhof zu folgen. Andererseits: Wenn Haupthändler das Halsband bereits losgeschlagen hatte, konnte ich mir nicht vorstellen, daß er aus lauter Spaß an der Freude bis zum Montag abend mit dem Flug nach London warten würde. Es schien wahrscheinlicher, daß für das Geschäft ausländische Währung nötig war und Jeschonnek die Zeit gebraucht hatte, um das Geld aufzutreiben. Ich machte mir einen Kaffee und wartete darauf, daß Inge kam.

Ich warf einen Blick aus dem Fenster, und weil ich sah, daß das Wetter trübe war, lächelte ich, als ich mir ihren Jubel über die Aussicht vorstellte, daß ein weiterer Regenschauer auf die Olympiade des Führers fallen würde. Leider würde auch ich jetzt naß werden.

Wie hatte sie die Spiele genannt? «Die unverschämteste Hochstapelei der neueren Geschichte.» Ich suchte im Schrank nach meinem alten gummierten Regenmantel, als sie durch die Tür kam.

«Gott, ich brauch 'ne Zigarette», sagte sie, warf ihre Handtasche auf einen Stuhl und bediente sich aus dem Kästchen auf meinem Schreibtisch. Sie blickte ein wenig belustigt auf meinen alten Mantel und sagte: «Hast du die Absicht, das Ding zu tragen?»

«Ja. Die Muskeldame hat sich schließlich doch noch durchgerungen. In der Post war eine Eintrittskarte für die heutigen Spiele. Sie will, daß ich sie um zwei im Stadion treffe.»

Inge blickte aus dem Fenster. «Du hast recht», sagte sie, «du wirst den Mantel brauchen. Es gießt wie aus Kübeln.» Sie setzte sich und legte die Füße auf den Tisch. «Nun, dann bleibe ich eben auf eigene Verantwortung hier und passe auf den Laden auf.»

«Ich werde spätestens gegen vier Uhr zurück sein», sagte ich. «Dann müssen wir zum Flughafen.»

Sie runzelte die Stirn. «O ja, ich hab's vergessen. Haupthändler will ja heute abend nach London fliegen. Entschuldige, wenn ich so naiv frage, aber was genau willst du tun, wenn du dort ankommst? Wenn er und sein Partner, wer immer das ist, aufkreuzen, willst du dann einfach auf sie losmarschieren und sie fragen, wieviel sie für das Halsband bekommen haben? Vielleicht machen sie einfach, mitten im Getriebe von Tempelhof, ihre Koffer auf und lassen dich einen Blick auf ihr Kleingeld werfen.»

«Nichts im wirklichen Leben verläuft je genau nach Plan. Es

gibt nie einwandfreie kleine Hinweise, die es dir möglich machen, den Gauner rechtzeitig festzunageln.»

«Das hört sich beinahe niedergeschlagen an», sagte sie.

«Ich hatte einen Trumpf in der Hand, von dem ich glaubte, er würde die Sache etwas einfacher machen.»

«Und der Trumpf hat nicht gestochen, ist es so?»

«So ähnlich.»

Das Geräusch von Schritten im Vorzimmer ließ mich abbrechen. Es klopfte an der Tür, und ein Motorradfahrer, ein Unteroffizier des NS-Fliegerkorps, trat ein, in der Hand einen ebensolchen großen braunen Umschlag, wie ich ihn vorhin in den Papierkorb befördert hatte. Er schlug die Hacken zusammen und fragte mich, ob ich Bernhard Gunther sei. Ich bejahte, nahm den Umschlag aus den behandschuhten Händen des Unteroffiziers entgegen und unterschrieb die Empfangsbestätigung. Dann hob er die Hand zum Hitlergruß und marschierte zackig wieder raus.

Ich öffnete den Umschlag des Luftfahrtministeriums. Er enthielt mehrere mit Schreibmaschine geschriebene Blätter – die Abschrift von Telefongesprächen, die Haupthändler und Jeschonnek gestern geführt hatten. Jeschonnek war von den beiden der emsigere gewesen. Der Diamantenhändler hatte mit verschiedenen Leuten über den illegalen Ankauf großer Mengen amerikanischer Dollars und britischer Pfunde verhandelt.

«Volltreffer», sagte ich und las die Abschrift des letzten Gesprächs, das Jeschonnek geführt hatte. Er hatte mit Haupthändler gesprochen, und natürlich tauchte dieses Gespräch auch in der Abschrift von Haupthändlers Gesprächen auf. Es war das Beweisstück auf das ich gehofft hatte: der Beweis, der Theorie in Tatsachen verwandelte, der eine eindeutige Verbindung zwischen Six' Privatsekretär und dem Diamantenhändler herstellte. Und was noch besser war, sie sprachen über Zeit und Ort eines Treffens.

«Nun?» fragte Inge, die ihre Neugier nicht länger zügeln konnte.

Ich grinste sie an. «Mein Trumpf hat gestochen. Jemand hat's gerade rausgekriegt. Haupthändler und Jeschonnek haben für heute abend um fünf an einem Ort im Grunewald ein Treffen vereinbart. Jeschonnek wird einen ganzen Sack ausländischer Währung mitbringen.»

«Der Informant, den du da hast, muß ja ein wahrer Hexer sein», sagte sie stirnrunzelnd. «Wer ist es? Hanussen, der Hellseher?»

«Mein Mann ist eher ein Theaterdirektor», erwiderte ich. «Er bestimmt das Programm, und dieses Mal werde ich mir das Stück bestimmt ansehen.»

«Und er hat in seinem Ensemble nicht zufällig ein paar freundliche SA-Leute, die dir den richtigen Platz anweisen?»

«Es würde dir nicht gefallen.»

«Wenn ich anfange, finster zu blicken, ist es Sodbrennen, in Ordnung?»

Ich zündete mir eine Zigarette an. Im Geist warf ich eine Münze und verlor. Ich würde es ihr auf der Stelle erzählen. «Erinnerst du dich an den toten Mann im Speisenaufzug?»

«Als hätte ich gerade festgestellt, daß ich Lepra habe», sagte sie und schauderte sichtbar.

«Hermann Göring hat mich angeheuert, ihn zu finden.» Ich machte eine Pause und wartete auf ihren Kommentar, und als ich ihren verblüfften Gesichtsausdruck sah, zuckte ich die Achseln. «Das ist das Geheimnis», sagte ich. «Er gab die Erlaubnis, daß zwei Telefone abgehört wurden – Jeschonneks und Haupthändlers.» Ich nahm die Abschrift und wedelte damit vor ihrem Gesicht herum. «Und das ist das Ergebnis. Es bedeutet unter anderem, daß ich es mir jetzt erlauben kann, diesen Leuten zu sagen, wo sie von Greis finden können.»

Inge sagte nichts. Ich nahm einen langen, wütenden Zug, dann drückte ich meine Zigarette aus, als hämmere ich auf ein Katheder. «Ich will dir was sagen: Göring gibst du keinen Korb, nicht, wenn du deine Zigarette mit beiden Lippen zu Ende rauchen willst.»

«Nein, ich denke nicht.»

«Glaub mir, er ist kein Klient, den ich mir aussuchen würde. Ein Schnüffler, wie er ihn sich vorstellt, ist ein Gangster mit einer Maschinenpistole.»

«Aber warum hast du mir nichts davon erzählt, Bernie?»

«Wenn Göring einen Mann wie mich ins Vertrauen zieht, ist das Risiko riesengroß. Ich dachte, es wäre sicherer für dich, wenn du keine Ahnung hättest. Aber jetzt kann ich's wohl nicht mehr vermeiden, oder?» Noch einmal schwenkte ich die Abschrift.

Inge schüttelte den Kopf.

«Natürlich konntest du nicht ablehnen. Ich hatte nicht die Absicht, unangenehm zu werden, es ist bloß, daß ich, nun ja, ein bißchen überrascht war. Und vielen Dank, daß du mich schützen wolltest, Bernie. Ich bin froh, daß du wenigstens jemandem von dem armen Mann erzählen kannst.»

«Das werde ich sofort tun», sagte ich.

Als ich Rienacker anrief, hörte sich seine Stimme müde und gereizt an.

«Ich hoffe, Sie haben was, Großmaul», sagte er, «der Geduldsfaden vom dicken Hermann ist nämlich mittlerweile dünner als die Marmelade im Biskuitkuchen eines jüdischen Bäckers. Wenn's also nur ein Anruf aus Höflichkeit ist, dann könnte ich mir überlegen mal vorbeizukommen, mit ein bißchen Hundescheiße auf meinen Schuhen.»

«Was ist mit Ihnen los, Rienacker? Befürchten Sie, daß Sie im Leichenschauhaus enden werden, oder was?»

«Hören Sie mit dem Gequatsche auf, Gunther, und kommen Sie zur Sache.»

«In Ordnung, dann spitzen Sie mal die Ohren. Ich habe gerade euren Knaben gefunden, und er hat seine letzte Orange ausgequetscht.»

«Tot?»

«So tot, wie man nur sein kann. Sie werden ihn im Speisenaufzug in einer verlassenen Pension am Chamissoplatz finden. Sie brauchen nur dem Geruch zu folgen.»

«Und die Papiere?»

«In der Brennkammer ist 'ne Menge Asche, aber das ist so ziemlich alles.»

«Haben Sie 'ne Ahnung, wer ihn umgebracht hat.»

«Tut mir leid», sagte ich, «aber das ist Ihr Job. Alles, was ich zu tun hatte, war, ihn zu finden, und nicht mehr. Sagen Sie Ihrem Chef, er bekäme meine Rechnung mit der Post.»

«Vielen Dank, Gunther», sagte Rienacker, und seine Stimme hörte sich nicht gerade fröhlich an. «Sie haben...» Ich schnitt ihm mit einem schroffen «Wiederhören» das Wort ab und hängte ein.

Ich ließ Inge die Autoschlüssel da und sagte ihr, sie solle mich heute nachmittag um halb fünf auf der Straße vor Haupthändlers Strandhaus treffen. Ich hatte die Absicht, mit einem der Sonderzüge der S-Bahn vom Bahnhof Zoo zum Reichssportfeld zu fahren. Aber zuerst machte ich ein paar besonders komplizierte Umwege zum Bahnhof, um sicherzugehen, daß ich nicht verfolgt wurde. Ich ging rasch die Königstraße hinauf und nahm die Straßenbahn Nummer 2 zum Spittelmarkt, wo ich zweimal um den Spindler-Brunnen herumschlenderte, bevor ich in die U-Bahn stieg. Ich fuhr eine Station bis zur Friedrichstraße, wo ich die U-Bahn verließ. Während der Geschäftszeit herrscht in der Friedrichstraße der dichteste Verkehr in Berlin, und die Luft schmeckt nach Bleistiftspänen. Ich wich Regenschirmen und Amerikanern aus, die sich über ihre Baedeker beugten, wurde um ein Haar von einem Rüdersdorfer Pfefferminz-Lieferwagen überrollt und überquerte Tauberstraße und Jägerstraße, vorbei am *Hotel Kaiserhof* und dem Hauptbüro der Six-Stahlwerke. Ich eilte weiter in Richtung Unter den Linden, zwängte mich durch dichten Verkehr auf der Französischen Straße und tauchte an der Ecke Behrenstraße in die Kaiser-Passage. Das ist ein Bogengang mit teuren Geschäften, wie sie gern von Touristen frequentiert werden, und er mündet Unter den Linden in unmittelbarer Nähe des *Hotels Westminster*, wo viele Touristen wohnen. Wenn man zu Fuß ist, hat sich diese Passage immer als ein sehr günstiger Ort erwiesen, einen Verfolger endgültig abzuschütteln. Ich tauchte Unter den Linden wieder auf, überquerte die Straße und fuhr mit einem Taxi zum Bahnhof Zoo, wo ich den Sonderzug zum Reichssportfeld nahm.

Das zwei Stockwerke hohe Stadion sah kleiner aus, als ich erwartet hatte, und ich fragte mich, ob die Menschenmenge, die sich in seinem Umkreis drängte, jemals hineinpassen würde. Erst nachdem ich selber drin war, erkannte ich, daß es innen tatsächlich größer war, als es von außen schien, weil die Kampfbahn einige Meter unter dem Bodenniveau lag.

Ich nahm meinen Platz ein, dicht am Rande der Aschenbahn und neben einer gesetzten Dame, die lächelte und höflich nickte, als ich mich setzte. Der Platz zu meiner Rechten, vermutlich der von Marlene Sahm, war im Augenblick noch leer, obwohl es bereits nach zwei Uhr war. Als ich gerade auf meine Uhr blickte, öffnete der Himmel seine Schleusen, und der schlimmste Regenguß des Tages ging nieder; ich war mehr als froh, daß die Matrone ihren Regenschirm mit mir teilte. Für die war es ihre tägliche gute Tat. Sie deutete auf die Westseite des Stadions und reichte mir ein kleines Opernglas.

«Dort wird der Führer sitzen», sagte sie. Ich dankte ihr für die Auskunft, und obwohl ich nicht im geringsten interessiert war, beäugte ich ein Podium, das zahlreiche Männer in Gehröcken, vermehrt um einen Trupp der allgegenwärtigen SS-Offiziere, bevölkerten, die alle genauso naß wurden wie ich. Inge wäre entzückt dachte ich. Vom Führer selbst war nichts zu sehen.

«Gestern kam er erst um fünf», erklärte die gesetzte Dame «Freilich, bei einem so gräßlichen Wetter könnte man ihm schon verzeihen, wenn er überhaupt nicht käme.» Sie deutete auf meinen leeren Schoß. «Sie haben ja kein Programm. Möchten Sie gern wissen, welche Wettbewerbe stattfinden?» Ich sagte ja, stellte jedoch zu meinem Erstaunen fest, daß sie nicht die Absicht hatte, mir ihr Programm zu leihen, sondern es laut vorzulesen.

«Die ersten Laufwettbewerbe am heutigen Nachmittag sind die Vorläufe über 400 Meter Hürden. Dann folgen die Halbfinalläufe und der Endlauf über 100 Meter. Wenn Sie mir gestatten, das zu sagen, ich glaube nicht, daß der Deutsche gegen diesen Neger, Owens, eine Chance hat. Ich habe den Amerikaner gestern laufen sehen, und er war wie eine Gazelle.» Ich war gerade im Begriff, eine unpatriotische Bemerkung über die sogenannte Herrenrasse vom Stapel zu lassen, als Marlene Sahm neben mir Platz nahm und mich dadurch vermutlich davor bewahrte, mir landesverräterisch den Mund zu verbrennen.

«Danke, daß Sie gekommen sind, Herr Gunther. Und wegen gestern tut es mir leid. Es war unverschämt von mir. Sie versuchten nur zu helfen, nicht wahr?»

«Gewiß.»

«Letzte Nacht konnte ich nicht schlafen, weil ich immer daran denken mußte, was Sie über...» und hier zögerte sie einen Augenblick, «...über Eva sagten.»

«Paul Pfarrs Geliebte?» Sie nickte. «Ist sie Ihre Freundin?»

«Keine enge Freundin, wissen Sie, aber eine Freundin, ja. Und deshalb beschloß ich heute morgen, Ihnen mein Vertrauen zu schenken. Ich bat Sie, mich hier zu treffen, weil ich sicher bin, daß ich überwacht werde. Deshalb kam ich auch so spät. Ich mußte sichergehen, daß ich sie abgeschüttelt hatte.»

«Die Gestapo?»

«Nun, das Internationale Olympische Komitee habe ich mit Sicherheit nicht gemeint, Herr Gunther.» Wir lächelten beide.

«Nein, bestimmt nicht», sagte ich und stellte insgeheim fest, daß die Art, mit der Ungeduld an die Stelle von Bescheidenheit trat, sie um vieles anziehender machte. Unter ihrem bräunlichen Regenmantel, den sie am Hals aufknöpfte, trug sie ein dunkelblaues Baumwollkleid mit einem Halsausschnitt, der mir einen Blick auf die ersten paar Zentimeter eines tiefen und sonnengebräunten Brustansatzes ermöglichte. Sie begann in ihrer geräumigen braunen Lederhandtasche zu kramen.

«Also dann», sagte sie nervös. «Zu Paul. Nach seinem Tod mußte ich sehr viele Fragen beantworten, wissen Sie.»

«Was für Fragen?» Es war eine dumme Frage, doch sie nahm sie nicht so auf.

«Sie wollten alles wissen. Ich glaube, in einem bestimmten Stadium waren sie sogar so weit, anzunehmen, ich könne seine Geliebte gewesen sein.» Sie nahm einen dunkelgrünen Taschenkalender aus ihrer Handtasche und gab ihn mir. «Aber das habe ich beiseite geschafft. Es ist Pauls Taschenkalender, besser gesagt, sein privater, den er selber führte und nicht der offizielle Terminkalender, den ich für ihn führte, und den ich der Gestapo aushändigte.» Ich drehte den Taschenkalender in meinen Händen und wagte nicht, ihn aufzuschlagen. Six, und jetzt Marlene – die Leute hatten merkwürdige Gründe, der Polizei etwas vorzuenthalten. Vielleicht aber auch nicht. Alles hing davon ab, wie gut man die Polizei kannte.

«Warum behielten Sie ihn?» fragte ich.

«Um Eva zu schützen.»

«Warum haben Sie ihn dann nicht einfach vernichtet? Das wäre für Eva und auch für Sie sicherer gewesen, möchte ich meinen.»

Sie runzelte die Stirn, als ob sie sich etwas zu erklären bemühte, das sie vielleicht selber nur halb verstand. «Wahrscheinlich dachte ich, es könnte, wenn der Kalender in die richtigen Hände käme, etwas drinstehen, das den Mörder überführen würde.»

«Und was ist, wenn sich herausstellen sollte, daß Ihre Freundin Eva etwas damit zu tun hatte?»

Ihre Augen blitzten, und sie sagte wütend: «Nicht eine Sekunde glaube ich daran. Sie war nicht fähig, jemandem Leid zuzufügen.»

Ich schürzte die Lippen und nickte nachdenklich. «Erzählen Sie mir von ihr.»

«Alles zu seiner Zeit, Herr Gunther», sagte sie, und ihr Mund wurde schmal. Ich glaubte nicht, daß Marlene Sahm zu den Frauen gehörte, die sich je von ihren Leidenschaften oder Vorlieben hinreißen ließen, und fragte mich, ob die Gestapo diesen Frauentyp bevorzugt rekrutierte oder ob diese Frauen durch den Dienst einfach so geprägt wurden.

«Zuerst möchte ich Ihnen gegenüber etwas klarstellen.»

«Bitte sehr.»

«Nach Pauls Tod stellte ich selber ein paar diskrete Nachforschungen nach Evas Verbleib an, doch ohne Erfolg. Doch darauf komme ich noch. Bevor ich Ihnen etwas erzähle, will ich Ihr Wort, daß Sie versuchen werden, falls Sie sie finden, sie davon zu überzeugen, sich freiwillig zu stellen. Das ist kein Gefallen, um den ich Sie bitte, sondern mein Preis dafür, daß ich Ihnen die Informationen gebe, die Ihnen bei Ihren eigenen Untersuchungen helfen.»

«Sie haben mein Wort. Ich werde ihr jede nur mögliche Chance geben. Aber ich muß Ihnen sagen: Im Augenblick sieht es so aus, als würde sie bis zu ihrem Hutband mit drinstecken. Ich glaube, sie hat vor, heute nacht ins Ausland zu gehen, also fangen Sie besser an zu reden. Wir haben nicht viel Zeit.»

Einen Augenblick kaute Marlene nachdenklich an ihrer Lippe, und ihre Augen blickten gelangweilt auf die Hürdenläufer, die sich an der Startlinie versammelten. Auch das aufgeregte Stimmengewirr der Zuschauer beachtete sie nicht, das tiefer Stille wich, als der Starter die Pistole hob. Als der Schuß gefallen war, fing sie an, zu erzählen, was sie wußte.

«Also, um mit dem Namen anzufangen: Ihr Name ist nicht Eva. Paul nannte sie so. Das machte er immer, er gab Leuten neue Namen. Er mochte arische Namen, wie Siegfried und Brunhilde. Evas richtiger Name war Hannah, Hannah Roedl, aber Paul sagte, Hannah sei ein jüdischer Name, und er würde sie immer Eva nennen.»

Ein gewaltiger Aufschrei ging durch die Menge, als der Amerikaner den ersten Hürdenvorlauf gewann.

«Paul war mit seiner Frau unglücklich, aber er sagte mir nie, warum. Er und ich, wir waren gute Freunde, und er vertraute mir manches an, aber ich hörte ihn nie über seine Frau sprechen. Eines Abends nahm er mich in einen Spielclub mit, und dort stieß ich zufällig auf Eva. Sie arbeitete dort als Croupier. Ich hatte sie seit Monaten nicht gesehen. Wir hatten uns kennengelernt, als wir beim Finanzamt arbeiteten. Sie konnte sehr gut mit Zahlen umgehen. Ich nehme an, das war der erste Grund, warum sie in dem Club arbeitete. Der zweite war die Bezahlung und die Gelegenheit, ein paar interessante Leute kennenzulernen.»

Ich hob eine Augenbraue, als sie das sagte: was mich angeht, habe ich Leute, die in Casinos spielen, immer für ausgesprochen langweilig gehalten; aber ich sagte nichts, denn ich wollte nicht, daß sie den Faden verlor.

«Jedenfalls machte ich die beiden miteinander bekannt und konnte sehen, daß es zwischen ihnen funkte. Paul war ein stattlicher Mann, und Eva sah einfach gut aus, sie war eine richtige Schönheit. Einen Monat darauf begegnete ich ihr wieder, und sie erzählte mir, sie und Paul hätten eine Affäre. Zuerst war ich entsetzt; und dann dachte ich, daß mich das wirklich nichts anginge. Eine Zeitlang – vielleicht sechs Monate – sahen sie sich sehr häufig. Und dann wurde Paul ermordet. Die Daten und alles mögliche andere dürften Sie in dem Taschenkalender finden.»

Ich schlug im Taschenkalender das Datum von Pauls Todestag auf und las die Eintragungen auf dieser Seite.

«Hiernach hatte er am Abend seines Todes eine Verabredung mit ihr.» Marlene sagte nichts. Ich blätterte zurück. «Und da ist ein anderer Name, den ich kenne», sagte ich. «Gerhard von Greis. Was wissen Sie über ihn?» Ich zündete mir eine Zigarette an und fügte hinzu: «Es wäre an der Zeit, daß Sie mir alles über Ihre kleine Abteilung in der Gestapo erzählen, meinen Sie nicht?»

«Pauls Abteilung. Er war so stolz darauf, wissen Sie.» Sie seufzte tief. «Ein Mann von großer Rechtschaffenheit.»

«Klar», sagte ich. «Wenn er mit dieser anderen Frau zusammen war, wollte er die ganze Zeit in Wahrheit nichts anderes, als zu Hause sein bei seiner Frau.»

«Auf eine sonderbare Weise ist das absolut richtig, Herr Gunther. Das genau wollte er. Ich glaube nicht, daß er je aufhörte, Grete zu lieben. Aber aus irgendeinem Grund fing er an, sie auch zu hassen.»

Ich zuckte die Achseln. «Na ja, es muß auch solche Leute geben. Vielleicht gefiel es ihm bloß, mit seinem Schwanz zu wedeln.» Nach dieser Bemerkung blieb sie ein paar Minuten still, und auf der Aschenbahn fand der nächste Vorlauf statt. Sehr zur Begeisterung der Zuschauer gewann der deutsche Läufer, Notbruch, das Rennen. Die Matrone geriet darüber in große Erregung, erhob sich von ihrem Platz und schwenkte ihr Programm.

Marlene kramte wieder in ihrer Tasche und nahm einen Briefumschlag heraus.

«Das ist die Abschrift des ursprünglichen Briefes, der Paul ermächtigte, seine Abteilung einzurichten», sagte sie und gab mir den Brief. «Ich dachte, Sie würden ihn vielleicht gern lesen. Er hilft, die Dinge im rechten Licht zu sehen, zu erklären, warum Paul das tat, was er tat.»

Ich las den Brief. Er hatte folgenden Wortlaut:

Der Reichsführer-SS	Berlin NW 7
und Leiter der	6. November 1935
Deutschen Polizei	Unter den Linden 74
im Reichsministerium	Tel. (örtl.) 120034
des Inneren	(ausw.) 120037
o-KdS g 2 (o/RV) Nr. 2211/35	

Eilbrief an Hauptsturmführer Dr. Paul Pfarr

Ich schreibe Ihnen in einer sehr ernsten Angelegenheit. Ich meine die Korruption unter den Dienern des Reichs. Ein Grundsatz muß

Geltung haben: Staatsbedienstete müssen gegenüber unseren Rassegenossen ehrlich, bescheiden, loyal und kameradschaftlich sein. Solche Elemente, die gegen diesen Grundsatz verstoßen – die auch nur eine Mark in ihre Tasche stecken –, werden gnadenlos bestraft werden. Ich werde nicht müßig danebenstehen und zusehen, wie diese Fäulnis sich ausbreitet.

Wie Sie wissen, habe ich bereits Maßnahmen ergriffen, um die Korruption in den Reihen der SS auszurotten, und eine Anzahl unehrenhafter Männer ist demgemäß eliminiert worden. Es ist der Wille des Führers, daß Sie ermächtigt werden, die Korruption in der Deutschen Arbeitsfront, wo Betrügereien verbreitet sind, aufzuspüren und auszumerzen. Zu diesem Zweck werden Sie in den Rang eines Hauptsturmführers erhoben und sind unmittelbar mir unterstellt.

Wo immer Korruption ihr Haupt erhebt, werden wir sie ausbrennen. Und am Ende der Tage werden wir sagen, daß wir diese Aufgabe aus Liebe zu unserem Volk durchgeführt haben.

Heil Hitler!
gez.: *Heinrich Himmler*

«Paul war sehr gewissenhaft», sagte Marlene. «Es gab Verhaftungen, und die Schuldigen wurden bestraft.»

«‹Eliminiert›», sagte ich, den Reichsführer zitierend.

Marlenes Stimme wurde hart. «Sie waren Feinde des Reichs», sagte sie.

«Ja, gewiß.» Ich wartete, daß sie fortfuhr, und da ich sah, daß sie meiner nicht ganz sicher war, setzte ich hinzu: «Sie mußten bestraft werden. Ich bin mit Ihnen einer Meinung. Bitte fahren Sie fort.»

Marlene nickte. «Schließlich richtete er seine Aufmerksamkeit auf die Stahlarbeitergewerkschaft, und es kamen ihm recht bald Gerüchte zu Ohren, die seinen Schwiegervater, Hermann Six, betrafen. Anfangs nahm er sie auf die leichte Schulter. Und dann, beinahe über Nacht, war er entschlossen, ihn zu vernichten. Nach einer Weile war das beinahe zu einer fixen Idee geworden.»«

«Wann war das?»

«Ich kann mich an das Datum nicht erinnern. Aber ich weiß

noch, daß es ungefähr in der Zeit war, als er anfing, bis in die Nacht zu arbeiten und keine Telefonanrufe seiner Frau entgegenzunehmen. Und kurz darauf begann er, sich mit Eva zu treffen.»

«Und welcher Art genau war das schlechte Benehmen von Papa Six?»

«Korrupte DAF-Beamte hatten Gelder der Stahlarbeitergesellschaft und des Wohlfahrtsfonds auf Konten in Six' Bank deponiert.»

«Sie wollen sagen, er besitzt auch eine Bank?»

«Ein größeres Aktienpaket der ‹Deutschen Commerzbank›. Im Gegenzug sorgte Six dafür, daß diese Beamten zinsgünstige persönliche Darlehen erhielten.»

«Was sprang für Six dabei raus?»

«Indem die Bank zum Nachteil der Arbeiter niedrige Zinsen auf die Einlagen zahlte, war sie imstande, ihre Bilanz zu verbessern.»

«Nett und ordentlich, also», sagte ich.

«Das ist noch nicht alles», sagte sie mit einem zornigen Lachen. «Paul hatte außerdem den Verdacht, daß sich sein Schwiegervater an den Gewerkschaftsgeldern vergriff. Und daß er die Einlagen der Gewerkschaft abschöpfte.»

«Abschöpfen, was ist das?» wollte ich wissen.

«Der mehrmalige Verkauf von Wertpapieren und Aktien, um andere kaufen zu können, so daß man jederzeit den legalen Gewinnanteil einstreichen kann. Die Provision, wenn Sie wollen. Die dürften sich die Bank und die Gewerkschaftsleute geteilt haben. Doch das zu beweisen war eine andere Sache», sagte sie. «Paul versuchte, eine Genehmigung zum Abhören von Six' Telefon zu kriegen, doch derjenige, der darüber zu entscheiden hatte, weigerte sich. Six werde bereits von einer anderen Stelle abgehört, sagte Paul, und die sei nicht bereit, gemeinsame Sache zu machen. Folglich suchte Paul nach einer anderen Möglichkeit, an Six heranzukommen. Er entdeckte, daß der Ministerpräsident einen vertraulichen Mittelsmann hatte, der über bestimmte Informationen verfügte, die für Six und damit für viele andere kompromittierend waren. Sein Name war Gerhard von Greis. In Six' Fall benutzte Göring diese Informationen, um ihn zu zwingen, sich den wirtschaftlichen Richtlinien zu unterwerfen. Jedenfalls traf sich Paul mit von Greis und bot ihm eine Menge Geld an, wenn er ihn einen Blick in sein Material über Six werfen ließe. Doch von Greis lehnte ab. Er habe Angst gehabt, wie Paul mir sagte.»

Sie warf einen Blick in die Runde, denn die Menge, in Erwartung der Halbfinalläufe über 100 Meter, wurde aufgeregter. Nachdem man die Hürden beiseite geräumt hatte, machten sich jetzt mehrere Sprinter auf der Aschenbahn warm, darunter auch der Mann, um dessentwillen die Leute gekommen waren: Jesse Owens. Einen Augenblick galt ihre ganze Aufmerksamkeit ausschließlich dem schwarzen Sportler.

«Ist er nicht großartig?» fragte sie. «Owens, meine ich. Eine Klasse für sich.»

«Aber Paul bekam die Papiere in die Hand, nicht wahr?»

Sie nickte. «Paul war sehr entschlossen», sagte sie verwirrt. «Zuweilen konnte er skrupellos sein, wissen Sie.»

«Ich zweifle nicht daran.»

«Es gibt eine Abteilung der Gestapo in der Prinz-Albrecht-Straße, die sich mit Vereinen, Clubs und der DAF befaßt. Paul überredete sie dazu, von Greis auf die ‹rote Liste› zu setzen, so daß er auf der Stelle verhaftet werden konnte. Nicht nur das: Sie sorgten dafür, daß von Greis von einem Einsatztrupp geschnappt und ins Hauptquartier der Gestapo gebracht wurde.»

«Was ist ein Einsatztrupp?» fragte ich.

«Das sind Totschläger.» Sie schüttelte den Kopf. «Wünschen Sie sich nicht, denen in die Hände zu fallen. Ihr Auftrag war, von Greis einzuschüchtern: ihn durch nackte Angst davon zu überzeugen, daß Himmler mächtiger war als Göring, daß er die Gestapo mehr zu fürchten habe als den Ministerpräsidenten. Schließlich sei es doch Himmler gewesen, der Göring die Herrschaft über die Gestapo entrissen habe. Und dann sei da noch der Fall von Görings ehemaligem Gestapochef, Diels, den sein früherer Herr zur Binnenschiffahrt abgeschoben habe. Alles das erzählten sie von Greis. Sie sagten ihm, dasselbe werde auch ihm blühen, und seine einzige Chance sei, mit ihnen zusammenzuarbeiten, sonst setze er sich dem Mißfallen des Reichsführers-SS aus.

Und das hieß mit Sicherheit: KZ. Natürlich ließ sich von Greis überzeugen. Bei welchem Mann, den sie in den Klauen haben, wäre das anders? Er gab Paul alles, was er hatte. Paul nahm eine Anzahl von Dokumenten an sich und verbrachte mehrere Abende damit, sie zu Hause zu prüfen. Und dann wurde er ermordet.»

«Und die Dokumente wurden gestohlen.»

«Ja.»

«Wissen Sie etwas über den Inhalt dieser Dokumente?»

«Ich kenne ihn nicht in allen Einzelheiten. Ich weiß bloß, was Paul mir erzählte. Er sagte, daß sie ohne den geringsten Zweifel bewiesen, daß Six mit dem organisierten Verbrechen gemeinsame Sache mache.»

Beim Startschuß kam Jesse Owens am schnellsten aus dem Loch und lag, kraftvoll und flüssig laufend, nach dreißig Metern klar in Führung. Die Matrone auf dem Sitz neben mir war wieder aufgesprungen. Sie hat sich geirrt, dachte ich, als sie Owens als Gazelle beschrieb. Als ich den großgewachsenen, eleganten Schwarzen auf der Bahn das Tempo beschleunigen sah, allen hirnlosen Theorien über die arische Überlegenheit zum Spott, dachte ich, daß Owens im Grunde nichts anderes als ein menschliches Idealbild war, das andere Menschen einfach in peinliche Verlegenheit brachte. So zu laufen war die Quintessenz irdischen Daseins, und wenn es je eine Herrenrasse gab, durfte man jemanden wie Jesse Owens gewiß nicht davon ausnehmen. Sein Sieg rief bei den deutschen Zuschauern stürmischen Beifall hervor, und ich fand es tröstlich, daß die einzige Rasse, um die sie soviel Wirbel machten, jene war, die sie gerade gesehen hatten. Vielleicht, dachte ich, will Deutschland ja überhaupt keinen Krieg. Ich warf einen Blick in jenen Teil des Stadions, der für Hitler und andere höhere Parteiführer reserviert war, um zu sehen, ob sie anwesend waren und miterlebten, wie das Volk offen seine tiefsten Gefühle zugunsten des schwarzen Amerikaners zeigte. Aber von den Führern des Dritten Reiches war noch immer nichts zu sehen.

Ich dankte Marlene für ihr Kommen, und dann verließ ich das Stadion. Während der Taxifahrt zum Wannsee erübrigte ich einen Gedanken für den armen Gerhard von Greis. Festgenommen und eingeschüchtert von der Gestapo, nur um wieder freigelassen und fast unmittelbar darauf von den Männern des Roten Dieter geschnappt, gefoltert und umgebracht zu werden. Das nenne ich wirklich Pech.

Wir überquerten die Wannsee-Brücke und fuhren am Ufer entlang. Ein schwarzes Schild am Ende des Strandes verkündete «Für Juden verboten». Das veranlaßte den Taxifahrer zu der Bemerkung: «Das ist doch ein verdammter Blödsinn, wie? ‹Für Juden verboten›. Niemand ist hier. Bei so einem Wetter ist niemand hier.» Er lachte spöttisch über seinen eigenen Witz.

Gegenüber dem Restaurant *Schwedischer Pavillon* nährten ein paar Hartgesottene noch immer die Hoffnung auf besseres Wetter. Der Taxifahrer fuhr fort, sie und das deutsche Wetter mit Hohn zu überschütten, als er in die Koblanckstraße und dann in die Lindenstraße einbog. An der Ecke Hugo-Vogel-Straße ließ ich ihn halten.

Es war eine stille, ordentliche und grüne Vorstadtsiedlung mit mittelgroßen bis großen Häusern, gepflegten Rasenflächen vor den Türen und sauber gestutzten Hecken. Ich erblickte meinen Wagen, der auf dem Bürgersteig geparkt war, doch von Inge konnte ich keine Spur entdecken. Während ich auf das Wechselgeld wartete, hielt ich besorgt nach ihr Ausschau. Ich spürte, daß etwas nicht stimmte, und gab in meiner Nervosität dem Fahrer zuviel Trinkgeld, was ihn zu der Frage veranlaßte, ob er warten solle. Ich schüttelte den Kopf und trat zurück, als er davonbrauste. Ich ging zu meinem Wagen, der etwa dreißig Meter von Haupthändlers Haus entfernt stand. Ich versuchte die Tür zu öffnen. Der Wagen war nicht abgeschlossen, also setzte ich mich rein und wartete, in der Hoffnung, daß sie zurückkommen würde. Ich legte den Taschenkalender, den mir Marlene Sahm gegeben hatte, in das Handschuhfach und suchte unter dem Sitz nach dem Revolver, den ich dort aufbewahrte. Ich steckte ihn in meine Manteltasche und stieg aus.

Das Haus, dessen Andresse ich hatte, war ein schmutzig-brauner, zweistöckiger Kasten, der einen verwahrlosten, baufälligen Eindruck machte. Von den geschlossenen Jalousien blätterte die Farbe ab, und im Garten war ein Schild «Zu verkaufen». Das Haus sah so aus, als sei es lange Zeit nicht mehr bewohnt worden. Genau das richtige Plätzchen, um sich darin zu verstecken. Ein fleckiger Rasen umgab das Haus, und eine niedrige Mauer trennte es vom Bürgersteig, auf dem ein hellblauer Adler in der Gegenrichtung geparkt war. Ich trat über die Mauer, schlich an der Seite entlang, schritt vorsichtig über einen verrosteten Rasenmäher und duckte mich unter einen Baum. Nahe der hinteren Hausecke nahm ich die Walther heraus, zog den Schlitten zurück, um die Kammer zu laden, und spannte die Waffe.

Gebückt, fast gekrümmt, schlich ich unter dem Fenster entlang zur Hintertür, die nur angelehnt war. Von irgendwo aus dem Inneren des Hauses konnte ich das gedämpfte Geräusch von Stimmen hören. Mit der Mündung der Waffe stieß ich die Tür auf, und mein Blick fiel auf eine Blutspur auf dem Küchenfußboden. Ich trat geräuschlos ein, ein unangenehmes Gefühl im Magen, der wegsackte wie eine Münze, die in einen Brunnen fällt. Es quälte mich der Gedanke, Inge habe vielleicht beschlossen, sich auf eigene Faust umzusehen, und sei verletzt worden. Oder ihr war noch Schlimmeres zugestoßen. Ich holte tief Luft und preßte den kalten Stahl der Automatic gegen meine Wange. Ihre Kühle lief durch mein ganzes Gesicht, das Genick hinunter und in meine Seele. Vor der Küchentür beugte ich mich hinunter, um durch das Schlüsselloch zu spähen. Auf der anderen Seite der Tür sah ich eine leere, teppichlose Diele und einige geschlossene Türen. Ich drückte die Klinke herunter.

Die Stimmen kamen aus einem Raum an der Vorderseite des Hauses, und ich hörte sie deutlich genug, um sie als die von Haupthändler und Jeschonnek zu erkennen. Nach ein paar Minuten hörte ich auch eine Frauenstimme, und einen Augenblick hielt ich sie für die von Inge, bis ich die Frau lachen hörte. Da ich im Augenblick mehr darauf versessen war, zu erfahren, was aus Inge geworden war, als Six' gestohlene Diamanten wiederzubeschaffen und die Belohnung zu kassieren, kam ich zu dem Schluß, es sei an der Zeit, den dreien gegenüberzutreten. Ich hatte genug gehört, um annehmen zu dürfen, daß sie mit keiner Störung rechneten, aber als ich durch die Tür kam, feuerte ich einen Schuß über ihre Köpfe ab, für den Fall, daß sie Lust hatten, Schwierigkeiten zu machen.

«Jeder bleibt da, wo er ist», sagte ich. Ich hatte das Gefühl, sie ausreichend gewarnt zu haben, und dachte, nur ein Narr werde jetzt eine Waffe ziehen. Gert Jeschonnek erwies sich als dieser Narr. Es ist in den meisten Fällen schwierig, ein sich bewegendes Ziel zu treffen, besonders eines, das zurückschießt. Meine erste Sorge war, ihn auszuschalten, und dabei nahm ich's nicht so genau. Wie sich herausstellte, hatte ich ihn für immer ausgeschaltet. Ich hätte mir gewünscht, ich hätte ihn nicht in den Kopf getroffen, jedoch ich hatte keine Zeit, genau zu zielen. Nachdem ich einen Mann getötet hatte, mußte ich mir nun Gedanken um den anderen machen, denn Haupthändler war auf mich losgegangen und versuchte, mir die Waffe zu entreißen. Als wir zu Boden gingen, schrie er der Frau, die apathisch am Kamin stand, zu, sie solle sich die Waffe greifen. Er meinte den Revolver, der Jeschonnek aus der Hand gefallen war, als ich ihm das Hirn rausblies, doch einen Augenblick war die Frau unschlüssig, nach welcher Waffe sie greifen sollte, nach meiner oder nach der auf dem Fußboden. Sie zögerte so lange, daß Haupthändler sich wiederholen mußte, und im selben Augenblick befreite ich mich aus seinem Griff und schlug ihm mit der Walther ins Gesicht. Es war eine kraftvolle Rückhand, voll durchgezogen wie der siegbringende Schlag in einem Tennismatch, der ihn bewußtlos an der Wand zu Boden streckte. Als ich mich umdrehte, sah ich, daß die Frau Jeschonneks Revolver aufhob. Es war nicht der Augenblick für Ritterlichkeit, andererseits wollte ich sie nicht auch noch erschießen. Also machte ich einen energischen Schritt nach vorn und verpaßte ihr einen Kinnhaken.

Nachdem ich Jeschonneks Waffe sicher in meiner Manteltasche verstaut hatte, beugte ich mich über ihn. Man brauchte kein Leichenbestatter zu sein, um zu erkennen, daß er tot war. Es gibt reinlichere Methoden, einem Mann die Ohren zu putzen, als eine 9-Millimeter-Kugel. Ich steckte mir eine Zigarette in den trockenen Mund und setzte mich an den Tisch, um zu warten, daß Haupthändler und die Frau wieder zu sich kamen. Ich rauchte mit zusammengebissenen Zähnen, sog den Rauch tief in meine Lungen und atmete kaum aus, außer in kleinen, nervösen Stößen. Ich hatte das Gefühl, als spiele jemand mit meinen Eingeweiden Gitarre.

Der Raum war mit einem abgeschabten Sofa, einem Tisch und ein paar Stühlen spärlich möbliert. Auf dem Tisch lag auf einem rechteckigen Stück Filz Six' Halsband. Ich warf die Zigarette weg und zog die Diamanten zu mir rüber. Die Steine, gegeneinander klackernd wie eine Handvoll Murmeln, fühlten sich in meiner Hand kalt und schwer an. Man konnte sich kaum vorstellen, daß eine Frau sie trug: Sie sahen ungefähr so handlich aus wie ein Besteckkasten. Neben dem Tisch stand eine Aktentasche. Ich hob sie hoch und warf einen Blick hinein. Sie war voll Geld – Dollar- und Pfundnoten, wie ich erwartet hatte – und da waren noch zwei falsche Pässe, ausgestellt für Herrn und Frau Teichmüller – die Namen, die ich auf den Flugscheinen in Haupthändlers Wohnung gesehen hatte. Die Fälschungen waren gut, jedoch nicht schwer zu bekommen, vorausgesetzt, man kannte jemanden auf dem Paßamt und war bereit, eine gehörige Summe zu bezahlen. Bisher hatte ich noch nicht daran gedacht, doch jetzt wollte mir scheinen, daß es angesichts der vielen Juden, die zu Jeschonnek kamen, um ihre Flucht zu finanzieren, eigentlich folgerichtig wäre, als überaus lohnenden Nebenerwerb einen Handel mit gefälschten Pässen aufzuziehen.

Die Frau stöhnte und setzte sich auf. Sich das Kinn reibend und leise schluchzend, ging sie zu Haupthändler, der sich gerade auf die Seite wälzte. Sie hielt ihn bei den Schultern, während er sich das Blut von Nase und Mund wischte. Ich schlug ihren neuen Paß auf. Ich weiß nicht, ob man sie, wie Marlene Sahm es tat, eine Schönheit hätte nennen können, aber sie sah unzweifelhaft gut aus, wohlerzogen und intelligent – in keiner Weise wie das leichte Mädchen, das ich mir vorgestellt hatte, als ich hörte, sie sei ein Croupier.

«Tut mir leid, daß ich Sie niederschlagen mußte, Frau Teichmüller», sagte ich. «Oder Hannah oder Eva oder wie immer Sie sich selber oder jemand anderer im Augenblick nennen.»

Der Abscheu, mit dem sie mich anfunkelte, reichte völlig aus, um ihre Augen und die meinen zu trocknen. «Sie sind doch nur eine kleine Nummer», sagte sie. «Ich kann nicht verstehen, warum es diese beiden Idioten für notwendig hielten, Sie aus dem Weg zu räumen.»

«Ich hätte gedacht, das müßte Ihnen gerade jetzt einleuchten.»

Haupthändler spuckte auf den Boden und sagte: «Also, was geschieht jetzt?»

Ich zuckte die Achseln. «Hängt davon ab. Unter Umständen können wir uns eine Geschichte ausdenken: Verbrechen aus Leidenschaft oder etwas in der Art. Ich habe Freunde am Alex. Vielleicht kann ich für Sie was aushandeln, aber zuerst müssen Sie mir helfen. Da war eine Frau, die für mich arbeitet – groß, schwarzbraunes Haar, gute Figur, trug einen schwarzen Mantel. Ich habe da ein bißchen Blut auf dem Küchenfußboden entdeckt, und deshalb mache ich mir Sorgen um sie, zumal sie verschwunden zu sein scheint. Ich nehme nicht an, daß Sie etwas darüber wissen, oder?»

Eva prustete vor Lachen. «Gehen Sie zum Teufel», sagte Haupthändler.

«Andererseits», sagte ich und beschloß, ihnen ein bißchen Angst zu machen, «ist vorsätzlicher Mord ein Schwerverbrechen. Mit ziemlicher Sicherheit, wenn 'ne Menge Geld im Spiel ist. Ich habe mal gesehen, wie ein Mann geköpft wurde – im Gefängnis Plötzensee. Gölpl, der staatliche Scharfrichter, trägt dabei sogar weiße Handschuhe und einen Schwalbenschwanz. Das ist doch ein hübscher Zug von ihm, meinen Sie nicht?»

«Lassen Sie die Waffe fallen, wenn Sie nichts dagegen haben, Herr Gunther.» Die Stimme in der Türöffnung war geduldig, aber herablassend, als wende sich der Sprecher an ein ungezogenes Kind. Aber ich gehorchte. Ich weiß was Besseres, als mich mit einer Maschinenpistole herumzustreiten, und ein kurzer Blick auf sein Boxer-Gesicht verriet mir, daß er nicht zögern würde, mich zu töten, und wenn ich noch so viele schlechte Witze machte. Als er in das Zimmer kam, folgten ihm zwei weitere Männer, die ebenfalls Waffen trugen.

«Vorwärts», sagte der Mann mit der Maschinenpistole. «Auf die Füße, ihr beiden.» Eva half Haupthändler beim Aufstehen. «Gesicht zur Wand. Sie auch, Gunther.»

Die Tapete sah ziemlich billig aus. Für meinen Geschmack ein bißchen zu dunkel und feierlich. Ich starrte ein paar Minuten angestrengt darauf, während ich wartete, durchsucht zu werden.

«Wenn Sie wissen, wer ich bin, dann wissen Sie auch, daß ich Privatdetektiv bin. Diese zwei da werden wegen Mordes gesucht.»

Ich sah den Gummiknüppel nicht, sondern ich hörte ihn durch die Luft auf meinen Kopf sausen. Sekundenbruchteile bevor ich zu Boden ging und das Bewußtsein verlor, dachte ich noch, daß ich es satt hatte, dauernd ausgeknockt zu werden.

16

Glockenspiel und große Trommel. Wie hieß das Lied noch? *Ännchen von Tharau ist's, die mir gefällt*? Nein, es war weniger ein Lied als eine Nummer 51 zum Straßenbahndepot in der Schönhauser Allee. Die Glocke schepperte, und der Wagen schwankte, als wir durch die Schillerstraße, Pankow und die Breite Straße rasten. Die riesige olympische Glocke im großen Glockenturm, die zur Eröffnung und zum Schluß der Spiele läutet. Die Pistole von Starter Müller und die kreischende Menge, als Joe Louis auf mich lossprintete und mich dann zum zweiten Mal in der Runde zu Boden schickte. Ein viermotoriger Junkers-Eindecker, der durch den Nachthimmel nach Croydon donnerte, nahm mein zerdroschenes Hirn mit. Ich hörte mich sagen:

«Setzt mich einfach in Plötzensee ab.»

Mein Kopf trommelte wie ein läufiger Dobermann. Ich versuchte, ihn vom Boden des Wagens zu heben, und stellte fest, daß meine Hände auf dem Rücken gefesselt waren; aber der plötzliche, grausame Schmerz in meinem Kopf ließ mich alles andere vergessen; nur nicht wieder den Kopf heben...

...Hunderttausend Knobelbecher marschieren im Stechschritt Unter den Linden entlang, und ein Mann richtet ein Mikrophon auf sie, um das ehrfurchteinflößende Geräusch einer Armee einzufangen, die sich knirschend bewegt wie ein riesenhaftes Pferd. Ein Luftalarm. Die feindlichen Gräben werden mit Sperrfeuer belegt, um den Vormarsch zu decken. Gerade als wir über den Hügel kommen, explodiert eine schwere Granate genau über unseren Köpfen und holt uns von den Beinen. Wir kauern in einem Granattrichter voll verbrannter Frösche. In meinem Kopf ein großes Klavier, meine Ohren hallend, wenn die Hämmer die Saiten treffen, warte ich auf das Signal, das die Schlacht beendet...

Wacklig, wie ich war, spürte ich, daß ich aus dem Wagen gezogen und, halb getragen, in ein Gebäude geschleppt wurde. Die Handschellen wurden mir abgenommen, man setzte mich und hielt mich fest, als wolle man verhindern, daß ich vom Stuhl fiel. Ein Mann in Uniform, der nach Karbol roch, durchsuchte meine Taschen. Als er das Futter nach außen stülpte, merkte ich, daß mein Jackenkragen am Hals klebte, und als ich ihn befühlte, stellte ich fest, daß es Blut aus der Wunde war, die mir der Knüppel zugefügt hatte. Danach warf jemand einen raschen Blick auf meinen Kopf und sagte, ich sei in der Lage, ein paar Fragen zu beantworten, obwohl er ebensogut hätte sagen können, ich sei in der Lage, einen Golfball zu putten. Sie gaben mir einen Kaffee und eine Zigarette:

«Wissen Sie, wo Sie sind?» Ich mußte mich zurückhalten, den Kopf zu schütteln, ehe ich murmelte, ich wisse es nicht.

«Sie sind im Kriporevier Königsweg im Grunewald.» Ich nippte ein wenig an meinem Kaffee und nickte langsam.

«Ich bin Kriminalinspektor Hingsen», sagte der Mann. «Und das ist Wachtmeiser Wentz.» Er deutete auf den Mann, der neben ihm stand. Es war der, der nach Karbol roch. «Vielleicht wären Sie so gütig, uns zu erzählen, was passiert ist?»

«Hätte Ihr Typ nicht so hart zugeschlagen, fiele es mir unter Umständen leichter, mich zu erinnern», hörte ich mich krächzen.

Der Inspektor warf einen Blick auf den Wachtmeister, der verständnislos die Achseln zuckte.

«Wir haben Sie nicht geschlagen», sagte er.

«Was soll das heißen?»

«Ich sagte, wir haben Sie nicht geschlagen.»

Vorsichtig betastete ich meinen Hinterkopf und inspizierte dann das getrocknete Blut an meinen Fingerspitzen. «Ich schätze, ich hab's getan, als ich mir die Haare kämmte, ist es so?»

«Sagen Sie's uns», sagte der Inspektor. Ich hörte mich seufzen.

«Was geht hier vor? Ich verstehe nicht. Sie haben meinen Ausweis gesehen, nicht wahr?»

«Ja», erwiderte der Inspektor. «Hören Sie, warum erzählen Sie nicht von Anfang an. Nehmen Sie an, wir wüßten absolut nichts.»

Ich widerstand der ziemlich naheliegenden Versuchung und begann zu erzählen, so gut ich es in diesem Zustand konnte. «Ich arbeite an einem Fall», sagte ich. «Haupthändler und das Mädchen werden wegen Mordes gesucht...»

«Augenblick mal», sagte er. «Wer ist Haupthändler?»

Ich runzelte die Stirn und gab mir noch mehr Mühe, mich zu konzentrieren. «Nein, jetzt erinnere ich mich. Sie nennen sich jetzt

Teichmüller. Haupthändler und Eva hatten zwei neue Pässe, die Jeschonnek ihnen beschaffte.»

Der Inspektor wippte auf seinen Absätzen. «Das ist doch schon was. Gert Jeschonnek. Die Leiche, die wir fanden, richtig?» Er wandte sich an seinen Wachtmeister, der meine Walther PPK an einem Stück Bindfaden aus einer Papiertüte zog.

«Ist das Ihre Waffe, Herr Gunther?» fragte der Wachtmeister.

«Ja, ja», sagte ich verdrossen. «Es stimmt, ich habe ihn erschossen. Es war Notwehr. Er griff nach seiner Waffe. Er war dort, um mit Haupthändler ein Geschäft zu machen. Oder mit Teichmüller, wie er sich jetzt nennt.» Abermals sah ich den Inspektor und den Wachtmeister diesen vielsagenden Blick tauschen. Ich fing an, unruhig zu werden.

«Erzählen Sie uns von diesem Teichmüller», sagte der Wachtmeister.

«Haupthändler», sagte ich, ihn wütend verbessernd. «Sie haben ihn doch, oder?» Der Inspektor schürzte die Lippen und schüttelte den Kopf. «Dieses Mädchen. Eva, was ist mit ihr?» Er kreuzte die Arme und blickte mich durchdringend an.

«Jetzt passen Sie mal auf, Gunther. Erzählen Sie uns nicht immer wieder denselben Quark. Ein Nachbar hat einen Schuß gehört. Wir fanden Sie, bewußtlos, eine Leiche und zwei Pistolen, beide abgefeuert und jede Menge ausländisches Geld. Keine Teichmüllers, keinen Haupthändler, keine Eva.»

«Keine Diamanten?» Er schüttelte den Kopf.

Der Inspektor, ein fetter, schmieriger, müde wirkender Mann mit tabakgelben Zähnen, nahm mir gegenüber Platz und bot mir eine Zigarette an. Er nahm selber eine und gab uns schweigend Feuer. Als er wieder sprach, hörte sich seine Stimme beinahe freundlich an.

«Sie waren früher ein Polyp, nicht?» Ich nickte mit schmerzendem Kopf. «Ich glaube, mich an den Namen zu erinnern. Sie waren auch ein ziemlich guter, wie ich mich erinnere.»

«Danke», sagte ich.

«Dann brauche ich ausgerechnet Ihnen ja auch nicht zu sagen, wie die Sache aus Sicht der Polizei aussieht?»

«Schlecht, wie?»

«Mehr als das.» Der Inspektor rollte die Zigarette zwischen seinen Lippen und verzog das Gesicht, als ihm der Rauch in die Augen stieg. «Soll ich Ihnen einen Anwalt rufen?»

«Danke, nein. Aber solange Sie noch in der Stimmung sind, einem Ex-Polypen einen Gefallen zu tun, möchte ich Sie um etwas bitten. Ich habe eine Assistentin, Inge Lorenz. Vielleicht könnten Sie sie anrufen und ihr sagen, daß ich in Haft bin.» Er gab mir Papier und Bleistift, und ich schrieb drei Telefonnummern auf. Der Inspektor schien ein anständiger Bursche zu sein, und ich wollte ihm erzählen, daß Inge verschwunden war, nachdem sie mit meinem Wagen an den Wannsee gefahren war. Das hätte jedoch bedeutet, daß sie meinen Wagen gesucht und Marlene Sahms Taschenkalender gefunden hätten, was sie zweifellos belastet hätte. Vielleicht war Inge krank geworden und hatte irgendwo ein Taxi genommen, da sie wußte, daß ich den Wagen holen würde. Vielleicht.

«Was ist mit Ihren Freunden bei der Polizei? Jemand am Alex vielleicht?»

«Bruno Stahlecker», sagte ich. «Er kann beschwören, daß ich nett zu Kindern und herrenlosen Hunden bin, aber das war's dann auch schon.»

«Das ist zu dumm.» Ich dachte einen Augenblick nach. Ungefähr das einzige, was ich tun konnte, war, die beiden Rabauken von der Gestapo anzurufen, die mein Büro auf den Kopf gestellt hatten, und sie damit zu konfrontieren, was ich erfahren hatte. Ich konnte mir ausrechnen, daß sie mich nicht mit offenen Armen empfangen würden, und ich schätzte, daß es ebenso wahrscheinlich war, daß sie mir eine kostenlose Fahrt in ein KZ verschafften, als daß der Inspektor mich wegen des Mordes an Gert Jeschonnek anklagte.

Ich bin keine Spielernatur, aber die beiden Gestapo-Männer waren die einzigen Karten, die ich hatte.

Kriminalkommissar Jost sog nachdenklich an seiner Pfeife.

«Eine interessante Theorie», sagte er. Dietz hörte nur auf, mit seinem Schnurrbart zu spielen, um verächtlich zu schnauben. Jost blickte einen Augenblick auf seinen Inspektor, dann auf mich. «Aber wie Sie sehen können, findet mein Kollege sie irgendwie unbeweisbar.»

«Das ist harmlos ausgedrückt, Großmaul», murmelte Dietz. Seit er meine Sekretärin verängstigt und meine letzte gute Flasche zerschmettert hatte, schien er noch widerwärtiger geworden zu sein.

Jost war ein großgewachsener, asketisch wirkender Mann mit einem Gesicht, das den ständig erregten Ausdruck eines Rothirschen trug, und einem dürren Hals, der aus seinem Hemdkragen ragte wie eine Schildkröte aus einer geborstenen Schale. Er gestattete sich ein rasiermesserscharfes Lächeln. Er war im Begriff, seinen Untergebenen energisch in die Schranken zu weisen.

«Aber Theorie ist schließlich nicht seine starke Seite», sagte er. «Er ist ein Mann der Tat, nicht wahr, Dietz?» Dietz sah ihn finster an, und das Lächeln des Kommissars wurde einen Hauch breiter. Dann nahm er seine Brille ab und begann sie auf eine Weise zu putzen, die niemanden im Befragungszimmer darüber im Zweifel ließ, daß er seinen Intellekt weit über eine Vitalität stellte, die bloß physisch war. Als er seine Brille wieder aufsetzte und seine Pfeife wieder in den Mund nahm, gähnte er gelangweilt.

«Das soll nicht heißen, daß Männer der Tat nicht einen Platz bei der Sipo hätten. Aber wenn alles gesagt und getan ist, sind es die Männer mit Kopf, welche die Entscheidungen treffen müssen. Warum nehmen Sie an, daß die Germania-Lebensversicherung es nicht für angebracht hielt, uns von der Existenz dieses Halsbandes in Kenntnis zu setzen?» Die Art, wie er unmerklich auf diese Frage zusteuerte, überraschte mich um ein Haar.

«Vielleicht hat sie niemand gefragt», sagte ich hoffnungsvoll. Es gab eine lange Stille.

«Aber das Haus war ausgebrannt», sagte Dietz fast ängstlich. «Normalerweise hätte die Gesellschaft uns informiert.»

«Warum sollte sie?» sagte ich. «Es wurde kein Anspruch geltend gemacht. Aber bloß um sicherzugehen, engagierten sie mich, für den Fall, daß man sie zur Kasse bitten würde.»

«Wollen Sie uns erzählen, sie wußten, daß im Safe ein wertvolles Halsband war», sagte Jost, «und waren dennoch willens, nichts dafür zu zahlen? Sie sollen bereit gewesen sein, wertvolles Beweismaterial zurückzuhalten?»

«Haben Sie denn daran gedacht, sie zu fragen?» wiederholte ich. «Kommen Sie, meine Herren, wir reden von Geschäftsleuten, nicht von der Winterhilfe. Warum sollten sie sich so sehr beeilen, ihr Geld loszuwerden, daß sie jemanden drängten, Ansprüche an sie zu stellen, damit sie ein paar hunderttausend Reichsmark loswerden konnten? Und an wen hätten sie zahlen sollen?»

«An den nächsten Verwandten, natürlich», sagte Jost.

«Ohne zu wissen, wer den Rechtsanspruch hatte, und worauf? Kaum», sagte ich. «Schließlich waren noch andere Wertgegenstände im Safe, die mit der Familie Six nichts zu tun hatten, nicht wahr?» Jost blickte mich verständnislos an. «Nein, Kommissar, ich glaube, Ihre Männer waren mehr um die Papiere besorgt, die von Greis gehörten, als daß sie sich bemühten, rauszufinden, was sonst noch im Safe von Herrn Pfarr gewesen sein könnte.»

Dietz gefiel das überhaupt nicht. «Werden Sie hier bloß nicht frech, Großmaul», sagte er. «Sie sind nicht in der Position, uns Unfähigkeit vorzuwerfen. Wir haben genug, um Sie mit einem Fußtritt ins nächstbeste KZ zu befördern.»

Jost deutete mit dem Stiel seiner Pfeife auf mich. «Damit hat er zumindest recht, Gunther», sagte er. «Welcher Art unsere Versäumnisse auch sein mögen, Sie sind der Mann, dessen Kopf auf dem Richtblock liegt.» Er sog an seiner Pfeife, doch sie war leer. Er begann, sie zu stopfen.

«Wir werden Ihre Geschichte überprüfen», sagte er und befahl Dietz, den Schalter der Lufthansa in Tempelhof anzurufen, um festzustellen, ob es dort eine Reservierung auf den Namen Teichmüller für den Abendflug nach London gab. Als Dietz das bestätigte, zündete Jost seine Pfeife an; zwischen zwei Zügen sagte er. «Also gut, Gunther, Sie können gehen.»

Dietz war außer sich, obgleich das zu erwarten gewesen war; doch sogar der Inspektor vom Grunewald-Revier schien über die Entscheidung des Kommissars verblüfft. Was mich betraf, mich machte diese unerwartete Wendung der Dinge ebenso sprachlos wie die Polizisten. Unsicher stand ich auf und wartete darauf, daß Jost mit einem Kopfnicken die Erlaubnis geben würde, mich wieder niederzuschlagen. Doch der saß einfach da, paffte seine Pfeife und beachtete mich nicht. Ich ging quer durch das Zimmer zur Tür und drückte auf die Klinke. Als ich rausging, sah ich, daß Dietz den Blick abwandte, aus Furcht, er könne die Beherrschung verlieren und vor den Augen seines Vorgesetzten Schande über sich bringen. Von den wenigen Freuden, die mir an diesem Abend blieben, war die Aussicht auf Dietz' Wut die süßeste.

Als ich das Revier verließ, sagte mir der diensthabende Wachtmeister, unter keiner der Telefonnummern, die ich genannt hatte, habe sich jemand gemeldet.

Als ich auf der Straße stand, wich meine Erleichterung, wieder frei zu sein, rasch der Sorge um Inge. Ich war müde und dachte, daß mein Kopf vermutlich ein paar Stiche vertragen könnte, doch als ich ein Taxi heranwinkte, sagte ich dem Fahrer beinahe unwillkürlich, er solle mich nach Wannsee zu meinem Wagen bringen.

Im Wagen fand ich nichts, das mir Aufschluß über ihren Aufenthaltsort hätte geben können, und der Polizeiwagen, der vor Haupthändlers Haus parkte, machte jede Hoffnung zunichte, dort nach irgendeiner Spur von ihr zu suchen, immer vorausgesetzt, daß sie das Haus betreten hatte. Ich konnte im Augenblick nicht mehr tun, als die Umgebung abzusuchen, und darauf hoffen, sie rein zufällig zu entdecken.

Meine Wohnung kam mir besonders leer vor, sogar nachdem ich das Radio eingeschaltet und alle Lampen angemacht hatte. Ich rief in Inges Wohnung in Charlottenburg an, doch niemand nahm ab. Ich rief das Büro, ja, ich rief sogar Müller in der *Morgenpost* an; aber er schien über Inge Lorenz, ihre Freunde oder ihre Familie und deren Adresse ebensowenig zu wissen wie ich selber.

Ich goß mir einen großen Cognac ein und trank ihn in einem Zug, weil ich hoffte, eine neue Art von Unbehagen zu betäuben, das ich in mir spürte – ein Unbehagen, das tief in den Eingeweiden sitzt: Sorge. Ich machte heißes Wasser für ein Bad. Als es heiß war, hatte ich bereits einen zweiten gekippt und peilte den dritten an. Das Badewasser war so heiß, daß man einen Leguan darin hätte gar kochen können, doch, völlig mit Inge und dem, was vielleicht passiert war, beschäftigt, achtete ich kaum darauf.

Die Konzentration auf Inge wurde durch Verwirrung überlagert, als ich versuchte, dahinterzukommen, was Jost wohl veranlaßt haben konnte, mich nach einem Verhör, das kaum länger als eine Stunde gedauert hatte, laufenzulassen. Niemand konnte mir weismachen, daß er alles glaubte, was ich ihm erzählt hatte, ungeachtet seines Anspruchs, so etwas wie ein Kriminologe zu sein. Ich kannte seinen Ruf, und danach war er nicht gerade ein moderner Sherlock Holmes. Nach allem, was ich von ihm gehört hatte, verfügte Jost über das Vorstellungsvermögen eines kastrierten Karrengauls. Es widersprach allem, woran er glaubte, daß er mich aufgrund einer derart flüchtigen Überprüfung wie einem Anruf beim Lufthansa-schalter in Tempelhof freiließ.

Ich trocknete mich ab und ging zu Bett. Ich lag eine Weile wach, durchwühlte die schlechtpassenden Schubladen im Karteischrank meines lädierten Kopfes und hoffte auf etwas zu stoßen, das mir die Dinge ein wenig klarer machte. Ich fand es nicht, und ich glaubte nicht, daß ich es finden würde. Doch hätte Inge neben mir gelegen, hätte ich ihr vielleicht gesagt, was ich vermutete: Ich war frei, weil Jost Vorgesetzte hatte, die von Greis' Papiere um jeden Preis haben wollten, sogar wenn das einschloß, daß man einen des Doppelmordes Verdächtigen dazu benutzte.

Ich hätte ihr auch gesagt, daß ich sie liebte.

17

Als ich erwachte, fühlte ich mich leerer als ein ausgeschöpftes Kanu und war enttäuscht, daß ich keinen Kater hatte, mit dem ich mich den Tag über herumschlagen konnte.

«Wie gefällt dir das?» sagte ich zu mir selber, als ich neben meinem Bett stand und meinen Schädel quetschte, auf der Suche nach Kopfschmerz. «Ich schlucke das Zeug wie ein Loch in der Erde und kriege nicht mal einen anständigen Kater.»

In der Küche kochte ich mir einen Kaffee, den man mit Messer und Gabel hätte essen können, und dann wusch ich mich.

Mit dem Rasieren wollte es nicht klappen; als ich reichlich Eau de Cologne auf der Haut verteilte, wurde ich fast ohnmächtig.

In Inges Wohnung meldete sich noch immer niemand. Mich selber und meine sogenannte Spezialität, das Auffinden vermißter

Personen, verfluchend, rief ich beim Alex an und bat Bruno, festzustellen, ob die Gestapo sie vielleicht verhaftet hatte. Das erschien mir als die naheliegendste Erklärung. Wenn ein Lamm aus einer Herde vermißt wird, gibt es keinen Grund, auf Tigerjagd zu gehen wenn es auf demselben Berg noch ein Wolfsrudel gibt. Bruno versprach, sich umzuhören, doch ich wußte, daß es mehrere Tage dauern konnte, ehe er etwas erfuhr. Trotzdem gammelte ich den Rest des Morgens in meiner Wohnung herum und hoffte, Bruno oder Inge selbst würden anrufen. Ich starrte ausgiebig an die Wände und die Decke und begann sogar wieder, über den Fall Pfarr nachzudenken. Als es Mittag wurde, war ich in der Stimmung, jemandem mit neuen Fragen auf den Leib zu rücken.

Es war keine Ziegelmauer nötig, die mir auf den Kopf fallen mußte, um mir klarzumachen, daß es einen Mann gab, der eine Menge Antworten parat haben konnte.

Dieses Mal war das große schmiedeeiserne Tor zu Six' Anwesen verschlossen. Um die mittleren Pfosten war eine Kette geschlungen, die mit einem Schloß gesichert war. Und das kleine Schild «Zutritt verboten» war durch ein neues ersetzt worden, das lautete: «Zutritt verboten. Kein Durchgang.» Es schien, als sei Six plötzlich mehr um seine Sicherheit besorgt.

Ich parkte dicht an der Mauer, und nachdem ich die Pistole, die ich aus meinem Nachttisch genommen hatte, in die Tasche gesteckt hatte, stieg ich aus und kletterte auf das Wagendach. Die Mauerkrone war leicht zu erreichen, und ich zog mich hoch und setzte mich rittlings auf die Brüstung. Mit Hilfe einer Ulme ließ ich mich auf den Boden hinunter.

Ich konnte mich nicht an ein Knurren erinnern, und ich hörte kaum das Geräusch der Hundepfoten, als diese über die gefallenen Blätter auf mich zu hetzten. In letzter Sekunde hörte ich einen schweren, keuchenden Atem, der mir die Haare zu Berge stehen ließ. Der Hund setzte bereits zum Sprung auf meine Kehle an, als ich feuerte. Unter den Bäumen hörte sich der Schuß bescheiden an, beinahe zu bescheiden, um so ein Untier wie einen Dobermann zu töten. Als er tot zu meinen Füßen zusammensackte, trug der Wind das Geräusch bereits davon und vom Hause weg. Ich ließ meinen

Atem ausströmen, den ich beim Schuß unwillkürlich angehalten hatte, und während mein Herz so heftig schlug wie eine Gabel in einer Schüssel Eiweiß, drehte ich mich instinktiv um, denn mir fiel ein, daß es hier ja zwei Hunde gab.

Für eine Sekunde oder zwei hatte das Rascheln der Blätter über meinem Kopf das leise Knurren des anderen Hundes überdeckt. Der Hund erschien unsicher auf der Lichtung zwischen den Bäumen und wahrte mir gegenüber die gebührende Distanz. Ich trat zurück, als er sich seinem toten Gefährten näherte, und als er den Kopf senkte, um an dessen offener Wunde zu schnuppern, hob ich noch einmal meine Waffe. Mitten in einem plötzlichen Windstoß feuerte ich. Der Hund jaulte auf, als die Kugel ihn von den Läufen riß. Er atmete noch eine kurze Zeit, dann lag er still.

Ich steckte die Waffe ein, trat unter die Bäume und ging über den langen Abhang auf das Haus zu. Irgendwo schrie der Pfau, und ich schloß nicht aus, daß ich auch ihn erschießen würde, falls ich unglücklicherweise über ihn stolpern sollte. Es ist bei einem Mord nicht ungewöhnlich, daß der Mörder sich für das Hauptereignis in Schwung bringt, indem er unterwegs ein paar unschuldige Opfer, wie die Haustiere, aus dem Weg räumt.

Die Arbeit des Detektivs ist überall dieselbe: Er muß Ketten bilden, Verbindungen herstellen: Mit Paul Pfarr, von Greis, Bock, Mutschmann, Dieter Helfferich und Hermann Six hatte ich eine Kette, die stark genug war, mein Gewicht zu tragen. Die von Paul Pfarr, Eva, Haupthändler und Jeschonnek war kürzer und von völlig anderer Art. Es war nicht so, daß ich die Absicht hatte, Six zu töten. Es war bloß so, daß ich diese Möglichkeit nicht ausschloß, sollte ich keine zufriedenstellenden Antworten bekommen. Folglich war ich ein bißchen verlegen, als ich mich, während mir diese Gedanken noch durch den Kopf gingen, plötzlich dem Millionär gegenübersah, der unter einer großen Tanne stand, eine Zigarre rauchte und leise vor sich hin summte.

«Oh, Sie sind's», sagte er und schien nicht im geringsten beunruhigt, mich mit einer Waffe in der Hand auf seinem Besitz auftauchen zu sehen. «Sie wollen ein bißchen Geld, nehme ich an.»

Sekundenlang wußte ich nicht, was ich ihm antworten sollte. «Ich habe die Hunde erschossen.» Ich steckte die Waffe ein.

«Wirklich? Ja, mir war so, als hätte ich zwei Schüsse gehört.» Falls ihn diese Nachricht erschreckte oder verärgerte, so zeigte er es nicht.

«Sie kommen besser mit zum Haus», sagte er und begann langsam auf das Haus zuzugehen, während ich ihm folgte.

Als wir in Sichtweite des Hauses waren, sah ich, daß Ilse Rudels blauer BMW davor parkte, und ich fragte mich, ob ich sie sehen würde. Doch es war das große Zelt, das auf dem Rasen aufgeschlagen war, das mich veranlaßte, das Schweigen zu brechen.

«Planen Sie eine Gesellschaft?»

«Äh, ja, eine Gesellschaft. Der Geburtstag meiner Frau. Bloß ein paar Freunde, wissen Sie.»

«So rasch nach der Beerdigung?» Mein Ton war bitter, und ich sah, daß Six das nicht entgangen war. Während wir weitergingen, suchte er erst am Himmel, dann auf dem Boden nach einer Erklärung.

«Nun, ich bin nicht...», begann er. Und dann: «Man kann nicht... man kann seinen Verlust nicht ewig betrauern. Das Leben muß weitergehen.» Er gewann wieder etwas Haltung und fügte hinzu: «Ich dachte, es wäre ungerecht gegen meine Frau, alles abzusagen, was sie geplant hatte. Und wir haben natürlich eine Stellung in der Gesellschaft.»

«Die dürfen wir nicht vergessen, nicht wahr?» sagte ich. Auf dem Weg zum Vordereingang sagte er nichts, und ich fragte mich, ob er um Hilfe rufen würde. Er stieß die Tür auf, und wir traten in die Diele.

«Kein Butler heute?» bemerkte ich.

«Es ist sein freier Tag», sagte Six und wagte kaum, mir in die Augen zu sehen. «Aber es ist ein Hausmädchen da, falls Sie eine Erfrischung möchten. Nach Ihrer kleinen Aufregung muß Ihnen ziemlich warm sein.»

«Welche meinen Sie?» fragte ich. «Ich habe Ihnen mehrere ‹kleine Aufregungen› zu verdanken.»

Er lächelte dünn. «Die Hunde meine ich.»

«Ach ja, die Hunde. Ja, mir ist zufällig ziemlich warm. Es waren große Hunde. Aber ich bin ein guter Schütze, wenn ich das sagen darf.» Wir gingen in die Bibliothek.

«Ich schieße auch gern. Aber nur zum Vergnügen. Ich glaube nicht, daß ich jemals etwas geschossen habe, das größer war als ein Fasan.»

«Ich habe gestern einen Mann erschossen», sagte ich. «Das ist mein zweiter in ebenso vielen Wochen. Seit ich angefangen habe, für Sie zu arbeiten, Herr Six, ist es mir ein bißchen zur Gewohnheit geworden, wissen Sie.» Er stand linkisch vor mir, die Hände auf dem Rücken. Er räusperte sich und warf den Zigarrenstummel in den kalten Kamin. Als er schließlich sprach, schien er verlegen, als sei er im Begriff, einen alten und treuen Diener zu entlassen, den er beim Stehlen erwischt hatte.

«Sie wissen, daß ich froh war, als Sie kamen», sagte er. «Rein zufällig habe ich heute nachmittag mit meinem Anwalt Schlemm gesprochen und ihn angewiesen, Sie zu bezahlen. Aber da Sie nun mal hier sind, kann ich Ihnen einen Scheck ausstellen.» Und mit diesen Worten ging er mit solcher Bereitwilligkeit zu seinem Schreibtisch, daß ich dachte, er hätte womöglich einen Revolver in der Schublade.

«Ich ziehe Bargeld vor, wenn's Ihnen nichts ausmacht.» Er warf einen Blick in mein Gesicht und dann auf meine Hand, die in der Jackentasche den Kolben der Automatic umklammerte.

«Ja, natürlich.» Die Schublade blieb geschlossen. Er setzte sich in seinen Sessel und schlug eine Ecke des Teppichs zurück, unter dem sich ein kleiner, in den Boden eingelassener Safe verbarg.

«Na, das ist aber ein handliches kleines Ding. Man kann heutzutage nicht vorsichtig genug sein», sagte ich und genoß meinen Mangel an Takt. «Man kann noch nicht einmal den Banken trauen, oder?» Ich sah ihn mit Unschuldsmiene an. «Feuersicher, nicht wahr?» Six' Augen verengten sich.

«Sie müssen mir verzeihen, aber ich scheine meinen Sinn für Humor verloren zu haben.» Er öffnete den Safe und nahm einige Packen Banknoten heraus, «Ich glaube, wir sagten fünf Prozent. Würden 40000 genügen, unser Konto abzuschließen?»

«Sie könnten es versuchen», sagte ich, als er acht Packen auf den Tisch legte. Dann schloß er den Safe, rollte den Teppich zurück und schob mir das Geld hin.

«Leider sind es alles Hunderter.»

Ich nahm eines der Bündel in die Hand und riß die Papierumhüllung ab. «Hauptsache, es ist das Bild von Herrn Liebig drauf».

Six lächelte dünn und stand auf. «Ich glaube nicht, daß wir uns noch einmal zu treffen brauchen, Herr Gunther.»

«Vergessen Sie nicht etwas?»

Er begann die Geduld zu verlieren. «Ich denke nicht», sagte er gereizt.

«O doch, ich bin sicher, daß Sie etwas vergessen.» Ich steckte eine Zigarette in meinen Mund und riß ein Streichholz an. Ich beugte meinen Kopf über die Flamme, machte ein paar rasche Züge und ließ das Streichholz in den Aschenbecher fallen. «Das Halsband.» Six blieb stumm. «Dann haben Sie es also bereits zurückbekommen, oder?» sagte ich. «Oder zumindest wissen Sie, wo es ist und wer es hat.»

Er rümpfte angewidert die Nase, als wittere sie einen üblen Geruch. «Sie werden mir damit doch wohl nicht auf die Nerven gehen, Herr Gunther? Ich hoffe nicht.»

«Und was ist mit diesen Papieren? Die beweisen, daß Sie enge Kontakte zum organisierten Verbrechen haben, und die von Greis Ihrem Schwiegersohn gab. Oder bilden Sie sich ein, daß der Rote Dieter und seine Komplizen die Teichmüllers überreden werden, ihnen zu sagen, wo sie sind? Ist es das?»

«Ich habe nie von einem Roten Dieter gehört oder...»

«Das haben Sie sehr wohl, Six. Er ist ein Halunke, genau wie Sie. Während der Stahlarbeiterstreiks war er der Verbrecher, den Sie bezahlten, um Ihre Arbeiter einzuschüchtern.»

Six lachte und zündete sich eine Zigarre an. «Ein Verbrecher», sagte er. «Wirklich, Herr Gunther, Ihre Phantasie geht mit Ihnen durch. Und nun, wenn es Ihnen nichts ausmacht, nachdem Sie sehr anständig bezahlt worden sind, wollen Sie bitte gehen. Ich wäre Ihnen sehr verbunden. Ich bin ein sehr beschäftigter Mann und habe eine Menge Dinge zu tun.»

«Ich schätze, ohne die Hilfe eines Sekretärs wird das schwierig. Was wäre, wenn ich Ihnen sagte, daß der Mann, der sich Teichmüller nennt, der, den die Schläger des Roten Dieter gerade in der Mangel haben, in Wirklichkeit ihr Privatsekretär Hjalmar Haupthändler ist?»

«Das ist lächerlich», sagte er. «Hjalmar besucht Freunde in Frankfurt.»

Ich zuckte die Achseln. «Es ist ziemlich einfach, die Burschen des Roten Dieter dazu zu bringen, ihn nach seinem wirklichen Namen zu fragen. Vielleicht hat er ihn den Verbrechern bereits genannt; andererseits ist Teichmüller der Name auf seinem neuen Paß, also könnte man sie verstehen, wenn sie ihm nicht glauben. Er kaufte den Paß von demselben Mann, dem er die Diamanten verkaufen wollte. Einen Paß für ihn und einen für das Mädchen.»

Six starrte mich höhnisch an. «Und hat dieses Mädchen auch einen richtigen Namen?»

«O ja. Ihr Name ist Hannah Roedl, obgleich Ihr Schwiegersohn es vorzog, sie Eva zu nennen. Sie waren ein Liebespaar, zumindest waren sie es, bis sie ihn ermordete.»

«Das ist eine Lüge. Paul hatte nie eine Geliebte. Er war meiner Grete treu.»

«Hören Sie auf, Six. Was haben Sie ihnen angetan, das ihn dazu brachte, ihr den Rücken zuzukehren? Woher kam der Haß auf Sie, der so tief war, daß Pfarr Sie hinter Gitter bringen wollte?»

«Ich wiederhole: Sie waren einander treu.»

«Ich gebe zu, es ist möglich, daß sie sich vielleicht aussöhnten, kurz bevor sie umgebracht wurden, weil ans Licht kam, daß Ihre Tochter schwanger war.» Six lachte. «Und also beschloß Pauls Geliebte, sich zu rächen.»

«Jetzt machen Sie sich wirklich lächerlich», sagte er. «Sie nennen sich Detektiv und wissen nicht, daß meine Tochter körperlich nicht in der Lage war, Kinder zu bekommen.»

Ich rieb mir das Kinn. «Und dessen sind Sie sicher?»

«Guter Gott, Mann, denken Sie, das wäre etwas, das ich vielleicht vergessen haben könnte? Natürlich bin ich sicher.»

Ich ging um Six' Schreibtisch und betrachtete die Fotos, die dort aufgestellt waren. Ich nahm eines davon in die Hand und starrte grimmig die Frau auf dem Bild an. Ich erkannte sie sofort wieder. Es war die Frau aus dem Strandhaus am Wannsee; die Frau, die ich niedergeschlagen hatte; die Frau, die ich für Eva gehalten hatte, und die sich jetzt Teichmüller nannte; die Frau, die höchstwahrscheinlich ihren Mann und dessen Geliebte umgebracht hatte; es war Six' einzige Tochter, Grete... Als Detektiv muß man damit rechnen, Fehler zu machen; aber nichts ist demütigender, als mit dem Beweis der eigenen Dummheit konfrontiert zu werden; und es ist um so ärgerlicher, wenn man feststellen muß, daß der Beweis die ganze Zeit mit Händen zu greifen war.

«Herr Six, es wird sich verrückt anhören, ich weiß, aber ich glaube jetzt, daß Ihre Tochter, zumindest bis gestern nachmittag am Leben war, und jetzt im Begriff ist, mit Ihrem Privatsekretär nach London zu fliegen.»

Six' Gesicht verdüsterte sich, und einen Augenblick dachte ich, er würde auf mich losgehen. «Worüber, zum Teufel, faseln Sie da, Sie verdammter Narr?» brüllte er. «Was meinen Sie mit ‹am Leben›? Meine Tochter ist tot und begraben.»

«Ich nehme an, sie kam unerwartet nach Hause und fand Paul mit seinem Flittchen im Bett, beide blau wie die Veilchen. Grete erschoß beide, und rief dann, als ihr klar wurde, was sie getan hatte, die einzige Person an, an die sie glaubte, sich wenden zu können – Haupthändler. Er war in sie verliebt. Er hätte alles für sie getan, und das schloß ein, daß er ihr half, den Mord zu vertuschen.»

Six sank schwer in den Sessel. Er war bleich und zitterte. «Ich glaube es nicht», sagte er. Aber es war offensichtlich, daß er meine Erklärung nur allzu einleuchtend fand.

«Ich denke, es war seine Idee, die Leichen zu verbrennen und es so aussehen zu lassen, als sei es Ihre Tochter gewesen, die mit ihrem Mann im Bett gestorben war, und nicht seine Geliebte. Er nahm Gretes Trauring und steckte ihn der anderen Frau an. Dann hatte er die brillante Idee, die Diamanten aus dem Safe zu nehmen und einen Einbruch vorzutäuschen. Darum ließ er die Safetür offen. Die Diamanten sollten die Grundlage für ihr neues Leben im Ausland sein. Neues Leben und neue Identitäten. Was Haupthändler jedoch nicht wußte, war, daß am selben Abend bereits jemand am Safe gewesen war und ein paar Papiere herausgenommen hatte, die für Sie kompromittierend waren. Dieser Bursche war ein echter Fachmann, ein Schränker, gerade aus dem Gefängnis entlassen. Außerdem ein pingeliger Arbeiter. Nie würde er Sprengstoff benutzen oder bei seinem Abgang eine Safetür offenstehen lassen. So betrunken, wie Paul und Eva waren, haben sie ihn überhaupt nicht gehört, darauf wette ich. Natürlich war er einer der Jungens vom Roten Dieter. Der Rote pflegte alle Ihre gerissenen kleinen Pläne auszuführen, nicht wahr? Solange Görings Mann, von Greis, diese Papiere hatte, war das lediglich unangenehm. Der Ministerpräsident ist ein Pragmatiker. Er konnte die Beweise für Ihre früheren kriminellen Handlungen verwenden, um sicherzugehen, daß Sie ihm behilflich sein und auf die wirtschaftliche Linie der Partei einschwenken würden. Aber als Paul und die Schwarzen Engel die Papiere in die Hände bekamen, war das mehr als unangenehm. Sie wußten, daß Paul Sie vernichten wollte. Sie sahen sich in die Enge getrieben und mußten etwas unternehmen. Also baten Sie, wie gewöhnlich, den Roten Dieter, sich darum zu kümmern.

Später jedoch, nachdem Paul und das Mädchen tot und die Diamanten aus dem Safe verschwunden waren, dachten Sie, der Mann des Roten Dieter sei ein wenig zu gierig gewesen und habe mehr mitgenommen, als er sollte. Sie kamen zu dem gar nicht so unvernünftigen Schluß, daß er Ihre Tochter getötet hatte, und forderten den Roten Dieter auf, die Sache zu regeln. Dem Roten gelang es, einen der beiden Einbrecher zu töten, den Mann, der den Wagen gefahren hatte; doch den anderen, den Safeknacker, der folglich im Besitz der Papiere, und, wie Sie glaubten, der Diamanten war, bekam der Rote nicht zu fassen. Jetzt komme ich ins Spiel. Weil Sie nicht sicher sein konnten, daß es der Rote nicht selber war, der Sie hintergangen hatte, erzählten Sie weder ihm von den Diamanten noch der Polizei.»

Six nahm die kalte Zigarre aus dem Mundwinkel und legte sie, unangezündet, in den Aschenbecher. Er sah jetzt sehr alt aus.

«Das muß ich Ihnen lassen», fuhr ich fort, «Sie hatten alles perfekt ausgerechnet: Finde den Mann mit den Diamanten, und du hast den Mann mit den Dokumenten. Und als Sie merkten, daß Helfferich Sie nicht reingelegt hatte, setzten Sie ihn auf mich an. Ich führte ihn zu dem Mann mit den Diamanten und damit, wie Sie glaubten, auch zu den Dokumenten. Genau in diesem Augenblick versuchen Ihre Komplizen von der ‹Deutschen Kraft› vermutlich, Herrn und Frau Teichmüller zu überreden, ihnen zu sagen, wo Mutschmann ist. Er ist der Mann, der die Dokumente tatsächlich hat. Und natürlich wollen sie nicht wissen, was zum Teufel er ihnen erzählt. Dem Roten würde das nicht gefallen. Er ist kein sehr geduldiger Mann, und ich bin sicher, daß ich ausgerechnet Sie nicht daran zu erinnern brauche, was das bedeutet.»

Der Stahlmagnat starrte ins Leere, als habe er nicht ein Wort von dem gehört, was ich sagte. Ich packte die Aufschläge seiner Jacke, zerrte ihn hoch und schlug ihm mit der flachen Hand kräftig ins Gesicht.

«Haben Sie gehört, was ich sagte? Diese Mörder, diese Folterer haben Ihre Tochter.» Sein Mund wurde so schlaff wie eine unbenutzte Duschhaube. Ich schlug ihn noch einmal.

«Wir müssen sie aufhalten.»

«Also, wo sind sie?» Ich ließ ihn los und stieß ihn weg.

«Auf dem Fluß», sagte er. «Im *Gasthaus Eichwalde*, in der Nähe von Schmöckwitz.»

Ich griff zum Telefon. «Wie ist die Nummer?»

Six fluchte. «Da gibt's kein Telefon», keuchte er. «Herr Gott was machen wir?»

«Wir müssen hin», sagte ich. «Wir könnten mit dem Wagen fahren, aber mit einem Boot ginge es schneller.»

Six sprang um den Schreibtisch. «Ich habe ein Motorboot an einem Anleger, nicht weit von hier. Wir können mit dem Auto in fünf Minuten dort sein.»

Wir holten die Schlüssel für das Boot und einen Kanister Benzin, nahmen den BMW und fuhren ans Seeufer. Das Wasser war rauher als am Vortag. Da eine steife Brise wehte, waren viele kleine Yachten auf dem See, und ihre weißen Segel bedeckten die Oberfläche wie die Flügel unzähliger Nachtfalter.

Ich half Six, die grüne Persenning vom Boot zu ziehen, und füllte Benzin in den Tank, während er die Batterie anschloß und den Motor startete. Beim dritten Versuch sprang die Maschine dröhnend an, und der fünf Meter lange, glatte Holzrumpf zerrte an den Leinen. Ich warf Six die erste Leine zu, und nachdem ich die zweite losgemacht hatte, sprang ich rasch ins Boot neben ihn. Dann warf Six das Steuerruder herum, drückte auf den Gashebel, und wir schossen vorwärts.

Es war ein kraftvolles Boot, und selbst die Wasserpolizei hatte wahrscheinlich kein schnelleres. Wir rasten die Havel aufwärts in

Richtung Spandau, und Six umkrampfte grimmig das Steuerruder, ohne sich um die Wirkung des gewaltigen Kielwassers auf die anderen Wasserfahrzeuge zu kümmern. Die Welle schlug gegen die Rümpfe von Booten, die unter Bäumen oder an kleinen Anlegern vertäut waren. Ihre erzürnten Eigner erschienen an Deck, schüttelten die Fäuste und schrien, doch alles ging im mächtigen Motorengeräusch des Bootes unter. Wir näherten uns der Spree.

«Ich hoffe bei Gott, daß wir nicht zu spät kommen», rief Six. Er hatte seine frühere Energie wiedergewonnen und starrte entschlossen nach vorn, ein Mann der Tat, dessen Gesicht nur durch ein leichtes Stirnrunzeln zu erkennen gab, daß er Angst hatte.

«Gewöhnlich verstehe ich mich ausgezeichnet darauf, den Charakter eines Menschen zu beurteilen», sagte er, als müsse er etwas erklären, «aber, falls es Sie irgendwie tröstet, Herr Gunther, Sie habe ich leider schwer unterschätzt. Ich hatte nicht damit gerechnet, daß Sie Dingen so hartnäckig nachgehen. Offen gesagt, ich dachte, Sie würden genau das tun, was man Ihnen sagte. Andererseits sind Sie nicht der Mann, der es gern hat, wenn man ihm sagt, was er zu tun hat, nicht wahr?»

«Wenn Sie sich eine Katze anschaffen, damit sie die Mäuse in Ihrer Küche fängt, können Sie nicht erwarten, daß sie sich um die Ratten im Keller nicht kümmert.»

«Da haben Sie recht», sagte er.

Wir fuhren weiterhin nach Osten, vorbei am Tiergarten und der Museumsinsel. Als wir nach Süden in Richtung Treptower Park und Köpenick schwenkten, fragte ich ihn, welchen Groll sein Schwiegersohn gegen ihn gehegt habe. Zu meiner Überraschung war er ohne Zögern bereit, meine Frage zu beantworten, sogar ohne den ungehaltenen, schönfärberischen Standpunkt einzunehmen wie bei allen vorherigen Äußerungen über Mitglieder seiner Familie, ob lebendig oder tot.

«Da Sie ja mit meinen persönlichen Angelegenheiten gut vertraut sind, Herr Gunther, brauche ich Sie vermutlich nicht daran zu erinnern, daß Ilse meine zweite Frau ist. Ich heiratete meine erste Frau, Lisa, im Jahr 1910, und im Jahr darauf wurde sie schwanger. Unglücklicherweise nahmen die Dinge einen bösen Verlauf, und unser Kind wurde tot geboren. Damit nicht genug, es stellte sich heraus, daß sie kein Kind mehr würde bekommen können. Im selben Krankenhaus lag ein Mädchen, das etwa um dieselbe Zeit ein gesundes Kind zur Welt gebracht hatte. Sie sah keine Möglichkeit, sich um ihr Kind zu kümmern, und so konnten meine Frau und ich sie dazu überreden, uns ihr Kind zur Adoption zu überlassen. Das war Grete. Solange meine Frau lebte, erzählten wir ihr nicht, daß sie ein adoptiertes Kind war. Doch nach dem Tod meiner Frau entdeckte Grete die Wahrheit und versuchte, ihre richtige Mutter ausfindig zu machen.

Natürlich war Grete um diese Zeit bereits mit Paul verheiratet und ihm zärtlich zugetan. Was Paul angeht, er war ihrer niemals würdig. Ich habe den Verdacht, daß ihm mehr am Namen meiner Familie und meinem Geld lag als an meiner Tochter. Doch auf alle anderen müssen sie den Eindruck eines vollkommen glücklichen Ehepaars gemacht haben.

Ja, alles das änderte sich über Nacht, als Grete ihre richtige Mutter schließlich aufspürte. Die Frau war eine Zigeunerin aus Wien, die in einem Bierkeller am Potsdamer Platz arbeitete. Für Grete war das ein Schock, doch für diesen kleinen Scheißer, Paul, brach eine Welt zusammen. Unter dem Blickwinkel sogenannter rassischer Reinheit, was immer das bedeuten mag, rangieren die Zigeuner auf der Skala der Unbeliebtheit gleich hinter den Juden. Paul machte mir Vorwürfe, daß ich Grete nicht früher informiert hätte. Aber als ich sie zum ersten Mal zu Gesicht bekommen hatte, sah ich in ihr kein Zigeunerkind, sondern ein schönes, gesundes Baby und in seiner Mutter eine Frau, der, wie Lisa und mir, daran gelegen war, daß das Kind adoptiert wurde und ein schönes Leben bekam. Es hätte überhaupt keine Rolle gespielt, wenn das Kind die Tochter eines Rabbi gewesen wäre. Wir hätten es trotzdem genommen. Nun, Sie wissen ja, wie es damals war, Herr Gunther. Man machte keine Unterschiede, wie man es heutzutage tut. Wir waren einfach alle Deutsche. Natürlich sah Paul das ganz anders. Alles, woran er denken konnte, war die Bedrohung, die Grete jetzt für seine Karriere in der SS und in der Partei darstellte.» Er lachte bitter.

Wir kamen nach Grünau, wo der Berliner Regatta-Club beheimatet war. Auf einem großen See hinter ein paar Bäumen war eine zweitausend Meter lange olympische Ruderstrecke abgesteckt.

Trotz des Motorengeräusches konnten wir die Klänge einer Blaskapelle und eine Lautsprecherstimme hören, welche die Ereignisse des Nachmittags schilderte.

«Man konnte nicht vernünftig mit ihm reden. Natürlich riß mir die Geduld, und ich beschimpfte ihn und seinen geliebten Führer nach Strich und Faden. Danach waren wir Feinde. Es gab nichts, was ich für Grete tun konnte. Ich sah mit an, wie sein Haß ihr das Herz brach. Ich beschwor sie, ihn zu verlassen, doch sie wollte nicht. Sie weigerte sich, zu glauben, daß er sie nie wieder lieben würde. Und so blieb sie bei ihm.»

«Doch währenddessen machte er sich ans Werk, Sie zu vernichten, seinen Schwiegervater.»

«Das ist richtig», sagte Six. «Während der ganzen Zeit hockte er in dem behaglichen Heim, zu dem mein Geld ihm verholfen hatte. Wenn Grete ihn getötet hat, wie Sie sagen, hat er es mit Sicherheit verdient. Wenn Sie's nicht getan hat, wäre ich vielleicht in Versuchung geraten, selber dafür zu sorgen.»

«Auf welche Weise wollte er Sie fertigmachen?» fragte ich. «Welche Beweise hatte er, die für Sie so kompromittierend waren?»

Das Boot erreichte die Einmündung des Langen Sees in den Seddinsee. Six nahm Gas weg und steuerte das Boot nach Süden auf die hügelige Halbinsel Schmöckwitz zu.

«Offenbar kennt Ihre Neugier keine Grenzen, Herr Gunther. Aber ich muß Sie leider enttäuschen. Ich nehme Ihren Beistand gern an, aber ich sehe keinen Anlaß, alle Ihre Fragen zu beantworten.»

Ich zuckte die Achseln. «Ich denke nicht, daß das jetzt noch eine Rolle spielt», sagte ich.

Das *Gasthaus Eichwalde* lag auf einer der beiden Inseln zwischen den Sümpfen von Köpenick und Schmöckwitz. Weniger als zweihundert Meter lang und nicht mehr als fünfzig Meter breit, war die Insel dicht mit großen Kiefern bewachsen. Am Seeufer gab es mehr Schilder mit Aufschriften wie «Privat» und «Zutritt verboten» als auf der Garderobentür einer Fächertänzerin.

«Was ist das hier?»

«Das ist das Sommer-Hauptquartier der ‹Deutschen Kraft›. Sie benutzten es für ihre geheimeren Versammlungen. Sie begreifen natürlich, warum: es liegt sehr abgelegen.» Er begann, mit dem Boot die Insel zu umkreisen und nach einem Anlegeplatz zu suchen. Auf der anderen Seite fanden wir einen kleinen Anleger, an dem zahlreiche Boote vertäut waren. Auf einem kurzen, grasigen Hang lag eine Ansammlung sauber gestrichener Bootshäuser und dahinter das *Gasthaus Eichwalde*. Ich nahm ein Stück Tau und sprang vom Boot auf den Anleger. Six stellte den Motor ab.

«Wir nähern uns dem Haus am besten sehr vorsichtig», sagte er und sprang auf den Anleger, wo er den Bug des Bootes vertäute. «Ein paar von diesen Burschen neigen dazu, erst zu schießen und dann zu fragen.»

«Ich kenne ihr Innenleben», sagte ich.

Wir verließen den Landesteg und gingen den Hang hinauf zu den Bootshäusern. Sah man von den anderen Booten ab, deutete nichts darauf hin, daß sonst noch jemand auf der Insel war. Doch in der Nähe der Bootshäuser tauchten hinter einem kieloben liegenden Boot zwei bewaffnete Männer auf. Ihr kalter Gesichtsausdruck ließ keinen Zweifel daran, daß sie es auch mit mir aufgenommen hätten, wenn ich ihnen erzählte, ich hätte die Beulenpest. Es lag jene Art von Selbstbewußtsein darin, das nur eine abgesägte Schrotflinte vermitteln kann.

«Das ist nahe genug», sagte der größere der beiden. «Dies ist Privatbesitz. Wer sind Sie, und was wollen Sie hier?» Er hob die Waffe nicht vom Unterarm, wo sie ruhte wie ein schlafendes Baby, aber schließlich mußte er sie nicht sehr hoch heben, um einen Schuß abzufeuern.

Six erklärte: «Es ist außerordentlich wichtig, daß ich den Roten spreche.» Er stieß eine Faust in die Fläche der anderen Hand, während er sprach. Das ließ ihn ziemlich melodramatisch erscheinen. «Mein Name ist Hermann Six. Ich kann Ihnen versichern, meine Herren, daß er mich empfangen wird. Aber bitte, beeilen Sie sich.»

Die beiden Männer scharrten unsicher mit den Füßen. «Der Chef sagt uns immer, wenn er jemand erwartet. Und von euch beiden hat er nichts gesagt.»

«Trotzdem, Sie können sich darauf verlassen, daß er Sie zur Hölle schicken wird, wenn sich herausstellt, daß Sie uns abgewiesen haben.»

Schrotflinte blickte seinen Kumpel an, der nickte und in Richtung auf das Gasthaus davonging. Er sagte: «Wir werden hier warten, bis wir das nachgeprüft haben.»

Six rang nervös die Hände und rief ihm nach: «Bitte beeilen Sie sich. Es ist eine Sache auf Leben und Tod.»

Schrotflinte grinste, als er das hörte. Ich schätzte, daß er an Sachen auf Leben und Tod gewöhnt war, bei denen sein Chef die Finger im Spiel hatte. Six holte eine Zigarette hervor und steckte sie nervös in den Mund. Er nahm sie wieder heraus, ohne sie anzuzünden.

«Bitte», sagte er zu Schrotflinte. «Halten Sie ein Pärchen auf der Insel fest, einen Mann und eine Frau? Die... die...»

«Die Teichmüllers», sagte ich.

Schrotflintes Grinsen verschwand, und er schien mit seiner Grimasse einen Stummen nachzuahmen. «Ich weiß nichts», sagte er schwerfällig.

Wir blickten weiter besorgt auf das Gasthaus. Es war ein zweistöckiges Gebäude, weiß gestrichen, mit ordentlichen schwarzen Fensterläden, einem Blumenkasten voller Geranien und einem hohem Mansardendach. Während wir das Haus betrachteten, begann Rauch aus dem Schornstein zu steigen, und als die Tür sich schließlich öffnete, rechnete ich fast damit, ein altes Weib mit einem Tablett Spekulatius werde herauskommen. Schrotflintes Kumpel winkte uns zu kommen.

Wir schritten im Gänsemarsch durch die Tür, wobei Schrotflinte den Schluß bildete. Die zwei abgesägten Läufe verursachten mir ein Jucken im Nacken: Wenn Sie jemals jemanden gesehen haben, den man mit einer Abgesägten aus kurzer Entfernung umgelegt hat, wissen Sie, warum. Wir kamen in einen kleinen Vorraum mit ein paar Hutständern, nur daß sich niemand die Mühe gemacht hatte, seinen Hut dranzuhängen. Dahinter war ein kleines Zimmer, in dem jemand Klavier spielte, als fehlten ihm ein paar Finger. Am entfernten Ende waren eine runde Theke und ein paar Barhocker. Hinter der Theke waren jede Menge Sporttrophäen aufgereiht, und ich fragte mich, wer sie gewonnen hatte und wofür. Vielleicht für «Die meisten Morde in einem Jahr» oder für den «Saubersten Knockout mit einem Gummiknüppel» – ich hatte selber einen Kandidaten für diesen Preis, falls ich ihn finden konnte. Aber vermutlich hatten sie die Dinger bloß gekauft, damit das Haus mehr an das erinnerte, was es angeblich war – die Geschäftsstelle einer Wohlfahrtsorganisation von Ex-Sträflingen.

Schrotflintes Partner knurrte. «Hier entlang», sagte er und führte uns zu einer Tür neben der Theke.

Das Zimmer sah aus wie ein Büro. Eine Messinglampe hing von einem der Deckenbalken. In der Fensterecke stand ein langes Walnußsofa und daneben die große Bronzefigur eines nackten Mädchens von der Art, die aussah, als habe das Modell einen schlimmen Unfall mit einer Kreissäge gehabt. An den getäfelten Wänden befanden sich weitere Kunstwerke, doch sie glichen eher jenen, die sich in Lehrbüchern für Hebammen finden.

Der Rote Dieter, die Ärmel des schwarzen Hemdes aufgekrempelt, den Kragen geöffnet, stand vom grünen Ledersofa auf und schnippte seine Zigarette in den Kamin. Er warf einen Blick auf Six, dann auf mich und schien unsicher, ob er freundlich oder mürrisch gucken sollte. Er hatte keine Zeit, sich zu entscheiden. Six ging auf ihn los und packte ihn bei der Kehle.

«Um Himmels willen, was haben Sie mit ihr gemacht?» Aus einer Zimmerecke kam ein Mann mir zur Hilfe, jeder von uns ergriff einen Arm des alten Mannes, und wir zerrten ihn weg.

«Langsam, langsam!» schrie der Rote. Er strich seine Jacke glatt und versuchte seinen verständlichen Ärger zu unterdrücken. Dann blickte er an sich herunter, als wolle er nachprüfen, daß seine Würde nicht gelitten hatte.

Six schrie weiter: «Meine Tochter, was haben Sie mit meiner Tochter gemacht?»

Helfferich runzelte die Stirn und warf mir einen spöttischen Blick zu. «Verdammt noch mal, wovon redet der überhaupt?»

«Die zwei Leute, die Ihre Jungens gestern aus dem Strandhaus entführt haben», sagte ich mit Nachdruck. «Was haben Sie mit ihnen gemacht? Hören Sie, es ist jetzt nicht die Zeit für Erklärungen, aber das Mädchen ist seine Tochter.»

Er sah mich ungläubig an. «Sie meinen, daß sie überhaupt nicht tot ist?» fragte er.

«Kommen Sie schon, Mann», sagte ich.

Der Rote Dieter fluchte, sein Gesicht verdunkelte sich wie eine erlöschende Gaslampe, seine Lippen zitterten, als habe er gerade auf Glassplittern gekaut. Eine dünne, blaue Ader zog sich über seine eckige Stirn wie eine Efeuranke über eine Ziegelmauer. Er deutete auf Six.

«Behaltet ihn hier», knurrte er und bahnte sich wie ein wütender Ringer durch die Männer den Weg nach draußen. «Wenn das einer von Ihren Tricks ist, Gunther, werde ich persönlich aus Ihrer verdammten Nase Fleischsalat machen.»

«Ich bin doch nicht blöde. Aber zufällig gibt es da etwas, das mich verwirrt.»

An der Vordertür blieb er stehen und starrte mich an. Sein Gesicht war vor Zorn blutrot, fast purpurn. «Und was ist das?»

«Ich hatte ein Mädchen, das für mich gearbeitet hat. Heißt Inge Lorenz. Sie ist aus der Umgebung des Strandhauses am Wannsee verschwunden, bevor Ihre Jungens mir den Kopf tätschelten.»

«Und warum fragen Sie ausgerechnet mich?»

«Sie haben bereits zwei Leute entführt, also dürfte eine dritte Person, die Sie unterwegs einsackten, Ihr Gewissen nicht sehr belasten.»

Der Rote Dieter spuckte mir beinahe ins Gesicht. «Was soll dieser verdammte Blödsinn?» sagte er und ging hinaus.

Als wir vor dem Gasthaus waren, eilte ich hinter ihm her auf eines der Bootshäuser zu. Ein Mann kam heraus, der sich die Hose zuknöpfte. Er mißverstand den entschlossenen Schritt seines Chefs und grinste.

«Wolln 'se ihr auch einen verpassen, Chef.»

Der Rote ging auf den Mann zu, blickte ihn eine Sekunde verständnislos an und schlug ihm hart in den Magen. «Halt dein blödes Maul», brüllte er und brach durch die Tür des Bootshauses. Ich trat über den Mann hinweg, der keuchend am Boden lag, und folgte den Roten ins Innere.

Ich sah ein langes Gestell, auf dem ein paar Achter lagen und an das ein Mann gebunden war, der bis zu den Hüften nackt war. Sein Kopf hing herunter, und sein Hals und seine Schultern wiesen zahlreiche Brandwunden auf. Ich schätzte, daß es Haupthändler war, obwohl ich beim Näherkommen sah, daß sein Gesicht nicht mehr zu erkennen war, so schlimm hatte man ihn zugerichtet. Zwei Männer standen untätig daneben, ohne auf ihren Gefangenen zu achten. Sie rauchten Zigaretten, und einer trug einen Schlagring.

«Wo ist das verdammte Mädchen?» schrie der Rote. Einer von Haupthändlers Folterknechten deutete mit dem Daumen über seine Schulter.

«Nebenan, mein Bruder ist bei ihr.»

«He, Chef», sagte der andere Mann. «Dieser Penner will immer noch nicht reden. Sollen wir ihn weiter bearbeiten?»

«Laßt den armen Hund zufrieden», knurrte er. «Er weiß nichts.»

Im angrenzenden Boothaus war es fast dunkel, und unsere Augen brauchten ein paar Sekunden, bis sie sich an die Finsternis gewöhnt hatten.

«Franz. Wo zum Teufel steckst du?» Wir hörten ein leises Stöhnen und das Klatschen von Fleisch auf Fleisch. Dann sahen wir sie: einen hünenhaften Mann, die Hosen auf die Knöchel herabgelassen, über den stummen und nackten Körper von Hermann Six' Tochter gebeugt, die mit dem Gesicht nach unten an ein umgedrehtes Boot gefesselt war.

«Weg von ihr, du fettes Schwein», kreischte der Rote. Der Mann, so groß wie ein Schrankkoffer, machte keine Anstalten, dem Befehl zu gehorchen, nicht einmal als dieser aus kürzerer Entfernung und mit größerer Lautstärke wiederholt wurde. Die Augen geschlossen, den Kopf, der wie ein Schuhkarton geformt war, auf die Brustwehr der Schultern zurückgelegt, rührte sich Franz nicht von der Stelle. Er zwängte seinen riesigen Penis beinahe krampfhaft in Grete Pfarrs Anus rein und raus, die Beine dabei gebogen wie ein Mann, dessen Pferd unter ihm durchgegangen ist.

Der Rote schlug ihm hart gegen die linke Schläfe. Er hätte ebensogut gegen eine Lokomotive dreschen können. In der nächsten Sekunde zog der Rote einen Revolver und schoß dem Mann wie beiläufig in den Kopf.

Franz sackte mit gekreuzten Beinen zu Boden wie ein zusammenfallender Schornstein. Eine rote Fontäne spritzte aus seinem Kopf, und sein noch immer erigierter Penis neigte sich auf die Seite wie der Hauptmast eines Schiffes, das auf eine Klippe gelaufen ist.

Der Rote stieß die Leiche mit der Schuhspitze beiseite, während ich begann, Grete loszubinden. Mehrere Male schielte er verlegen auf die tief eingeschnittenen Striemen auf dem Gesäß und den Oberschenkeln, die ihr eine kurze Peitsche zugefügt hatten. Ihre Haut war kalt und roch intensiv nach Sperma. Man konnte nicht sagen, wie oft sie vergewaltigt worden war.

«Verdammter Mist, sehen Sie sich das an», stöhnte der Rote kopfschüttelnd. «Wie kann ich sie in diesem Zustand Six vorführen?»

«Hoffen wir, daß sie noch lebt», sagte ich, zog meinen Mantel aus und breitete ihn auf dem Boden aus.

Wir legten sie auf den Mantel, und ich preßte mein Ohr auf ihre nackte Brust. Ich hörte das Herz schlagen, doch ich schätzte, daß sie einen schweren Schock hatte.

«Kommt sie wieder in Ordnung?» Der Rote fragte naiv, wie ein Schuljunge, der sich nach seinem Lieblingskaninchen erkundigt. Ich sah zu ihm auf und bemerkte, daß er den Revolver immer noch in der Hand hielt.

Durch den Schuß angelockt, standen einige Männer drohend an der Rückwand des Bootshauses. Ich hörte einen von ihnen sagen «Er hat Franz umgelegt», und ein anderer sagte «Dazu gab's keinen Grund», und ich wußte, daß wir Ärger bekommen würden. Und der Rote wußte es auch. Er drehte sich um und faßte sie ins Auge.

«Das Mädchen ist Six' Tochter. Ihr alle kennt Six. Er ist ein reicher und mächtiger Mann. Ich hab Franz gesagt, er soll sie zufrieden lassen, aber er wollte nicht hören. Sie hätte nichts mehr vertragen. Er hätte sie umbringen können. Jetzt ist sie kaum noch am Leben.»

«Du mußtest Franz nicht erschießen», sagte eine Stimme.

«Jawohl», sagte eine andere, «du hättest ihn niederschlagen können.»

«Was?» fragte der Rote, als könne er es nicht fassen. «Sein Schädel war härter als die Eichentür eines Nonnenklosters.»

«Jetzt nicht mehr.»

Der Rote kniete neben mir nieder. Mit einem Blick auf seine Männer murmelte er. «Haben Sie eine Kanone?»

«Ja», sagte ich. «Hören sie, hier drin haben wir keine Chance, und das Mädchen auch nicht. Wir müssen an ein Boot kommen.»

«Was ist mit Six?»

Ich knöpfte den Mantel über Gretes nacktem Körper zu und nahm ihn auf die Arme. «Er muß es drauf ankommen lassen.»

Helfferich schüttelte den Kopf. «Nein, ich werde ihn holen. Warten Sie am Anleger auf uns, so lang es geht. Wenn sie anfangen zu ballern, dann hauen Sie ab. Und sollte ich nicht kommen, denken Sie dran: Ich weiß nichts von Ihrem Mädchen, Wanze.» Wir gingen langsam auf die Tür zu, der Rote voran. Seine Männer traten unwillig zurück, um uns durchzulassen. Kaum waren wir draußen, trennten wir uns, und ich ging den grasbewachsenen Abhang hinunter zum Anleger und zu dem Boot.

Ich legte Six' Tochter auf den Rücksitz. In einem Schrank fand ich eine dicke Decke, die ich über ihren Körper breitete. Sie war noch immer ohne Besinnung. Ich überlegte, ob sie wohl wieder auf die Beine kommen würde, damit ich sie ein zweites Mal nach Inge Lorenz fragen konnte. Würde Haupthändler jetzt zugänglicher sein? Ich dachte gerade daran, zurückzukehren und ihn zu holen, als ich vom Gasthaus her mehrere Pistolenschüsse hörte. Ich machte die Leine los, warf den Motor an und zog die Waffe aus meiner Tasche. Mit der anderen Hand hielt ich mich am Anleger fest, um das Boot nicht abtreiben zu lassen. Sekunden später hörte ich eine weitere Folge von Schüssen und dann ein Geräusch, das sich anhörte, als arbeite am Heck des Bootes ein Niethammer. Ich drückte den Gashebel nach vorn und drehte vom Anleger ab. Ich zuckte vor Schmerz zusammen und blickte auf meine Hand in dem Glauben, ich sei getroffen worden, doch statt dessen ragte ein riesiger Holzsplitter vom Anleger aus der Innenfläche meiner Hand. Ich brach den größten Teil davon ab, drehte mich um und verfeuerte meine restlichen Kugeln auf die Gestalten, die jetzt auf dem zurückbleibenden Anleger auftauchten. Zu meiner Überraschung warfen sie sich selber auf ihre Bäuche. Aber hinter mir hatte etwas das Feuer eröffnet, das ein wenig durchschlagskräftiger war als eine Pistole. Es war bloß ein Warnschuß, doch das schwere Maschinengewehr schickte seine Geschosse wie metallische Regentropfen durch die Bäume und das Holz des Anlegers, riß Splitter ab, kappte Äste und zerfetzte das Blattwerk. Wieder nach vorn blickend, hatte ich gerade noch Zeit, das Gas wegzunehmen und der Polizeibarkasse auszuweichen. Dann stellte ich den Motor ab, hob instinktiv die Hände hoch über den Kopf und ließ dabei meinen Revolver auf den Boden des Bootes fallen. Erst jetzt bemerkte ich das säuberliche rote Kastenzeichen mitten auf Gretes Stirn, aus dem jetzt ein haarfeines Rinnsal von Blut sickerte, das ihre leblosen Züge halbierte.

18

Wenn man Zeuge der systematischen Zerstörung eines anderen menschlichen Geistes wird, hat das eine vorhersehbare niederdrükkende Wirkung auf den eigenen Charakter. Ich glaube, das war es, was sie beabsichtigten. Bei der Gestapo ist alles durchdacht. Sie lassen dich die Qualen eines anderen belauschen, um dich innerlich weichzumachen; und erst dann fangen sie an, deine Außenseite zu bearbeiten. Nichts ist schlimmer als ein Zustand gespannter Erwartung, was geschehen wird, ob es nun das Warten auf die Ergebnisse von Tests in einem Krankenhaus ist oder das Warten auf das Henkerbeil. Du möchtest es bloß noch hinter dich bringen. In gewisser Weise war das eine Technik, die ich am Alex selber angewendet hatte, wenn ich verdächtige Personen so lange schmoren ließ, bis sie sich in einem Zustand befanden, in dem sie dir alles erzählten. Wenn man auf etwas wartet, setzt sich die eigene Einbildungskraft in Bewegung und schafft die private Hölle.

Doch ich war mir nicht darüber klar, was sie von mir wollten. Wollten sie etwas über Six erfahren? Hofften sie, daß ich wußte, wo sich die Papiere von Greis' befanden? Und was war, wenn sie mich folterten und ich nicht wußte, was sie eigentlich von mir hören wollten?

Am dritten oder vierten Tag, allein in meiner schmutzigen Zelle, begann ich mich zu fragen, ob sie mich aus Selbstzweck leiden ließen. Ein anderes Mal zerbrach ich mir den Kopf darüber, was aus Six und Helfferich geworden war, die man zusammen mit mir verhaftet hatte, und aus Inge Lorenz.

Die meiste Zeit starrte ich bloß an die Wände, die für die Unglücklichen, die vor mir in der Zelle gehaust hatten, eine Art Palimpsest waren. Es war indes sonderbar, daß sich kaum Schmähungen der Nazis darauf fanden. Häufiger waren Kritzeleien, mit denen sich Kommunisten und Sozialdemokraten gegenseitig beschuldigten. Immer ging es um die Frage, wer von beiden «umgefallen» und dafür verantwortlich war, daß Hitler die Wahl hatte gewinnen können: Die Sozis gaben den Kommunisten die Schuld und umgekehrt.

Der Schlaf kam nicht leicht. Es gab einen übelriechenden Strohsack, den ich in der ersten Nacht meiner Haft verschmähte, doch als die Tage vergingen und der Gestank aus dem Scheißkübel immer schlimmer wurde, hörte ich auf, so anspruchsvoll zu sein. Erst am fünften Tag kamen zwei SS-Wachen herein und zerrten mich aus meiner Zelle. Erst jetzt ging mir auf, wie übel ich roch; doch das war nichts, verglichen mit ihrem Gestank: Es war der des Todes.

Sie schleppten mich durch einen langen, nach Urin stinkenden Gang zu einem Aufzug, der uns fünf Etagen hoch auf einen stillen, mit Teppichen ausgelegten Korridor brachte, der mit seiner Eichentäfelung und den düsteren Porträts von Hitler, Himmler, Canaris, Hindenburg und Bismarck an den Wänden das Flair eines exklusiven Herrenclubs hatte. Wir durchschritten eine Holztür, hoch wie ein Straßenbahnwagen, und kamen in ein großes, helles Büro, in dem zahlreiche Stenographinnen arbeiteten. Sie beachteten meine schmutzige Erscheinung überhaupt nicht. Ein junger SS-Hauptsturmführer kam hinter seinem gedrechselten Schreibtisch hervor und blickte mich desinteressiert an.

«Wer ist das?» Eine der Wachen schlug die Hacken zusammen, nahm Haltung an und sagte dem Offizier, wer ich sei.

«Hier warten», sagte der Hauptsturmführer und schritt zu einer glänzenden Mahagonitür auf der anderen Seite des Raumes, wo er anklopfte und wartete. Als er eine Antwort hörte, steckte er den Kopf durch die Tür und sagte etwas. Darauf drehte er sich um, machte den Wachen mit dem Kopf ein Zeichen, und sie schoben mich vorwärts.

Es war ein geräumiges, elegantes Zimmer mit einer hohen Decke und teuren Ledermöbeln, und ich begriff, daß hier nicht die übliche Gestapo-Masche nach dem bekannten Drehbuch ablaufen würde, denn danach hätten die beiden ja mit Totschlägern und

Schlagringen hantieren müssen. Jedenfalls jetzt noch nicht. Sie konnten es nicht riskieren, daß der Teppich beschmutzt wurde. Am anderen Ende des Zimmers waren eine Balkontür, ein paar Bücherregale und ein Tisch, hinter dem in bequemen Armsesseln zwei SS-Offiziere saßen. Sie waren hochgewachsene, schlanke, wohlgepflegte Männer mit hochnäsigem Lächeln, Haaren von der Farbe Tilsiter Käses und manierlichen Adamsäpfeln. Der größere der beiden sprach zuerst und schickte die Wachen und ihren Adjutanten aus dem Zimmer.

«Herr Gunther. Bitte, nehmen Sie Platz.» Er deutete auf einen Stuhl vor dem Tisch. Ich warf einen Blick zurück, als die Tür sich schloß, und dann schlurfte ich nach vorn, die Hände in den Hosentaschen. Da sie mir die Schnürbänder und Hosenträger bei meiner Verhaftung weggenommen hatten, war das die einzige Möglichkeit, meine Hosen oben zu behalten.

Ich war bisher noch keinen SS-Offizieren begegnet, und darum war ich mir nicht sicher, welchen Rang die beiden Männer, die mir gegenübersaßen, bekleideten; doch ich schätzte, daß der eine wahrscheinlich ein Oberst und der andere, der weitersprach, möglicherweise ein General war. Keiner der beiden war älter als fünfunddreißig.

«Zigarette?» fragte der General. Er hielt mir ein Kästchen hin und warf mir Streichhölzer zu. Ich zündete eine Zigarette an und paffte dankbar.

«Bitte bedienen Sie sich, wenn Sie noch eine wollen.»

«Danke.»

«Vielleicht möchten Sie auch was trinken?»

«Zu einem Glas Champagner würde ich nicht nein sagen.» Sie lächelten beide gleichzeitig. Der zweite Offizier, der Oberst, brachte eine Flasche Schnaps zum Vorschein und füllte ein Glas.

«Etwas so Vornehmes führen wir hier leider nicht», sagte er.

«Dann nehme ich das, was Sie haben.» Der Oberst stand auf und brachte mir das Glas. Ich machte keine großen Umstände, kippte das Zeug runter, spülte meine Zähne damit und schluckte es mit jedem Muskel von Hals und Kehle. Ich spürte, wie die Wärme des Schnapses bis in meine Hühneraugen drang.

«Sie geben ihm besser noch einen», sagte der General. «Er sieht so aus, als flatterten seine Nerven ein bißchen.» Ich hielt ihm mein Glas hin.

«Meine Nerven sind ganz gut», sagte ich und streichelte mein Glas. «Ich trinke ganz einfach gern.»

«Gehört zum Erscheinungsbild, wie?»

«Und was wäre das für eins?»

«Nun, das eines Privatdetektivs, natürlich. Sie wissen schon, der schäbige, kleine Mann in einem spärlich möblierten Büro, der trinkt wie ein Selbstmörder, der die Nerven verloren hat und der schönen, aber geheimnisvollen Frau in Schwarz zu Hilfe kommt.»

«Jemand von der SS vielleicht», schlug ich vor.

Er lächelte. «Ob Sie's glauben oder nicht», sagte er, «aber ich habe ein Faible für Detektivgeschichten. Der Beruf muß interessant sein.» Er hatte ein ungewöhnlich geformtes Gesicht. Das hervorstechendste Merkmal war die vorstehende Habichtsnase, was zur Folge hatte, daß das schmale Kinn schwach ausgeprägt wirkte; über der dünnen Nase lagen glasige, blaue Augen, die ziemlich dicht beieinander und ein wenig schräg standen, was ihm einen Anflug von Weltverdrossenheit und Zynismus verlieh.

«Ich bin sicher, daß Märchen viel interessanter sind.»

«Aber gewiß nicht in Ihrem Fall. Insbesondere nicht in dem Fall, den Sie für die Germania-Lebensversicherung bearbeitet haben.»

«Den wir jetzt», mischte sich der Oberst ein, «wohl besser den Fall Hermann Six nennen.» Er war vom selben Typ wie sein Vorgesetzter, nur daß er besser aussah, wenn er auch offensichtlich weniger intelligent war. Der General warf einen Blick in eine Akte, die aufgeschlagen vor ihm auf dem Tisch lag, vermutlich um anzudeuten, daß sie alles wußten, was man über mich und meine Aktivitäten wissen mußte.

«Genau», murmelte er. Nach einer kurzen Weile sah er auf und sagte: «Warum haben Sie die Kripo verlassen?»

«Wegen der Kohle», erwiderte ich.

Er starrte mich verständnislos an. «Kohle?»

«Ja doch, Sie wissen schon: Mäuse, Kies... Geld. Da wir gerade davon reden, ich hatte vierzigtausend Mark in der Tasche, als ich in dieses Hotel einzog. Ich würde gern wissen, was aus dem Geld geworden ist. Und aus dem Mädchen, das für mich arbeitete. Name Inge Lorenz. Sie ist verschwunden.»

Der General blickte den Oberst an, der den Kopf schüttelte.

«Leider wissen wir nichts über dieses Mädchen, Herr Gunther», sagte der Oberst. «In Berlin verschwinden dauernd Leute. Gerade Sie sollten das wissen. Was indessen Ihr Geld angeht, das ist bei uns im Augenblick völlig sicher.»

«Danke. Ich möchte ja nicht undankbar erscheinen, aber ich hätte es lieber in einer Socke unter meiner Matratze.»

Der General legte seine langen, dünnen Künstlerhände zusammen, als wolle er mit uns ein Gebet sprechen, und drückte die Fingerspitzen nachdenklich gegen die Lippen. «Sagen Sie mir, haben Sie jemals erwogen, zur Gestapo zu gehen?» fragte er.

«Wissen Sie, das war kein übler Anzug, bevor man mich zwang, eine Woche darin zu schlafen. Er riecht vielleicht ein bißchen, aber so schlecht nun doch nicht.»

Er rümpfte belustigt die Nase. «Die Fähigkeit, ebenso freche Sprüche zu klopfen wie Ihr literarisches Ebenbild, ist eine Sache, Herr Gunther», sagte er. «Aber auch so zu handeln ist eine ganz andere. Ihre Bemerkungen zeigen entweder einen erstaunlichen Mangel an Urteilsvermögen, was den Ernst Ihrer Lage anbetrifft, oder wirklichen Mut.» Er hob die goldgelben, dünnen Augenbrauen und begann mit dem Deutschen Reiterabzeichen auf seiner linken Brusttasche zu spielen. «Ich bin von Natur aus ein Zyniker. Ich denke, das sind alle Polizisten, nicht wahr? Also würde ich normalerweise dazu neigen, Sie auf den ersten Blick für einen Prahlhans zu halten. In diesem besonderen Fall erscheint es mir jedoch richtiger, an Ihre Charakterstärke zu glauben. Bitte enttäuschen Sie mich nicht, indem Sie etwas wirklich Dummes sagen.» Er hielt einen Augenblick inne. «Ich werde Sie in ein Konzentrationslager schicken.»

Mein Fleisch wurde so kalt wie die Auslage eines Metzgers. Ich trank den Rest Schnaps und hörte mich sagen. «Hören Sie, falls es um die lausige Milchrechnung geht...»

Die beiden grinsten ausgiebig und ergötzten sich an meinem offensichtlichen Unbehagen.

«Dachau», sagte der Oberst. Ich drückte meine Zigarette aus und zündete mir eine neue an. Sie sahen, daß meine Hand zitterte, die das Streichholz hielt.

«Machen Sie sich keine Sorgen», sagte der General. «Sie werden für mich arbeiten.»

Er kam um den Tisch herum und setzte sich vor mich auf eine Ecke.

«Und wer sind Sie?»

«Ich bin Obergruppenführer Heydrich.» Er deutete auf den Oberst und kreuzte die Arme. «Und das ist Standartenführer Sohst vom Sonderkommando.»

«Erfreut, Sie kennenzulernen.» Ich war es nicht. Sonderkommando, das waren die ausgesuchten Gestapo-Totschläger, von denen Marlene Sahm gesprochen hatte.

«Ich habe seit einiger Zeit ein Auge auf Sie gehabt», sagte er. «Und nach dem unglücklichen kleinen Vorfall im Strandhaus am Wannsee ließ ich Sie rund um die Uhr überwachen, in der Hoffnung, sie würden uns zu gewissen Papieren führen. Ich bin sicher, daß Sie wissen, welche ich meine. Statt dessen lieferten Sie uns das Zweitbeste – den Mann, der ihren Diebstahl plante. Im Lauf der letzten Tage, während Sie unser Gast waren, haben wir Ihre Geschichte überprüft. Es war der Autobahnarbeiter, Bock, der uns sagte, wo wir nach diesem Mutschmann suchen mußten – dem Safeknacker, der jetzt die Papiere hat.»

«Bock?» Ich schüttelte den Kopf. «Ich glaube es nicht. Er ist nicht der Typ, einen Freund zu verpfeifen.»

«Er hat's getan, das versichere ich Ihnen. Oh, ich meine nicht, daß er uns genau gesagt hat, wo wir Mutschmann finden können, aber er brachte uns auf die richtige Spur, bevor er starb.»

«Sie haben ihn gefoltert?»

«Ja. Er sagte uns, Mutschmann habe ihm mal erzählt, wenn man mal wirklich hinter ihm her wäre und er nicht mehr aus noch ein wisse, dann würde er sich unter Umständen in einem Gefängnis oder einem KZ verstecken. Nun ja, er muß in der Tat nicht mehr aus noch ein gewußt haben, denn immerhin war eine Verbrecherbande hinter ihm her, von uns ganz zu schweigen.»

«Das ist ein alter Trick», erklärte Sohst. «Man vermeidet es, wegen einer Sache eingesperrt zu werden, indem man sich wegen einer anderen einlochen läßt.»

«Wir glauben, daß Mutschmann drei Nächte nach dem Tod von Paul Pfarr verhaftet und nach Dachau geschickt wurde», sagte Heydrich. Mit einem dünnen, selbstgefälligen Lächeln setzte er hinzu: «Tatsächlich hat er fast darum gebeten, eingelocht zu werden. Es scheint, daß er auf frischer Tat ertappt wurde, als er KPD-Parolen an die Mauer eines Kripo-Reviers in Neukölln schmierte.»

«Ein KZ ist gar nicht so schlimm, wenn man ein Kommunist ist», grinste Sohst. «Juden und Schwulen geht's da schon schlechter. In ein paar Jahren ist er wieder draußen.»

Ich schüttelte den Kopf. «Ich verstehe das nicht», sagte ich. «Warum lassen Sie Mutschmann nicht einfach vom Kommandanten von Dachau verhören? Wozu brauchen Sie mich, zum Teufel?»

Heydrich kreuzte die Arme und wippte mit seinem Knobelbecherfuß, daß er beinahe meine Kniescheibe berührte. «Würde ich den Kommandanten von Dachau hinzuziehen, müßte ich auch Himmler informieren, und das will ich nicht. Wissen Sie, der Reichsführer ist ein Idealist. Ohne Zweifel würde er es als seine Pflicht ansehen, diese Papiere dazu zu benutzen, jene zu bestrafen, die sich in seinen Augen schwerer Verbrechen gegen das Reich schuldig gemacht haben.»

Ich mußte an Himmlers Brief an Paul Pfarr denken, den Marlene Sahm mir im Olympiastadion gezeigt hatte, und nickte.

«Ich hingegen bin ein Pragmatiker und würde es vorziehen, die Papiere taktisch klug einzusetzen, je nachdem, in welcher Form und wo ich es für nötig halte.»

«Mit anderen Worten, Sie wären sich für eine kleine Erpressung nicht zu schade. Habe ich recht?»

Heydrich lächelte verkniffen. «Sie haben mich glatt durchschaut, Herr Gunther. Aber Sie müssen sich darüber im klaren sein, daß dies eine verdeckte Operation sein wird. Höchste Geheimhaltungsstufe. Sie dürfen über diese Unterhaltung unter keinen Umständen etwas verlauten lassen.»

«Aber es muß doch bei der SS in Dachau einen Mann geben, dem Sie vertrauen können.»

«Natürlich gibt es einen», antwortete Heydrich. «Aber wie stellen Sie sich das vor: Soll er Mutschmann auf den Leib rücken und ihn fragen, wo er die Papiere versteckt hat? Kommen Sie, Gunther, seien sie vernünftig.»

«Sie wollen also, daß ich Mutschmann finde und mich mit ihm anfreunde.»

«Sie haben es erfaßt. Gewinnen Sie sein Vertrauen. Finden Sie raus, wo er die Papiere versteckt hat. Und wenn Sie das geschafft haben, geben Sie sich unserem Mann zu erkennen.»

«Aber wie soll ich Mutschmann erkennen?»

«Das einzige Foto ist das aus seiner Gefängnisakte», sagte Sohst und reichte mir ein Bild. Ich betrachtete es sorgfältig. «Es ist drei Jahre alt, und er wird natürlich kahlgeschoren sein, also wird's Ihnen nicht viel helfen. Außerdem dürfte er wahrscheinlich erheblich abgemagert sein. Ein Konzentrationslager verändert einen Menschen nun mal. Es gibt jedoch etwas, das Ihnen helfen könnte, ihn zu erkennen: Er hat am rechten Handgelenk ein ausgeprägtes Überbein, das er kaum entfernt haben kann.»

Ich gab das Foto zurück. «Nicht viel, um weiterzumachen», sagte ich. «Angenommen, ich weigere mich?»

«Werden Sie nicht», sagte Heydrich strahlend. «Sie gehen auf jeden Fall nach Dachau, wissen Sie. Der Unterschied ist bloß, wenn Sie für mich arbeiten, können Sie sicher sein, daß Sie wieder rauskommen. Und Ihr Geld bekämen Sie auch zurück.»

«Ich scheine keine andere Wahl zu haben.»

Heydrich grinste. «Genau so ist es», sagte er. «Sie haben keine Wahl. Wenn Sie wählen könnten, würden Sie sich weigern. Jeder würde das tun. Deshalb kann ich auch keinen meiner Männer hinschicken. Außerdem muß es geheim bleiben. Nein, Herr Gunther, leider sind Sie als Ex-Polizist die perfekte Besetzung für diese Rolle. Sie können alles gewinnen oder alles verlieren. Es hängt wirklich nur von Ihnen ab.»

«Ich habe schon bessere Fälle übernommen», sagte ich.

«Sie müssen vergessen, wer Sie bis jetzt waren», sagte Sohst rasch. «Wir haben Ihnen eine neue Identität verschafft. Sie sind jetzt Willy Krause, und Sie sind ein Schwarzmarkthändler. Hier sind Ihre neuen Papiere.» Er überreichte mir meinen neuen Personalausweis. Sie hatten mein altes Foto von der Polizei genommen.

«Da wäre noch was», sagte Heydrich. «Ich bedaure, aber Ihre Tarnung macht es erforderlich, daß wir uns weiterhin ein bißchen um Ihr Erscheinungsbild kümmern, das damit im Einklang stehen muß, daß Sie verhaftet und verhört wurden. Es passiert selten, daß ein Mann ohne ein paar Beulen im Columbia-Haus ankommt. Meine Männer werden sich, was das betrifft, um Sie kümmern. Natürlich zu Ihrem eigenen Schutz.»

«Sehr fürsorglich von Ihnen», sagte ich.

«Man wird Sie eine Woche im Columbia-Haus behalten und dann nach Dachau schaffen.» Heydrich stand auf. «Ich darf Ihnen viel Glück wünschen.» Ich ergriff meinen Hosenbund und stand ebenfalls auf.

«Denken Sie daran, daß dies eine Gestapo-Operation ist. Sie dürfen mit niemandem darüber sprechen.» Heydrich drehte sich um und drückte auf einen Knopf, um die Wachen zu rufen.

«Sagen Sie mir nur eines», sagte ich. «Was wurde aus Six und Haupthändler und den anderen?»

«Es kann nicht schaden, wenn ich's Ihnen sage», sagte er. «Also, Herr Six steht unter Hausarrest. Bis jetzt wurde keine Anklage gegen ihn erhoben. Das Wiederauftauchen und der folgende Tod seiner Tochter haben ihm einen solchen Schock versetzt, daß er noch keine Fragen beantworten kann. Ein wirklich tragischer Fall. Herr Haupthändler ist unglücklicherweise vorgestern im Krankenhaus gestorben, ohne das Bewußtsein wiedererlangt zu haben. Was den Verbrecher Dieter Helfferich, bekannt als ‹Roter Dieter› angeht, er wurde heute morgen um sechs Uhr in Plötzensee hingerichtet und seine ganze Bande ins KZ nach Sachsenhausen geschickt.» Er lächelte mich melancholisch an. «Ich zweifle, daß Herr Six etwas zu befürchten hat. Er ist ein zu wichtiger Mann, als daß man ihm wegen der Dinge, die passiert sind, einen nachhaltigen Schaden zufügen könnte. Sie sehen also, von allen anderen Hauptdarstellern in dieser unglückseligen Affäre sind Sie der einzige, der noch am Leben ist. Es bleibt jetzt nur noch abzuwarten, ob Sie diesen Fall erfolgreich abschließen können. Es geht dabei nicht nur um beruflichen Ehrgeiz, sondern auch um Ihr persönliches Überleben.»

Die zwei Wachen geleiteten mich zum Aufzug und dann in meine Zelle zurück, jedoch nur, um mich zusammenzuschlagen. Ich versuchte, mich zu wehren, aber durch den Mangel an richtiger Ernährung und gewohntem Schlaf geschwächt, war ich zu mehr als einem symbolischen Widerstand nicht in der Lage. Mit einem von beiden wäre ich vielleicht fertig geworden, aber zu zweit waren sie für mich eine Nummer zu groß. Anschließlich wurde ich in das Wachlokal der SS geschafft, das etwa die Größe eines Sitzungssaales hatte. Neben der extradicken Tür saß eine Gruppe von SS-Männern. Sie spielten Karten und tranken Bier, während ihre Pistolen und Gummiknüppel auf einem zweiten Tisch aufgehäuft waren, wie ein Berg Spielzeug, das ein strenger Lehrer konfisziert hat.

Mit den Gesichtern zur Wand, standen etwa zwanzig Gefangene in einer Reihe und in Hab-acht-Stellung, denen ich mich anschließen mußte. Ein junger SS-Sturmführer stolzierte vor der Reihe auf und ab, schrie einige Gefangene an und trat sie in den Rücken oder ins Gesäß. Als ein alter Mann auf dem Steinfußboden zusammenbrach, schlug ihn der Sturmführer bewußtlos. Während der ganzen Zeit kamen neue Gefangene hinzu. Nach einer Stunde waren wir fast hundert.

Sie trieben uns durch einen langen Gang in einen gepflasterten Hof, wo man uns in grüne Minnas verfrachtete. Kein SS-Mann stieg mit uns in den Wagen, aber keiner von uns sagte etwas. Jeder saß stumm da, allein mit seinen Gedanken an das Zuhause und an seine Lieben, die er vielleicht nie wiedersehen würde.

Beim Columbia-Haus angekommen, kletterten wir aus den Wagen. Wir hörten das Motorengeräusch eines Flugzeugs, das vom nahen Flughafen Tempelhof abhob, und als es über uns hinwegflog, blickten wir alle ohne Ausnahme sehnsüchtig zum Himmel, und jeder wünschte sich, einer der Passagiere zu sein.

«Vorwärts, ihr dreckigen Schweinehunde», kreischte ein Wächter, und man trieb uns mit vielen Tritten, Stößen und Schlägen im ersten Stock zusammen und ließ uns in fünf Kolonnen vor einer schweren Holztür Aufstellung nehmen. Eine Menagerie von Wächtern beäugte uns kritisch und sadistisch.

«Seht ihr diese verdammte Tür?» brüllte der Rottenführer, das Gesicht gehässig verzogen, den Rachen aufgerissen wie ein fressender Haifisch. «Wenn ihr da rauskommt, seid ihr keine Männer mehr für den Rest eures Lebens. Wir spannen eure Eier in einen Schraubstock, kapiert? Dann kriegt ihr kein Heimweh mehr. Was wollt ihr dann noch zu Hause bei euren Frauen und Freundinnen, wenn ihr nichts mehr habt, was ihr mitbringen könnt?» Er brach in ein brüllendes Gelächter aus, dem sich die Menagerie anschloß, während ein paar Männer den ersten Gefangenen, der um sich schlug und schrie, in den Raum schleppten und die Tür hinter ihm schlossen. Ich merkte, daß die anderen Gefangenen vor Angst schlotterten; aber ich schätzte, daß es sich um etwas gehandelt hatte, das der Rottenführer unter einem Witz verstand. So spielte ich bewußt den Ruhigen, als ich an die Reihe kam und zur Tür geführt wurde. Als ich drin war, schrieben sie meinen Namen und meine Adresse auf, und dann, nachdem sie mich wegen meiner angeblichen Schwarzhändlertätigkeit beschimpft hatten, schlugen sie mich wieder zusammen.

Nachdem wir in den Haupttrakt des Gefängnisses zurückgekehrt waren, wurde ich auf schmerzhafte Art in meine Zelle geführt. Auf dem Weg dorthin hörte ich zu meiner Überraschung einen großen Männerchor das Lied *Wenn du noch eine Mutter hast* singen. Erst viel später erfuhr ich, warum dieser Chor existierte: Er sang auf Befehl der SS, um die Schreie aus den Folterkammern zu übertönen, wo man die Gefangenen mit nassen Nilpferdpeitschen auf die nackten Hinterbacken schlug.

Als Ex-Polizist hatte ich im Lauf der Jahre nicht wenige Gefängnisse von innen gesehen: Tegel, Sonnenburg, Plötzensee, Celle, Brauweiler; in jedem davon geht es hart zu, und es herrscht eine strenge Disziplin; aber keines davon reichte an die Brutalität und die entmenschlichte Verkommenheit des Columbia-Hauses heran, und es dauerte nicht lange, ehe ich mich fragte, ob Dachau überhaupt noch schlimmer sein könne.

Im Columbia-Haus waren nahezu eintausend Gefangene untergebracht. Für einige, wie für mich zum Beispiel, war es ein Durchgangsgefängnis, in dem sie nur kurz blieben, ehe sie ins KZ kamen; für andere war es ein Durchgangslager, in dem sie lange blieben, ehe sie ins KZ kamen. Und einige wenige würden es nur in einem Kiefernsarg verlassen.

Als Neuling und Gefangener für kurze Zeit hatte ich eine Zelle für mich. Da es aber nachts kalt war und es keine Decken gab, hätte ich gegen ein bißchen menschliche Wärme in der Nähe nichts einzuwenden gehabt. Das Frühstück bestand aus grobem Vollkornbrot und Muckefuck. Zu Mittag gab es Brot und Kartoffelbrei. Das Klo war eine Grube, über die eine Planke gelegt war, und man war gezwungen, jedesmal in Gesellschaft neun anderer Gefangener zu scheißen. Einmal sägte ein Wärter die Planke an, und ein paar Gefangene landeten in der Senkgrube. Im Columbia-Haus wußte man einen guten Witz zu schätzen.

Ich war sechs Tage dort, als ich eines Nachts gegen Mitternacht den Befehl erhielt, mich in eine Wagenladung von Gefangenen einzureihen, die zum Bahnhof Putlitzstraße und von dort nach Dachau transportiert werden sollten.

Dachau liege fünfzehn Kilometer von München entfernt, erzählte mir jemand im Zug, und sei das erste KZ im Reich. Das erschien mir nur angemessen, hatte doch München den Ruf, der Geburtsort des Nationalsozialismus zu sein. Um die Überreste eines alten Sprengstoffwerks herumgebaut, liegt das Lager ungewöhnlich nahe an Ackerland in der schönen bayerischen Landschaft. Im Grunde ist die Landschaft das einzige, was an Bayern angenehm ist. Die Leute sind es bestimmt nicht. Ich war mir sicher, daß Dachau mich in dieser Hinsicht nicht enttäuschen würde. Im Columbia-Haus erzählte man, Dachau sei das Muster für alle späteren Lager: es gebe dort sogar eine spezielle Schule, wo man SS-Leute ausbilde, damit sie noch brutaler wurden. Es war keine Lüge.

Mit den üblichen Fußtritten und Kolbenhieben wurden wir aus den Waggons und zum Lagereingang getrieben. Dieser wurde von einem großen Wachhaus umschlossen, unter dem sich ein Tor befand, dessen eisernes Gitterwerk in der Mitte die Aufschrift trug: «Arbeit macht frei.» Dieser Spruch gab manchen Gefangenen Anlaß zu verächtlicher Heiterheit, doch wagte niemand etwas zu sagen, aus Furcht, zusammengedroschen zu werden.

Ich konnte mir eine Menge Dinge vorstellen, die mich frei machen würden, jedoch Arbeit war nicht dabei: Nach fünf Minuten in Dachau schien einem der Tod erstrebenswerter.

Sie trieben uns auf einen freien Platz, eine Art Paradeplatz, im Süden von einem langen Gebäude mit einem Steildach flankiert. Nach Norden hin, zwischen scheinbar endlosen Reihen von Baracken verlaufend, zog sich eine breite, gerade Straße, gesäumt von großen Pappeln. Mein Mut sank, als mir das ganze Ausmaß der Aufgabe dämmerte, die vor mir lag. Dachau war riesig. Allein um Mutschmann zu finden, würde ich vielleicht Monate brauchen; und dann mußte ich mich noch so überzeugend bei ihm einschmeicheln, daß er mir verriet, wo er die Papiere versteckt hatte. Ich begann mich zu fragen, ob die ganze Sache von seiten Heydrichs nicht der ungeheuerlichste Auswuchs von Sadismus war.

Der KZ-Kommandant kam aus der langen Baracke, um uns zu begrüßen. Wie jeder in Bayern, hatte er in Sachen Gastfreundschaft eine Menge zu lernen. Er hatte vorwiegend Strafen im Angebot. Er sagte, es gebe mehr als genug prächtige Bäume, um jeden von uns zu hängen. Er schloß, indem er uns die Hölle prophezeite, und ich hatte keinen Zweifel, daß er sein Wort halten würde. Aber es gab wenigstens frische Luft. Das ist von den beiden Dingen, die man über Bayern sagen kann, das erste. Das zweite hat etwas mit dem Brustumfang der bayerischen Frauen zu tun.

In Dachau gab es den drolligsten kleinen Klamottenladen. Und einen Firsörsalon. Ich fand einen hübschen gestreiften Anzug von der Stange, ein Paar Holzschuhe, und dann ließ ich mir die Haare schneiden. Ich hätte gern um ein wenig Haaröl gebeten, aber das hätte man ebensogut auf dem Boden gießen können. Die Lage begann sich zu bessern, als ich drei Decken bekam, was gegenüber dem Columbiahaus eine Verbesserung war, und als ich einer arischen Baracke zugeteilt wurde. Darin hausten hundertfünfzig Männer. Jüdische Baracken mußten die dreifache Menge aufnehmen.

Es stimmte, was man sagte: Es gibt immer jemanden, der noch schlimmer dran ist als du selbst. Das heißt, wenn man nicht das besondere Pech hatte, Jude zu sein. Die Anzahl der jüdischen Häftlinge in Dachau war nicht groß, doch sie waren in jeder Hinsicht am schlimmsten dran. Abgesehen vielleicht von der Tatsache, daß sie über die nötigen Mittel verfügten, sich die Freiheit zu erkaufen. In einer arischen Baracke lag die Todesrate bei einem Mann pro Nacht, in einer jüdischen eher zwischen sieben und acht.

Dachau war kein Ort für einen Juden.

Im allgemeinen fand sich in Dachau das komplette Spektrum der Nazigegner, ganz zu schweigen von denen, die von den Nazis selber mit unversöhnlichem Haß verfolgt wurden. Da waren Sozialdemokraten, Kommunisten, Gewerkschaftler, Richter, Rechtsanwälte, Ärzte, Lehrer, Offiziere. Republikanische Soldaten aus dem Spanischen Bürgerkrieg, Zeugen Jehovas, Freimaurer, katholische Priester, Zigeuner, Juden, Anthroposophen, Homosexuelle, Landstreicher, Diebe und Mörder. Mit Ausnahme einiger Russen und von ein paar ehemaligen Mitgliedern des österreichischen Kabinetts waren alle deutsche Staatsbürger. Ich begegnete einem Sträfling, der Jude war. Er war auch schwul. Und, als wäre das nicht genug, war er auch noch Kommunist. Das brachte ihm drei Winkel ein. Bei so viel Pech hätte er auch von einem fahrenden Motorrad springen können.

Zweimal täglich mußten wir uns zum Appell versammeln, und nach dem Aufruf der Namen kam das «Hindenburg-Almosen», das Auspeitschen. Sie schnallten den Mann oder die Frau auf eine Art Wippe und gaben ihnen im Durchschnitt fünfundzwanzig Hiebe auf den nackten Hintern. Ich sah viele Opfer, die sich dabei selber vollschissen. Beim ersten Mal schämte ich mich für sie; aber danach erzählte mir jemand, das sei die beste Möglichkeit, dem Mann, der die Peitsche schwang, die Konzentration zu rauben.

Der Appell war für mich die beste Gelegenheit, mir die anderen Gefangenen anzusehen. Ich legte im Geist ein Verzeichnis der Männer an, die ich ausgeschieden hatte, und im Lauf eines Monats hatte ich mehr als dreihundert Männer von meiner Liste gestrichen.

Ich vergesse nie ein Gesicht. Das ist eine der Fähigkeiten, die dich zu einem guten Polizisten machen, und es war auch einer der Hauptgründe, die mich dazu bewogen hatten, zur Polzei zu gehen. Dieses Mal jedoch hing mein Leben davon ab. Aber es kamen immer wieder neue Häftlinge, die mein System durcheinanderbrachten. Ich kam mir vor wie Herkules bei seinem Versuch, die Ställe des Augias auszumisten.

Wie beschreibt man das Unbeschreibliche? Wie kann man über etwas sprechen, das dich vor Entsetzen stumm macht? Es gab viele, beredter als ich, die einfach unfähig waren, die rechten Worte zu finden. Es ist ein Verstummen, geboren aus Scham, denn selbst die Schuldlosen sind schuldig. Aller menschlichen Rechte beraubt, wird der Mensch wieder zum Tier. Der Verhungernde bestiehlt den Verhungernden, und das eigene Überleben ist der einzige Antrieb, der sich über die Erfahrung hinwegsetzt, sie sogar auslöscht. Mit einem Übermaß an Arbeit, das war das Ziel, wollte man in Dachau den menschlichen Geist zerstören, wobei der Tod ein unvorhergesehenes Nebenprodukt war. Man überlebte durch das stellvertretende Leiden anderer: Du warst für eine Weile sicher, wenn es ein anderer Mann war, der geschlagen oder gefoltert wurde; ein paar Tage lang konntest du vielleicht die Ration des Mannes auf der Pritsche neben dir verschlingen, nachdem er im Schlaf gestorben war.

Um am Leben zu bleiben, ist es zuerst notwendig, ein bißchen zu sterben.

Bald nach meiner Ankunft in Dachau wurde mir die Aufsicht über eine jüdische Arbeitskolonne übertragen, die in der nordwestlichen Ecke des Lagergeländes eine Werkstatt baute. Für die Männer hieß das, daß sie Schubkarren mit Steinbrocken beladen mußten, von denen jeder bis zu dreißig Kilogramm wog, und diese hügelaufwärts aus dem Steinbruch über eine Entfernung von mehreren hundert Metern zur Baustelle schieben mußten. Nicht alle SS-Männer in Dachau waren Schinder: Einige waren vergleichsweise zurückhaltend und schafften es, sich durch kleine Nebengeschäfte ein bißchen Geld zu verdienen. Da sie dabei auf die billige Arbeit und die vielfältigen Geschicklichkeiten der Häftlinge angewiesen waren, lag es in ihrem Interesse, daß diese sich nicht zu Tode schufteten. Aber die SS-Männer, die beim Bau die Aufsicht führten, waren Schinder durch und durch. Meistens waren sie bayerische Bauernknechte, ehemalige Arbeitslose, deren Sadismus weniger raffiniert war als der, den ihre großstädtischen Gegenstücke im Columbia-Haus praktiziert hatten. Aber er war genauso wirksam. Meine Arbeit war leicht: Als Aufseher wurde von mir nicht verlangt, die Steinblöcke zu stemmen; aber für die Juden in meiner Kolonne war es einfach eine mörderische Arbeit. Die SS stellte für die Fertigstellung eines Fundaments oder einer Mauer immer bewußt knappe Zeitpläne auf, und wenn man die Vorgaben nicht schaffte, bedeutete das kein Essen oder Wasser. Alle, die vor Erschöpfung zusammenbrachen, wurden auf der Stelle erschossen.

Zuerst legte ich selber mit Hand an, und die Wachen fanden das ungeheuer lustig; und es war keinesfalls so, daß aufgrund meiner Beteiligung die Arbeit auch nur ein bißchen angenehmer geworden wäre. Ein SS-Mann sagte zu mir:

«Was ist los, bist du ein Judenfreund oder was? Ich kapier's nicht. Du brauchst ihnen nicht zu helfen, also warum quälst du dich?»

Einen Augenblick fiel mir nichts ein. Dann sagte ich: «Damit du's nicht kapierst. Deshalb muß ich mich quälen.»

Er sah mich erst verblüfft, dann verärgert an. Einen Augenblick dachte ich, er würde auf mich losgehen, doch statt dessen lachte er bloß unnd sagte: «Ist schließlich deine eigene verdammte Beerdigung.»

Nach einer Weile wurde mir klar, daß er recht hatte. Die schwere Arbeit brachte mich um, genauso wie sie die Juden in meiner Kolonne umbrachte. Und darum hörte ich damit auf. Weil ich mich schämte, half ich dabei, einen Sträfling, der zusammengebrochen war, unter ein paar leeren Schubkarren zu verstecken, bis er sich so weit erholt hatte, um weiterarbeiten zu können. Und das tat ich auch weiterhin, obwohl ich wußte, daß ich damit riskierte, ausgepeitscht zu werden. Spitzel gab es in Dachau an jeder Ecke. Die anderen Sträflinge warnten mich vor ihnen, worin eine gewisse Ironie lag, weil ich dabei war, selber einer zu werden.

Ich wurde nicht dabei erwischt, als ich einen Juden, der zusammengebrochen war, versteckte, aber sie fingen an, mich deswegen zu verhören, so daß ich annehmen mußte, daß ich verpfiffen worden war, wovor man mich ja gewarnt hatte. Ich wurde zu fünfundzwanzig Hieben verurteilt.

Die Schmerzen fürchtete ich nicht so sehr, sondern vielmehr die Aussicht, nach der Bestrafung möglicherweise ins Lagerkrankenhaus geschickt zu werden. Weil dort die Mehrheit der Patienten an Ruhr und Typhus litt, war das ein Ort, den es unter allen Umständen zu vermeiden galt. Selbst die SS-Männer gingen nie dorthin. Ich dachte, wie leicht man sich dort anstecken und krank werden konnte. Dann würde ich Mutschmann nie finden.

Der Appell dauerte selten länger als eine Stunde, doch am Morgen meiner Bestrafung dauerte er länger als drei Stunden.

Sie schnallten mich auf die Wippe und zogen mir die Hosen runter. Ich versuchte zu scheißen, aber der Schmerz war so schlimm, daß ich mich nicht darauf konzentrieren konnte. Außerdem hatte ich nicht genug im Magen, um zu scheißen. Als ich mein Almosen empfangen hatte, banden sie mich los, und einen Augenblick stand ich vor der Wippe, ehe ich ohnmächtig wurde.

Lange Zeit starrte ich auf die männliche Hand, die über den Rand der Pritsche über mir hing. Sie bewegte sich nie, nicht einmal die Finger zuckten, und ich fragte mich, ob der Mann wohl tot war. Da ich den unerklärlichen Drang verspürte, aufzustehen und einen Blick auf den Mann zu werfen, drehte ich mich auf den Bauch und schrie vor Schmerz. Das lockte einen Mann an meine Pritsche.

«Herrgott», keuchte ich und fühlte, wie mir der Schweiß auf die Stirn trat. «Es tut jetzt mehr weh als vorhin.»

«Das ist die Medizin, leider.» Der Mann war um die Vierzig, hatte Zähne wie ein Kaninchen und Haare, die er sich vermutlich aus einer alten Matratze gezupft hatte. Er war schrecklich ausgemergelt, und sein Körper sah aus, als gehöre er von Rechts wegen in ein Gefäß mit Formalin. Ein gelber Stern war auf seine Sträflingsjacke genäht.

«Medizin?» fragte ich ungläubig.

«Ja», sagte der Jude schleppend. «Natriumchlorid.» Und dann, etwas barscher: «Kochsalz, wenn Ihnen das mehr sagt, mein Freund. Ich habe Ihre Striemen damit bestreut.»

«Gütiger Gott», sagte ich. «Ich bin doch kein verdammtes Omelett.»

«Das mag schon sein», erwiderte er, «aber ich bin ein verdammter Arzt. Es brennt wie ein Kondom voller Brennesseln, ich weiß, aber das ist ungefähr das einzige, das ich verordnen kann, um zu verhindern, daß die Striemen sich entzünden.» Seine Stimme war klangvoll und wohltönend wie die eines Komikers.

«Sie haben Glück. Sie kann ich versorgen. Ich wünschte, ich könnte das von den übrigen armen Schweinen hier sagen. Unglücklicherweise kann man mit einer Apotheke, die aus einer Feldküche geklaut ist, nicht mehr tun.»

Ich blickte hinauf zur Pritsche über mir, und auf das Handgelenk, das über den Rand hing. Noch niemals habe ich mit solcher Freude auf eine menschliche Mißbildung geblickt. Es war ein rechtes Handgelenk mit einem Überbein. Der Arzt, der auf meiner Pritsche stand, um den Mann zu untersuchen, entzog mir den Anblick der Hand. Dann kletterte er wieder herunter und warf einen Blick auf meinen nackten Hintern.

«Sie schaffen es», sagte er.

Ich machte mit dem Kopf eine Bewegung nach oben. «Was fehlt ihm?»

«Warum, hat er Ihnen Ärger gemacht?»

«Nein, ich wollt's bloß wissen.»

«Sagen Sie, haben Sie schon mal Gelbsucht gehabt?»

«Ja.»

«Gut», sagte er. «Keine Sorge, Sie kriegen's nicht. Sie dürfen ihn bloß nicht küssen oder versuchen, ihn zu ficken. Trotzdem, ich werde versuchen, daß er eine andere Pritsche bekommt, für den Fall, daß er auf Sie runterpißt. Die Übertragung erfolgt durch Ausscheidungen.»

«Übertragung?» fragte ich. «Von was?»

«Hepatitis. Ich werde dafür sorgen, daß Sie oben liegen und er auf der unteren Pritsche. Sie können ihm ein bißchen Wasser geben, wenn er Durst bekommt.»

«Klar», sagte ich. «Wie heißt er?»

Der Arzt seufzte müde. «Ich habe wirklich nicht die leiseste Ahnung.»

Später, nachdem die Sanitäter mich unter beträchtlichen Qualen in die obere Pritsche und deren früheren Insassen auf die untere verlegt hatten, warf ich über den Rand meines Lagers einen Blick nach unten auf jenen Mann, der meine einzige Chance darstellte, aus Dachau wieder rauszukommen. Er bot keinen ermutigenden Anblick. Nach meiner Erinnerung an das Foto in Heydrichs Büro wäre es unmöglich gewesen, Mutschmann zu identifizieren, so gelb war seine Haut, so abgezehrt sein Körper, wäre das Überbein nicht gewesen. Er lag zitternd unter seiner Decke, hatte Fieberphantasien und stöhnte hin und wieder vor Schmerz, wenn Krämpfe ihn folterten. Ich betrachtete ihn eine Weile, und zu meiner Erleichterung kam er wieder zu Bewußtsein, doch lediglich so lange, um den vergeblichen Versuch zu machen, sich zu erbrechen. Dann wurde er wieder bewußtlos. Mir war klar, daß Mutschmann im Sterben lag.

Abgesehen vom Arzt, der Mendelssohn hieß, und drei oder vier Sanitätern, die selber an einer Vielzahl von Krankheiten litten, befanden sich etwa sechzig Männer und Frauen im Lagerkrankenhaus. Wie Krankenhäuser nun mal sind, war es kaum mehr als ein Leichenhaus. Ich erfuhr, daß es nur zwei Arten von Patienten gab: die Kranken, die in jedem Fall starben, und die Verletzten, die manchmal ebenfalls schwer krank wurden.

An diesem Abend, bevor es dunkel wurde, kam Mendelssohn, um nach meinen Striemen zu sehen.

«Am Morgen werde ich Ihr Hinterteil waschen und noch ein bißchen Salz draufstreuen», sagte er. Dann warf er einen desinteressierten Blick auf Mutschmann.

«Was ist mit ihm?» fragte ich. Es war eine dumme Frage und diente lediglich dazu, die Neugier des Arztes zu wecken. Seine Augen verengten sich, als er mich anblickte.

«Ich habe ihm geraten, Alkohol und stark gewürzte Speisen zu meiden und viel zu schlafen», sagte er trocken.

«Das kann ich mir vorstellen», sagte ich.

«Ich bin kein gefühlloser Mensch, mein Freund, aber es gibt nichts, was ich tun könnte, um ihm zu helfen. Mit einer eiweißreichen Ernährung, Vitaminen, Glukose und Methinoin hätte er vielleicht eine Chance?»

«Wie lange hat er noch?»

«Kommt er von Zeit zu Zeit noch zu sich?» Ich nickte. Mendelssohn seufzte. «Schwer zu sagen. Aber wenn das Koma einmal eingesetzt hat, ist es eine Sache von etwa einem Tag. Ich habe noch nicht mal Morphium, das ich ihm geben könnte. In diesem Haus ist der klinische Tod das übliche Heilmittel, das den Patienten zugänglich ist.»

«Ich werd's mir merken.»

«Werden Sie nicht krank, mein Freund. Hier gibt es Typhus. Sobald Sie an sich Anzeichen von Fieber entdecken, trinken Sie zwei Löffel Ihres eigenen Urins. Das scheint zu wirken.»

«Wenn ich einen sauberen Löffel auftreiben kann, werd ich's bestimmt tun. Danke für den Tip.»

«Nun, ich habe noch einen zweiten, weil Sie gerade so guter Laune sind. Der einzige Grund, warum das Lagerkomitee sich hier versammelt, liegt darin, daß die Wachen nicht herkommen, es sei denn, es wäre absolut notwendig. Es mag zwar so scheinen, aber die SS ist nicht doof. Nur ein Verrückter würde länger hier bleiben, als er muß. Sobald Sie ohne allzu schlimme Schmerzen aufstehen können, machen Sie, daß Sie hier rauskommen, das ist mein Rat.»

«Warum bleiben Sie? Wegen des hippokratischen Eides?»

Mendelssohn zuckte die Achseln. «Nie davon gehört», sagte er.

Ich schlief ein bißchen. Ich hatte eigentlich wach bleiben und Mutschmann beobachten wollen, für den Fall, daß er zu sich kam. Ich schätze, ich hoffte auf eine dieser rührenden Szenen, die man in Filmen sehen kann: ein sterbender Mann, der sich gedrängt fühlt, einem anderen, der sich über sein Sterbebett beugt, sein Herz auszuschütten.

Als ich erwachte, war es dunkel, und neben den Geräuschen, die die anderen Insassen durch Husten und Schnarchen verursachten, hörte ich Mutschmann auf der unteren Pritsche würgen. Ich beugte mich hinunter und sah im Mondlicht, wie er sich auf einen Ellenbogen stützte und die Hände auf seinen Magen preßte.

«Alles in Ordnung?» fragte ich. «Natürlich», schnaufte er. «Ich werd ewig leben, wie so 'ne verdammte Galapagos-Schildkröte.» Er stöhnte wieder vor Schmerzen und sagte durch die zusammengebissenen Zähne. «Es sind diese verdammten Magenkrämpfe.»

«Möchtest du Wasser?»

«Wasser, ja. Meine Zunge is so trocken wie...» Ihn überkam ein neuer Anfall von Übelkeit. Ich kletterte vorsichtig runter und holte Wasser mit einer Kelle aus einem Eimer in der Nähe der Pritsche. Mutschmann, dessen Zähne klapperten wie eine Morsetaste, trank das Wasser geräuschvoll. Als er fertig war, seufzte er und machte sich wieder lang.

«Danke, mein Freund», sagte er.

«Keine Ursache», erwiderte ich. «Du würdest dasselbe für mich tun.»

Ich hörte, wie er lachte, obgleich es sich eher wie ein Röcheln anhörte. «Nein, würde ich nich, verdammt», rasselte er, «ich fürchte, ich hab mir was eingefangen, weiß bloß nich, was. Du weißt es auch nich, oder?»

Ich dachte einen Augenblick nach, dann sagte ich's ihm. «Du hast Hepatitis.»

Ein paar Minuten war er still, und ich schämte mich. Ich hätte ihm diese Qual ersparen sollen. «Danke, daß du ehrlich zu mir warst. Was is mit dir?»

«Hindenburg-Almosen.»

«Wofür?»

«Hab einem Juden geholfen, in meiner Arbeitskolonne.»

«Das war bekloppt», sagte er. «Die sind sowieso alle tot. Riskier's meinetwegen für einen, der 'ne halbe Chance hat, aber nich für'n Juden. Die wissen schon lange nich mehr, was Glück ist.»

«Na ja, du hast auch nicht grade den großen Preis gewonnen.»

Er lachte. «Das is wohl wahr», sagte er. «Ich hab nie damit gerechnet, ich könnte krank werden. Ich dachte, ich würde dieses Dreckloch überstehen. Hatte 'nen guten Job in der Schusterwerkstatt.»

«Du bist übel dran», sagte ich zustimmend.

«Ich werde sterben, nich wahr?»

«Der Arzt sagt das nicht.»

«Is nich nötig, daß du mir diesen Käse erzählst. Mir macht niemand was vor. Jesus, ich würd alles für 'n Stäbchen geben.»

«Ich auch», sagte ich.

«Sogar 'ne Selbstgedrehte würde mir reichen.» Er machte eine Pause. Dann sagte er: «Es gibt was, das ich dir erzählen muß.»

Ich versuchte zu verbergen, wie mir diese Worte die Kehle zuschnürten. «Ja? Was denn?»

«Vögle keine Frau in diesem Lager. Ich bin ziemlich sicher, daß ich's mir dabei geholt hab.»

«Nein, werd ich nicht. Danke, daß du's mir gesagt hast.»

Am nächsten Tag verkaufte ich meine Essensration für ein paar Zigaretten und wartete drauf, daß Mutschmann aus seinen Fieberträumen erwachte. Es dauerte fast den ganzen Tag. Als er schließlich das Bewußtsein wiedererlangte, sprach er zu mir, als habe unsere erste Unterhaltung erst vor ein paar Minuten stattgefunden.

«Wie geht's? Was machen die Striemen?»

«Tun weh», sagte ich und stand von meiner Pritsche auf.

«Ich wette, dieser Hurensohn mit der Peitsche geilt sich daran auf wie an 'nem Fick.» Er neigte sein ausgezehrtes Gesicht zu mir und sagte: «Weißt du, es kommt mir so vor, als hätte ich dich schon mal gesehen.»

«Na ja, laß mich mal nachdenken. Im Tennisclub *Rot-Weiß*? Im *Herrenclub*? Im *Excelsior* vielleicht?»

«Du verarschst mich.» Ich zündete eine Zigarette an und steckte sie ihm zwischen die Lippen.

«Ich wette, es war in der Oper – ich bin ein großer Opernliebhaber, weißt du. Oder war's vielleicht bei Görings Hochzeit?» Seine dünnen, gelben Lippen verzogen sich zu einem matten Lächeln. Dann sog er den Tabakrauch ein, als wär er reiner Sauerstoff.

«Du bist ein verdammter Schwindler», sagte er und genoß die Zigarette. Ich nahm sie für eine Sekunde aus seinen Lippen, bevor ich sie wieder dazwischensteckte. «Nein, es war an keinem dieser Orte. Es wird mir schon einfallen.»

«Ganz bestimmt», sagte ich und hoffte im Ernst darauf. Einen Augenblick dachte ich daran «Zuchthaus Tegel» zu sagen, aber ich ließ es sein. Ob krank oder nicht, er konnte das falsch auffassen, und dann hätte ich bei ihm verspielt.

«Was bist du? Sozi? Kommunist?»

«Schwarzmarkthändler. Und du?»

Sein lächelnder Mund wurde zu einem Riß im Gesicht. «Ich verstecke mich.»

«Hier? Vor wem?»

«Vor allen», sagte er.

«Mensch, da hast du dir 'ne Hölle als Versteck ausgesucht. Was bist du? Verrückt?»

«Niemand kann mich hier finden», sagte er. «Ich will dich was fragen: Wo würdest du einen Regentropfen verstecken?» Ich blickte ihn verwirrt an, und er antwortete: «Unter einem Wasserfall. Falls du's nicht weißt, das ist chinesische Philosophie. Ich meine, du würdest ihn nie finden, oder?»

«Nein, ich denke nicht. Aber du mußt verdammt verzweifelt gewesen sein», sagte ich.

«Krank zu werden... das war einfach Pech... Trotzdem, wär ich rausgekommen... in einem Jahr oder so... in dieser Zeit... hätten sie's aufgegeben, mich zu suchen.»

«Wer?» fragte ich. «Warum sind sie hinter dir her?»

Seine Augenlider flatterten, und die Zigarette entfiel seinen leblosen Lippen und auf die Decke. Ich zog ihm die Decke bis unter das Kinn und drückte die Zigarette aus, in der Hoffnung, daß er beim nächsten Mal lange genug bei Besinnung sein würde, um die andere Hälfte zu rauchen.

Während der Nacht wurde Mutschmanns Atem flacher, und am Morgen erklärte Mendelssohn, er stünde kurz vor dem Koma. Ich konnte nichts anderes tun, als auf meinem Bauch liegen, runtergukken und warten. Ich dachte viel an Inge, aber meistens dachte ich an mich selbst. Die Art der Bestattung war in Dachau ganz simpel: Die Leichen wurden im Krematorium verbrannt, und das war's. Ende der Geschichte. Doch als ich mit ansah, wie die Gifte ihre schreckliche Wirkung auf Kurt Mutschmann ausübten, seine Leber zerfraßen und seine Milz, so daß sein ganzer Körper infiziert wurde, waren meine Gedanken meistens bei meinem Vaterland und seiner eigenen gleichermaßen entsetzlichen Krankheit. Erst hier in Dachau war ich in der Lage, zu beurteilen, in welchem Maß Deutschlands Atrophie zur Nekrose geworden war; und genau wie für den armen Mutschmann würde es kein Morphium geben, wenn die Schmerzen schlimmer wurden.

Es gab ein paar Kinder in Dachau, geboren von Frauen, dir dort in Haft waren. Einige dieser Kinder hatten nie ein anderes Leben als das im Lager kennengelernt. Sie spielten unbehelligt auf dem Gelände, von allen Wachen geduldet, von einigen sogar geliebt, und sie konnten fast überallhin gehen, mit Ausnahme der Krankenbaracke. Die Strafe für Ungehorsam war eine schwere Tracht Prügel.

Mendelssohn versteckte unter einer der Pritschen ein Kind mit einem gebrochenen Bein. Der Junge war beim Spielen in den Steinbruch gefallen. Der Junge hatte drei Tage mit geschientem Bein im Versteck gelegen, als die SS kam, um ihn zu holen. Er bekam einen solchen Schreck, daß er seine Zunge verschluckte und erstickte.

Als die Mutter des toten Jungen kam, um nach ihm zu sehen und man ihr die schlimme Nachricht mitteilen mußte, war Mendelssohn ein wahres Musterbild beruflichen Mitgefühls. Doch später, nachdem die Frau gegangen war, hörte ich, wie er leise weinte.

«He, aufstehen.» Ich schoß hoch, als ich die Stimme unter mir hörte. Nicht, daß ich etwa eingeschlafen war, ich hatte Mutschmann bloß nicht so genau im Auge behalten, wie ich es hätte tun müssen. Jetzt hatte ich keine Ahnung, wieviel wertvolle Zeit bereits verstrichen war, in der er bei Besinnung gewesen war. Ich kletterte vorsichtig runter und kniete neben seiner Pritsche. Es bereitete mir immer noch große Schmerzen, auf meinem Hintern zu sitzen. Er grinste furchterregend und packte meinen Arm.

«Es ist mir eingefallen», sagte er.

«Ach ja?» sagte ich hoffnungsvoll. «Und was ist dir eingefallen?»

«Wo ich dein Gesicht gesehen habe.» Ich versuchte, gleichgültig auszusehen, obwohl mein Herz in der Brust hämmerte. Wenn er glaubte, daß ich ein Polyp war, dann konnte ich einpacken. Ein ehemaliger Sträfling wird niemals Freund eines Polizisten. Und hätte es uns beide auf eine einsame Insel verschlagen, er würde mir trotzdem ins Gesicht spucken.

«Aha», sagte ich leichthin. «Wo war das denn?» Ich schob ihm die halbgerauchte Zigarette zwischen die Lippen und zündete sie an.

«Du warst mal Hausdetektiv», krächzte er. «Im *Adlon*. Ich habe da mal was ausbaldowert, um einen Job zu erledigen.» Er kicherte rauh. «Hab ich recht?»

«Du hast ein gutes Gedächtnis», sagte ich und stecke mir selber eine Zigarette an. «Das ist ziemlich lange her.»

Sein Griff wurde stärker. «Keine Angst», sagte er. «Ich werd's keinem erzählen. Du warst ja schließlich kein Polyp, oder?»

«Du sagst, du hast was ausbaldowert. In welcher Branche hast du denn gearbeitet?»

«Ich war Safeknacker.»

«Ich kann mich nicht erinnern, daß der Hotelsafe ausgeraubt worden wäre», sagte ich. «Wenigstens nicht, solange ich dort war.»

«Das liegt daran, daß ich nichts mitgenommen hab», sagte er stolz. «Aber es war nichts Wertvolles da, was man hätte mitnehmen können. Im Ernst.»

«Das kannst du mir nicht weismachen», sagte ich. «Es wohnten immer reiche Leute im Hotel, und es waren immer Wertsachen im Safe. Es kam sehr selten vor, daß nichts Wertvolles im Safe war.»

«Das ist richtig», sagte er. «Ich hatte bloß Pech. Es war wirklich nichts da, was ich hätte mitnehmen können, denn ich hätte es nie verscherbeln können. Das ist der Witz bei der Sache, weißt du. Es hat keinen Sinn, was mitzunehmen, was du nicht loswerden kannst.»

«In Ordnung, ich glaube dir», sagte ich.

«Ich will mich nicht rühmen», sagte er. «Ich war der Beste. Es gab nichts, was ich nicht knacken konnte. Jetzt nimmst du wahrscheinlich an, daß ich ein reicher Mann bin, oder?»

Ich zuckte die Achseln. «Vielleicht bist du reich. Ich habe auch erwartet, daß du im Knast bist, und das bist du.»

«Eben weil ich ein reicher Mann bin, verstecke ich mich hier», sagte er. «Ich hab's dir erzählt, nicht wahr?»

«Du hast etwas in der Art erwähnt, ja.» Ich ließ mir Zeit, ehe ich hinzufügte. «Und was besitzt du, was dich so reich und begehrt macht? Geld? Juwelen?»

Er stieß wieder ein krächzendes Lachen aus. «Etwas Besseres», sagte er. «Macht.»

«In welcher Form oder Gestalt?»

«Papiere», sagte er. «Du hast mein Wort drauf, daß es 'ne unheimliche Menge von Leuten gibt, die gutes Geld dafür zahlen würden, wenn sie das in die Finger kriegten, was ich habe.»

«Was steht denn drin, in diesen Papieren?» Er atmete flacher als ein Mädchen vom Titelblatt des *Junggesellen*.

«Ich weiß es nicht genau», flüsterte er. «Namen, Adressen, Informationen. Aber du bist doch ein schlaues Kerlchen, du könntest was damit anfangen.»

«Du hast sie nicht hier, oder?»

«Sei nicht blöde», keuchte er. «Sie sind in Sicherheit, draußen.» Ich nahm die Zigarette aus seinen Lippen und warf sie auf den Boden. Dann gab ich ihm meine Halbgerauchte.

«Wär 'ne Schande, wenn sie nie benutzt würden», sagte er atemlos. «Du bist gut... gut zu mir gewesen. Also werd ich dir einen Gefallen tun... Bring sie zum Schwitzen, willst du? Die Sache ist... 'ne Wagenladung... Kies... für dich wert... draußen.» Ich beugte mich vor, um ihn zu verstehen. «Mach... mach sie fertig.» Seine Augenlider flackerten. Ich packte ihn bei den Schultern und versuchte, ihn ins Bewußtsein zurückzuschütteln, zurück ins Leben.

Ich kniete einige Zeit neben ihm. In dem kleinen Winkel meines Inneren, wo es noch Gefühle gab, breitete sich das schreckliche und erschreckende Gefühl aus, preisgegeben zu sein. Mutschmann war jünger und auch kräftiger gewesen als ich. Es war nicht schwer, sich auszumalen, wie ich selber einer Krankheit erlag. Ich hatte an Gewicht verloren, ich hatte bösartige Bandwürmer, und meine künstlichen Zähne wackelten. Heydrichs Mann, SS-Oberschütze Bürger, hatte die Aufsicht über die Tischlerwerkstatt, und ich fragte mich, was mir wohl zustoßen würde, wenn ich spornstreichs zu ihm gehen und ihm das Schlüsselwort nennen würde, das mich aus Dachau rausbringen würde. Was würde Heydrich mit mir machen, wenn er entdeckte, daß ich nicht wußte, wo sich von Greis' Papiere befanden? Mich zurückschicken? Mich hinrichten lassen? Und wenn ich nicht sang, könnte es ihm sogar in den Sinn kommen, daß ich keinen Erfolg gehabt hatte und er mich rausholen müsse? Nach meiner kurzen Unterhaltung mit Heydrich und dem wenigen, was ich von ihm gehört hatte, schien das unwahrscheinlich. So nahe am Ziel und im letzten Augenblick gescheitert zu sein, war mehr, als ich ertragen konnte.

Nach einer Weile griff ich nach der Decke und zog sie über Mutschmanns gelbes Gesicht. Ein Bleistiftstummel fiel zu Boden, und ich blickte ihn einige Sekunden an, bevor ein Gedanke in mir aufblitzte und ich noch einmal Hoffnung schöpfte. Ich schlug die Decke zurück. Seine Hände waren zu Fäusten geballt. Eine nach der anderen drückte ich sie auf. In Mutschmanns linker Hand war ein

Stück braunes Papier, wie es die Gefangenen in der Schusterwerkstatt benutzten, um die reparierten Schuhe der SS-Wachen einzuwickeln. Ich hatte solche Angst, es könne nichts draufstehen, daß ich das Papier nicht sofort entfaltete. Es stellte sich heraus, daß die Schrift fast unleserlich war, und ich brauchte fast eine Stunde, um den Inhalt zu entziffern. Er lautete: «Fundbüro, Berliner Verkehrsbetriebe, Saarlandstraße. Du hast deine Aktentasche in der Leipziger Straße verloren, irgendwann im Juli. Einfaches braunes Leder mit Messingschloß, Tintenfleck am Griff. Goldene Initialen ‹K. M.›. Enthält Postkarte aus Amerika. Abenteuerroman *Old Surehand* von Karl May und Geschäftspapiere. Danke. K. M.» Es war vielleicht die merkwürdigste Rückfahrkarte, die jemand je in Händen hatte.

19

Es schien überall von Uniformen zu wimmeln, selbst die Zeitungsverkäufer trugen SA-Mützen und SA-Mäntel. Es war keine Parade, und es gab Unter den Linden bestimmt nichts Jüdisches, das man boykottieren konnte. Vielleicht begriff ich erst jetzt, nach Dachau, wie fest der Nationalsozialismus Deutschland in seiner Gewalt hatte.

Ich war unterwegs in mein Büro. Ich kam am Innenministerium vorbei, das, absolut unpassend, zwischen der griechischen Botschaft und Schultzes Kunsthandlung lag und von zwei SA-Männern bewacht wurde. Von hier hatte Himmler sein Schreiben über Korruption an Paul Pfarr geschickt. Ein Wagen fuhr vor dem Haupteingang vor, dem zwei Offiziere und ein Mädchen in Uniform entstiegen, in dem ich Marlene Sahm erkannte. Ich blieb stehen und wollte sie gerade begrüßen, als ich es mir anders überlegte. Sie ging an mir vorbei, ohne mich anzusehen. Falls sie mich erkannte, wußte sie es gut zu verbergen. Ich drehte mich um und sah ihr nach, wie sie den beiden Männern ins Innere des Gebäudes folgte. Ich schätze, daß ich nicht länger als zwei Minuten dort stand, aber lange genug, um die Aufmerksamkeit eines fetten Mannes mit einem tief in die Stirn gezogenen Hut zu erregen.

«Papiere», sagte er barsch, und machte sich nicht mal die Mühe, einen Dienstausweis oder eine Gestapomarke vorzuweisen.

«Wer sagt das?»

Der Mann näherte sein fettiges, schlecht rasiertes Gesicht dem meinen und zischte: «Ich sag das.»

«Hören Sie», sagte ich, «Sie sind furchtbar im Irrtum, wenn Sie glauben, daß Sie das besitzen, was man so hübsch eine imponierende Persönlichkeit nennt. Also lassen Sie den Mist, und lassen Sie irgendeine Legitimation sehen.» Er hielt mir einen Sipo-Ausweis unter die Nase.

«Ihr Burschen werdet nachlässig», sagte ich und zog meine Papiere heraus. Er riß sie mir aus der Hand, um sie zu prüfen.

«Was haben Sie hier rumzulungern?»

«Lungern? Wer lungert rum?» sagte ich. «Ich bin stehengeblieben, um die Architektur zu bewundern.»

«Warum haben Sie die Offiziere angestarrt, die aus dem Wagen stiegen?»

«Ich habe die Offiziere nicht angestarrt», sagte ich. «Ich habe dem Mädchen nachgeguckt. Ich liebe Mädchen in Uniform.»

«Hauen Sie ab», sagte er und warf mir meine Papiere zu.

Der durchschnittliche Deutsche scheint dazu in der Lage, sich von jedem, der eine Uniform anhat oder irgendein amtliches Abzeichen vorweisen kann, wie Dreck behandeln zu lassen. Wenn ich mich auch als einen einigermaßen typischen Deutschen ansehe, muß ich trotzdem zugeben, daß ich von Natur aus dazu neige, mich gegen die Obrigkeit zu stellen. Ich schätze, Sie werden sagen, für einen ehemaligen Polizisten sei das eine sonderbare Einstellung.

Auf der Königstraße waren die Sammler für die Winterhilfe in vollem Einsatz, hielten jedem ihre klappernden, kleinen roten Sammelbüchsen unter die Nase, obwohl der November erst ein paar Tage alt war. Anfänglich war die Winterhilfe dazu bestimmt gewesen, die Auswirkungen von Wirtschaftskrise und Arbeitslosigkeit eindämmen zu helfen, aber jetzt war sie generell nichts anderes mehr als finanzielle und psychologische Erpressung durch die Partei: Die Winterhilfe ließ die Kassen klingeln, aber, und das war genauso wichtig, sie schuf ein emotionales Klima, in dem die Leute dazu erzogen wurden, zum Wohle des Vaterlandes auf etwas zu verzichten. Jede Woche wurde die Sammlung von einer anderen Organisation durchgeführt, und diesmal waren die Eisenbahner an der Reihe.

Der einzige Eisenbahner, den ich je mochte, war der Vater von Dagmar, meiner ehemaligen Sekretärin. Ich hatte mir kaum auf die Lippe gebissen und bei einem der Sammler zwanzig Pfennig abgeliefert, als ich ein Stück weiter von einem neuen angesprochen wurde. Das kleine Abzeichen aus Glas, das man für seine Spende erhält, schützt dich weniger vor weiteren Belästigungen, sondern macht dich eher zum vielversprechenden Opfer. Trotzdem, das war es nicht, was mich den Mann, natürlich ein fetter Eisenbahner, verfluchen und beiseite stoßen ließ, sondern die Tatsache, daß ich Dagmar erspähte, die hinter der Opfersäule verschwand, die vor dem Rathaus stand.

Als sie meine Schritte hörte, drehte sie sich um und sah mich, bevor ich sie erreichte. Wir standen ein wenig verlegen vor dem urnenähnlichen Denkmal, an dem in riesigen weißen Buchstaben das Motto prangte: *Spenden Sie für die Winterhilfe.*

«Bernie», sagte sie.

«Hallo», sagte ich. «Ich hab gerade an dich gedacht.» Ich kam mir ziemlich unbeholfen vor, als ich ihren Arm berührte. «Tat mir leid, das von Johannes zu hören.» Sie lächelte mich tapfer an und schlang ihren braunen Wollschal fester um den Hals.

«Du hast schwer abgenommen, Bernie. Warst du krank?»

«Das ist eine lange Geschichte. Hast du Zeit für einen Kaffee?»

Wir gingen in die *Alexanderquelle* auf dem Alexanderplatz, wo wir echten Mokka, echte Brötchen mit echter Marmelade und echter Butter bestellten.

«Es heißt, daß Göring ein neues Verfahren hat, aus Kohle Butter zu machen.»

«Es sieht nicht so aus, als würde er dann was davon essen.» Ich lachte höflich. «Und in ganz Berlin kriegst du keine Zwiebeln zu kaufen. Vater meint, sie benutzen sie, um Giftgas daraus zu machen für die Japaner, damit die es gegen die Chinesen einsetzen können.»

Nach einer Weile fragte ich sie, ob sie sich in der Lage fühle, über Johannes zu sprechen.

«Ich fürchte, da gibt es wirklich nicht viel zu erzählen», erwiderte sie.

«Wie ist es passiert?»

«Ich weiß bloß, daß er bei einem Luftangriff auf Madrid ums Leben gekommen ist. Einer seiner Kameraden kam, um es mir zu sagen. Von der Regierung bekam ich eine Nachricht von einer Zeile: ‹Ihr Mann starb für Deutschlands Ehre.›» Von wegen, dachte ich. Sie nippte an ihrem Kaffee. «Dann mußte ich ins Luftfahrtministerium kommen und eine Erklärung unterschreiben, daß ich über das, was passiert war, schweigen und keine Trauer tragen würde. Kannst du dir das vorstellen, Bernie? Ich durfte nicht mal Schwarz tragen, und er war mein Mann! Es war die einzige Möglichkeit, eine Rente zu kriegen.» Sie lächelte bitter und setzte hinzu: «‹Du bist nichts, dein Volk ist alles.› Nun, sie meinen es gewiß so.» Sie nahm ihr Taschentuch heraus und schneuzte sich die Nase.

«Man soll die Nationalsozialisten nie unterschätzen, wenn's um Pantheismus geht», sagte ich. «Der einzelne Mensch ist ohne Bedeutung. Heutzutage nimmt deine eigene Mutter es hin, wenn du verschwindest. Niemanden kümmert das.»

Niemanden kümmert es, nur mich, dachte ich. Mehrere Wochen lang, nach meiner Freilassung aus Dachau, war das Verschwinden von Inge Lorenz mein einziger Fall. Aber manchmal hat sogar Bernie Gunther kein Glück.

Wenn man im Spätherbst des Jahres 1936 in Deutschland nach einer verschwundenen Person suchte, war das etwa so, als versuche man in einer großen Schreibtischschublade etwas zu finden, die auf den Boden geworfen, deren Inhalt verstreut und dann nach einem neuen System wieder eingeräumt worden war, so daß man manche Dinge gar nicht mehr und dafür andere findet, die überhaupt nicht hineinzugehören scheinen.

Allmählich stumpfte mein Eifer ab, die Gleichgültigkeit der anderen ließ ihn ermatten. Inges frühere Kollegen von der Zeitung zuckten die Achseln und sagten, so gut hätten sie Inge auch nicht gekannt. Nachbarn schüttelten die Köpfe und äußerten, solche Sachen müsse man mit Gleichmut ertragen. Otto, ihr Verehrer von der DAF, glaubte, daß sie bald wieder auftauchen werde. Ich konnte keinen von ihnen tadeln. Ein weiteres Haar von einem Kopf zu verlieren, der schon so viele eingebüßt hatte, schien lediglich ein lästiger Vorfall zu sein.

Während ich stille, einsame Abende mit meiner freundlichen Flasche verbrachte, versuchte ich oft, mir vorzustellen, was ihr wohl zugestoßen sein konnte: ein Autounfall; vielleicht eine Art von Gedächtnisverlust; ein emotionaler oder mentaler Zusammenbruch; ein Verbrechen, das sie begangen hatte und das ihr sofortiges und dauerndes Untertauchen erforderte. Aber immer wieder landete ich bei Entführung und Mord, und ich wurde die Vorstellung nicht los, daß, was immer ihr zugestoßen sein mochte, mit dem Fall zusammenhing, an dem ich gearbeitet hatte.

Selbst nach zwei Monaten, als man normalerweise erwarten durfte, daß die Gestpao irgend etwas rausließ, war Bruno Stahlecker, kürzlich von Berlin zu einem bedeutungslosen kleinen Kripo-Revier im Spreewald versetzt, noch immer nicht in der Lage, einen Hinweis zu entdecken, daß Inge hingerichtet oder in ein KZ geschickt worden war. Und wie oft ich auch in Haupthändlers Haus am Wannsee zurückkehrte, in der Hoffnung, einen Hinweis auf das zu finden, was sich dort abgespielt hatte, ich entdeckte nichts.

Solange Inges Mietvertrag noch lief, ging ich oft in ihre Wohnung und suchte nach Geheimnissen, die sie vielleicht nicht mit mir hatte teilen wollen. Allmählich entfernte sie sich in meiner Erinnerung. Da ich kein Foto hatte, vergaß ich ihr Gesicht, und mir wurde bewußt, wie wenig ich in Wirklichkeit von ihr gewußt hatte, abgesehen von ein paar spärlichen Fakten.

Aus Wochen wurden Monate. Ich wußte, daß meine Chancen, Inge zu finden, fast wie bei einer umgekehrten arithmetischen Reihe, immer kleiner wurden. Und mit den Spuren schwand auch die Hoffnung. Ich spürte – ich wußte – daß ich sie nie wiedersehen würde.

Dagmar bestellte noch einmal Kaffee, und wir sprachen darüber, was wir in der Zwischenzeit gemacht hatten. Aber ich erzählte ihr nichts von Inge oder von meinem Aufenthalt in Dachau. Es gibt gewisse Dinge, über die man nicht beim Morgenkaffee plaudern kann.

«Wie gehen die Geschäfte?» wollte sie wissen.

«Ich habe mir einen neuen Wagen gekauft, einen Opel.»

«Also müssen sie ganz gut laufen.»

«Wie steht es mit dir?» fragte ich. «Was treibst du?»

«Ich wohne wieder bei meinen Eltern. Ich schreibe Maschine in Heimarbeit», sagte sie. «Doktorarbeiten und ähnliche Sachen. Weißt du, ich tippe gern nachts, und der Lärm der Schreibmaschine hat uns dreimal in drei Wochen die Gestapo ins Haus gebracht. Sie sind scharf auf Leute, die Widerstandsblätter schreiben. Zum Glück wird in dem Zeug, das ich produziere, das Dritte Reich derartig angebetet, daß ich sie leicht wieder loswerde. Aber Vater macht sich Sorgen wegen der Nachbarn. Er sagt, am Ende glauben sie noch, daß die Gestapo wegen irgendwas hinter uns her ist.»

Nach einer Weile schlug ich vor, ins Kino zu gehen.

«Ja», sagte sie, «aber ich glaube nicht, daß ich einen von diesen vaterländischen Filmen ertragen kann.»

Vor dem Café kauften wir eine Zeitung.

Auf der Titelseite war ein Foto der beiden Hermanns, Six und Göring, die sich die Hände schüttelten: Göring grinste über das ganze Gesicht, und Six verzog keine Miene. Es sah so aus, als hätte der Mininsterpräsident seinen Willen durchgesetzt, was die Versorgung der deutschen Stahlindustrie mit Rohstoffen betraf. Ich schlug die Anzeigenseiten auf.

«Wie wär's mit *Die Scharlachrote Kaiserin* im Tauentzienpalast?» fragte ich.

Dagmar sagte, den Film habe sie schon zweimal gesehen.

«Wie wär's mit *Die größte Leidenschaft* mit Ilse Rudel?» fragte sie. «Das ist ihr neuer Film, nicht wahr? Du magst sie doch, wie? Die meisten Männer scheinen sie zu mögen.»

Ich dachte an den jungen Schauspieler, Walther Kolb, den Ilse Rudel losgeschickt hatte, um für sie zu morden, und der selber von mir getötet wurde. Die Zeichnung auf der Anzeige stellte Ilse Rudel mit einem Nonnenschleier dar. Selbst wenn ich meine persönliche Kenntnis dieser Frau unberücksichtigt ließ, hielt ich diese Charakterisierung für fragwürdig.

Aber mich überrascht nichts mehr. Ich habe mich damit abgefunden, in einer Welt zu leben, die aus den Fugen ist, als sei sie von einem schweren Erdbeben heimgesucht worden, so daß die

Straßen nicht mehr flach und die Gebäude nicht mehr gerade waren.

«Ja», sagte ich, «sie ist gerade richtig.»

Wir gingen ins Kino. Die roten Schaukästen des *Stürmers* hingen wieder an den Straßenecken, und Streichers Hetzblatt schien womöglich noch mehr zu hetzen als je zuvor.

Colin Dexter

«Es gibt nur wenige Autoren, die überzeugend Humor, Spannung und Phantasie und ein wenig Grausen miteinander verbinden können Colin Dexter beherrscht das vorzüglich.»
Hamburger Abendblatt

Mord am Oxford-Kanal
(thriller 2960)
Ausgezeichnet mit dem «Golden Dagger» der Englisch Crime Writers' Association.

Hüte dich vor Maskeraden
(thriller 2805)
«Ein intelligenter Krimi zum Mit-Denken. So etwas ist selten.»
Frankfurter Rundschau

Das Rätsel der dritten Meile
(thriller 2806)
Der Rektor des College lädt eines Tages Chief Inspector Morse zum Essen ein, um ihm nebenbei zu erzählen, daß einer seiner pedantischsten Professoren seit einigen Tagen völlig ohne jede Ankündigung verschwunden ist. Zwar sei inzwischen eine Nachricht eingetroffen, aber die könne unmöglich von Browne-Smith stammen, denn der würde lieber sterben, als eine Notiz mit einem Rechtsschreibefehler aus der Hand zu geben. Kurz darauf wird eine Leiche aus dem Kanal geborgen, der Kopf, Hände und Beine fehlen ...
«... brillant, komisch, bizarr und glänzend geschrieben.»
Südwestpresse

rororo thriller

Tod für Don Juan
(thriller 3041)
Kaum sind die amerikanischen Touristen in Oxford eingetroffen, da wird Chief Inspector Morse zu einer Toten gerufen. Die Touristin ist offensichtlich an Herzversagen gestorben, als sie den Diebstahl einer wertvollen, antiken Brosche entdeckte. Klarer Fall, meint Sergeant Lewis. Ein plötzlicher Tod ist immer mysteriös, sagt Morse. Erst recht, wenn kurz darauf noch ein Toter gefunden wird.

rororo thriller wird herausgegeben von Bernd Jost. Ein Gesamtverzeichnis der Reihe finden Sie in der *Rowohlt Revue*. Jedes Vierteljahr neu. Kostenlos in Ihrer Buchhandlung.

3005/4

Jerry Oster

Jerry Oster arbeitete viele Jahre als Journalist und Filmkritiker in New York, bevor er begann, Bücher zu schreiben. Die *New York Times* bezeichnet ihn als den besten Krimiautor der letzten Jahre.

Saint Mike
(thriller 2924)
Susan Van Meter ist ein Undercover-Narco. Deckname: Saint Mike. Ihr Mann hat an einem brisanten Fall gearbeitet, bis er von einer unbekannten Schönen eiskalt hingerichtet wurde. Saint Mike muß diesen Fall aufklären.

Death Story
(thriller 3011)
Herzschuß. Der Mittelfinger ist abgetrennt und steckt im Mund der Leiche. An der Wand prangt kryptisch das Graffiti: Raleigh... Kein leichter Job für Joe Cullen, denn er muß gegen Kollegen ermitteln.

Violent Love
(thriller 3037)
Die New Yorker Intellektuellen–Schickeria trägt eine der Ihren zu Grabe, es ist die brutal ermordete Maklerin Karin Justice... Ein neuer Fall für Detective Joe Cullen.

Nowhere Man
(thriller 2925)
Der dritte Gedanke des Joggers war sein letzter, denn das, was die Gestalt ihm entgegenhielt, war kein wertloses Schmuckstück, auch keine Hand, die ihn stoppen wollte, sondern eine Pistole. Die Kugel schlug ein Loch in seine Stirn und beendete das Denken...

3026/2

rororo thriller

Dschungelkampf
(thriller 2773)
In der U–Bahn stirbt Carlos Pabon mit einem Loch in der Stirn. Die Zeitungen reden vom «Samariter-Killer», denn Pabon war ein mieser und kaputter streetboy. Weitere Morde passieren . Detective Jake Neumann und sein Partner setzen sich auf die Spur...

rororo thriller wird herausgegen von Bernd Jost. Ein Gesamtverzeichnis der Reihe finden Sie in der *Rowohlt Revue*. Jedes Vierteljahr neu. Kostenlos in Ihrer Buchhandlung.

Serientäter

Robert Brack
Die siebte Hölle
(thriller 2941)
Oldtimer bringen's besser als Bücher, meint der bankrotte Buchhändler Jercy Pacula, und überführt zwei Limousinen nach Lissabon...
Schwere Kaliber
(thriller 2967)
Psychofieber
(thriller 3058)

Frank Göhre
Schnelles Geld
(thriller 3048)
Der erste, seit Jahren vergriffene Kriminalroman von Frank Göhre, der mit mehreren Literaturpreisen ausgezeichnet wurde und als Kinofilm Beachtung fand. Neu bearbeitet und wesentlich erweitert.
Der Tod des Samurai
(thriller 2832)
Ein Thriller über organisiertes Verbrechen in Hamburg.
Der Tanz des Skorpions
(thriller 3025)
Letzte Station vor Einbruch der Dunkelheit
(thriller 2795)
Der Schrei des Schmetterlings
(thriller 2759)

Daniel Pennac
Wenn nette alte Damen schießen...
In Belleville, dem Kreuzberg von Paris, schneidet ein erbarmungsloser Killer armseligen Rentnern die Kehlen durch. Angst macht sich breit, gefolgt von einer kräftigen Paranoia. Ausgezeichnet mit dem «Prix Mystère de la critique».
(thriller 2921)
Königin Zabos Sündenbock
(thriller 3003)

rororo thriller

30 Jahre thriller Jubiläums-Lesebuch
(thriller 3030)
Dieser Jubiläumsband präsentiert einen opulenten Querschnitt durch die Geschichte der rororo thriller- Reihe und bietet literarischen Nervenkitzel pur. Die Palette internationaler Autoren gleicht einem Who is Who der Kriminalliteratur.

Pacio Ignacio Taibo II
Der melancholische Detektiv *Drei Fälle für Héctor Belascoarán Shayne*
(thriller 3039)
Der Boxer Angel, Freund von Detektiv Héctor Belascoarán, wird beim Training im Ring von einem Unbekannten erschossen. Mögliches Motiv: eine alte Rivalität um eine Frau... Taibo liefert nicht nur ungewöhnliche Stories, sondern ein dichtes Bild von Mexiko, seiner Atmosphäre, seinen Problemen und seiner Faszination.
Das bizarre Leben
(thriller 2940)
Comeback für einen Toten
(thriller 3019)

Serientäter

Larry Beinhart
Priester waschen weißer
(thriller 3043)
Tony Cassella schlüpft in die Rolle eines irischen Priesters um den Tod von Wendy Tavetian und einem Japaner aufzuklären.
Zahltag für Cassella
(thriller 2932)
Bei Privat Eye Tony Cassella steht eine Steuerprüfung an. Genau in dem Augenblick, als er genügend Beweismaterial gegen den Justizminister persönlich zusammen hat...

K. C. Constantine
Ein unbeschriebenes Blatt
Ein Fall für Mario Balzic
(thriller 2776)
«Constantine ist ein wunderbarer Autor. Lang lebe Polizeichef Balzic!»
New York Times
Blues für Mario Balzic
(thriller 3002)
Schwere Zeiten für Mario Balzic: ein Mord geschieht, seine Mutter wurde mit einem Schlaganfall ins Krankenhaus eingeliefert und seine Frau hat wenig Verständnis für sein Pflichtbewußtsein.

William Krasner
Opfer einer Razzia
(thriller 3001)
Organisiertes Verbrechen + illegales Glücksspiel = Unmoral & Prostitution - Charley Hagen, Partner von Detective Captain Sam Brige, zieht wieder einmal voreilige Schlüsse.
Die letzte Tat des Mr. Goodman
(thriller 2937)

Jean-Bernard Pouy
Sprengsatz aus der Vergangenheit
(thriller 3021)
Der Schlüssel zur Affäre
(thriller 2977)

rororo thriller

Schwarze Beute
Stories von berühmten Autoren und neuen Talenten finden sich in den thriller-Magazinen und immer wieder – Shock, Thrill and Fun.
thriller–Magazin 5
Herausgegeben von Norbert Klugmann und Peter Mathews
(thriller 2969)
thriller–Magazin 6
Herausgegeben von Janwillem van de Wetering
(thriller 3000)
thriller-Magazin 8
Herausgegeben von Maj Sjöwall
(thriller 3093)

Die Reihe *rororo thriller* wird herausgegeben von Bernd Jost. Ein Gesamtverzeichnis aller lieferbaren Titel finden Sie in der *Rowohlt Revue*. Jedes Vierteljahr neu. Kostenlos in Ihrer Buchhandlung.

3024/4b